Harry Potter ™

ET LE PRISONNIER D'AZKABAN

1. Harry Potter à l'école des sorciers
2. Harry Potter et la Chambre des Secrets
3. Harry Potter et le prisonnier d'Azkaban
4. Harry Potter et la Coupe de Feu

Titre original :
Harry Potter and the Prisoner of Azkaban
Édition originale publiée par Bloomsbury Publishing Plc, Londres, 1999
© J.K. Rowling, 1999, pour le texte
© Éditions Gallimard Jeunesse, 1999, pour la traduction française
© Éditions Gallimard Jeunesse, 1999, pour la présente édition

J. K. ROWLING

Harry Potter ™

ET LE PRISONNIER D'AZKABAN

Traduit de l'anglais
par Jean-François Ménard

GALLIMARD

A Jill Prewett et Aine Kiely,
les marraines de Swing.

1

HIBOU EXPRESS

A bien des égards, Harry Potter était un garçon des plus singuliers. Tout d'abord, il détestait les vacances d'été, c'était la période de l'année la plus déplaisante à ses yeux. Ensuite, il tenait absolument à faire ses devoirs de vacances, mais il était obligé de les faire en secret, au beau milieu de la nuit. Enfin, il faut également signaler que Harry Potter était un sorcier.

Minuit approchait. Les couvertures tirées par-dessus sa tête comme une tente, Harry était allongé à plat ventre sur son lit, une lampe torche dans une main, un livre relié plein cuir ouvert sur son oreiller. Il s'agissait d'une Histoire de la magie par Adalbert Lasornette. Les sourcils froncés, Harry Potter fit courir le long de la page la pointe de la plume d'aigle qu'il tenait dans son autre main. Il cherchait des idées pour une dissertation sur le sujet suivant : « La crémation des sorcières au xive siècle était totalement inefficace : commentez et discutez. »

Sa plume s'arrêta au début d'un paragraphe qui semblait lui convenir. Harry remonta sur son nez ses lunettes rondes, approcha sa lampe torche du livre et lut ce qui était écrit :

Au Moyen Age, les personnes dépourvues de pouvoirs magiques (appelées communément « Moldus ») ressentaient une terreur particulière à l'égard de la sorcellerie, mais étaient souvent incapables de reconnaître ceux qui la pratiquaient vraiment. Lorsque, par extraordinaire, un sorcier ou une sorcière doté de réels pouvoirs magiques était capturé, sa condamnation au bûcher n'avait aucun effet. Le condamné se contentait de jeter un simple sortilège de Gèle-Flamme, puis faisait semblant de se tordre de douleur dans l'apparente fournaise alors qu'en réalité, il n'éprouvait qu'une agréable sensation de chatouillis. Gwendoline la Fantasque, par exemple, était toujours ravie de se faire brûler vive, à tel

*point qu'elle s'arrangea pour être capturée quarante-sept fois sous
divers déguisements.*

Harry tint sa plume entre ses dents et glissa une main sous l'oreiller
pour prendre une bouteille d'encre et un rouleau de parchemin. Avec
des gestes lents et précautionneux, il dévissa le bouchon de la bouteille, trempa sa plume dans l'encre et se mit à écrire en s'arrêtant de
temps à autre pour tendre l'oreille. Car si l'un des membres de la
famille Dursley se rendait dans la salle de bains à cet instant et entendait au passage le grattement de la plume sur le parchemin, Harry
avait toutes les chances de passer le reste de l'été enfermé dans le placard sous l'escalier.

C'était précisément à cause de la famille Dursley, domiciliée au 4,
Privet Drive, que Harry n'avait jamais eu le loisir d'apprécier les
vacances d'été. L'oncle Vernon, la tante Pétunia et leur fils Dudley
étaient les seuls parents encore vivants de Harry. Son père et sa mère,
eux-mêmes sorciers, étaient morts depuis longtemps et jamais on
n'évoquait leur souvenir sous le toit des Dursley. Pendant des années,
la tante Pétunia et l'oncle Vernon avaient espéré qu'en tyrannisant
Harry, ils parviendraient à détruire tout ce qu'il y avait de magique en
lui. A leur grande fureur, leurs efforts s'étaient révélés vains et ils
vivaient à présent dans la hantise qu'un jour, quelqu'un finisse par
découvrir que, depuis deux ans, Harry suivait ses études au collège
Poudlard, l'école de sorcellerie. Tout ce que pouvaient faire les
Dursley, c'était lui interdire catégoriquement de parler aux voisins et
mettre sous clé, dès le début des vacances, les grimoires, la baguette
magique, le chaudron et le balai de Harry pour l'empêcher de s'en
servir.

L'impossibilité de consulter ses livres compliquait la vie de Harry,
car les professeurs du collège Poudlard lui avaient donné à faire de
nombreux devoirs de vacances. Le plus difficile d'entre eux était destiné au professeur Rogue et avait pour sujet la potion de Ratatinage.
Harry n'avait aucune sympathie pour le professeur Rogue. Celui-ci le
lui rendait bien et il aurait été ravi de lui infliger une retenue d'un mois
entier s'il ne lui apportait pas son devoir à la date prévue. Aussi Harry
avait-il saisi l'occasion qui lui avait été offerte dès la première semaine
de vacances. Pendant que l'oncle Vernon, la tante Pétunia et leur fils
Dudley étaient sortis dans le jardin admirer la nouvelle voiture de

l'oncle Vernon en s'extasiant bruyamment pour que tout le voisinage soit au courant, Harry s'était glissé au rez-de-chaussée, avait crocheté la serrure du placard sous l'escalier et pris quelques-uns de ses livres pour les cacher dans sa chambre. Du moment qu'il veillait à ne pas faire de taches d'encre sur les draps, les Dursley ne s'apercevraient jamais qu'il passait une partie de la nuit à étudier la magie.

Harry tenait à éviter tout conflit avec sa tante et son oncle. Leur humeur à son égard était déjà exécrable à cause d'un coup de téléphone qu'un de ses camarades sorciers lui avait donné au début des vacances.

Ron Weasley, un des meilleurs amis de Harry au collège Poudlard, était né dans une famille qui ne comptait que des sorciers. Il savait donc beaucoup plus de choses que lui en matière de magie, mais n'avait en revanche jamais eu l'occasion de se servir d'un téléphone. Par malchance, c'était l'oncle Vernon qui avait décroché.

– Allô, Vernon Dursley, j'écoute.

Harry, qui se trouvait juste à côté, s'était figé sur place en entendant la voix de Ron s'élever du combiné.

– ALLÔ ? ALLÔ ? VOUS M'ENTENDEZ ? JE... VEUX... PARLER... À... HARRY POTTER !

Ron criait si fort que l'oncle Vernon avait sursauté en écartant vivement le combiné qu'il regardait avec une expression de fureur mêlée d'inquiétude.

– QUI PARLE ? avait-il rugi en direction de l'appareil. QUI ÊTES-VOUS ?

– RON... WEASLEY ! avait répondu Ron en hurlant comme si l'oncle Vernon et lui s'étaient trouvés aux deux extrémités d'un terrain de football. JE... SUIS... UN... CAMARADE... D'ÉCOLE... DE... HARRY...

Les petits yeux de l'oncle Vernon s'étaient aussitôt tournés vers Harry, toujours pétrifié.

– IL N'Y A PAS DE HARRY POTTER, ICI ! avait-il tonné en tenant le combiné à bout de bras comme s'il avait eu peur de le voir exploser. JE NE SAIS PAS DE QUELLE ÉCOLE VOUS PARLEZ ! NE TÉLÉPHONEZ PLUS JAMAIS ICI ! NE VOUS APPROCHEZ JAMAIS DE MA FAMILLE !

Et il avait jeté le combiné sur son socle comme s'il s'était agi d'une araignée venimeuse.

Harry avait alors subi un des pires débordements de fureur qu'il eût jamais connus.

– COMMENT OSES-TU DONNER NOTRE NUMÉRO DE TÉLÉPHONE À DES GENS COMME… COMME TOI ! avait tempêté l'oncle Vernon en l'inondant de postillons.

De toute évidence, Ron s'était rendu compte qu'il avait attiré des ennuis à Harry car il n'avait plus rappelé. Hermione Granger, son autre meilleure amie, n'avait pas essayé de l'appeler. Harry se doutait que Ron lui avait conseillé de ne pas lui téléphoner et c'était bien dommage. Hermione, la meilleure élève de sa classe, avait en effet des parents moldus. Elle savait très bien se servir d'un téléphone et n'aurait jamais commis l'imprudence de dire qu'elle était une condisciple de Poudlard.

Ainsi, pendant cinq longues semaines, Harry n'avait eu aucune nouvelle de ses amis sorciers et ces vacances d'été se révélaient presque aussi détestables que celles de l'année dernière. Il n'y avait qu'une toute petite amélioration : après avoir juré qu'il ne l'utiliserait pas pour envoyer des lettres à ses amis, Harry avait été autorisé à laisser Hedwige, sa chouette, se promener librement la nuit. L'oncle Vernon avait fini par céder pour mettre fin au vacarme que faisait Hedwige lorsqu'elle restait enfermée trop longtemps dans sa cage.

Harry acheva de prendre ses notes sur Gwendoline la Fantasque et s'interrompit pour tendre à nouveau l'oreille. Seuls les lointains ronflements de Dudley, son énorme cousin, rompaient le silence qui régnait dans la maison. Il devait être très tard. Harry sentait dans ses yeux des picotements qui trahissaient sa fatigue et il estima préférable de finir son devoir le lendemain.

Il reboucha la bouteille d'encre, enveloppa sa lampe torche, son livre, son parchemin, sa plume et l'encre dans une vieille taie d'oreiller, se leva et alla cacher le tout sous une lame de parquet branlante dissimulée par son lit. Puis il se releva, s'étira et regarda l'heure sur le cadran lumineux de son réveil posé sur la table de nuit.

Il était une heure du matin. Harry sentit alors une étrange contraction dans son estomac. Depuis une heure, il avait treize ans et ne s'en était même pas aperçu.

Un autre trait inhabituel de la personnalité de Harry, c'était le peu d'enthousiasme qu'il ressentait à l'approche de son anniversaire. De sa vie, il n'avait jamais reçu une carte pour le lui souhaiter. Les deux dernières années, les Dursley n'avaient pas pris la peine de le fêter et il n'y avait aucune raison pour qu'ils s'en souviennent davantage cette année.

Harry traversa la pièce plongée dans l'obscurité. Il passa devant la cage vide d'Hedwige et alla ouvrir la fenêtre. Il s'appuya sur le rebord, appréciant la fraîcheur de l'air nocturne sur son visage, après tout ce temps passé sous les couvertures. Il y avait maintenant deux nuits qu'Hedwige n'était pas rentrée. Mais Harry n'était pas inquiet – il lui était déjà arrivé de s'absenter aussi longtemps. Il espérait cependant qu'elle serait bientôt de retour. Dans cette maison, c'était le seul être vivant qui n'avait pas un mouvement de recul en le voyant.

Bien qu'il fût encore petit et maigre pour son âge, Harry avait grandi de plusieurs centimètres au cours de l'année écoulée. Ses cheveux d'un noir de jais, eux, n'avaient pas changé : ils étaient toujours en bataille et restaient obstinément rétifs à tous ses efforts pour les coiffer. Derrière ses lunettes, ses yeux brillaient d'un vert étincelant et sur son front, parfaitement visible derrière une mèche de cheveux, se dessinait une mince cicatrice en forme d'éclair.

Davantage encore que tout le reste, cette cicatrice représentait ce qu'il y avait de plus extraordinaire chez Harry. Contrairement à ce que les Dursley avaient prétendu pendant dix ans, elle n'était pas un souvenir de l'accident de voiture qui avait tué ses parents, pour la bonne raison que Lily et James Potter n'étaient pas morts dans un accident de la route. Ils avaient été assassinés. Assassinés par le mage noir le plus redoutable qu'on ait connu depuis un siècle, Lord Voldemort. Harry, lui, avait survécu à l'attaque en s'en tirant avec cette simple cicatrice sur le front. Au lieu de le tuer, le sort que lui avait lancé Lord Voldemort s'était retourné contre son auteur et le sorcier maléfique avait dû prendre la fuite dans un état proche de la mort...

Mais depuis que Harry était entré au collège Poudlard, il s'était à nouveau retrouvé face à face avec l'effroyable mage noir. Accoudé au rebord de la fenêtre, Harry contemplait le ciel nocturne en se disant qu'il avait eu de la chance de pouvoir atteindre son treizième anniversaire.

Il scruta l'obscurité dans l'espoir d'apercevoir Hedwige. Peut-être allait-elle apparaître avec dans le bec un cadavre de souris qu'elle lui apporterait en s'attendant à recevoir des félicitations. Le regard perdu vers les toits des maisons environnantes, Harry mit quelques secondes à se rendre compte de ce qui se passait devant ses yeux.

Sa silhouette découpée dans la lueur de la lune, une grande créature étrangement penchée de côté battait des ailes en volant dans la direction de Harry. Immobile, il la regarda descendre vers lui. Pendant une fraction de seconde, il hésita, la main sur la poignée de la fenêtre, en se demandant s'il ne ferait pas mieux de la refermer mais au même moment, la créature passa au-dessus d'un réverbère de Privet Drive. Harry vit alors de quoi il s'agissait et fit aussitôt un pas de côté.

Trois hiboux s'engouffrèrent par la fenêtre ouverte. Deux d'entre eux portaient le troisième qui semblait évanoui. Ils atterrirent sur le lit avec un bruit mou et le hibou évanoui bascula sur le dos, les ailes en croix. Un paquet était attaché à ses pattes.

Harry reconnut aussitôt le hibou inanimé. C'était un gros oiseau gris qui s'appelait Errol et appartenait à la famille Weasley. Harry se précipita sur le lit, détacha la ficelle autour de ses pattes et prit le paquet. Puis il porta le hibou dans la cage d'Hedwige. Errol entrouvrit un œil vitreux, laissa échapper un faible hululement en guise de remerciement et se mit à boire de l'eau à longues gorgées.

Harry se tourna vers les deux autres oiseaux. L'un d'eux, une chouette au plumage d'un blanc de neige, n'était autre qu'Hedwige. Elle aussi portait un paquet et semblait très contente d'elle. Elle donna un affectueux coup de bec à Harry tandis qu'il lui enlevait son fardeau, puis elle traversa la pièce d'un coup d'aile pour rejoindre Errol.

Harry ne connaissait pas le troisième oiseau, un magnifique hibou au plumage fauve, mais il sut tout de suite d'où il venait, car en plus d'un troisième paquet, il portait une lettre sur laquelle il reconnut immédiatement le sceau du collège Poudlard. Lorsque Harry l'eut délivré de son courrier, l'oiseau ébouriffa ses plumes d'un air avantageux, déploya ses ailes et s'envola par la fenêtre dans les profondeurs de la nuit.

Harry s'assit sur son lit, prit le paquet qu'avait apporté Errol, arracha le papier kraft qui le protégeait et découvrit un cadeau enveloppé dans du papier doré ainsi que la première carte d'anniversaire qu'il eût jamais reçue. Les doigts légèrement tremblants, il ouvrit l'enveloppe d'où s'échappèrent deux morceaux de papier : une lettre et une coupure de journal.

De toute évidence, la coupure provenait de *La Gazette du sorcier*, car les personnages représentés sur la photo en noir et blanc qui accompagnait l'article ne cessaient de bouger. Harry lissa le morceau de papier journal et lut :

UN EMPLOYÉ DU MINISTÈRE DE LA MAGIE REMPORTE LE GRAND PRIX
Arthur Weasley, directeur du Service des Détournements de l'Artisanat moldu, a remporté le grand prix de la loterie du Gallion organisée chaque année par La Gazette du sorcier.

Mr Weasley, ravi, nous a déclaré : « Cet or va nous servir à faire cet été un voyage en Égypte où se trouve Bill, notre fils aîné. Il travaille là-bas comme conjureur de sorts pour le compte de la banque Gringotts, la banque des sorciers. »

La famille Weasley va donc passer un mois en Égypte et sera de retour pour la rentrée des classes au collège Poudlard où cinq des enfants Weasley poursuivent leurs études.

Harry examina la photographie animée et un sourire éclaira son visage lorsqu'il vit les neuf membres de la famille Weasley lui faire de grands signes de la main devant une pyramide égyptienne. Il reconnut Mrs Weasley, petite et dodue, la haute silhouette et le crâne chauve de Mr Weasley, ainsi que leurs six garçons et leur fille qui avaient tous des cheveux d'un roux éclatant (bien qu'il fût impossible de s'en rendre compte sur la photo en noir et blanc). Grand et dégingandé, Ron se tenait au centre du cliché. Il avait son rat Croûtard sur l'épaule et tenait enlacée sa petite sœur Ginny.

Harry ne connaissait personne qui, plus que les Weasley, ait mérité de gagner un joli tas d'or. Ils étaient en effet extrêmement pauvres et d'une générosité sans égale. Harry déplia ensuite la lettre de Ron.

Cher Harry,
Joyeux anniversaire !
Je suis vraiment désolé pour le coup de téléphone. J'espère que les Moldus ne t'en ont pas trop voulu. J'en ai parlé à Papa et il m'a dit que je n'aurais pas dû crier comme ça.

L'Égypte, c'est formidable. Bill nous a montré les tombeaux
des pharaons et tu ne peux pas imaginer tous les mauvais sorts
que les sorciers égyptiens ont jetés pour les protéger. Maman a interdit
à Ginny de visiter le dernier tombeau. Il était plein de squelettes
mutants. C'étaient des restes de Moldus qui avaient voulu entrer et qui
s'étaient retrouvés avec deux têtes ou d'autres trucs dans ce genre-là.

J'ai eu du mal à le croire quand Papa a gagné le gros lot
de La Gazette du sorcier. *Sept cents Gallions d'or! On en a dépensé*
la plus grande partie au cours de ce voyage, mais il va en rester
suffisamment pour que mes parents puissent m'acheter une nouvelle
baguette magique à la rentrée.
Harry ne se souvenait que trop bien des circonstances
dans lesquelles la vieille baguette de Ron s'était cassée. Ce soir-là, ils
étaient arrivés à Poudlard dans une voiture volante et s'étaient écra-
sés contre un arbre du parc.

Nous serons de retour environ une semaine avant la rentrée
des classes et on ira à Londres chercher nos manuels scolaires
et ma nouvelle baguette magique. Peut-être que tu pourras
nous retrouver là-bas?

Ne te laisse pas faire par les Moldus!

Et essaye de venir à Londres.

       Ron

P-S: Percy a été nommé préfet-en-chef. Il a reçu la nouvelle
la semaine dernière.

Harry regarda à nouveau la photo. Percy, qui allait entrer en septième et dernière année à Poudlard, bombait le torse d'un air avantageux. Son insigne de préfet-en-chef était épinglé sur le fez qu'il
avait fièrement posé sur ses cheveux soigneusement coiffés. Ses
lunettes à la monture d'écaille étincelaient au soleil d'Égypte.

Harry déballa son cadeau. Il découvrit dans la boîte quelque
chose qui ressemblait à une petite toupie en verre. Il y avait un autre
mot de la main de Ron.

Harry,
Il s'agit d'un Scrutoscope de poche. Lorsque quelqu'un en qui
on ne peut pas avoir confiance se trouve dans les parages, il doit

14

normalement s'allumer et se mettre à tourner. Bill prétend que
c'est un attrape-nigaud qu'on vend aux sorciers qui font du tourisme.
Il dit qu'on ne peut pas s'y fier, sous prétexte qu'il est resté allumé
pendant tout le dîner, hier soir. Mais il ne s'était pas rendu compte
que Fred et George avaient mis des scarabées dans sa soupe.
  Salut,
  Ron

Harry posa le Scrutoscope de poche sur sa table de chevet où il resta immobile, en équilibre sur sa pointe, reflétant les aiguilles lumineuses de son réveil. Il le contempla avec satisfaction pendant quelques secondes puis s'intéressa au paquet qu'Hedwige lui avait apporté.

Il contenait également un cadeau, une carte d'anniversaire et une lettre, de la main d'Hermione, cette fois.

Cher Harry,
Ron m'a écrit et m'a raconté son coup de téléphone à ton oncle
Vernon. J'espère que tu n'as pas eu trop d'ennuis.
 Je suis en vacances en France et je me demandais comment j'allais
te faire parvenir ce paquet. J'avais peur qu'ils l'ouvrent à la douane.
Heureusement, Hedwige est arrivée ! Je crois bien qu'elle voulait être
sûre qu'on t'envoie quelque chose pour ton anniversaire, cette fois-ci.
J'ai trouvé ton cadeau grâce à une société de vente par hibou qui a fait
passer une petite annonce dans La Gazette du sorcier *(je me la fais*
envoyer ici, c'est tellement agréable de rester en contact
avec le monde de la sorcellerie). Tu as vu la photo de Ron
et de sa famille, la semaine dernière ? Je suis sûre qu'il doit apprendre
des tas de choses là-bas. Tu ne peux pas savoir à quel point je l'envie :
les sorciers de l'Égypte ancienne étaient des personnages fascinants.
 Ici aussi, il y a quelques histoires intéressantes de sorcellerie
régionale. J'ai entièrement récrit mon devoir d'histoire de la magie
pour y inclure certaines choses que j'ai découvertes. J'espère
que ma copie n'est pas trop longue, j'ai fait deux rouleaux
de parchemin de plus que ce que le professeur Binns avait demandé.
 Ron dit qu'il sera à Londres au cours de la dernière semaine
de vacances. Tu pourras y être aussi ? Est-ce que ton oncle et ta tante

te laisseront venir ? J'espère que oui. Sinon, je te verrai
dans le Poudlard Express, le 1er septembre.

      Amitiés

      Hermione

    P-S : Ron m'a dit que Percy avait été nommé préfet-en-chef. Il doit
être enchanté, mais Ron n'a pas l'air de trouver ça très réjouissant.

Harry éclata de rire en reposant la lettre d'Hermione puis il prit le paquet qu'elle lui avait envoyé. Il était lourd. Connaissant Hermione, il s'attendait à trouver un gros livre plein de formules magiques d'une extrême difficulté, mais ce n'était pas ça. Son cœur fit un bond dans sa poitrine lorsqu'il déchira le papier et vit un étui de cuir noir sur lequel était gravé en lettres d'argent : *Nécessaire à balai.*

– Hou, là, là, Hermione ! murmura-t-il en faisant glisser la fermeture Éclair de l'étui.

Il contenait une grande bouteille de Crème à polir spéciale manche à balai, une paire de cisailles à brindilles en argent, une minuscule boussole en cuivre à attacher au manche pour les longs voyages et un *Manuel d'entretien des balais.*

En dehors de ses amis, ce qui manquait le plus à Harry lorsqu'il était loin de Poudlard, c'était le Quidditch, un sport dangereux et passionnant qu'on pratiquait sur des balais et qui était particulièrement apprécié dans le monde des sorciers. Harry était un excellent joueur de Quidditch. Depuis un siècle, c'était le plus jeune joueur sélectionné dans une équipe de Poudlard et son balai de course, un superbe Nimbus 2000 était sans nul doute l'une des choses auxquelles il tenait le plus.

Harry prit le troisième paquet. Il reconnut immédiatement l'écriture brouillonne de son expéditeur : le cadeau venait de Hagrid, le garde-chasse de Poudlard. Il déchira le papier et aperçut un objet vert qui semblait en cuir, mais avant qu'il ait eu le temps de le déballer entièrement, le contenu du paquet se mit à frémir et laissa échapper une série de bruits secs et sonores, comme des claquements de mâchoires.

Harry se figea. Il savait que Hagrid ne lui aurait jamais envoyé volontairement quelque chose de dangereux, mais Hagrid n'avait pas la même notion du danger que la moyenne des gens normaux. Nul n'ignorait qu'il éprouvait une grande tendresse pour les araignées géantes, qu'il s'était empressé d'acheter un redoutable chien à trois têtes à un étranger rencontré dans un pub et qu'il dissimulait volontiers des œufs de dragon dans sa cabane.

Avec précaution, Harry appuya du bout du doigt sur le paquet qui émit à nouveau des claquements. Saisissant sa lampe de chevet, il la leva au-dessus de sa tête, prêt à frapper, puis il attrapa entre le pouce et l'index le papier qui enveloppait le paquet et tira d'un coup.

Il vit alors tomber… un livre. Harry eut tout juste le temps de remarquer son élégante couverture verte sur laquelle était gravé un titre en lettres d'or – *Le Monstrueux Livre des monstres* –, avant que l'objet se dresse sur le bord de sa reliure et se mette à courir sur le lit comme un crabe saugrenu.

– Aïe, aïe, aïe, marmonna Harry.

Le livre sauta du lit avec un bruit sourd, traversa rapidement la pièce et alla se réfugier sous le bureau. En priant le ciel que les Dursley ne se réveillent pas, Harry se mit à quatre pattes et essaya de l'attraper.

– Ouille !

Le livre se referma violemment sur sa main et prit la fuite en continuant de se déplacer sur les bords de sa reliure qu'il ouvrait et refermait comme des mâchoires. Harry se releva, se rua sur le livre et parvint à l'aplatir contre le sol. Dans la chambre voisine, l'oncle Vernon émit dans son sommeil un grognement sonore.

Très intéressés, Hedwige et Errol regardèrent Harry serrer dans ses bras le livre qui se débattait avec fureur, puis se précipiter vers la commode et en sortir une ceinture qu'il boucla étroitement autour de la reliure. Le livre monstrueux frémit de colère, mais il ne pouvait plus remuer sa couverture et Harry le jeta sur le lit. Il lut alors la carte de Hagrid :

Cher Harry,

Joyeux anniversaire !

J'ai pensé que ce livre pourrait t'être utile cette année. Je n'en dis pas plus maintenant. Je t'en parlerai quand on se verra.

J'espère que les Moldus te traitent convenablement.

  Avec toute mon affection,

  Hagrid

Harry trouvait inquiétant que Hagrid estime utile de posséder un livre mordeur au cours de l'année scolaire, mais l'essentiel à ses yeux, c'étaient toutes ces cartes d'anniversaire qu'il rassembla avec un large sourire. Il ne lui restait plus qu'à lire la lettre qui venait du collège Poudlard.

Il ouvrit l'enveloppe en remarquant qu'elle était plus épaisse que d'habitude et en retira un premier parchemin sur lequel était écrit :

Cher Mr Potter,
Vous voudrez bien prendre note que la nouvelle année scolaire commencera le 1er septembre. Le Poudlard Express partira de la gare de King's Cross, quai n°9 3/4 à onze heures précises.
Lors de certains week-ends, les élèves de troisième année auront la possibilité de visiter le village de Pré-au-lard. A cet effet, vous voudrez bien faire signer par un parent ou toute autre personne responsable l'autorisation de sortie ci-jointe.
Vous trouverez également sous ce pli la liste des livres qui vous seront nécessaires au cours de l'année scolaire.
Avec mes meilleurs sentiments,
Professeur M. McGonagall, directrice-adjointe

Harry jeta un coup d'œil au formulaire d'autorisation de sortie et son sourire s'effaça. Il aurait été ravi de pouvoir se promener dans le village de Pré-au-lard pendant le week-end ; c'était un village entièrement peuplé de sorciers et il n'y avait jamais mis les pieds. Mais comment pouvait-il espérer convaincre l'oncle Vernon ou la tante Pétunia de signer l'autorisation ?

Le réveil indiquait deux heures du matin.

Harry estima préférable d'oublier le formulaire jusqu'au lendemain. Il se remit au lit et traça une croix de plus sur le calendrier qu'il s'était fait pour compter les jours qui le séparaient de la rentrée à Poudlard. Il enleva ensuite ses lunettes et s'allongea, les yeux grands ouverts, en contemplant ses trois cartes d'anniversaire.

Aussi étrange que cela puisse paraître, Harry Potter, en cet instant, avait l'impression d'être comme tout le monde : pour la première fois de sa vie, il était content que ce jour soit celui de son anniversaire.

2

LA GROSSE ERREUR
DE LA TANTE MARGE

Le lendemain, lorsqu'il descendit prendre son petit déjeuner, Harry trouva les trois Dursley déjà assis autour de la table de la cuisine. Ils étaient en train de regarder une télévision toute neuve, un cadeau que l'oncle Vernon et la tante Pétunia avaient fait au début des vacances à leur fils Dudley qui s'était plaint bruyamment que le chemin séparant le réfrigérateur de la télévision du living était beaucoup trop long pour lui. Dudley avait passé la plus grande partie de l'été dans la cuisine, ses petits yeux porcins rivés sur l'écran, ses cinq mentons tremblotant d'avidité tandis qu'il s'empiffrait continuellement.

Harry s'assit entre Dudley et l'oncle Vernon, un homme grand et massif quasiment dépourvu de cou mais doté d'une abondante moustache. Non seulement personne ne se donna la peine de souhaiter un bon anniversaire à Harry, mais ils ne semblèrent même pas remarquer sa présence. Il était habitué à ce genre d'attitude et ne s'en souciait guère. Harry prit un toast et regarda le journaliste qui annonçait les nouvelles. Il était question de l'évasion d'un prisonnier.

« Les autorités précisent que Black est armé et très dangereux. Un numéro vert a été spécialement mis en place pour permettre à toute personne qui apercevrait le fugitif de le signaler immédiatement. »

– Pas la peine de préciser qu'il est dangereux, grommela l'oncle Vernon en levant les yeux de son journal pour regarder la photo du prisonnier qui venait d'apparaître à l'écran. Tu as vu comme il est sale ? Tu as vu ses cheveux ?

Il jeta un regard oblique à Harry dont les cheveux en bataille provoquaient chez l'oncle Vernon une continuelle exaspération. Pourtant, comparé à la photo de l'homme au visage émacié et à la tignasse emmêlée qui lui tombait sur les épaules, Harry avait l'impression d'être coiffé avec le plus grand soin.

Le journaliste réapparut.

« *Le ministère de l'Agriculture et de la Pêche doit annoncer aujourd'hui...* »

— Eh, pas si vite ! aboya l'oncle Vernon en lançant un regard furieux au présentateur du journal. Il ne nous dit pas d'où ce fou furieux s'est échappé ! Imaginez que ce cinglé soit au coin de la rue !

La tante Pétunia, une femme maigre au visage chevalin, se leva d'un bond et alla regarder par la fenêtre de la cuisine. Harry savait qu'elle aurait été ravie d'être la première à appeler le numéro vert. Il était difficile de trouver plus fouineur qu'elle et rien ne l'intéressait davantage que d'espionner ses voisins dont la vie n'était pourtant qu'une longue et morne routine.

— Quand donc voudront-ils bien comprendre, tempêta l'oncle Vernon en martelant la table de son gros poing violet, que seule la pendaison peut nous débarrasser de ces gens-là ?

— Ça, c'est vrai, approuva la tante Pétunia qui continuait d'observer attentivement les plants de haricots du jardin d'à côté.

L'oncle Vernon vida sa tasse de thé, jeta un coup d'œil à sa montre, puis ajouta :

— Il ne faut pas que je tarde, Pétunia, le train de Marge arrive à dix heures.

Harry, dont les pensées étaient essentiellement occupées par son magnifique Nécessaire à balai, fut soudain ramené à la réalité aussi brutalement que s'il était tombé de sa chaise.

— La tante Marge ? balbutia-t-il. Elle... elle vient ici ?

La tante Marge était la sœur de l'oncle Vernon. Bien qu'elle ne fût pas directement apparentée à Harry (dont la mère avait été la sœur de la tante Pétunia), on l'avait forcé à l'appeler « tante » toute sa vie. La tante Marge habitait à la campagne, dans une maison avec un grand jardin où elle faisait l'élevage de bouledogues. Elle ne venait pas souvent à Privet Drive, car, même pour quelques jours, elle ne pouvait supporter l'idée d'abandonner ses précieux molosses, mais chacune de ses visites avait laissé dans la mémoire de Harry un souvenir cuisant.

Le jour du cinquième anniversaire de Dudley, la tante Marge avait donné des coups de canne dans les tibias de Harry pour l'empêcher de gagner au jeu des chaises musicales. Quelques années plus tard, elle avait apporté un robot électronique à Dudley et une boîte de biscuits pour chiens à Harry. Sa dernière visite avait eu lieu un an avant l'entrée de Harry au collège Poudlard. Ce jour-là, il avait marché par mégarde sur la patte de Molaire, son chien préféré. Le molosse s'était rué à la poursuite de Harry qui avait fui dans le jardin et n'était parvenu à lui échapper qu'en montant au sommet d'un arbre. A califourchon sur une branche, il avait dû attendre minuit pour que la tante Marge consente enfin à rappeler son chien. Aujourd'hui encore, il arrivait à Dudley de pleurer de rire au souvenir de cet incident.

— Marge restera une semaine, lança l'oncle Vernon, et puisqu'on en parle, ajouta-t-il en pointant sur Harry un index grassouillet et menaçant, c'est le moment de mettre quelques petites choses au point avant que j'aille la chercher.

Dudley ricana et détacha son regard de la télévision. Aucun spectacle ne l'enchantait davantage que de voir Harry rudoyé par l'oncle Vernon.

— Pour commencer, grogna celui-ci, je te conseille de surveiller ta langue quand tu t'adresseras à Marge.

— D'accord, répondit Harry d'un ton amer, à condition qu'elle en fasse autant quand elle s'adressera à moi.

— Deuxièmement, poursuivit l'oncle Vernon comme s'il n'avait pas entendu, étant donné que Marge ignore tout de *ton anormalité*, je ne veux surtout pas qu'il se passe quelque chose de… bizarre pendant qu'elle sera là. Tu vas te conduire convenablement, compris ?

— Oui, mais il faudra qu'elle aussi se conduise bien, répliqua Harry entre ses dents.

— Et troisièmement, reprit l'oncle Vernon en plissant ses petits yeux méchants qui n'étaient plus que deux fentes dans sa grosse face violacée, nous avons dit à Marge que tu étais pensionnaire au Centre d'éducation des jeunes délinquants récidivistes de St Brutus.

— Quoi ? s'exclama Harry.

— Et tu as intérêt à ne pas démentir cette version, sinon tu auras de sérieux ennuis, lança l'oncle Vernon.

Harry avait du mal à le croire. Le teint pâle, il resta immobile, fixant l'oncle Vernon d'un regard furieux. Une semaine avec la tante Marge, c'était le pire cadeau d'anniversaire que les Dursley lui avaient jamais fait.

– Pétunia, dit l'oncle Vernon en relevant sa grande carcasse, je pars à la gare. Tu veux venir avec moi, Duddy ?

– Non, répondit Dudley qui avait reporté son attention sur l'écran de la télévision.

– Duddinouchet doit se faire beau pour recevoir sa tante Marge, dit la tante Pétunia en caressant les épais cheveux blonds de son fils. Maman lui a acheté un ravissant nœud papillon.

L'oncle Vernon donna une tape affectueuse sur l'épaule grasse de Dudley.

– A tout à l'heure, dit-il avant de sortir de la cuisine.

Harry, qui était resté assis, comme figé d'horreur, eut une idée soudaine. Laissant son toast dans son assiette, il se leva d'un bond et rejoignit dans le vestibule l'oncle Vernon qui était en train de mettre sa veste.

– Ce n'est pas à toi que j'ai proposé de m'accompagner, gronda l'oncle Vernon en le voyant arriver.

– Comme si j'avais envie de venir, répliqua froidement Harry. Je voudrais simplement poser une question.

L'oncle Vernon le regarda d'un air méfiant.

– Les élèves de troisième année de Poud… de mon école peuvent aller se promener dans le village voisin certains jours, dit Harry.

– Et alors ? répliqua sèchement l'oncle Vernon en prenant ses clés suspendues à un crochet.

– Je dois faire signer un formulaire pour pouvoir sortir du collège, dit précipitamment Harry.

– Et pourquoi devrais-je signer ce papier ? demanda l'oncle Vernon d'un ton méprisant.

– Parce que… commença Harry en choisissant bien ses mots, parce que ça ne va pas être très facile pour moi de faire croire à la tante Marge que je suis pensionnaire dans ce centre St Machin…

– Centre d'éducation des jeunes délinquants récidivistes de St Brutus ! s'écria l'oncle Vernon.

Harry fut enchanté d'entendre sa voix trahir une soudaine panique.

– C'est ça, oui, dit Harry en contemplant d'un air tranquille le gros visage violacé de son oncle. Difficile à apprendre par cœur. Il faut que je paraisse convaincant. Qu'est-ce qui se passera si jamais je me trompe ?

– Tu prendras la plus belle correction de ta vie ! rugit l'oncle Vernon en s'avançant vers lui le poing levé.

Mais Harry ne recula pas d'un pouce.

– La plus belle correction de ma vie ne suffira pas à faire oublier à la tante Marge ce que je lui aurai dit, répondit-il d'un air sombre.

L'oncle Vernon s'immobilisa, le poing toujours brandi, le teint cramoisi.

– Une simple signature sur mon autorisation de sortie m'aiderait sûrement à me rappeler le nom de l'établissement où je suis censé être pensionnaire, reprit précipitamment Harry. Et je promets de me conduire comme un parfait Mol... je veux dire de faire semblant d'être normal...

De toute évidence, l'oncle Vernon réfléchissait intensément, malgré le rictus qui découvrait ses dents et la grosse veine qui battait à sa tempe.

– Très bien, dit-il enfin d'un ton sec. Je vais surveiller de près ton comportement pendant le séjour de la tante Marge. Si, à la fin, je juge que tu t'es bien tenu, je signerai ta fichue autorisation.

Il fit volte-face, ouvrit la porte et sortit en la claquant si fort que l'un des petits carreaux qui ornaient le haut du panneau se détacha et tomba par terre.

Harry monta directement dans sa chambre sans repasser par la cuisine. S'il devait vraiment se comporter comme un Moldu, autant commencer tout de suite. L'air triste, les gestes lents, il cacha ses cadeaux sous la lame de parquet branlante. Puis il s'approcha de la cage d'Hedwige. Errol semblait avoir retrouvé des forces. Tous deux s'étaient endormis. Harry poussa un soupir et se décida à les réveiller.

– Hedwige, dit-il d'un ton lugubre, il faut que tu t'en ailles pendant une semaine. Pars avec Errol, Ron s'occupera de vous. Je vais lui écrire un mot pour lui expliquer. Et ne me regarde pas comme ça, ajouta-t-il en voyant l'air de reproche dans les grands yeux couleur d'ambre de la chouette. Je n'y suis pour rien. C'est le seul moyen d'obtenir le droit d'aller à Pré-au-lard avec Ron et Hermione.

Dix minutes plus tard, Errol et Hedwige, un mot attaché à une patte, s'envolèrent par la fenêtre et disparurent au loin tandis que Harry, plus triste que jamais, rangeait la cage vide dans l'armoire.

Mais Harry n'eut guère le loisir de se morfondre. Quelques instants plus tard, il entendit la voix perçante de la tante Pétunia qui lui criait de descendre pour se tenir prêt à accueillir leur invitée.

– Tu aurais pu arranger tes cheveux ! lança-t-elle lorsqu'il arriva au bas de l'escalier.

Harry ne voyait pas pourquoi il aurait essayé de se coiffer. La tante Marge éprouvait un tel plaisir à le critiquer que plus il paraîtrait négligé, plus elle serait satisfaite.

Bientôt, il y eut un crissement de gravier lorsque l'oncle Vernon engagea la voiture dans l'allée, puis des claquements de portière et des bruits de pas.

– Ouvre la porte ! ordonna la tante Pétunia d'une voix sifflante.

La mine sinistre, l'estomac contracté, Harry s'exécuta.

La tante Marge était déjà sur le seuil. Elle ressemblait à l'oncle Vernon : grande, massive, le teint violacé, elle avait même une moustache, moins touffue cependant que celle de son frère. Une énorme valise à la main, elle tenait sous l'autre bras un vieux bouledogue à l'air féroce

– Où est mon Duddy chéri ? rugit la tante Marge. Où est-il, mon petit neveu adoré ?

Dudley s'avança dans le vestibule en se dandinant, ses cheveux blonds soigneusement plaqués sur sa tête grasse, un nœud papillon tout juste visible sous ses multiples mentons. La tante Marge jeta sa valise dans le ventre de Harry qui en eut le souffle coupé, saisit Dudley dans son bras libre et le serra contre elle à l'en étouffer en lui plantant un baiser sonore sur la joue.

Harry savait parfaitement que Dudley supportait sans broncher les embrassades de la tante Marge simplement parce qu'il était bien payé pour ça. En effet, lorsqu'elle le lâcha enfin, il serrait un gros billet de banque dans son poing dodu.

– Pétunia ! s'écria la tante Marge en passant devant Harry comme s'il s'était agi d'un portemanteau.

Les deux tantes s'embrassèrent ou, plus exactement, la tante Marge donna un grand coup de sa grosse mâchoire carrée contre la pommette osseuse de la tante Pétunia.

L'oncle Vernon entra à son tour et referma la porte en arborant un sourire jovial.

– Une tasse de thé, Marge ? proposa-t-il. Et Molaire, qu'est-ce qui pourrait lui faire plaisir ?

– Il boira un peu de thé dans ma soucoupe, répondit la tante Marge.

Ils prirent tous la direction de la cuisine, laissant Harry seul dans le vestibule avec la valise. Mais Harry ne s'en plaignait pas : trop content d'éviter la compagnie de la tante Marge, il prit tout son temps pour hisser la grosse valise au premier étage et la porter dans la chambre d'ami.

Lorsqu'il revint dans la cuisine, la tante Marge était attablée devant une tasse de thé et une tranche de cake tandis que Molaire lapait bruyamment sa soucoupe dans un coin. Harry remarqua que la tante Pétunia faisait une légère grimace en voyant l'animal éclabousser de thé et de bave le carrelage étincelant. La tante Pétunia détestait les animaux.

– Qui s'occupe de tes autres chiens, Marge ? demanda l'oncle Vernon.

– Je les ai confiés au colonel Courtepatt, répondit la tante Marge de sa grosse voix. Il est à la retraite, ça lui fait du bien d'avoir quelque chose à faire. Mais je n'ai pas pu me résoudre à abandonner ce pauvre Molaire. Il est trop malheureux quand je suis loin de lui.

Molaire se mit à grogner lorsque Harry s'assit. Pour la première fois depuis son arrivée, la tante Marge s'intéressa enfin à lui.

– Alors ? aboya-t-elle. Toujours là, toi ?

– Oui, dit Harry.

– Ne dis pas « oui » sur ce ton désagréable, grogna la tante Marge. Tu peux t'estimer heureux que Vernon et Pétunia te gardent sous leur toit. Moi, je ne l'aurais pas fait. Si c'était devant ma porte qu'on avait abandonné ton berceau, tu aurais directement filé dans un orphelinat.

Harry brûlait d'envie de répliquer qu'il aurait largement préféré vivre dans un orphelinat plutôt que chez les Dursley, mais la pensée de l'autorisation de sortie l'incita à se taire et il força ses lèvres à s'étirer en un sourire douloureux.

– Qu'est-ce que c'est que ce sourire insolent ? Tu te moques de moi, ou quoi ? tonna la tante Marge. Je vois que tu n'as fait aucun progrès depuis la dernière fois que je t'ai vu. J'espérais que l'école t'apprendrait un peu les bonnes manières.

Elle avala une longue gorgée de thé, s'essuya la moustache et reprit :

– Dans quel collège l'as-tu envoyé, Vernon ?

– A St Brutus, répondit aussitôt l'oncle Vernon. C'est un excellent établissement pour les cas désespérés.

– Je connais, dit la tante Marge. Est-ce que les châtiments corporels sont encore en usage à St Brutus, mon garçon ? lança-t-elle à Harry.

– Heu...

L'oncle Vernon fit un bref signe de tête dans le dos de la tante Marge.

– Oui, dit alors Harry.

Puis, estimant qu'il valait mieux jouer le jeu jusqu'au bout, il ajouta :

– Ils nous donnent sans arrêt des coups de canne.

– C'est très bien, approuva la tante Marge. J'en ai assez de ces mollassons qui voudraient qu'on abolisse les châtiments corporels. Dans quatre-vingt-dix-neuf pour cent des cas, tout s'arrangerait très bien avec une bonne correction. Et toi, tu en reçois beaucoup, des coups de canne ?

– Oh oui, dit Harry, des quantités.

La tante Marge plissa les yeux.

– Je n'aime pas du tout ce ton, mon garçon, dit-elle. Si tu peux parler avec tellement de désinvolture des coups que tu reçois, cela signifie qu'ils ne tapent pas assez fort. Pétunia, si j'étais toi, j'écrirais au directeur en insistant pour que ce garçon soit fouetté sans la moindre faiblesse.

L'oncle Vernon, craignant peut-être que Harry oublie leur marché, changea brusquement de conversation.

– Tu as entendu les nouvelles, ce matin, Marge ? Qu'est-ce que tu penses de cette histoire de prisonnier évadé ?

Tandis que la tante Marge prenait ses aises dans la maison, Harry se surprit à penser que la vie au 4, Privet Drive n'était pas si désagréable lorsqu'elle n'était pas là. La tante Pétunia et l'oncle Vernon insistaient toujours pour que Harry les laisse tranquilles, ce qu'il était ravi de faire. La tante Marge, en revanche, tenait à l'avoir devant les yeux en permanence pour pouvoir lancer de sa voix tonitruante toute sorte de suggestions destinées à améliorer son éducation. Elle prenait grand plaisir à comparer Harry à Dudley et rien ne l'enchantait davantage que d'acheter des cadeaux très chers à Dudley en jetant à Harry un regard féroce, comme pour le dissuader de demander pourquoi lui-même ne recevait jamais rien. Elle passait également une bonne partie de son temps à avancer d'obscures explications sur les raisons qui faisaient de Harry un personnage aussi peu fréquentable.

– Ce n'est pas toi qui es responsable de ce qu'est devenu ce garçon, Vernon, dit-elle le troisième jour, alors que la famille était en train de déjeuner. Lorsqu'il y a quelque chose de pourri à l'intérieur, personne ne peut rien y faire.

Harry s'efforça de concentrer son attention sur son assiette, mais ses mains s'étaient mises à trembler et il sentait la colère lui empourprer les joues. *Souviens-toi de l'autorisation de sortie*, se dit-il. *Pense aux promenades dans les rues de Pré-au-lard. Ne dis rien, ne lève même pas la...*

La tante Marge tendit la main pour prendre son verre de vin.

– C'est l'un des principes de base de toute éducation, poursuivit-elle. On le voit très bien dans l'élevage des chiens. S'il y a quelque chose de tordu chez la mère, on retrouvera la même tare chez ses chiots.

A cet instant, le verre de vin que tenait la tante Marge lui explosa dans la main. Des éclats de verre volèrent en tous sens et la tante Marge s'ébroua comme un chien mouillé, son visage congestionné ruisselant de vin.

– Marge ! couina la tante Pétunia. Marge, tu t'es fait mal ?

– Non, non, ce n'est rien, grommela la tante Marge en s'essuyant avec sa serviette. J'ai dû serrer le verre un peu trop fort. Il est arrivé la même chose chez le colonel Courtepatt l'autre jour. Ne t'inquiète pas, Pétunia. Il faut dire que j'ai de la poigne...

Mais la tante Pétunia et l'oncle Vernon regardaient Harry d'un air tellement soupçonneux qu'il estima préférable de se passer de dessert et de sortir de table.

Lorsqu'il fut dans le vestibule, il s'appuya contre le mur et respira profondément. C'était la première fois depuis longtemps qu'il perdait son sang-froid et se laissait aller à faire exploser quelque chose. Il ne pouvait pas se permettre de recommencer une telle erreur. L'autorisation de sortie n'était pas le seul enjeu : s'il continuait comme ça, il aurait des ennuis avec le ministère de la Magie.

Harry était encore un sorcier de premier cycle et les lois en usage dans le monde de la sorcellerie lui interdisaient de faire usage de la magie en dehors du collège. Il avait déjà des antécédents : l'été précédent, il avait reçu une lettre officielle l'avertissant clairement que si le ministère entendait à nouveau parler de phénomènes magiques se produisant dans Privet Drive, il s'exposait à être renvoyé de Poudlard.

Bientôt, Harry entendit les Dursley se lever de table et il se hâta de monter dans sa chambre.

Harry supporta sans broncher les trois jours suivants en se forçant à penser à son *Manuel d'entretien des balais* chaque fois que la tante Marge s'en prenait à lui. La méthode s'était révélée efficace, bien qu'elle lui donnât sans doute un regard un peu éteint, car la tante Marge finit par émettre l'opinion définitive que ce garçon était mentalement arriéré.

Enfin, au bout d'un temps qui lui avait semblé interminable, le séjour de la tante Marge arriva à sa fin. Pour son dernier soir chez les Dursley, la tante Pétunia avait préparé un dîner particulièrement raffiné et l'oncle Vernon déboucha plusieurs bouteilles de vin. Ils dégustèrent la soupe et le saumon sans faire la moindre allusion aux défauts de Harry. Lorsqu'arriva la tarte meringuée au citron, l'oncle Vernon assomma tout le monde avec de longs discours sur la Grunnings, la fabrique de perceuses qu'il dirigeait. Ensuite, la tante Pétunia fit du café et l'oncle Vernon sortit une bouteille de cognac.

– J'espère que tu te laisseras tenter, Marge, dit-il.

La tante Marge avait déjà bu beaucoup de vin et son visage joufflu était plus rouge que jamais.

– Juste un fond, minauda-t-elle. Encore un peu quand même... Un tout petit peu... Voilà, comme ça, c'est parfait.

Dudley en était à sa quatrième part de tarte. La tante Pétunia buvait son café, le petit doigt en l'air. Harry aurait bien voulu disparaître dans sa chambre, mais lorsqu'il croisa le regard furieux de l'oncle Vernon, il comprit aussitôt qu'il lui faudrait rester assis là jusqu'à la fin.

– Aahhh ! soupira la tante Marge en claquant la langue et en reposant son verre de cognac. On peut dire que ça fait du bien par où ça passe ! Moi, avec mes douze chiens, je n'ai jamais le temps de me faire la cuisine, je mange toujours sur le pouce.

Elle rota sans retenue et caressa son gros ventre revêtu de tweed.

– Excusez-moi. Ah, ça fait vraiment plaisir de voir un garçon bien bâti, reprit-elle en adressant un clin d'œil à Dudley. Tu deviendras un bel homme costaud, Duddy, comme ton père. Je reprendrais bien une petite goutte de cognac, Vernon... Quant à l'autre, là...

D'un mouvement de tête, elle désigna Harry qui sentit son estomac se contracter. *Le Manuel d'entretien des balais*, pensa-t-il aussitôt.

– Il a l'air d'un petit avorton méchant, poursuivit la tante Marge. Ça arrive avec les chiens, parfois. L'année dernière, j'ai demandé au colonel Courtepatt d'en noyer un. On aurait dit un petit rat, il était tout faible, complètement dégénéré.

Harry s'efforçait de se rappeler la page 12 de son livre : Une formule magique pour améliorer les balais sous-vireurs.

– Comme je le disais l'autre jour, ça vient du sang, insista la tante Marge. Quand le sang est mauvais, ça ressort toujours. Je ne veux rien dire contre ta famille, Pétunia – du bout de ses gros doigts en forme de pelle, elle tapota la main osseuse de la tante Pétunia –, mais ta sœur avait une tare. Ce sont des choses qui arrivent dans les meilleures familles. Ensuite, elle s'est acoquinée avec un bon à rien et on a le résultat devant nous.

Harry contemplait son assiette. Un étrange tintement résonnait dans ses oreilles. Empoignez fermement l'extrémité du manche de votre balai, se récita-t-il. Mais il n'arrivait pas à se souvenir de la suite du texte. La voix de la tante Marge semblait lui vriller les tympans comme une des perceuses de l'oncle Vernon.

– Ce Potter, reprit la tante Marge qui saisit la bouteille de cognac et remplit à nouveau son verre en le faisant déborder sur la nappe, tu ne m'as jamais dit ce qu'il faisait dans la vie ?

L'oncle Vernon et la tante Pétunia paraissaient extrêmement tendus. Dudley avait même levé les yeux de son assiette et regardait ses parents avec des yeux ronds.

– Il... il ne travaillait pas, dit l'oncle Vernon en jetant un vague coup d'œil à Harry. Il était au chômage.

– Je l'aurais parié ! s'exclama la tante Marge.

Elle but une longue gorgée de cognac et s'essuya le menton sur sa manche.

– Un paresseux, un bon à rien, un fainéant qui...

– Ce n'est pas vrai, dit soudain Harry.

Un lourd silence tomba. Harry tremblait des pieds à la tête. De sa vie, il n'avait jamais ressenti une telle fureur.

– ENCORE UN PETIT VERRE DE COGNAC ! s'écria l'oncle Vernon qui était devenu livide.

Il vida la bouteille dans le verre de la tante Marge.

– Et toi, mon garçon, siffla-t-il à l'adresse de Harry, dépêche-toi de filer au lit, allez, vite !

– Non, Vernon, hoqueta la tante Marge en levant la main, ses petits yeux injectés de sang fixés sur Harry. Vas-y, mon garçon, vas-y, continue. Tu es fier de tes parents, n'est-ce pas ? J'imagine qu'ils étaient ivres quand ils se sont tués en voiture...

– Ils ne se sont pas tués en voiture, l'interrompit Harry qui s'était levé d'un bond.

– Ils sont morts dans un accident de la route, espèce de sale petit menteur, et c'est à cause de ça que tu es devenu un fardeau pour une famille honnête et travailleuse ! hurla la tante Marge en s'enflant de colère. Tu n'es qu'un petit insolent, ingrat et...

Mais soudain, la tante Marge se tut. Pendant un instant, il sembla que les mots lui manquaient. Elle paraissait gonflée d'une fureur impossible à exprimer, mais en fait, elle enflait pour de bon. Son gros visage écarlate se boursoufla, ses yeux minuscules sortirent de leurs orbites et sa bouche se tendit si fort qu'elle était incapable de parler. Un instant plus tard, les boutons de sa veste de tweed sautèrent et rebondirent sur les murs. Elle continua de gonfler comme un monstrueux ballon, son ventre déchira ses vêtements, ses doigts devinrent aussi gros que des saucissons...

– Marge ! s'écrièrent ensemble l'oncle Vernon et la tante Pétunia tandis que le corps de la tante Marge s'élevait de sa chaise en montant vers le plafond.

Elle était toute ronde à présent. Telle une énorme bouée dotée de petits yeux porcins, avec des mains et des pieds qui dépassaient étrangement comme des nageoires, elle flottait en l'air en émettant des borborygmes apoplectiques. Molaire se précipita dans la salle à manger et se mit à aboyer comme un fou.

– NOOOOOOOONNNNNN !

L'oncle Vernon saisit l'un des pieds de Marge et essaya de la ramener à terre mais ce fut lui qui faillit s'envoler à son tour. Molaire se jeta alors sur ses mollets et y planta les crocs.

Harry se précipita hors de la salle à manger avant que quiconque ait pu l'en empêcher et fonça vers le placard sous l'escalier. Lorsqu'il se trouva devant la porte, celle-ci s'ouvrit comme par enchantement. Quelques secondes plus tard, il traîna sa grosse valise dans le vestibule, puis il monta l'escalier quatre à quatre, souleva la lame du parquet et reprit la taie d'oreiller dans laquelle étaient enveloppés ses livres et ses cadeaux d'anniversaire. Il prit également la cage d'Hedwige et dévala l'escalier. Il était de retour près de sa valise lorsque l'oncle Vernon surgit de la salle à manger, sa jambe de pantalon en lambeaux.

– REVIENS ICI TOUT DE SUITE ! hurla-t-il. *Reviens immédiatement et rends-lui sa forme normale !*

Mais Harry était aveuglé par la rage. Il ouvrit sa valise d'un coup de pied, saisit sa baguette magique et la pointa sur l'oncle Vernon.

– Elle a mérité ce qui lui arrive, dit-il, la respiration précipitée. Et que personne ne s'approche de moi !

A tâtons, il attrapa la poignée de la porte et l'ouvrit.

– Je m'en vais, dit-il. J'en ai assez !

Un instant plus tard, il se retrouva dans la rue sombre et silencieuse, traînant derrière lui sa lourde valise, la cage d'Hedwige sous le bras.

3

LE MAGICOBUS

Harry parcourut plusieurs autres rues en traînant péniblement sa valise derrière lui, avant de s'effondrer hors d'haleine sur un muret de Magnolia Crescent. Sa fureur toujours aussi vive, il resta un long moment sans bouger, à écouter les battements de son cœur.

Mais au bout de dix minutes de solitude dans cette rue obscure, un autre sentiment s'empara de lui : la panique. Il avait beau examiner la situation sous tous les angles, jamais il ne s'était trouvé dans un tel pétrin. Il était dehors, seul dans le monde hostile des Moldus, sans le moindre endroit où se réfugier. Le pire, c'était qu'il avait eu recours à un puissant sortilège, ce qui signifiait qu'il serait presque certainement expulsé de Poudlard. Il avait violé avec tant d'impudence le Décret sur la Restriction de l'usage de la magie chez les sorciers de premier cycle qu'il s'étonnait de n'avoir pas encore vu de représentants du ministère de la Magie surgir devant lui.

Harry frissonna et scruta Magnolia Crescent. Qu'allait-il lui arriver ? Allait-il être arrêté ou simplement banni du monde des sorciers ? Il pensa à Ron et à Hermione et se sentit encore plus désemparé. Il était sûr que, délinquant ou pas, Ron et Hermione auraient tout fait pour l'aider, mais ils étaient tous deux à l'étranger et maintenant qu'Hedwige était partie, il n'avait plus aucun moyen de les contacter.

Il n'avait pas non plus d'argent moldu. Il lui restait un peu d'or de sorcier dans un porte-monnaie au fond de sa valise, mais le reste de la fortune que ses parents lui avaient léguée se trouvait à Londres dans une chambre forte de chez Gringotts, la banque des sorciers. Et il n'aurait sûrement pas la force de traîner sa valise jusqu'à Londres. A moins que...

Il regarda sa baguette magique qu'il serrait toujours dans sa main. S'il était déjà exclu de Poudlard (le rythme de son cœur s'accéléra douloureusement à cette pensée), ce n'était pas un peu de magie supplémentaire qui aggraverait les choses. Il disposait de la cape d'invisibilité héritée de son père, alors pourquoi ne pas user d'un sortilège pour rendre sa valise aussi légère qu'une plume, puis l'attacher à son balai, et enfin s'envelopper dans la cape d'invisibilité pour voler jusqu'à Londres sans être vu ? Il pourrait alors prendre son argent dans la chambre forte et… commencer sa vie de banni. C'était une horrible perspective, mais il ne pouvait pas rester indéfiniment assis sur ce muret, sinon la police des Moldus finirait par venir lui demander ce qu'il faisait dehors en pleine nuit avec une valise qui contenait une collection de grimoires et un balai magique.

Harry ouvrit la valise et fouilla dans ses affaires pour dénicher sa cape d'invisibilité, mais avant même de l'avoir trouvée, il se redressa soudain en regardant à nouveau autour de lui.

Un curieux frisson sur la nuque lui avait donné l'impression que quelqu'un l'observait, mais la rue était déserte et il n'y avait pas de fenêtre allumée aux environs.

Il recommença à fouiller dans sa valise, mais il se releva presque aussitôt, la main crispée sur sa baguette magique. Il l'avait senti plus qu'entendu : quelque chose ou quelqu'un se trouvait dans l'espace étroit entre le muret et le garage de la maison devant laquelle il s'était arrêté. Harry scruta les ténèbres de l'allée. Si seulement ce qui l'observait avait bougé, il aurait su de quoi il s'agissait, un chat errant… ou autre chose.

– *Lumos*, marmonna-t-il.

Sa baguette magique projeta une lumière vive qui l'aveugla presque. Il la leva au-dessus de sa tête et la surface crépie du muret se mit à briller sous le rayon lumineux qui éclairait également la porte du garage. Dans l'espace qui les séparait, Harry distingua alors une silhouette massive dotée de grands yeux scintillants.

Harry recula d'un pas, trébucha contre sa valise et perdit l'équilibre. Il lâcha sa baguette qui fut projetée dans les airs sous le choc et tendit le bras en arrière pour essayer d'amortir sa chute mais il ne put éviter de tomber brutalement dans le caniveau.

Au même instant, il entendit une forte détonation et une lumière aveuglante jaillit soudain, l'obligeant à lever les mains pour se protéger les yeux.

Il poussa un cri et roula sur le trottoir juste à temps. Deux roues gigantesques surmontées d'énormes phares s'immobilisèrent dans un crissement de pneus à l'endroit précis où il était tombé un instant auparavant. En levant la tête, Harry s'aperçut que les roues appartenaient à un bus violet à double impériale qui venait de surgir du néant. Sur le pare-brise était écrit en lettres d'or : Magicobus.

Pendant une fraction de seconde, Harry se demanda si sa chute ne lui avait pas fait perdre la tête. Un contrôleur en uniforme violet sauta alors du bus en lançant d'une voix sonore :

– Bienvenue à bord du Magicobus, transport d'urgence pour sorcières et sorciers en perdition. Faites un signe avec votre baguette magique et montez, montez, nous vous emmènerons où vous voudrez. Je m'appelle Stan Rocade et je serai votre contrôleur cette...

L'homme s'interrompit. Il venait d'apercevoir Harry, toujours assis sur le trottoir. Harry ramassa sa baguette magique et se releva. De près, il s'aperçut que Stan Rocade n'était guère plus âgé que lui. Il devait avoir dix-huit ou dix-neuf ans tout au plus. Ses oreilles étaient largement décollées et il avait pas mal de boutons sur la figure.

– Qu'est-ce que tu faisais par terre ? s'étonna Stan, d'un ton qui n'avait plus rien de professionnel.

– Je suis tombé, dit Harry.

– Qu'est-ce qui t'a pris ?

– Je ne l'ai pas fait exprès, répliqua Harry, agacé.

Il s'était tordu un genou et la main avec laquelle il avait essayé de se rattraper était en sang. Il se rappela brusquement la raison de sa chute et tourna aussitôt la tête en direction de l'allée, entre le muret et le garage. Les phares du Magicobus l'inondaient de lumière, mais elle était vide.

– Qu'est-ce que tu regardes ? demanda Stan.

– Il y avait une grande chose noire, là, expliqua Harry en montrant vaguement l'espace vide. On aurait dit un chien, un très gros chien...

Il se tourna vers Stan qui le regardait la bouche entrouverte. Avec un sentiment de malaise, Harry vit que les yeux de Stan s'étaient posés sur la cicatrice en forme d'éclair qu'il avait au front.

– Qu'est-ce que c'est que ce truc sur ta tête ? demanda soudain le contrôleur.

– Ce n'est rien, répondit précipitamment Harry en se lissant les cheveux pour cacher la cicatrice.

Si le ministère de la Magie était à sa recherche, il n'avait pas envie de lui faciliter la tâche.

— Tu t'appelles comment ? interrogea Stan.

— Neville Londubat, répondit Harry en donnant le premier nom qui lui venait à l'esprit. Alors, comme ça, ce bus va où on veut… poursuivit-il en espérant changer de sujet.

— Ouais, dit fièrement Stan, absolument où on veut, à condition que ce soit sur la terre ferme. Il ne roule pas sous l'eau. Mais dis donc, continua-t-il d'un air à nouveau soupçonneux, tu nous as fait signe, pas vrai ? Tu as agité ta baguette magique, c'est bien ça ?

— Oui, oui, dit rapidement Harry. Combien ça me coûterait d'aller à Londres ?

— Onze Mornilles, répondit Stan, mais pour quatorze, tu as droit à une tasse de chocolat chaud en plus, et pour quinze, on te donne une bouteille d'eau chaude et une brosse à dents de la couleur de ton choix.

Harry fouilla à nouveau dans sa valise, en retira son porte-monnaie et fourra quelques pièces d'argent dans la main de Stan. Avec l'aide du contrôleur, il hissa la valise dans l'autobus, posa dessus la cage d'Hedwige, puis monta dans le bus.

A l'intérieur, il n'y avait pas de sièges. Ils avaient été remplacés par des lits en cuivre, alignés derrière les fenêtres masquées par des rideaux. Des bougies brûlaient dans des chandeliers, illuminant les parois lambrissées du véhicule. A l'arrière, un minuscule sorcier coiffé d'un bonnet de nuit murmura :

— Non merci, pas maintenant, je fais des conserves de limaces.

Puis il se retourna dans son sommeil.

— Installe-toi là, murmura Stan en poussant la valise de Harry sous le lit situé derrière le conducteur du bus, assis dans un fauteuil de salon devant son volant. Voici notre chauffeur, il s'appelle Ernie Danlmur. Ern, je te présente Neville Londubat.

Ernie Danlmur, un vieux sorcier aux épaisses lunettes, adressa un signe de tête à Harry qui lissa ses cheveux d'un geste fébrile pour bien cacher sa cicatrice et s'assit sur son lit.

— On peut y aller, Ern, dit Stan en prenant place dans un autre fauteuil de salon, à côté du chauffeur.

Il y eut une nouvelle détonation assourdissante et Harry bascula en arrière, déséquilibré par le démarrage en trombe du Magicobus. Il se redressa et regarda à travers la vitre. A présent, l'autobus filait le long d'une tout autre rue, très différente de celle qu'il venait de quitter. Stan prenait grand plaisir à observer l'expression stupéfaite de Harry.

– C'était là qu'on était avant que tu nous fasses signe, dit-il. Où on est, Ern ? Quelque part au pays de Galles, non ?

– Ouais, répondit Ernie.

– Comment ça se fait que les Moldus n'entendent pas le bus ? s'étonna Harry.

– Eux ? dit Stan d'un ton méprisant. Ils ne savent pas écouter. Savent pas regarder non plus, d'ailleurs. Ne font jamais attention à rien. Jamais.

– Il faudrait réveiller Madame Dumarais, Stan, dit Ernie. On va arriver à Abergavenny dans une minute.

Stan passa devant Harry et disparut dans un étroit escalier aux marches de bois. Harry, de plus en plus nerveux, continuait de regarder par la fenêtre. Ernie ne semblait pas très bien maîtriser l'usage d'un volant. Le Magicobus ne cessait de monter sur les trottoirs et pourtant, il ne heurtait aucun obstacle. Les réverbères, les boîtes à lettres et les poubelles s'écartaient d'un bond à son approche et reprenaient leur place quand il était passé.

Stan redescendit, suivi d'une sorcière au teint légèrement verdâtre, emmitouflée dans une cape de voyage.

– Vous êtes arrivée, Madame Dumarais, dit Stan d'un ton joyeux.

Ernie écrasa le frein et tous les lits glissèrent d'une trentaine de centimètres vers l'avant du bus. Madame Dumarais plaqua un mouchoir contre sa bouche et descendit les marches d'un pas mal assuré. Lorsqu'elle fut sortie du bus, Stan jeta sa valise derrière elle puis referma les portières d'un geste vigoureux. Il y eut une nouvelle détonation et ils foncèrent le long d'un étroit chemin de campagne bordé d'arbres qui s'écartaient pour les laisser passer.

Même s'il ne s'était pas trouvé dans un autobus qui n'arrêtait pas d'exploser en sautant des centaines de kilomètres d'un coup, Harry aurait été incapable de dormir. Il ne cessait de se demander ce qui allait lui arriver et son estomac se contractait douloureusement à cette pensée. Il se demandait également si les Dursley avaient réussi à faire redescendre la tante Marge du plafond.

Stan avait ouvert *La Gazette du sorcier* et la lisait attentivement, la langue entre les dents. A la une, la photo d'un homme au visage émacié et aux longs cheveux emmêlés clignait lentement de l'œil en direction de Harry. Ce visage lui disait vaguement quelque chose.

– Cet homme ! s'exclama soudain Harry. Les Moldus en ont parlé à la télé !

Stanley jeta un coup d'œil à la photo et pouffa de rire.

– Sirius Black, dit-il en hochant la tête. Bien sûr que les Moldus en ont parlé. D'où tu sors ?

Devant l'expression interdite de Harry, il eut un petit rire supérieur et lui tendit la première page du journal.

– Tu devrais lire les journaux plus souvent, Neville, lança-t-il.

Harry approcha le journal de la bougie et lut :

BLACK TOUJOURS INTROUVABLE

Sirius Black, qui peut prétendre au titre de plus infâme criminel jamais détenu à la forteresse d'Azkaban, échappe toujours aux recherches, nous confirme aujourd'hui le ministère de la Magie.

« Nous faisons notre possible pour capturer Black, nous a déclaré ce matin Cornelius Fudge, le ministre de la Magie, et nous demandons instamment à la communauté des sorcières et sorciers de rester calme. »

Fudge a été critiqué par certains membres de la Fédération internationale des Mages et Sorciers pour avoir informé de la situation le Premier ministre Moldu.

« Il est clair que c'était mon devoir, a déclaré Cornelius Fudge non sans une certaine irritation. Black est un fou, il représente un danger pour quiconque se trouve en sa présence, sorcier ou Moldu. J'ai obtenu du Premier ministre l'assurance qu'il ne dirait pas un mot à qui que ce soit de la véritable identité de Black. D'ailleurs, ne nous y trompons pas : qui le croirait si jamais il le faisait ? »

Les Moldus ont été avertis que Black était armé d'un pistolet (sorte de baguette magique dont les Moldus se servent pour s'entre-tuer), mais ce que craint la communauté des sorcières et sorciers, c'est un massacre tel que celui qui s'est produit il y a douze ans, lorsque Black a tué treize personnes d'un coup en lançant un seul sort.

Harry regarda les yeux sombres de Sirius Black, la seule partie de son visage décharné qui semblait vivante. Harry n'avait jamais rencontré de vampire, mais il en avait vu en photo dans les cours de Défense contre les forces du Mal et Black, avec ses joues cireuses, avait l'air d'en être un.

– Il fait peur, pas vrai ? dit Stan qui observait Harry.

– Il a vraiment tué *treize personnes* ? demanda Harry en lui rendant le journal. En jetant un *seul sort* ?

– Oui, dit Stan. En plein jour et devant témoins. Ça a fait une de ces histoires, pas vrai, Ern ?

– Ouais, dit Ernie d'un air sombre.

Stan pivota dans son fauteuil, les mains derrière la nuque, pour mieux voir Harry.

– Black était un des grands partisans de Tu-Sais-Qui, dit-il.

– Quoi, Voldemort ? répondit machinalement Harry.

Les boutons qui constellaient le visage de Stan devinrent livides. Ernie sursauta, donnant un coup de volant si brutal qu'une ferme tout entière dut s'écarter d'un bond pour éviter le bus.

– Tu deviens fou, ou quoi ? s'écria Stan. Qu'est-ce qui te prend de prononcer son nom ?

– Désolé, répondit précipitamment Harry, je… j'avais oublié…

– Oublié ! dit Stan d'une voix éteinte. J'en ai le cœur qui bat la chamade…

– Alors, donc… Black était un partisan de Tu-Sais-Qui ? reprit Harry sur un ton d'excuse.

– Ouais, dit Stan en se frottant la poitrine. Il en était même très proche… Et quand le petit Harry Potter a démoli Tu-Sais-Qui…

D'un geste vif, Harry ramena sa mèche sur sa cicatrice.

– … tous les partisans de Tu-Sais-Qui ont été traqués, pas vrai, Ern ? La plupart savaient bien que c'était fini pour eux, maintenant qu'il n'était plus là et ils se sont tenus tranquilles. Sauf Sirius Black. D'après ce qu'on m'a dit, il pensait qu'il allait devenir son bras droit quand Tu-Sais-Qui aurait pris le pouvoir. Finalement, ils ont réussi à coincer Black au milieu d'une rue pleine de Moldus. Alors, il a sorti sa baguette magique et il a jeté un sort qui a dévasté toute la rue. Un sorcier et douze Moldus ont été tués sur le coup. Horrible, pas vrai ? Et tu sais ce que Black a fait après ça ? ajouta Stan d'un ton dramatique.

– Quoi ? demanda Harry.

— Il a éclaté de rire, reprit Stan. Il est resté là, debout à rigoler. Et quand des renforts du ministère de la Magie sont arrivés, il les a suivis sans résister en continuant à rire comme un bossu. Parce qu'il est fou, pas vrai, Ern ? Il est fou.

— S'il ne l'était pas en arrivant à Azkaban, il l'est sûrement devenu, dit Ern d'une voix très lente. Je préférerais me faire exploser plutôt que de mettre les pieds là-bas. En tout cas, c'est bien fait pour lui, après ce qu'il a fait…

— Ils en ont eu du travail pour maquiller tout ça, pas vrai, Ern ? poursuivit Stan. Une rue entièrement ravagée avec des cadavres de Moldus un peu partout. Qu'est-ce qu'ils ont donné comme explication, déjà, Ern ?

— Explosion de gaz, grommela Ernie.

— C'est ça, et maintenant, il s'est évadé, reprit Stan en contemplant à nouveau le visage émacié de Sirius Black. C'est la première fois qu'un prisonnier arrive à s'échapper d'Azkaban, pas vrai, Ern ? Comprends pas comment il s'y est pris. Ça fait peur, non ? En tout cas, ça m'étonnerait qu'il ait beaucoup de chances de s'en tirer face aux gardiens d'Azkaban, pas vrai, Ern ?

Ernie fut soudain secoué d'un frisson.

— Tu ne voudrais pas parler d'autre chose, Stan, sois gentil. Rien que de penser aux gardiens d'Azkaban, j'en ai mal au ventre.

Stan reposa le journal à contrecœur et Harry s'appuya contre la vitre du bus, plus inquiet que jamais. Il ne pouvait s'empêcher d'imaginer ce que Stan dirait à ses passagers dans quelque temps.

— Vous avez entendu cette histoire sur Harry Potter ? Il a gonflé sa tante comme une montgolfière. On l'a ramassé dans le Magicobus, pas vrai, Ern ? Il essayait de s'échapper…

Harry aussi avait violé la loi des sorciers, tout comme Sirius Black. Transformer sa tante en ballon constituait-il un délit suffisant pour l'envoyer à Azkaban ? Harry ne savait rien de la prison des sorciers. Mais chaque fois qu'on lui en avait parlé, c'était avec la même terreur dans la voix. Hagrid, le garde-chasse de Poudlard, y avait passé deux mois l'année précédente et Harry n'était pas près d'oublier son expression épouvantée quand on lui avait annoncé qu'il allait y être emmené. Hagrid était pourtant l'un des hommes les plus courageux que Harry ait jamais rencontrés.

Le Magicobus roulait dans l'obscurité, écartant sur son passage bornes lumineuses, cabines téléphoniques, arbres et buissons. Accablé, Harry, étendu sur son lit de plumes, se tournait et se retournait dans tous les sens. Au bout d'un moment, Stan se rappela que Harry avait payé d'avance une tasse de chocolat chaud. Il la lui apporta mais renversa tout sur l'oreiller lorsque le bus passa brutalement d'Anglesey au pays de Galles à Aberdeen en Ecosse. Un par un, des sorcières et des sorciers vêtus de chemises de nuit et chaussés de pantoufles descendaient des étages supérieurs et semblaient enchantés de quitter enfin le Magicobus.

Bientôt, Harry resta le seul passager.

– Alors, Neville, dit Stan en joignant les mains, où est-ce qu'on te laisse, à Londres ?

– Sur le Chemin de Traverse, répondit Harry.

– On y va, dit Stan. Attention, tiens-toi bien.

BANG !

Après une nouvelle détonation, le Magicobus se retrouva dans Charing Cross Road. Harry se redressa sur son lit et regarda les immeubles et les bancs publics se serrer sur son passage pour lui laisser la voie libre. Le ciel commençait à s'éclaircir. Harry avait l'intention de se cacher quelque part pendant deux heures puis d'aller à la banque Gringotts dès l'ouverture. Ensuite, il s'enfuirait quelque part, il ne savait où.

Ern écrasa la pédale de frein et le Magicobus s'arrêta dans un long dérapage devant un pub d'aspect miteux. C'était Le Chaudron baveur, au fond duquel se trouvait la porte magique qui permettait d'accéder au Chemin de Traverse.

– Merci, dit Harry à Ern.

Il sortit du bus et aida Stan à descendre sa valise et la cage d'Hedwige sur le trottoir.

– Bon, eh bien, au revoir, dit Harry.

Mais Stan ne lui prêta aucune attention. Les yeux exorbités, il regardait fixement l'entrée obscure du Chaudron baveur.

– Te voici arrivé, Harry, dit alors une voix.

Avant que celui-ci ait eu le temps de se retourner, une main se posa sur son épaule.

– Ça alors ! s'exclama Stan. Ern, viens voir ça ! Viens voir !

Harry tourna la tête pour voir à qui appartenait la main posée sur son épaule et il eut soudain l'impression d'avoir avalé un seau de glaçons : il s'agissait de Cornelius Fudge, le ministre de la Magie en personne.

Stan sauta sur le trottoir.

– Comment avez-vous appelé Neville, Monsieur le Ministre ? demanda-t-il d'un ton surexcité.

Fudge, un petit homme replet vêtu d'une longue cape à fines rayures, semblait épuisé et frigorifié.

– Neville ? répéta Fudge en fronçant les sourcils. C'est Harry Potter.

– Je le savais ! s'écria Stan d'un air ravi. Ern ! Ern ! Devine qui est Neville ! C'est Harry Potter ! J'ai vu sa cicatrice !

– C'est ça, c'est ça, dit Fudge, agacé, je suis ravi que le Magicobus ait amené Harry jusqu'ici, mais lui et moi, nous aurions besoin d'être un peu tranquilles à présent…

Fudge serra l'épaule de Harry et l'entraîna à l'intérieur du pub. Une silhouette voûtée, portant une lanterne, se dessina derrière le bar. C'était Tom, le patron, un vieil homme édenté à la peau ridée.

– Ah, vous l'avez trouvé, Monsieur le Ministre ! s'exclama-t-il. Vous voulez boire quelque chose ? Une bière ? Un cognac ?

– Une tasse de thé, plutôt, répondit Fudge qui tenait toujours Harry par l'épaule.

Stan et Ernie apparurent alors, traînant la valise de Harry ainsi que la cage d'Hedwige. Tous deux jetaient alentour des regards brillants de curiosité.

– Comment ça se fait que tu ne nous aies pas dit qui tu étais ? lança Stan, le visage rayonnant, tandis que la tête de hibou d'Ernie jetait un regard intéressé par-dessus l'épaule de son collègue.

– Il nous faudrait aussi un salon privé, Tom, dit sèchement Cornelius Fudge.

D'un signe de la main, le patron du pub invita le ministre à le suivre dans le couloir, derrière le bar.

– Au revoir, dit Harry à Stan et Ern d'un ton résigné.

– Salut, Neville ! dit Stan.

Fudge entraîna Harry le long de l'étroit passage éclairé par la lanterne de Tom. Puis tous trois pénétrèrent dans un petit salon. Tom claqua des doigts et un feu jaillit aussitôt dans la cheminée. Il sortit alors de la pièce en s'inclinant respectueusement.

– Assieds-toi, Harry, dit Fudge en montrant un fauteuil auprès du feu.

Harry s'exécuta. Malgré la chaleur des flammes, il sentait des frissons lui parcourir le corps. Fudge enleva sa cape à rayures et la jeta sur une chaise, puis il remonta soigneusement les plis du pantalon de son costume vert bouteille et s'assit face à Harry.

– Harry, je me présente, je suis Cornelius Fudge, le ministre de la Magie.

Bien entendu, Harry le savait déjà. Il avait eu l'occasion de voir Fudge un jour, mais comme il portait alors la cape d'invisibilité que lui avait léguée son père, le ministre n'en avait jamais rien su.

Tom réapparut avec un plateau sur lequel étaient disposés des tasses, une théière et des petits pains. Il posa le plateau sur la table entre Fudge et Harry et quitta le salon en refermant la porte derrière lui.

– Eh bien, dit Fudge en versant le thé dans les tasses, on peut dire que tu nous as fait une belle peur ! T'enfuir ainsi de chez ton oncle et ta tante ! Je commençais à me demander... mais enfin tu es sain et sauf c'est l'essentiel.

Fudge se beurra un petit pain et poussa l'assiette vers Harry.

– Mange, Harry, dit-il, tu as l'air exténué. Tu seras peut-être content d'apprendre que nous avons mis un terme au gonflement intempestif de Mademoiselle Marjorie Dursley. Deux représentants du Département de Réparation des Accidents de Sorcellerie ont été envoyés à Privet Drive, il y a quelques heures. Miss Dursley a été perforée et un sortilège d'amnésie a été pratiqué. Elle ne gardera aucun souvenir de l'incident qui est donc définitivement clos.

Par-dessus sa tasse de thé, Fudge adressa un sourire à Harry, dans l'attitude d'un oncle bienveillant face à son neveu préféré. Harry, qui n'en croyait pas ses oreilles, ouvrit la bouche pour dire quelque chose, mais il ne trouva rien à répondre et renonça à prononcer le moindre mot.

– Tu t'inquiètes sans doute de la réaction de ton oncle et de ta tante ? reprit Fudge. Ils sont très en colère, inutile de le nier, mais ils ont quand même accepté de te reprendre chez eux l'été prochain, à condition que tu restes à Poudlard pour les vacances de Noël et de Pâques.

Harry retrouva l'usage de la parole.

– Je reste *toujours* à Poudlard à Noël et à Pâques, dit-il, et de toute façon, je ne veux plus jamais retourner à Privet Drive.

– Allons, allons, je suis sûr que tu ne diras plus la même chose lorsque tu te seras calmé, répondit Fudge d'un ton préoccupé. Après tout, ils sont ta seule famille et je suis convaincu que vous vous aimez beaucoup les uns les autres… heu… au fond de vous-mêmes…

Harry ne songea même pas à le démentir. Ce qui l'intéressait, c'était de savoir ce qui allait lui arriver maintenant.

– Reste à décider où tu vas passer tes deux dernières semaines de vacances, poursuivit Fudge en se beurrant un deuxième petit pain. Je suggère que tu prennes une chambre ici, au Chaudron baveur et…

– Attendez… l'interrompit Harry. Qu'est-ce que je vais avoir comme punition ?

Fudge cligna des yeux.

– Comme punition ?

– J'ai violé la loi ! dit Harry. Le Décret sur la Restriction de l'usage de la magie chez les sorciers de premier cycle.

– Voyons, mon garçon, nous n'allons pas te punir pour une petite chose comme ça ! s'exclama Fudge en agitant son petit pain dans un geste d'impatience. Ce n'était qu'un accident ! On ne va quand même pas envoyer quelqu'un à Azkaban simplement parce qu'il a gonflé sa tante comme un ballon !

Mais Harry était bien placé pour savoir qu'on ne tenait jamais de tels propos au ministère de la Magie.

– L'année dernière, j'ai reçu un avertissement simplement parce qu'un elfe de maison avait jeté un gâteau par terre dans la cuisine de mon oncle ! rappela-t-il en fronçant les sourcils. Et le ministère de la Magie a dit que je serais renvoyé de Poudlard si un phénomène magique se reproduisait là-bas !

Harry eut alors la très nette impression que Cornelius Fudge se sentait soudain mal à l'aise.

– Les circonstances peuvent changer, Harry… dit-il. Nous devons prendre en considération… dans le climat actuel… Tu n'as pas cherché à être renvoyé, n'est-ce pas ?

– Bien sûr que non.

– Dans ce cas, pourquoi faire tant d'histoires ? dit Fudge en éclatant de rire. Tiens, prends donc un petit pain pendant que je vais voir si Tom a une chambre libre pour toi.

Les yeux ronds, Harry regarda Fudge sortir de la pièce. Il se passait quelque chose d'extrêmement étrange. Pourquoi Fudge l'avait-il attendu au Chaudron baveur, sinon pour le punir de ce qu'il avait fait ? Et d'ailleurs, comment se faisait-il que le ministre de la Magie se déplace en personne pour s'occuper d'une histoire qui concernait un sorcier de premier cycle ?

Fudge revint en compagnie de Tom.

— La chambre 11 est libre, Harry, dit Fudge. Je pense que tu y seras très bien. Il y a simplement une règle à observer, je suis sûr que tu comprendras très bien : je ne veux pas que tu ailles te promener à Londres côté Moldus, d'accord ? Reste sur le Chemin de Traverse. Et rentre toujours ici avant la tombée du jour. Je confie à Tom le soin de te surveiller.

— C'est entendu, dit lentement Harry, mais pourquoi ?

— On ne veut pas te perdre une deuxième fois, tu comprends ? répondit Fudge en riant de bon cœur. Il vaut beaucoup mieux savoir où tu te trouves...

Fudge s'éclaircit bruyamment la gorge et prit sa cape à rayures.

— Bon, je m'en vais, dit-il, j'ai beaucoup de choses à faire.

— Vous avez réussi à repérer Black ? demanda Harry.

Les doigts de Fudge glissèrent soudain sur les boutons d'argent de sa cape.

— Qui ça ? Ah, oui, tu as entendu parler de cette histoire, non, pour l'instant, on ne sait pas où il est, mais c'est une simple question de temps. Les gardiens d'Azkaban n'ont jamais connu d'échec... et je ne les ai jamais vus aussi furieux.

Fudge eut un léger frisson.

— Eh bien, au revoir, dit-il.

Il serra la main de Harry qui eut une idée soudaine.

— Heu... Monsieur le Ministre, puis-je vous demander quelque chose ?

— Mais certainement, répondit Fudge avec un sourire.

— Les élèves de troisième année sont autorisés à visiter Pré-au-lard, mais mon oncle et ma tante ne m'ont pas signé mon autorisation de sortie. Est-ce que vous pourriez le faire à leur place ?

Fudge sembla mal à l'aise.

– Ah, heu… non, non, désolé, Harry, mais comme je ne suis ni un parent ni un tuteur…

– Mais vous êtes le ministre de la Magie, dit précipitamment Harry. Si vous me donniez la permission…

– Non, je suis navré, Harry, mais le règlement, c'est le règlement. Tu pourras peut-être visiter Pré-au-lard l'année prochaine. En fait, je crois que ce serait mieux pour toi si tu ne… enfin, bon, je m'en vais. Amuse-toi bien, Harry.

Fudge sourit et lui serra à nouveau la main avant de sortir de la pièce. Tom s'avança alors vers Harry, le visage rayonnant.

– Si vous voulez bien me suivre, Mr Potter, dit-il. J'ai déjà monté vos bagages.

Harry suivit Tom dans un élégant escalier puis jusqu'à une porte sur laquelle une plaque de cuivre portait le numéro 11. L'aubergiste tourna une clé dans la serrure et ouvrit la porte.

Le lit avait l'air confortable, les meubles de chêne étaient soigneusement cirés, un feu brûlait dans la cheminée et, perchée sur une armoire, il y avait…

– Hedwige ! s'exclama Harry.

La chouette au plumage de neige fit claquer son bec et vint se poser sur le bras de Harry dans un bruissement d'ailes.

– Vous avez une chouette très intelligente, gloussa Tom. Elle est arrivée cinq minutes après vous. Si vous avez besoin de quelque chose, Mr Potter, n'hésitez pas à m'appeler.

Il s'inclina et sortit.

Harry resta longtemps assis sur le lit à caresser machinalement Hedwige. Au-dehors, le ciel changeait rapidement de couleur, passant d'un bleu sombre et velouté à un gris d'acier, puis se teintant d'une nuance rose parsemée d'or. Harry avait du mal à croire que, quelques heures auparavant, il était encore à Privet Drive. Mieux : il ne serait pas renvoyé de Poudlard et il allait passer deux semaines tranquilles, loin des Dursley.

– C'était une drôle de nuit, Hedwige, dit-il en bâillant.

Sans même enlever ses lunettes, il se laissa alors tomber sur l'oreiller et s'endormit aussitôt.

4

Le Chaudron baveur

Harry mit plusieurs jours à s'habituer à cette étrange et nouvelle liberté. Jamais auparavant, il n'avait eu la possibilité de se lever quand bon lui semblait ou de manger ce qui lui plaisait. Il pouvait même aller où il voulait, à condition que ce fût sur le Chemin de Traverse. Mais comme cette longue rue pavée rassemblait les plus extraordinaires boutiques de sorcellerie du monde, Harry n'avait aucune envie de désobéir à Fudge en s'aventurant dans le monde des Moldus.

Chaque matin, il prenait son petit déjeuner dans la salle du Chaudron baveur où il prenait plaisir à observer les autres clients : de drôles de petites sorcières débarquées de la campagne pour faire du shopping sur le Chemin de Traverse, de vieux mages vénérables commentant les derniers articles du *Mensuel de la Métamorphose*, des sorciers hirsutes, des nains tapageurs et même un jour quelqu'un qui avait l'air d'une harpie et qui commanda une assiette de foie cru, la tête dissimulée sous un passe-montagne.

Après le petit déjeuner, Harry sortait dans la cour, derrière le pub, prenait sa baguette magique, tapotait la troisième brique au-dessus de la poubelle en partant de la gauche et attendait que s'ouvre la porte en arcade qui donnait accès au Chemin de Traverse.

Il passait de longues journées ensoleillées à explorer les boutiques et à manger à l'ombre des parasols multicolores disposés aux terrasses des cafés, où les autres clients se montraient leurs achats ou commentaient l'évasion de Sirius Black. Harry n'avait plus à faire ses devoirs de vacances en cachette sous sa couverture. A présent, il pouvait travailler en plein jour à la terrasse de Florian Fortarôme, le glacier. Parfois, il bénéficiait de l'aide de Florian lui-même qui savait beaucoup de choses sur les chasses aux sorcières du Moyen Age et donnait à Harry des sundaes gratuits toutes les demi-heures.

Depuis qu'il avait rempli sa bourse de Gallions d'or, de Mornilles d'argent et de Noises de bronze qu'il était allé chercher dans sa chambre forte de Gringotts, Harry devait faire des efforts considérables pour ne pas tout dépenser d'un seul coup. Une semaine après son arrivée au Chaudron baveur, son sens de l'économie fut mis à rude épreuve lorsqu'il vit une foule s'engouffrer soudain dans sa boutique préférée, le Magasin d'Accessoires de Quidditch.

Intrigué, Harry entra à son tour et se fraya un chemin parmi des sorciers surexcités jusqu'à un podium qui venait d'être installé. Il aperçut alors le plus extraordinaire balai qu'il eût jamais vu.

– Ça vient de sortir, c'est un prototype, dit quelqu'un à côté de Harry.

– C'est vrai que c'est le balai le plus rapide du monde, Papa ? demanda un jeune garçon accroché au bras de son père.

– L'équipe nationale d'Irlande vient de commander sept de ces merveilles pour ses joueurs, annonça le patron du magasin. Et ils partent favoris pour la coupe du monde !

Une grosse sorcière qui se tenait devant Harry se décida enfin à bouger et il put alors lire l'écriteau posé à côté du balai.

L'ÉCLAIR DE FEU

Avec sa ligne aérodynamique et son manche en bois de frêne recouvert d'un vernis garanti inattaquable, ce balai de course représente le dernier cri en matière de technologie. Chaque modèle porte sur le manche un numéro de fabrication gravé à la main qui garantit sa qualité. Les branches de bouleau soigneusement sélectionnées ont été taillées une par une pour obtenir le meilleur coefficient de pénétration dans l'air, donnant à L'Éclair de Feu un équilibre et une précision insurpassables. Avec des accélérations de 0 à 240 km/h en dix secondes et un sortilège de freinage à toute épreuve, l'Éclair de Feu offre les meilleures performances et les meilleures conditions de sécurité actuellement disponibles sur le marché. Prix sur demande.

Prix sur demande... Harry n'osait même pas songer à la quantité d'or que pouvait coûter une telle merveille. C'était la première fois de sa vie qu'il désirait quelque chose avec autant d'intensité. Mais après tout, il n'avait jamais perdu un match de Quidditch sur son Nimbus 2000, alors, à quoi bon vider le contenu de sa chambre forte de Gringotts pour acheter un Éclair de Feu puisqu'il possédait déjà un excellent balai ? Harry ne demanda pas le prix, mais il revint presque chaque jour dans le magasin pour contempler l'objet.

Il y avait beaucoup d'autres choses qu'il était obligé d'acheter. Il passa chez l'apothicaire et renouvela son stock d'ingrédients pour potions, puis il acheta de nouvelles robes de sorcier, celles de l'année dernière étant désormais trop courtes de plusieurs centimètres. Plus important encore, il fit l'acquisition de ses nouveaux manuels, notamment ceux qui traitaient des deux nouvelles matières qu'il étudierait cette année : Soins aux créatures magiques et Divination.

Harry eut une surprise en regardant la vitrine du libraire. Au lieu de l'habituelle exhibition de grimoires de la taille d'un pavé, à la couverture incrustée de lettres d'or, il y avait une grande cage de fer dans laquelle étaient enfermés une centaine d'exemplaires du *Monstrueux Livre des Monstres*. Des pages déchirées volaient en tous sens tandis que les livres se livraient à des matchs de lutte, s'agrippant dans des prises furieuses ponctuées de féroces claquements de couvertures.

Harry sortit sa liste de livres de sa poche et la regarda pour la première fois en détail. *Le Monstrueux Livre des Monstres* était le manuel de base des cours de Soins aux créatures magiques. Harry comprenait à présent pourquoi Hagrid lui en avait offert un pour son anniversaire. Il se sentit soulagé : il avait craint que Hagrid ait encore adopté un animal terrifiant et qu'il ait besoin d'aide pour le maîtriser.

Lorsque Harry entra dans la librairie Fleury et Bott, le directeur se précipita vers lui.

– Élève de Poudlard ? dit-il à brûle-pourpoint. Vous êtes venu chercher vos nouveaux livres ?

– Oui, dit Harry, j'ai besoin de…

– Écartez-vous, dit le libraire d'un ton impatient en repoussant Harry.

Il passa une paire de gants épais, saisit une grosse canne noueuse et s'avança vers la porte de la cage aux livres monstrueux.

– Pas la peine, dit Harry, j'en ai déjà un.

– Vraiment ?

Le visage du libraire exprima un profond soulagement.

– Ça, c'est une bonne nouvelle, dit-il, je me suis déjà fait mordre cinq fois ce matin.

Un bruit de déchirure retentit alors. Deux des livres monstrueux en avaient attrapé un troisième et s'acharnaient à le mettre en pièces.

– Arrêtez ! Arrêtez ! s'écria le libraire en leur donnant de grands coups de canne à travers les barreaux de la cage. Je ne laisserai plus jamais ces horreurs entrer dans ma boutique ! Plus jamais ! C'est devenu une maison de fous !

– J'aurais besoin du livre de Cassandra Vablatsky intitulé *Lever le voile du futur*, dit Harry, un œil sur sa liste.

– Ah, vous allez étudier la Divination, dit le libraire en conduisant Harry au fond du magasin, dans un coin consacré à la voyance.

Il monta sur un escabeau et lui tendit un gros volume relié de noir.

– *Lever le voile du futur*, excellent guide d'initiation aux principales méthodes de divination : chiromancie, boule de cristal, marc de café…

Mais Harry n'écoutait pas. Son regard était tombé sur un autre livre exposé au milieu d'une petite table : *Présages de mort : que faire lorsque l'on sent venir le pire*.

– Si j'étais vous, je ne lirais pas ça, dit le libraire d'un ton léger. Sinon, vous allez commencer à voir des présages de mort partout et vous finirez par mourir de peur.

Mais Harry continuait de regarder fixement la couverture du livre : elle représentait un gros chien noir de la taille d'un ours avec des yeux flamboyants. Un chien qui avait quelque chose d'étrangement familier…

Le libraire lui mit entre les mains un exemplaire de *Lever le voile du futur*.

– Il vous faut autre chose ? demanda-t-il.

– Oui, répondit Harry en arrachant son regard de l'image du chien pour consulter d'un air absent sa liste de livres. Heu… Il me faudrait le *Manuel du cours moyen de métamorphose* et le *Livre des sorts et enchantements, niveau 3*.

Dix minutes plus tard, Harry sortit de chez Fleury et Bott avec ses nouveaux livres sous le bras et retourna au Chaudron baveur. Il marchait droit devant lui sans faire très attention où il mettait les pieds et bouscula plusieurs personnes sur son passage.

Il monta d'un pas lourd les marches de l'escalier, entra dans sa chambre et jeta les livres sur le lit. Quelqu'un était venu faire le ménage. Les fenêtres étaient ouvertes et le soleil inondait la pièce. Derrière lui, Harry entendait le bruit des autobus qui roulaient dans le monde invisible des Moldus, mêlé à la rumeur de la foule tout aussi invisible qui se pressait sur le Chemin de Traverse. Il aperçut alors son reflet dans le miroir, au-dessus du lavabo.

– Ce ne pouvait pas être un présage de mort, dit-il à son image sur un ton de défi. J'étais pris de panique quand j'ai vu cette chose dans Magnolia Crescent. C'était sans doute un simple chien errant..

Il leva machinalement la main et essaya d'aplatir ses cheveux.

– Ça, c'est un combat perdu d'avance, dit alors son miroir d'une voix sifflante.

A mesure que les jours passaient, Harry essayait de repérer Ron ou Hermione dans la foule. On voyait à présent de nombreux élèves de Poudlard sur le Chemin de Traverse. Dans le Magasin d'Accessoires de Quidditch, Harry rencontra Seamus Finnigan et Dean Thomas, ses camarades de classe de la maison de Gryffondor. Eux aussi regardaient l'Éclair de Feu avec des yeux ronds. Devant la librairie, il rencontra également le véritable Neville Londubat, un garçon distrait au visage lunaire. Harry ne s'arrêta pas pour bavarder avec lui. Neville avait perdu sa liste de livres et se faisait réprimander bruyamment par sa redoutable grand-mère. Harry espérait bien qu'elle n'apprendrait jamais qu'il s'était fait passer pour son petit-fils dans le Magicobus.

Le dernier jour des vacances, Harry se réveilla en pensant qu'au moins, il était sûr de revoir Ron et Hermione le lendemain, à bord du Poudlard Express. Il se leva, s'habilla, alla jeter un dernier coup d'œil à l'Éclair de Feu et s'apprêtait à aller déjeuner lorsque quelqu'un cria son nom derrière lui.

– HARRY ! HARRY !

Ils étaient là tous les deux, assis à la terrasse de chez Florian Fortarôme et lui faisaient de grands signes de la main. Hermione arborait un bronzage impressionnant et Ron semblait avoir plus de taches de rousseur que jamais.

– Enfin ! dit Ron avec un large sourire tandis que Harry s'asseyait à leur table. On est allés te chercher au Chaudron baveur, mais ils nous ont dit que tu étais parti.

– J'ai déjà acheté toutes mes fournitures, expliqua Harry. Mais comment avez-vous su que j'étais au Chaudron baveur ?

– Par mon père, répondit simplement Ron.

Mr Weasley, qui travaillait au ministère de la Magie, devait être au courant de toute l'histoire y compris de ce qui était arrivé à la tante Marge.

– C'est vrai que tu as gonflé ta tante comme un ballon ? demanda Hermione d'un ton grave.

– Je ne l'ai pas fait exprès, assura Harry pendant que Ron éclatait de rire. J'ai simplement… perdu mon sang-froid.

– Ce n'est pas drôle, Ron, dit sèchement Hermione. Honnêtement, je suis stupéfaite que Harry n'ait pas été renvoyé de Poudlard.

– Moi aussi, admit Harry. Je m'attendais même à me faire arrêter. Ton père ne sait pas pourquoi Fudge a fermé les yeux ? ajouta-t-il en se tournant vers Ron.

– Sans doute parce que c'est toi, répondit Ron qui riait toujours. Le célèbre Harry Potter. Je préfère ne pas savoir ce que le ministère me ferait à moi si je m'amusais à gonfler une de mes tantes. Remarque, il faudrait d'abord qu'ils me déterrent, parce que ma mère m'aurait tué sur-le-champ. Tu n'as qu'à demander à mon père, ce soir. Nous aussi, on va passer la nuit au Chaudron baveur. Comme ça, tu pourras venir avec nous à la gare demain. Hermione reste aussi.

Hermione, le visage rayonnant, approuva d'un signe de tête.

– Mes parents m'ont laissée ici avec toutes mes affaires

– Formidable ! s'exclama Harry d'un ton joyeux. Alors, vous avez tout acheté, il ne vous manque plus rien ?

– Regarde ça, dit Ron en sortant une longue boîte qu'il ouvrit délicatement. Une baguette magique toute neuve. Trente-cinq centimètres de long en bois de saule avec un crin de queue de licorne à l'intérieur. Et on a acheté tous nos livres, ajouta-t-il en montrant un grand sac sous sa chaise. Tu as vu un peu, ce *Livre des Monstres* ? Le libraire a failli fondre en larmes quand on lui a dit qu'il nous en fallait deux.

– Et tout ça, qu'est-ce que c'est ? demanda Harry en montrant trois énormes sacs posés tout autour d'Hermione.

– Cette année, j'ai pris davantage d'options que vous, expliqua-t-elle. Ça, ce sont mes livres d'Arithmancie, de Soins aux créatures magiques, de Divination, d'étude des Runes d'étude des Moldus..

– Pourquoi étudier les Moldus ? s'étonna Ron en lançant un regard effaré à Harry. Tu es née dans une famille de Moldus ! Tes parents sont des Moldus ! Tu sais déjà tout sur les Moldus !

– Ce qui me passionne, c'est de les étudier du point de vue des sorciers, répondit Hermione avec le plus grand sérieux.

– Est-ce que tu as quand même l'intention de dormir ou de manger un peu, cette année ? demanda Harry tandis que Ron éclatait d'un rire goguenard.

Mais Hermione fit semblant de ne pas avoir entendu.

– Il me reste dix Gallions d'or, dit-elle. En septembre, c'est mon anniversaire et mes parents m'ont donné un peu d'argent pour m'acheter un cadeau d'avance.

– Tu pourrais t'offrir un *livre*, par exemple ? lança Ron d'un air faussement naïf.

– Non, je ne crois pas, répondit Hermione d'un ton posé. J'ai très envie d'un hibou. Harry a Hedwige, toi, tu as Errol…

– Je n'ai rien du tout, coupa Ron. Errol, c'est le hibou de la famille. Moi, tout ce que j'ai, c'est Croûtard.

Il sortit son rat de sa poche.

– Et il faudrait que je le fasse examiner, ajouta-t-il en posant l'animal sur la table. Je crois que l'Égypte ne lui a pas fait de bien.

Croûtard avait l'air plus maigre qu'à l'ordinaire et ses moustaches tombaient tristement.

– Il y a une boutique de créatures magiques, là-bas, dit Harry qui connaissait par cœur le Chemin de Traverse, à présent. Tu n'as qu'à aller voir s'ils ont un remède pour Croûtard, et Hermione pourra acheter son hibou.

Ils payèrent leurs glaces et traversèrent la rue pour aller à la Ménagerie magique.

La boutique n'était pas très grande et les murs étaient entièrement recouverts de cages. Il y régnait un vacarme permanent, accompagné d'une forte odeur. Les créatures qui occupaient les cages passaient leur temps à piailler, couiner, caqueter, siffler. Derrière le comptoir, une sorcière donnait des conseils à un client sur les soins à prodiguer aux tritons à double queue. Pendant ce temps, Harry, Ron et Hermione examinèrent les créatures enfermées dans les cages.

Deux énormes crapauds violets gobaient des cadavres de mouches à viande en émettant des bruits de succion. Une tortue géante à la carapace incrustée de pierres précieuses étincelait près de la vitrine. Des escargots venimeux de couleur orange rampaient lentement sur les parois de leur cage de verre et un gros lièvre blanc se métamorphosait sans cesse en chapeau haut de forme dans un bruit de pétard. Il y avait aussi des chats de toutes les couleurs, une cage pleine de corbeaux jacasseurs, un panier de petites créatures à fourrure qui chantonnaient bruyamment et, sur le comptoir, une grande cage remplie de rats noirs qui sautaient à la corde en se servant de leurs queues.

Le client au triton sortit de la boutique et Ron s'approcha du comptoir.

– J'ai des ennuis avec mon rat, dit-il à la sorcière. Il est un peu patraque depuis qu'on est allés en Égypte.

– Mettez-le-moi sur le comptoir, dit la sorcière en sortant une paire de grosses lunettes noires.

Ron extirpa Croûtard de sa poche et le déposa à côté de la cage remplie de ses congénères qui cessèrent aussitôt leurs jeux et se précipitèrent sur les barreaux pour le regarder de plus près.

Comme presque tout ce qu'il possédait, Ron l'avait hérité d'un de ses frères (il avait appartenu à Percy) et Croûtard n'avait jamais été très reluisant. A côté des rats au poil soyeux rassemblés dans la cage, il semblait particulièrement pitoyable.

– Mmhhh, grommela la sorcière. Il a quel âge, ce rat ?

– Je ne sais pas, dit Ron. Il est vieux, ça, c'est sûr. Avant, il appartenait à mon frère.

– Qu'est-ce qu'il a, comme pouvoirs ? demanda la sorcière en examinant soigneusement Croûtard.

– Hein ? dit Ron.

La vérité, c'était que Croûtard n'avait jamais manifesté le moindre don pour quoi que ce soit. Les yeux de la sorcière regardèrent l'oreille gauche en lambeaux de l'animal, puis sa patte de devant amputée d'un doigt.

– Il est au bout du rouleau, dit-elle en hochant la tête.

– Il était déjà comme ça quand Percy me l'a donné, répondit Ron, comme pour se défendre

– Un rat ordinaire comme celui-là vit rarement plus de trois ans, dit la sorcière. Mais si vous cherchez quelque chose d'un peu plus résistant, vous pourriez peut-être essayer un de ceux-ci…

Elle montra les rats noirs qui recommencèrent à sauter à la corde.

– Des cabotins, marmonna Ron.

– Si vous n'en voulez pas d'autre, essayez ce *Ratconfortant*, c'est un tonique pour ratbougris, dit la sorcière en prenant un flacon rouge sous le comptoir.

– D'accord, dit Ron, c'est combien ? OUILLE !

Ron se plia en deux, les mains levées pour se protéger. Une chose énorme de couleur orange s'était élancée de la plus haute des cages, avait atterri sur sa tête, puis rebondi au milieu du comptoir en se précipitant sur Croûtard avec des sifflements furieux.

– NON ! ÇA SUFFIT, PATTENROND ! s'écria la sorcière.

Mais Croûtard lui avait glissé des mains comme un savon. Il atterrit sur le sol, les pattes écartées, et s'enfuit vers la porte de la boutique.

– Croûtard ! s'exclama Ron en se lançant à sa poursuite dans la rue.

Harry le suivit et il leur fallut près d'une dizaine de minutes pour retrouver Croûtard qui était allé se réfugier sous une poubelle, à proximité du Magasin d'Accessoires de Quidditch. Ron remit le rat tout tremblant dans sa poche et se redressa en se massant la tête.

– Qu'est-ce que c'est que ce truc qui m'est tombé sur le crâne ? dit-il.

– C'était soit un très gros chat, soit un petit tigre, suggéra Harry.

– Où est Hermione ?

– Sans doute en train d'acheter son hibou.

Ils revinrent sur leurs pas, parmi la foule qui se pressait sur le Chemin de Traverse. Lorsqu'ils furent de retour devant la Ménagerie magique, Hermione sortit de la boutique, mais ce n'était pas un hibou qu'elle serrait dans ses bras, c'était l'énorme chat orange.

– Ne me dis pas que tu as acheté ce monstre ! s'exclama Ron, bouche bée.

– Il est magnifique, tu ne trouves pas ? dit Hermione, rayonnante.

Question de goût, pensa Harry. La fourrure orangée du chat était épaisse et foisonnante, mais l'animal avait les pattes nettement arquées, et son museau étrangement écrasé, comme s'il avait heurté un mur de plein fouet, lui donnait l'air grincheux. A présent que Croûtard avait disparu de son champ de vision, le chat ronronnait paisiblement dans les bras d'Hermione.

– Hermione, cette chose m'a quasiment scalpé ! protesta Ron.

- Il ne l'a pas fait exprès, n'est-ce pas, Pattenrond ? dit Hermione.

– Et pour Croûtard, il ne l'a pas fait exprès ? s'indigna Ron en montrant la bosse que formait sa poche. Ce rat a besoin de repos et de tranquillité ! Il n'aura jamais la paix avec ce machin-là autour de lui.

– Ça me fait penser que tu avais oublié ton *Ratconfortant*, dit Hermione en lui glissant dans la main le petit flacon rouge. Et cesse de te faire du souci, Pattenrond dormira dans le dortoir des filles et Croûtard dans celui des garçons. Alors, je ne vois pas le problème. Pauvre Pattenrond, cette sorcière m'a dit qu'il est resté dans cette boutique pendant une éternité. Personne ne voulait de lui.

– Je me demande bien pourquoi, dit Ron d'un ton sarcastique tandis qu'ils prenaient la direction du Chaudron baveur.

Mr Weasley, assis au bar, lisait *La Gazette du sorcier*.

– Harry ! lança-t-il avec un grand sourire. Comment vas-tu ?

– Très bien, merci, répondit Harry.

Suivi de Ron et d'Hermione, il rejoignit Mr Weasley au bar. A la une du journal s'étalait à nouveau une photo de Sirius Black qui le regardait.

– Ils ne l'ont toujours pas attrapé ? demanda-t-il.

– Non, répondit Mr Weasley avec une soudaine gravité. Nous avons tous été mobilisés pour essayer de le retrouver mais jusqu'à présent, nous avons échoué.

– Est-ce qu'on toucherait une récompense si on l'attrapait ? demanda Ron. Ce serait une bonne chose de ramasser un peu d'argent…

– Ne sois pas ridicule, Ron, répliqua Mr Weasley, qui paraissait très tendu. Black ne va pas se laisser prendre par un sorcier de treize ans. Il n'y a que les gardiens d'Azkaban qui puissent le capturer, tu peux me croire.

A cet instant, Mrs Weasley fit son entrée dans le bar, chargée de ses achats et suivie par ses fils jumeaux, Fred et George, qui allaient commencer leur cinquième année à Poudlard, Percy, le nouveau préfet-en-chef et Ginny, la benjamine de la famille.

Ginny, qui avait toujours eu un faible pour Harry, sembla encore plus gênée qu'à l'ordinaire lorsqu'elle l'aperçut, sans doute parce qu'il lui avait sauvé la vie l'année précédente, à Poudlard. Elle rougit jusqu'aux oreilles et marmonna un vague « Salut » sans le regarder. Percy, en revanche, lui tendit la main d'un air solennel comme s'ils se rencontraient pour la première fois.

– Harry, très heureux de te voir, dit-il.

– Salut, Percy, répondit Harry en s'efforçant de ne pas éclater de rire.

– J'espère que tu vas bien, ajouta pompeusement Percy en lui serrant la main.

Harry avait l'impression de participer à une cérémonie officielle.

– Très bien, merci, assura-t-il.

– Harry ! lança Fred en écartant Percy d'un coup de coude et en s'inclinant profondément. C'est *fabuleux* de te voir, mon vieux...

– C'est même magnifique, ajouta George en poussant Fred et en serrant à son tour la main de Harry. Absolument épatant.

Percy fronça les sourcils.

– Ça suffit, maintenant, dit Mrs Weasley.

– Maman ! s'exclama Fred, comme s'il venait juste de s'apercevoir de sa présence. C'est vraiment renversant de te voir...

– J'ai dit : ça suffit ! répéta Mrs Weasley en posant ses sacs sur une chaise vide. Bonjour, Harry, mon chéri, j'imagine que tu connais déjà la nouvelle ?

Elle montra l'insigne en argent flambant neuf sur la poitrine de Percy.

– Le deuxième préfet-en-chef de la famille, dit-elle avec orgueil.

– Et le dernier, marmonna Fred dans un souffle.

– Ça, je n'en doute pas, reprit Mrs Weasley en fronçant les sourcils. J'ai remarqué qu'aucun de vous n'a été nommé préfet.

– Et pourquoi est-ce qu'il faudrait être préfet ? s'indigna George que l'idée semblait révolter. La vie ne serait plus drôle du tout.

Ginny eut un petit rire.

– Tu pourrais donner un meilleur exemple à ta sœur ! répliqua sèchement Mrs Weasley.

– Ginny a d'autres frères qui peuvent lui servir d'exemple, Maman, dit Percy d'un ton supérieur. Je vais me changer pour aller dîner.

Il s'éloigna et George poussa un profond soupir.

– On a essayé de l'enfermer dans une pyramide, dit-il à Harry, mais Maman nous a vus.

Ce soir-là, le dîner fut particulièrement agréable. Tom avait disposé trois tables côte à côte dans le petit salon et il servit cinq plats délicieux à la famille Weasley accompagnée de Harry et d'Hermione.

– Comment on va faire pour aller à la gare, demain ? demanda Fred à son père tandis qu'ils entamaient un somptueux gâteau au chocolat.

– Le ministère va nous envoyer deux voitures, répondit Mr Weasley. Tout le monde se tourna vers lui.

– Comment ça se fait ? s'étonna Percy.

– C'est à cause de toi, Perce, dit George le plus sérieusement du monde. Ils vont même mettre des petits drapeaux sur le capot avec les lettres P-e-C brodées dessus...

– Ça veut dire Prétentieux-et-Crâneur, ajouta Fred.

Tout le monde pouffa de rire, sauf Percy et Mrs Weasley.

– Pourquoi le ministère nous envoie-t-il des voitures, Papa ? demanda à nouveau Percy d'une voix cérémonieuse.

– Eh bien, étant donné qu'on n'en a plus et que je travaille là-bas, ils ont décidé de me faire une fleur, répondit Mr Weasley.

Il avait dit cela d'un ton détaché, mais Harry remarqua que ses oreilles étaient devenues écarlates, comme celles de Ron lorsqu'il n'était pas très à l'aise.

– Et heureusement, intervint Mrs Weasley. Tu te rends compte de tous les bagages que vous avez, à vous tous ? Vous offririez un beau spectacle dans le métro des Moldus... Vos valises sont prêtes, j'espère ?

– Ron n'a pas encore rangé toutes ses affaires dans la sienne, dit Percy d'un ton douloureux. Il a tout entassé sur mon lit.

– Tu ferais bien de t'en occuper maintenant, Ron, dit Mrs Weasley. Demain, nous n'aurons pas beaucoup de temps.

Ron jeta un regard noir à Percy.

A la fin du dîner, tout le monde avait l'estomac bien plein et se sentait un peu endormi. Un par un, les convives montèrent l'escalier pour préparer les bagages. Ron et Percy occupaient la chambre voisine de celle de Harry. Celui-ci venait de boucler sa valise lorsqu'il entendit des éclats de voix de l'autre côté du mur. Il sortit dans le couloir pour voir ce qui se passait. La porte de la chambre 12 était entrouverte et Percy semblait furieux.

– Il était là, sur la table de chevet, hurlait-il, je l'avais enlevé pour l'astiquer.

– Je n'y ai pas touché, c'est tout, répliqua Ron.

– Qu'est-ce qui se passe ? demanda Harry.

– Mon insigne de préfet-en-chef a disparu, dit Percy en se tournant vers Harry.

– Et le *Ratconfortant* de Croûtard aussi, ajouta Ron en fouillant dans sa valise. Je me demande si je ne l'ai pas oublié au bar…

– Pas question de sortir d'ici tant qu'on n'aura pas retrouvé mon insigne ! s'écria Percy

– J'ai fini de faire ma valise, je peux aller chercher le médicament de Croûtard, dit Harry à Ron en sortant de la pièce.

Il était presque arrivé au bar lorsqu'il entendit les échos d'une autre dispute en provenance du petit salon. Il reconnut les voix de Mr et Mrs Weasley. Harry hésita. Il aurait voulu se faire le plus discret possible, mais lorsqu'il entendit prononcer son propre nom, la curiosité l'emporta et il s'approcha de la porte.

– C'est absurde de ne rien lui dire ! s'exclamait Mr Weasley. Harry a le droit de savoir. J'ai essayé d'en parler à Fudge, mais il n'a rien voulu entendre, il persiste à traiter Harry comme un gamin. Pourtant, à treize ans, il est quand même..

– Arthur ! l'interrompit Mrs Weasley d'une voix perçante. Harry serait terrifié s'il apprenait la vérité ! Tu veux vraiment qu'il retourne en classe avec cette menace au-dessus de la tête ? Laisse-le donc tranquille, il est beaucoup plus heureux en ne sachant rien !

– Je ne veux pas le démoraliser, je veux simplement qu'il soit sur ses gardes ! répliqua Mr Weasley. Tu sais bien comment ils sont, lui et Ron, ils vont toujours se promener tous les deux, ils se sont retrouvés deux fois dans la forêt interdite ! Mais cette année, il ne faut surtout pas que Harry recommence ce genre de fantaisie ! Quand je pense à ce qui aurait pu lui arriver le soir où il s'est enfui de chez lui ! Si le Magicobus ne l'avait pas ramassé, je suis sûr qu'il serait mort avant que le ministère le retrouve.

– Justement, il n'est pas mort, il est même en parfaite santé, alors à quoi bon…

– Molly, on dit que Sirius Black est fou et c'est sans doute vrai, mais il a été suffisamment intelligent pour arriver à s'évader d'Azkaban alors qu'en principe, c'est impossible. Il y a maintenant trois semaines qu'il est en fuite et on n'a pas retrouvé la moindre trace de lui. Fudge peut bien dire tout ce qu'il veut à *La Gazette du sorcier*, on n'est pas plus près d'attraper Black que d'inventer des baguettes magiques automatiques. La seule chose certaine, ce sont les intentions de Black...

— Mais Harry sera parfaitement en sécurité à Poudlard.

— On pensait aussi que la prison d'Azkaban offrait toutes les conditions de sécurité. Si Black a réussi à s'en échapper, il peut aussi s'introduire à Poudlard.

— Mais on n'est pas vraiment sûr qu'il en veuille à Harry...

Il y eut un coup sourd, comme si Mr Weasley venait de taper du poing sur la table.

— Molly ! Combien de fois faudra-t-il que je te le répète ? Ils n'en ont pas parlé dans la presse parce que Fudge ne veut pas que ça se sache, mais il s'est rendu à Azkaban la nuit où Black s'est évadé. Les gardiens lui ont dit que depuis un certain temps, Black parlait dans son sommeil et qu'il répétait toujours la même chose : « Il est à Poudlard.. Il est à Poudlard... » Black a l'esprit dérangé, Molly, et il veut tuer Harry. A mon avis, il doit être persuadé que tuer Harry permettrait de ramener Tu-Sais-Qui au pouvoir. Black a tout perdu le soir où Harry a mis un terme aux agissements de Tu-Sais-Qui et il a eu tout le temps de ruminer ça pendant les douze ans qu'il a passés à Azkaban...

Il y eut un silence et Harry se pencha un peu plus vers la porte, avide d'en entendre davantage.

— Tu n'as qu'à faire ce que tu crois utile, Arthur, dit Mrs Weasley, mais tu oublies Albus Dumbledore. Je ne pense pas qu'il puisse arriver quoi que ce soit à Harry avec Dumbledore comme directeur de Poudlard. J'imagine qu'il est au courant ?

— Bien entendu. Il a fallu lui demander l'autorisation de poster des gardiens d'Azkaban aux différentes entrées de l'école. Il n'était pas très content, mais il a quand même accepté.

— Pas très content ? Pourquoi serait-il mécontent s'ils parviennent à capturer Black ?

— Dumbledore n'aime pas beaucoup les gardiens d'Azkaban, dit Mr Weasley. Moi non plus, d'ailleurs... Mais quand on a affaire à un sorcier tel que Black, il faut parfois travailler avec des gens qu'on préférerait éviter.

— S'ils arrivent à sauver Harry.

– Dans ce cas, je ne dirai plus jamais rien contre eux, assura Mr Weasley d'un ton las. Il est tard, Molly, on ferait bien d'aller se coucher...

Harry entendit bouger des chaises. Dans le plus grand silence, il fila alors en direction du bar où on ne pouvait le voir. La porte du petit salon s'ouvrit et des bruits de pas lui indiquèrent que Mr et Mrs Weasley montaient l'escalier.

La bouteille de tonique pour rat se trouvait sous la table à laquelle ils s'étaient assis dans l'après-midi. Harry attendit que la porte de la chambre de Mr et Mrs Weasley se soit refermée puis il monta l'escalier à son tour avec le flacon. Fred et George, accroupis dans la pénombre du couloir, se retenaient de rire en écoutant Percy fouiller partout dans la chambre pour essayer de retrouver son insigne.

– C'est nous qui l'avons, chuchota Fred à Harry. On l'a un peu arrangé.

A présent, on pouvait lire sur l'insigne : Roquet-en- chef.

Harry se força à rire, alla donner à Ron le tonique pour rat, puis s'enferma dans sa chambre et s'allongea sur son lit.

Ainsi donc, Sirius Black cherchait à le tuer. Tout s'expliquait à présent. Fudge s'était montré indulgent envers lui simplement parce qu'il avait été soulagé de le retrouver vivant. Et il avait fait promettre à Harry de rester sur le Chemin de Traverse où il y avait plein de sorciers pour veiller sur lui. Et il allait envoyer deux voitures officielles qui les emmèneraient à la gare pour que les Weasley puissent le surveiller jusqu'à ce qu'il monte dans le train.

Harry resta immobile à écouter les cris étouffés qui provenaient de la chambre voisine en se demandant pourquoi il avait beaucoup moins peur qu'il n'aurait dû. Sirius Black avait tué treize personnes en lançant un seul sort et Mr et Mrs Weasley étaient persuadés qu'il serait saisi de panique s'il venait à apprendre la vérité. Mais Harry était parfaitement d'accord avec Mrs Weasley lorsqu'elle affirmait qu'il n'y avait pas d'endroit plus sûr au monde que là où se trouvait Albus Dumbledore. Ne disait-on pas que Dumbledore était la seule personne que craignait Lord Voldemort lui-même ? Black, qui avait été le bras droit de Voldemort, n'aurait-il pas tout aussi peur de lui ?

Et puis il y avait aussi ces gardiens d'Azkaban dont tout le monde ne cessait de parler. Ils semblaient inspirer une véritable terreur et s'ils étaient postés tout autour de l'école, Black aurait beaucoup de mal à y entrer.

Finalement, ce qui préoccupait le plus Harry, c'était qu'il n'avait pratiquement plus aucune chance d'obtenir l'autorisation de visiter Pré-au-lard. Personne ne le laisserait quitter le périmètre protégé du château tant que Black n'aurait pas été rattrapé. Harry s'attendait à faire l'objet d'une surveillance de tous les instants jusqu'à ce que tout danger soit écarté.

Il fronça les sourcils en contemplant le plafond plongé dans la pénombre. Pensaient-ils vraiment qu'il était incapable de se débrouiller tout seul ? Il avait échappé trois fois aux griffes de Voldemort, il n'était donc pas si empoté...

L'image de la bête tapie dans l'obscurité de Magnolia Crescent s'imposa alors à son esprit. *Que faire lorsque l'on sent venir le pire... ?*

– Je ne me laisserai pas assassiner, dit Harry à haute voix.

– Excellent état d'esprit, cher ami, répondit le miroir d'une voix endormie.

5
LE DÉTRAQUEUR

L e lendemain, Tom réveilla Harry avec son habituel sourire édenté et une tasse de son thé préféré. Une fois habillé, Harry tentait à grand-peine de convaincre Hedwige d'entrer dans sa cage lorsque Ron fit irruption dans la chambre. D'humeur massacrante, il était en train d'enfiler un pull.

– Vivement qu'on soit dans le train ! lança-t-il. Au moins, quand on sera arrivés à Poudlard, je pourrai éviter d'avoir Percy sur le dos. Maintenant, il m'accuse d'avoir renversé du thé sur la photo de Pénélope Deauclaire, sa petite amie, ajouta-t-il avec une grimace. Elle se cache derrière le cadre parce qu'elle a un bouton sur le nez…

– J'ai quelque chose à te dire, commença Harry, mais il fut interrompu par Fred et George qui étaient venus féliciter Ron d'avoir rendu Percy à nouveau furieux.

Ils descendirent prendre leur petit déjeuner dans la salle du Chaudron baveur où Mr Weasley lisait *La Gazette du sorcier* en fronçant les sourcils tandis que Mrs Weasley racontait à Hermione et à Ginny qu'elle avait fabriqué un philtre d'amour lorsqu'elle était jeune. Toutes trois avaient l'air de bien s'amuser.

– Qu'est-ce que tu voulais me dire ? demanda Ron.

– Plus tard, murmura Harry en voyant arriver Percy d'un pas impérial.

Dans l'agitation du départ, Harry n'avait aucune chance de pouvoir parler à Ron tranquillement : ils étaient trop occupés à descendre leurs valises et à les entasser devant la porte du Chaudron baveur avec les cages d'Hedwige et d'Hermès, le hibou de Percy, posées dessus. A côté de la montagne de bagages, il y avait un petit panier d'osier d'où s'échappaient des crachements furieux.

– Du calme, Pattenrond, susurra Hermione penchée sur le panier, je te laisserai sortir quand on sera dans le train.

– Certainement pas, trancha Ron. Tu oublies ce pauvre Croûtard !

Il montra sa poche dont le renflement indiquait la présence du rat.

Mr Weasley, qui était resté dehors pour guetter l'arrivée des voitures, passa la tête à l'intérieur.

– Elles sont là, dit-il. Viens, Harry.

Mr Weasley accompagna Harry sur le trottoir jusqu'à la première des deux voitures vert foncé à la carrosserie un peu démodée, conduites par des sorciers à l'air furtif et vêtus d'un uniforme couleur émeraude.

– Entre, Harry, dit Mr Weasley en jetant des regards des deux côtés de la rue bondée.

Harry s'assit à l'arrière de la voiture où il fut bientôt rejoint par Hermione, Ron et – au grand déplaisir de Ron – par Percy.

Le trajet jusqu'à la gare de King's Cross se déroula paisiblement, comparé au voyage de Harry dans le Magicobus. Les voitures du ministère de la Magie semblaient presque ordinaires, bien qu'elles fussent capables de se glisser dans des espaces où la nouvelle voiture de l'oncle Vernon aurait été bien en peine de s'aventurer. Ils arrivèrent à la gare avec vingt minutes d'avance. Les chauffeurs du ministère leur trouvèrent des chariots à bagages sur lesquels ils disposèrent leurs valises, puis ils soulevèrent leur casquette pour saluer Mr Weasley et s'en allèrent en s'arrangeant pour se retrouver les premiers au feu rouge, malgré l'intensité de la circulation.

A l'intérieur de la gare, Mr Weasley ne lâcha pas Harry d'une semelle.

– Comme nous sommes très nombreux, on va passer deux par deux, dit-il en surveillant les alentours. Je vais franchir la barrière le premier avec Harry.

Mr Weasley s'avança vers la barrière magique, entre les quais 9 et 10, en poussant devant lui le chariot à bagages de Harry. Avec un regard entendu, il s'appuya négligemment contre la barrière. Harry l'imita.

Un instant plus tard, ils étaient passés à travers l'obstacle de métal et se trouvaient à présent sur le quai 9 3/4. La locomotive à vapeur d'une couleur rouge vif soufflait des panaches de fumée qui flottaient au-dessus du quai encombré de sorcières et de sorciers venus installer leurs enfants dans le Poudlard Express.

Percy et Ginny, tout essoufflés, surgirent soudain derrière Harry. Apparemment, ils avaient couru pour franchir la barrière.

– Ah, voilà Pénélope ! dit Percy en lissant ses cheveux, les joues légèrement roses.

Ginny croisa le regard de Harry et tous deux se détournèrent pour cacher leur fou rire en voyant Percy s'avancer d'un pas conquérant vers la jeune fille aux longs cheveux bouclés. Il bombait la poitrine pour qu'elle ne puisse ignorer son insigne étincelant.

Lorsque le reste de la famille Weasley ainsi qu'Hermione les eurent rejoints, Harry et Mr Weasley ouvrirent la marche jusqu'au bout du convoi où ils trouvèrent enfin un wagon qui paraissait vide. Ils chargèrent les valises à l'intérieur, casèrent Hedwige et Pattenrond dans le filet à bagages, puis redescendirent pour dire au revoir à Mr et Mrs Weasley.

Mrs Weasley embrassa ses enfants, puis Hermione et enfin Harry qu'elle serra contre elle.

– Fais bien attention à toi, lui dit-elle, les yeux étrangement brillants.

Elle ouvrit alors son énorme sac à main et ajouta :

– Je vous ai préparé des sandwiches. Tiens, pour toi, Ron. Ne t'inquiète pas, je n'ai pas mis de corned beef... Fred, où es-tu ? Ah, te voilà...

– Harry, viens voir, j'ai à te parler, dit Mr Weasley à mi-voix.

Il fit un signe de tête en direction d'un pilier et Harry le rejoignit en laissant les autres autour de Mrs Weasley.

– Il faut que je te dise quelque chose avant que tu partes, reprit Mr Weasley d'une voix tendue.

– Ne vous inquiétez pas, répondit Harry, je suis déjà au courant.

– Au courant ? Comment l'as-tu appris ?

– Je... je vous ai entendu parler avec Mrs Weasley hier soir. J'ai entendu sans le vouloir... ajouta précipitamment Harry. Je suis désolé...

– Ce n'est pas de cette façon que j'aurais voulu te l'annoncer, dit Mr Weasley, l'air anxieux.

– Ça ne fait rien, c'est très bien quand même. Comme ça, vous aurez tenu votre parole vis-à-vis de Fudge et moi, je sais ce qui se passe.

– Harry, tu dois avoir très peur…

– Non, répondit sincèrement Harry. Je vous assure que non, ajouta-t-il devant l'air incrédule de Mr Weasley. Je n'essaye pas de jouer les héros, mais finalement, Sirius Black ne peut pas être plus dangereux que Voldemort..

Mr Weasley tressaillit en l'entendant prononcer le nom mais il fit comme si de rien n'était.

– Harry, je savais que… que tu étais plus solide que ne le pense Fudge et je suis très content que tu n'aies pas peur, mais…

– Arthur ! appela Mrs Weasley qui avait fait monter tous ses enfants dans le train. Arthur, qu'est-ce que tu fais ? Il faut y aller !

– Il arrive, Molly ! répondit Mr Weasley, puis il se retourna vers Harry en lui parlant d'une voix basse et précipitée : Écoute-moi bien, tu dois me donner ta parole que…

– … que je ne ferai pas de bêtises et que je resterai au château ? acheva Harry d'un ton lugubre.

– Pas seulement ça, dit Mr Weasley qui n'avait jamais paru aussi grave. Harry, jure-moi que tu n'essaieras pas de retrouver Black.

– Quoi ? répondit Harry en ouvrant des yeux ronds.

Il y eut un coup de sifflet sonore. Des employés en uniforme avançaient le long du quai en fermant les portières.

– Harry, promets-moi… insista Mr Weasley en parlant de plus en plus vite, jure-moi que, quoi qu'il arrive…

– Pourquoi est-ce que j'essaierais de retrouver quelqu'un qui veut me tuer ? répliqua Harry d'une voix neutre.

– Jure-moi que quoi qu'on te dise…

– Arthur, vite ! s'exclama Mrs Weasley.

La locomotive lâcha un jet de vapeur et le train s'ébranla. Harry courut jusqu'à la portière du wagon que Ron avait ouverte et sauta à l'intérieur. Ils se penchèrent alors à la fenêtre en faisant de grands signes de la main à Mr et Mrs Weasley jusqu'à ce que le train prenne un virage qui les déroba à leur vue.

– Il faut que je vous parle en tête à tête, murmura Harry à Ron et à Hermione.

– Va-t'en, Ginny, dit Ron.

– Merci, c'est gentil, répondit Ginny d'un air offensé avant de s'éloigner d'un pas raide et digne.

Harry, Ron et Hermione avancèrent dans le couloir à la recherche d'un compartiment vide, mais ils étaient tous pleins, sauf le dernier, tout au bout du wagon.

Celui-ci n'avait qu'un seul occupant, un homme profondément endormi, assis près de la fenêtre. Harry, Ron et Hermione s'immobilisèrent à l'entrée du compartiment. D'habitude, le Poudlard Express était réservé aux élèves et ils n'avaient encore jamais vu d'adultes parmi les passagers.

L'homme portait une robe de sorcier miteuse, rapiécée en plusieurs endroits. Il semblait malade et épuisé. Bien qu'il fût encore jeune, ses cheveux châtains étaient parsemés de mèches blanches.

– C'est qui, à votre avis ? murmura Ron, tandis qu'ils s'asseyaient à l'autre bout du compartiment après avoir refermé la porte coulissante.

– Le professeur R. J. Lupin chuchota aussitôt Hermione.

– Comment tu le sais ?

– C'est écrit sur sa valise…

Elle montra le filet à bagages dans lequel était rangée une vieille valise cabossée, entourée d'une longue ficelle soigneusement nouée. Sur un des coins de la valise était écrit « Professeur R. J. Lupin » avec des lettres qui commençaient à s'écailler.

– Je me demande ce qu'il enseigne, dit Ron, les sourcils froncés, en observant le visage livide du professeur Lupin.

– Ça me paraît évident, murmura Hermione. Le seul poste vacant, c'est la Défense contre les forces du Mal.

Harry, Ron et Hermione avaient déjà eu deux professeurs dans cette matière et chacun d'eux n'était resté qu'une seule année. D'après la rumeur, c'était un poste maudit.

– J'espère au moins qu'il sera à la hauteur, dit Ron sans grande conviction. On a l'impression qu'il suffirait de lui jeter un sort pour qu'il rende le dernier soupir. Alors, qu'est-ce que tu voulais nous dire ? ajouta-t-il en se tournant vers Harry.

Harry leur résuma la discussion qu'il avait surprise entre Mr et Mrs Weasley et l'avertissement que Mr Weasley venait de lui donner. Lorsqu'il eut terminé, Ron paraissait abasourdi et Hermione avait les mains plaquées contre sa bouche en signe d'effarement.

– Sirius Black s'est évadé pour te tuer ? dit-elle enfin. Harry, cette fois, il faut vraiment que tu sois prudent. Ne cherche pas les ennuis…

– Je ne cherche aucun ennui, répliqua Harry, agacé. Généralement, ce sont les ennuis qui me trouvent.

– Il faudrait vraiment qu'il soit idiot pour aller chercher un cinglé qui veut le tuer, dit Ron d'une voix tremblante.

Harry fut surpris de leur réaction : Black semblait leur faire beaucoup plus peur qu'à lui.

– Personne ne sait comment il s'y est pris pour s'évader d'Azkaban, reprit Ron, mal à l'aise. Personne n'avait réussi à le faire jusqu'à maintenant. En plus, il était dans un quartier de haute sécurité.

– Ils vont bien finir par l'attraper, non ? dit Hermione d'un ton grave. Les Moldus aussi le recherchent.

– Qu'est-ce que c'est que ce bruit ? dit soudain Ron.

On entendait en effet une sorte de sifflement métallique. Ils regardèrent autour d'eux.

– Ça vient de ta valise, Harry, dit Ron qui se leva et alla jeter un coup d'œil dans les bagages.

Un instant plus tard, il sortit de la valise de Harry le Scrutoscope de poche. L'objet tournait à toute vitesse dans sa paume en émettant une lumière brillante.

– C'est vraiment un Scrutoscope ? demanda Hermione d'un air intéressé en s'approchant pour mieux voir.

– Celui-là est plutôt bon marché, dit Ron. Il s'est mis à tourner sans raison quand je l'ai attaché à la patte d'Errol pour l'envoyer à Harry.

– Est-ce que tu avais de mauvaises intentions au moment où ça s'est passé ? demanda Hermione.

– Non ! Enfin… normalement, je n'avais pas le droit d'utiliser Errol… Il ne supporte plus les longs voyages… Mais qu'est-ce que je pouvais faire d'autre pour envoyer son cadeau à Harry ?

– Remets-le dans la valise, conseilla Harry, alors que le Scrutoscope sifflait de plus en plus fort. Sinon, ça va finir par le réveiller.

Il fit un signe de tête en direction du professeur Lupin et Ron remit l'objet dans la valise, entre deux chaussettes qui étouffèrent le son.

– On le fera examiner quand on ira à Pré-au-lard, suggéra Ron en se rasseyant. Fred et George m'ont dit qu'ils vendent ce genre de trucs chez Derviche et Bang, le magasin d'objets magiques.

– Qu'est-ce que tu sais sur Pré-au-lard ? demanda Hermione avec avidité. J'ai lu que c'est le seul village d'Angleterre où il n'y a pas un seul Moldu…

– Oui, je crois que c'est vrai, répondit Ron d'un ton dégagé, mais ce n'est pas pour ça que je veux y aller. Moi, ce qui m'intéresse, c'est d'aller faire un tour chez Honeydukes !

– Qu'est-ce que c'est que ça ? demanda Hermione.

– Une confiserie, répondit Ron avec un regard rêveur. Il paraît qu'ils ont absolument tout… Des Gnomes au poivre, qui te font souffler de la fumée quand tu les manges, et d'énormes Chocoballes pleines de mousse à la fraise et aussi des plumes en sucre qu'on peut sucer en classe en faisant semblant de réfléchir…

– Mais Pré-au-lard est un endroit passionnant, non ? insista Hermione. Dans *Les Sites historiques de la sorcellerie*, on dit que l'auberge du village a servi de quartier général à l'époque de la révolte des Gobelins en 1612 et la « Cabane hurlante » est une des plus impressionnantes maisons hantées du pays.

– Il y a aussi de grosses boules de sorbet qui permettent de s'élever à quelques centimètres au-dessus du sol quand on les lèche, poursuivit Ron qui n'avait pas écouté un mot de ce qu'avait dit Hermione.

Celle-ci se tourna vers Harry.

– Ça va être bien de sortir un peu de l'école pour visiter Pré-au-lard.

– Sûrement, soupira Harry. Vous me raconterez quand vous en reviendrez.

– Qu'est-ce que tu veux dire ? s'étonna Ron.

– Moi, je ne pourrai pas y aller. Les Dursley n'ont pas signé mon autorisation et Fudge a également refusé de le faire.

Ron sembla horrifié.

– Tu n'auras pas le droit de sortir ? C'est impossible… McGonagall ou quelqu'un te donnera bien la permission…

Harry eut un rire amer. Le professeur McGonagall, la directrice de la maison de Gryffondor, était particulièrement stricte.

– Ou alors, on demandera à Fred et George, ils connaissent tous les passages secrets qui permettent de sortir du château…

– Ron ! s'indigna Hermione. Je ne crois pas qu'il serait très prudent pour Harry de sortir clandestinement du château avec Black à ses trousses.

– C'est sûrement ce que me répondra McGonagall quand je lui demanderai la permission, marmonna sombrement Harry.

– Mais si on est avec lui, dit Ron à Hermione d'un ton enjoué, Black n'osera jamais…

– Ne raconte pas de bêtises, répliqua sèchement Hermione. Black a déjà assassiné tout un tas de gens au milieu d'une rue pleine de monde, alors il ne se gênera sûrement pas pour attaquer Harry simplement parce que nous serons là.

Tout en parlant, elle tripotait la fermeture du panier dans lequel elle avait transporté Pattenrond.

– Ne laisse pas sortir ce truc-là ! protesta Ron.

Mais il était trop tard. Le chat se glissa hors du panier, s'étira, bâilla et sauta sur les genoux de Ron. La poche de Ron se mit à trembler et il repoussa Pattenrond d'un geste furieux.

– Fiche le camp !

– Ron ! Arrête ! s'exclama Hermione avec colère.

Ron s'apprêtait à lui répondre lorsqu'ils entendirent le professeur Lupin bouger. Tous trois l'observèrent avec inquiétude, mais il se contenta de tourner la tête, la bouche légèrement entrouverte, sans se réveiller.

Le Poudlard Express poursuivait son chemin vers le nord et le paysage, au-dehors, devenait plus sauvage, plus sombre aussi à cause des nuages qui s'amoncelaient. D'autres élèves passaient et repassaient devant leur compartiment au gré de leurs déambulations dans le couloir. Pattenrond s'était installé sur un siège vide, son museau écrasé tourné vers Ron, ses yeux jaunes fixés sur la poche où se trouvait Croûtard.

A une heure, une petite sorcière replète apparut, poussant un chariot rempli de boissons et de nourriture.

– Vous ne croyez pas qu'on devrait le réveiller ? suggéra Ron en montrant le professeur Lupin d'un signe de tête. Ça lui ferait peut-être du bien de manger quelque chose.

Hermione s'approcha de lui avec précaution.

– Heu… Professeur ? dit-elle. Excusez-moi, professeur ?

Il ne bougea pas.

– Ne t'en fais pas, ma chérie, dit la sorcière qui tendait à Harry un gros paquet de gâteaux. S'il a faim quand il se réveillera, je serai en tête du train, avec le machiniste.

– J'imagine qu'il est simplement endormi, dit Ron à voix basse lorsque la sorcière eut refermé la porte du compartiment. J'espère qu'il n'est pas mort ?

– Non, non, il respire, murmura Hermione en prenant le gâteau que Harry lui donnait.

Sa compagnie n'était peut-être pas passionnante, mais la présence du professeur Lupin dans leur compartiment avait ses avantages. Vers le milieu de l'après-midi, alors que la pluie commençait à tomber, brouillant le paysage de collines que le train traversait, ils entendirent à nouveau des bruits de pas dans le couloir et les trois personnages qu'ils appréciaient le moins parmi les élèves de Poudlard se montrèrent à la porte : Drago Malefoy, encadré de ses deux inséparables, Vincent Crabbe et Gregory Goyle.

Drago Malefoy et Harry étaient devenus ennemis depuis le premier voyage qu'ils avaient fait ensemble dans le Poudlard Express. Malefoy, le visage en pointe et l'air méprisant, appartenait à la maison de Serpentard. Il jouait comme Attrapeur dans l'équipe de Quidditch des Serpentard, le même poste qu'occupait Harry dans l'équipe des Gryffondor. Crabbe et Goyle ne semblaient avoir d'autre utilité dans la vie que d'obéir à Malefoy. Tous deux étaient massifs et musculeux. Crabbe, le plus grand des deux, avait une coupe au bol et un cou très épais. Goyle portait les cheveux raides et courts et ses longs bras lui donnaient une silhouette de gorille.

– Tiens, regardez qui voilà, lança Malefoy de son habituelle voix traînante en ouvrant la porte du compartiment. Potter et son poteau.

Crabbe et Goyle s'esclaffèrent avec un rire de troll.

– Alors, Weasley, j'ai entendu dire que ton père avait enfin réussi à se procurer un peu d'or, cet été, dit Malefoy. J'espère que ta mère n'est pas morte sous le choc ?

Ron se leva si brusquement qu'il fit tomber par terre le panier de Pattenrond. Le professeur Lupin émit un grognement.

– Qui c'est ? demanda Malefoy en reculant machinalement d'un pas à la vue du professeur.

– Un nouveau prof, dit Harry qui s'était levé à son tour au cas où il aurait fallu retenir Ron. Qu'est-ce que tu disais, Malefoy ?

Drago Malefoy plissa ses yeux pâles. Il n'était pas suffisamment idiot pour provoquer une bagarre sous le nez d'un professeur.

– Venez, marmonna-t-il à Crabbe et à Goyle d'un ton hargneux.

Et tous trois s'éloignèrent dans le couloir. Harry et Ron se rassirent.

– Cette année, je ne suis pas décidé à me laisser faire par Malefoy, dit Ron avec colère. Et je ne plaisante pas. Si jamais il fait encore une remarque sur ma famille, je lui casse la tête…

Ron fit mine de donner un violent coup de poing.

– Ron ! chuchota Hermione en montrant le professeur Lupin. Fais attention…

Mais le professeur était toujours profondément endormi.

La pluie s'était intensifiée, recouvrant les fenêtres d'une surface grise et luisante qui s'obscurcissait peu à peu à mesure que la nuit tombait tandis que des lanternes s'allumaient dans le couloir et au-dessus des filets à bagages. Le train grinçait dans un bruit de ferraille, la pluie martelait les fenêtres, le vent sifflait, mais le professeur Lupin continuait de dormir.

– On doit être presque arrivés, dit Ron en se penchant vers la fenêtre pour essayer de voir quelque chose à travers la vitre devenue complètement noire.

A peine avait-il fini de parler que le train commença à ralentir

– Parfait, dit Ron qui se leva pour jeter un coup d'œil au-dehors en contournant soigneusement le professeur Lupin. Je meurs de faim. Vivement le festin !

– Ça m'étonnerait qu'on y soit déjà, dit Hermione en regardant sa montre.

– Alors, pourquoi on s'arrête ?

Le train continuait de ralentir. A mesure que le bruit des pistons s'estompait, on entendait plus distinctement la pluie et le vent se déchaîner contre les vitres.

Harry, qui était le plus près de la porte, se leva pour aller regarder dans le couloir. Tout au long du wagon, des têtes sortaient des compartiments pour regarder ce qui se passait.

Le train s'arrêta brusquement et des chocs lointains indiquèrent que des bagages étaient tombés de leurs filets. Puis toutes les lampes s'éteignirent d'un coup et le convoi fut plongé dans une totale obscurité.

– Qu'est-ce qui se passe ? demanda la voix de Ron derrière Harry.

– Ouille ! s'exclama Hermione. Ron, tu m'as marché sur le pied.

Harry retourna s'asseoir à tâtons.

– Tu crois que le train est en panne ?

– Je n'en sais rien...

Il y eut une sorte de couinement et Harry distingua la silhouette sombre de Ron qui essuyait la fenêtre du plat de la main pour essayer de voir au-dehors.

– Il y a du mouvement, commenta Ron. On dirait que des gens montent dans le train.

La porte du compartiment s'ouvrit soudain et quelqu'un tomba lourdement sur les genoux de Harry.

– Désolé. Vous savez ce qui se passe ? Ouille ! Pardon...

– Salut, Neville, dit Harry en le soulevant par un pan de sa cape.

– Harry ? C'est toi ? Qu'est-ce qui se passe ?

– Aucune idée ! Assieds-toi...

Il y eut alors un sifflement enragé et un gémissement de douleur. Neville avait essayé de s'asseoir sur Pattenrond.

– Je vais aller voir le machiniste pour lui demander ce qui arrive, dit la voix d'Hermione.

Harry sentit qu'elle passait devant lui, puis il entendit le bruit de la porte suivi de deux cris de douleur.

– Qui est là ?

– Ginny ?

– Hermione ?

– Qu'est-ce que tu fais ?

– Je cherchais Ron.

– Entre et assieds-toi.

– Pas ici ! dit précipitamment Harry. Je suis là !

– Ouille ! dit Neville.

– Silence ! lança soudain une voix rauque.

Le professeur Lupin semblait enfin s'être réveillé. Harry l'entendait bouger dans son coin. Tout le monde se tut.

Il y eut un faible craquement et une lueur tremblante éclaira le compartiment. Le professeur Lupin tenait au creux de sa main une poignée de flammes qui illuminaient son visage gris et fatigué. Il avait les yeux vifs, cependant, et un regard en alerte.

– Restez où vous êtes, dit-il de sa voix rauque.

Il se leva lentement en tenant les flammes devant lui. Mais la porte du compartiment s'ouvrit avant que le professeur ait eu le temps de l'atteindre.

Debout dans l'encadrement, éclairée par les flammes vacillantes, se dressait une haute silhouette enveloppée d'une cape, le visage entièrement dissimulé par une cagoule. Le nouveau venu était si grand qu'il touchait presque le plafond. Harry baissa les yeux et ce qu'il vit lui retourna l'estomac. Une main dépassait de la cape, une main luisante, grisâtre, visqueuse et couverte de croûtes, comme si elle s'était putréfiée dans l'eau...

Il ne la vit que pendant une fraction de seconde. Comme si la créature avait senti le regard de Harry, la main disparut dans les plis de l'étoffe noire.

Alors, l'être dissimulé sous la cagoule prit une longue et lente inspiration qui produisit une sorte de râle. On aurait dit qu'il essayait d'aspirer autre chose que de l'air.

Un froid intense envahit le compartiment. Harry sentit son propre souffle se figer dans sa poitrine. Le froid lui traversait la peau et se répandait dans tout son corps. Un crépitement semblable à une chute d'eau retentit dans ses oreilles. Il avait l'impression qu'on le tirait par les pieds à mesure que le grondement de l'eau s'intensifiait...

Alors, venus de très loin, il entendit de terribles hurlements, des cris terrifiés, implorants. Son premier mouvement fut de se porter au secours de la personne qui hurlait ainsi, mais lorsqu'il essaya de bouger, il s'aperçut qu'il était paralysé... Un brouillard blanc, épais, l'enveloppait, s'insinuait en lui...

– Harry ! Harry ! Ça va ?

Quelqu'un lui donnait des tapes sur le visage.

– Qu... Quoi ?

Harry ouvrit les yeux. Il y avait des lanternes au-dessus de lui et le plancher vibrait : le Poudlard Express était reparti et les lumières s'étaient rallumées. Apparemment, il était tombé par terre après avoir glissé de son siège. Ron et Hermione étaient agenouillés à côté de lui. Il voyait également Neville et le professeur Lupin qui le regardaient. Harry se sentait mal. Lorsqu'il leva la main pour rajuster ses lunettes, une sueur froide lui couvrait le front.

Ron et Hermione le hissèrent sur son siège.

– Comment tu te sens ? demanda Ron d'une voix anxieuse.

– Ça va, répondit Harry en jetant un coup d'œil vers la porte.

La créature à la cagoule avait disparu.

– Qu'est-ce qui s'est passé ? Où est cette… cette chose ? Qui a crié ?

– Personne n'a crié, dit Ron, de plus en plus inquiet.

Harry regarda autour de lui. Le compartiment était brillamment éclairé, à présent. Ginny et Neville l'observaient. Tous deux étaient très pâles.

– Mais j'ai entendu crier…

Un craquement soudain les fit sursauter. Le professeur Lupin était en train de casser en plusieurs morceaux une énorme tablette de chocolat.

– Tenez, dit-il à Harry en lui tendant le plus gros morceau. Mangez ça, vous vous sentirez mieux.

Harry prit le chocolat mais ne le mangea pas.

– Qu'est-ce que c'était que cette chose ? demanda-t-il au professeur.

– Un Détraqueur, répondit Lupin qui distribuait son chocolat aux autres. C'était l'un des Détraqueurs d'Azkaban.

Tout le monde le regarda. Le professeur Lupin froissa le papier qui enveloppait le chocolat et le mit dans sa poche.

– Mangez, répéta-t-il. Ça vous fera du bien. Excusez-moi, il faut que j'aille dire quelque chose au machiniste…

Il passa devant Harry et disparut dans le couloir.

– Tu es sûr que ça va, Harry ? demanda Hermione en le regardant d'un air angoissé.

– Je ne comprends toujours pas… Qu'est-ce qui s'est passé ? répondit Harry en essuyant la sueur sur son front.

– Cette… cette chose… le Détraqueur… est resté là et a regardé partout, enfin j'imagine qu'il regardait puisqu'on ne voyait pas du tout son visage, et toi… toi, tu…

– J'ai cru que tu avais une attaque, ou je ne sais quoi, dit Ron qui avait l'air effrayé. Tu es devenu tout raide et puis tu as glissé par terre et tu as commencé à avoir des spasmes…

– A ce moment-là, le professeur Lupin t'a enjambé, il s'est avancé vers le Détraqueur et il a sorti sa baguette magique, poursuivit Hermione. Et puis, il lui a dit : « Personne dans ce compartiment ne cache Sirius Black sous sa cape. Allez-vous-en. » Mais le Détraqueur n'a pas bougé, alors Lupin a marmonné quelque chose, un truc argenté est sorti de sa baguette et le Détraqueur a fait volte-face et il est parti comme s'il glissait sur des patins...

– C'était horrible, dit Neville d'une voix plus aiguë qu'à l'ordinaire Tu as senti ce froid quand il est entré ?

– J'ai eu une sensation bizarre, dit Ron en remuant les épaules, visiblement mal à l'aise. Comme si j'allais perdre à tout jamais l'envie de rire...

Recroquevillée dans son coin, Ginny, qui semblait aussi affectée que Harry, laissa échapper un sanglot. Hermione s'approcha d'elle et la prit par l'épaule pour la réconforter.

– Personne d'autre n'est tombé de son siège ? demanda Harry, un peu gêné.

– Non, dit Ron en le regardant à nouveau d'un air anxieux. Mais Ginny s'est mise à trembler comme une feuille...

Harry ne comprenait pas. Il se sentait faible et fébrile, comme s'il sortait d'une mauvaise grippe. Il éprouvait également une vague honte : pourquoi s'était-il ainsi effondré alors que les autres avaient très bien supporté la présence de la créature ? Le professeur Lupin revint dans le compartiment. Il s'arrêta un instant devant la porte, regarda autour de lui, puis dit avec un faible sourire :

– Rassurez-vous, je n'ai pas empoisonné le chocolat.

Harry croqua dans son morceau de chocolat. A sa grande surprise, il éprouva alors une sensation de chaleur qui se répandit dans tout son corps.

– Nous arriverons à Poudlard dans dix minutes, annonça le professeur Lupin. Ça va, Harry ?

Harry ne demanda pas au professeur comment il connaissait son nom.

– Ça va très bien, murmura-t-il, un peu gêné.

Ils ne parlèrent pas beaucoup pendant la fin du voyage. Au bout d'un long moment, le train s'arrêta enfin à la gare de Pré-au-lard et les élèves se précipitèrent sur le quai dans une grande cohue. Les hiboux hululaient, les chats miaulaient et le crapaud que Neville avait caché sous son chapeau lançait des coassements sonores. Sur le quai minuscule, il faisait un froid glacial et un rideau de pluie fine et froide tombait sans relâche.

– Les première année, par ici, lança une voix familière.

Harry, Ron et Hermione se tournèrent vers la gigantesque silhouette de Hagrid qui se tenait à l'autre bout du quai et faisait signe aux nouveaux élèves apeurés de le suivre pour la traditionnelle traversée du lac.

– Ça va, tous les trois ? cria Hagrid de loin.

Ils lui firent de grands signes de la main, mais la foule était trop compacte pour qu'ils puissent s'approcher de lui. Harry, Ron et Hermione suivirent les autres sur un chemin boueux où une centaine de diligences attendaient les élèves. Les diligences devaient être tirées par des chevaux invisibles, pensa Harry, car lorsque les élèves y montaient et refermaient la portière, elles se mettaient aussitôt en marche, cahotant le long du chemin en une longue procession.

Une vague odeur de paille et de moisi flottait à l'intérieur des diligences. Harry se sentait mieux depuis qu'il avait mangé le chocolat, mais il était toujours faible. Ron et Hermione ne cessaient de lui lancer des regards de côté, comme s'ils avaient peur qu'il s'évanouisse à nouveau.

Lorsque la diligence s'approcha en bringuebalant du magnifique portail en fer forgé, flanqué de colonnes de pierre surmontées de sangliers ailés, Harry vit les hautes silhouettes, masquées par des cagoules, de deux autres Détraqueurs qui montaient la garde de chaque côté. Une vague glacée et nauséeuse faillit l'engloutir à nouveau. Il s'appuya contre le dossier de la banquette défoncée et ferma les yeux en attendant qu'ils aient franchi le portail. La diligence prit ensuite de la vitesse le long de l'allée en pente douce qui menait au château. Hermione, penchée à la minuscule fenêtre de la portière, contemplait les innombrables tours et tourelles qui se rapprochaient. Enfin, la diligence s'arrêta en oscillant sur ses roues et Hermione descendit, suivie de Ron.

Lorsque Harry sortit à son tour, une voix traînante et enjouée résonna à ses oreilles.

– Alors, il paraît que tu es tombé dans les pommes, Potter ? C'est vrai ce que dit Londubat ? Tu t'es vraiment évanoui ?

Malefoy écarta Hermione d'un coup de coude pour barrer le chemin à Harry sur les marches de l'escalier de pierre. Il avait le visage réjoui et une lueur narquoise animait ses yeux pâles.

– Dégage, Malefoy, dit Ron, les dents serrées.

– Toi aussi, tu t'es évanoui, Weasley ? lança Malefoy d'une voix sonore. Il t'a fait peur, ce vieux Détraqueur ?

– Qu'est-ce qui se passe, ici ? demanda alors une voix douce.

Le professeur Lupin venait de descendre d'une autre diligence.

Malefoy se tourna vers lui, contemplant d'un air insolent sa robe rapiécée et sa vieille valise.

– Oh, rien… heu… professeur, répondit-il d'un ton légèrement sarcastique.

Puis il adressa un sourire goguenard à Crabbe et à Goyle et monta l'escalier en leur faisant signe de le suivre.

Poussés par Hermione, Ron et Harry se joignirent à la foule qui monta les marches, franchit la gigantesque porte de chêne et s'engouffra dans l'immense hall d'entrée éclairé par des torches enflammées. Là, un magnifique escalier de marbre donnait accès aux étages.

A droite, une porte ouvrait sur la Grande Salle où Harry suivit les autres élèves. A peine avait-il eu le temps de jeter un coup d'œil au plafond magique, sombre et nuageux ce soir-là, qu'une voix appela :

– Potter ! Granger ! Je voudrais vous voir, tous les deux !

Surpris, Harry et Hermione se retournèrent Le professeur McGonagall, qui assurait les cours de Métamorphose et occupait également la fonction de directrice de la maison des Gryffondor, leur faisait signe de la rejoindre. C'était une sorcière d'apparence sévère, les cheveux retenus en un chignon bien serré, les yeux perçants derrière des lunettes carrées. Avec une certaine appréhension, Harry se fraya un chemin parmi la foule. Le professeur McGonagall avait un don pour faire naître en lui un sentiment de culpabilité.

– Inutile d'avoir l'air si inquiet, je voulais simplement vous parler dans mon bureau, leur dit-elle. Vous pouvez rester ici, Weasley, je n'ai pas besoin de vous.

Ron regarda le professeur McGonagall s'éloigner de la foule bruyante en compagnie de Harry et d'Hermione. Ceux-ci la suivirent dans le hall d'entrée, puis dans l'escalier de marbre et le long d'un couloir.

Lorsqu'ils furent arrivés dans son bureau, une petite pièce avec un grand feu de cheminée, le professeur McGonagall fit signe à Harry et à Hermione de s'asseoir avant de s'installer elle-même derrière sa table.

– Le professeur Lupin m'a envoyé un courrier par hibou spécial pour m'informer que vous avez eu un malaise dans le train, Potter, dit-elle d'emblée.

Avant que Harry ait eu le temps de répondre, quelqu'un frappa discrètement à la porte et Madame Pomfresh, l'infirmière, surgit dans la pièce.

Harry se sentit rougir. C'était déjà suffisamment pénible de s'être évanoui, inutile par surcroît de faire tant d'histoires !

– Je vais très bien, dit-il, je n'ai besoin de rien…

– Ah, c'est vous, dit Madame Pomfresh en se penchant sur lui pour l'observer de près. Vous avez encore fait quelque chose de dangereux, j'imagine ?

– C'est un Détraqueur qui a provoqué le malaise, dit le professeur McGonagall.

Elles échangèrent un regard et Madame Pomfresh hocha la tête d'un air désapprobateur.

– Poster des Détraqueurs autour d'une école, marmonna-t-elle en posant une main sur le front de Harry. Il n'est pas le premier à s'évanouir. Ah oui, il est un peu fiévreux, je le sens. Terribles, ces créatures. Elles ont un effet désastreux sur les personnes un peu fragiles…

– Je ne suis pas fragile ! s'exclama Harry avec colère.

– Bien sûr, bien sûr, dit Madame Pomfresh d'un air absent en lui prenant le pouls.

– De quoi a-t-il besoin ? demanda le professeur McGonagall d'un ton cassant. De repos ? Peut-être devrait-il passer la nuit à l'infirmerie ?

– Mais je vais très bien ! protesta Harry en se levant d'un bond.

Imaginer ce que Drago Malefoy allait dire de lui si on l'envoyait à l'infirmerie le mettait au supplice.

– Il faudrait au moins lui donner du chocolat, dit Madame Pomfresh qui examinait ses pupilles.

– J'en ai déjà eu, dit Harry. Le professeur Lupin m'en a donné, il en a même donné à tout le monde.

– Ah, très bien, approuva Madame Pomfresh. Nous avons enfin un professeur de Défense contre les forces du Mal qui connaît les bons remèdes.

– Vous êtes sûr que vous vous sentez bien, Potter ? demanda sèchement le professeur McGonagall.

– Oui, assura Harry.

– Dans ce cas, attendez-moi dehors, j'ai quelque chose à dire à Miss Granger à propos de son emploi du temps, ensuite nous descendrons participer au festin.

Harry ressortit dans le couloir en compagnie de Madame Pomfresh qui s'éloigna vers l'infirmerie en marmonnant des paroles incompréhensibles. Il n'eut que quelques minutes à attendre : Hermione réapparut bientôt, apparemment ravie. Le professeur McGonagall les accompagna alors dans la Grande Salle où les élèves étaient rassemblés pour le festin de début d'année. Un véritable océan de chapeaux noirs et pointus s'étendait devant eux. Les élèves, répartis selon leurs maisons, étaient assis à de longues tables, le visage illuminé par la clarté de milliers de chandelles qui flottaient dans les airs. Le professeur Flitwick, un minuscule sorcier à la tignasse blanche, emportait un vieux chapeau et un tabouret hors de la salle.

– Oh, on a raté la cérémonie de la Répartition ! murmura Hermione.

Les nouveaux élèves de Poudlard étaient répartis dans les différentes maisons grâce au Choixpeau magique qu'ils devaient mettre sur leur tête et qui annonçait à haute voix le nom de la maison la mieux adaptée à chacun (Gryffondor, Serdaigle, Poufsouffle ou Serpentard). Le professeur McGonagall alla s'asseoir à la table des enseignants et Harry et Hermione prirent discrètement la direction de la table des Gryffondor. Les autres élèves les regardèrent passer au fond de la salle et quelques-uns montrèrent Harry du doigt. L'histoire de son évanouissement à la vue du Détraqueur avait déjà dû faire son chemin.

Hermione et lui s'assirent de chaque côté de Ron qui leur avait gardé la place.

– Alors, qu'est-ce qu'elle voulait ? demanda-t-il à Harry.

Celui-ci commença son récit, mais il fut interrompu par le directeur qui se leva pour faire un discours.

Bien qu'il fût très vieux, le professeur Dumbledore donnait toujours l'impression de déborder d'énergie. Il avait de longs cheveux d'argent, une grande barbe, des lunettes en demi-lune et un nez aquilin. Il était souvent présenté comme le plus grand sorcier de l'époque, mais ce n'était pas pour cette seule raison que Harry avait tant d'admiration pour lui. Albus Dumbledore inspirait une infinie confiance et lorsqu'il le vit sourire aux étudiants, Harry retrouva son calme pour la première fois depuis que le Détraqueur était apparu dans le compartiment.

– Bienvenue à vous tous, dit Dumbledore, la barbe scintillante à la lueur des chandelles. Bienvenue pour une nouvelle année à Poudlard ! J'ai quelques petites choses à vous dire et comme l'une d'elles est très sérieuse, autant s'en débarrasser tout de suite avant que la bonne chère ne vous plonge dans une euphorie peu propice à la gravité...

Dumbledore s'éclaircit la gorge et poursuivit :

– Comme vous avez pu vous en apercevoir en les voyant fouiller le Poudlard Express, l'école a dû accueillir quelques Détraqueurs d'Azkaban qui nous ont été envoyés par le ministère de la Magie.

Il marqua une pause et Harry se rappela les paroles de Mr Weasley lorsqu'il lui avait dit que Dumbledore n'était pas très content de voir les Détraqueurs surveiller l'école.

– Ils sont postés à chaque entrée du domaine, continua Dumbledore, et tant qu'ils resteront là, tout le monde doit être bien conscient qu'il sera rigoureusement inter-dit de quitter l'école sans permission préalable. Les Détraqueurs ne se laissent pas abuser par des déguisements ou des ruses quelconques, pas même par les capes d'invisibilité, ajouta-t-il d'un ton amusé.

Harry et Ron échangèrent un regard.

– La nature des Détraqueurs ne les porte pas à prendre en considé-ration les excuses ou les sollicitations. Je conseille donc à chacune et à chacun d'entre vous de ne jamais leur donner l'occasion de vous faire du mal. Je m'adresse tout particulièrement aux préfets, ainsi qu'à notre nouveau préfet-en-chef et à son homologue féminin, pour qu'ils veillent à ce qu'aucun élève ne prenne l'initiative de contrarier les Détraqueurs.

Percy, qui était assis à quelques mètres de Harry, bomba le torse et regarda autour de lui d'un air qu'il voulait impressionnant. Dumbledore s'interrompit à nouveau en observant avec une extrême gravité les élèves attablés. Il régnait un silence total qu'aucun geste, aucune parole ne vint troubler.

– Pour continuer sur une note plus joyeuse, reprit-il, je suis heureux d'accueillir parmi nous deux nouveaux enseignants. Tout d'abord, le professeur Lupin qui a bien voulu se charger des cours de Défense contre les forces du Mal.

Il y eut quelques applaudissements plutôt tièdes. Seuls ceux qui s'étaient trouvés dans le compartiment avec le professeur Lupin applaudirent de bon cœur, Harry le premier. A côté de ses collègues vêtus de leurs plus belles robes de sorcier, Lupin avait l'air singulièrement miteux.

– Regarde Rogue ! souffla Ron à l'oreille de Harry.

Le professeur Rogue, qui enseignait l'art des potions, regardait fixement Lupin. Il était de notoriété publique que Rogue briguait le poste de professeur de Défense contre les forces du Mal, mais même Harry – qui détestait Rogue – fut surpris de voir l'expression de son visage. Plus que la colère, c'était le dégoût qui déformait les traits de son visage maigre et cireux. Harry connaissait bien cette expression : d'habitude, c'était à lui que Rogue la réservait, chaque fois qu'il croisait son regard.

– Quant à la seconde nomination, reprit Dumbledore lorsque les applaudissements se furent évanouis, je dois tout d'abord vous informer que le professeur Brûlopot, qui enseignait les Soins aux créatures magiques, a pris sa retraite afin de pouvoir s'occuper plus longuement des derniers membres qui lui restaient. Je suis cependant ravi de vous annoncer que cette discipline sera désormais enseignée par Rubeus Hagrid qui a accepté d'ajouter cette nouvelle responsabilité à ses fonctions de garde-chasse.

Harry, Ron et Hermione échangèrent un regard stupéfait puis ils se joignirent avec enthousiasme aux applaudissements tumultueux qui accueillirent la nouvelle, en particulier à la table des Gryffondor. Harry se pencha pour mieux voir Hagrid : le teint écarlate, les yeux baissés sur ses énormes mains, il avait un large sourire que dissimulait sa barbe noire et hirsute.

– On aurait dû s'en douter, s'exclama Ron en frappant du poing sur la table. Qui d'autre aurait pu nous faire acheter un livre qui mord ?

Lorsque Dumbledore reprit la parole, Harry, Ron et Hermione remarquèrent que Hagrid s'essuyait les yeux avec un coin de nappe.

– Je crois vous avoir dit l'essentiel, conclut Dumbledore. Que le festin commence !

Les assiettes et les gobelets d'or alignés sur les tables se remplirent alors de mets et de boissons. Harry, soudain affamé, se servit en abondance de tout ce qui passait à sa portée et se mit à manger gloutonnement.

Le festin fut délectable. La Grande Salle résonnait du bruit des conversations et des rires, auxquels se mêlait le cliquetis des couverts. Harry, Ron et Hermione avaient hâte cependant que la fête prenne fin pour pouvoir parler à Hagrid. Ils savaient ce que signifiait pour lui sa nomination à un poste de professeur. Hagrid n'avait pas tous ses diplômes de sorcier : il avait été renvoyé de Poudlard au cours de sa troisième année d'études, pour une faute qu'il n'avait pas commise. C'étaient Harry, Ron et Hermione qui avaient définitivement établi son innocence l'année précédente.

Enfin, lorsque les derniers morceaux de tarte à la citrouille eurent disparu des plats en or, Albus Dumbledore annonça qu'il était temps d'aller se coucher et ils en profitèrent pour se précipiter vers Hagrid.

– Bravo, Hagrid ! s'écria Hermione en arrivant à la table des professeurs.

– C'est grâce à vous trois, dit Hagrid qui essuyait son visage luisant à l'aide de sa serviette. Je n'arrive pas à y croire… Un grand homme, Dumbledore. . Il est venu me voir dans ma cabane dès que Brûlopot a déclaré qu'il en avait assez… J'en avais toujours rêvé…

Submergé par l'émotion, il enfouit son visage dans sa serviette et le professeur McGonagall leur fit signe de partir.

Harry, Ron et Hermione rejoignirent le flot des élèves de Gryffondor et gravirent les marches de marbre, puis s'engouffrèrent dans un dédale de couloirs et d'escaliers jusqu'à l'entrée secrète de leur tour.

– Le mot de passe ? demanda le portrait d'une grosse femme vêtue d'une robe rose.

– J'arrive, j'arrive ! s'écria Percy au bout du couloir. Le nouveau mot de passe est *Fortuna Major* !

– Oh, non… soupira Neville Londubat avec tristesse.

Il n'arrivait jamais à se souvenir des mots de passe.

Les élèves franchirent le simple trou qui permettait d'accéder à la salle commune, puis les filles et les garçons montèrent les escaliers de leurs dortoirs respectifs. Harry escalada les marches sans rien d'autre en tête que la joie d'être de retour à Poudlard. Lorsqu'ils pénétrèrent dans leur dortoir familier, une grande pièce ronde remplie de lits à baldaquin, Harry regarda autour de lui d'un air satisfait : il se sentait enfin chez lui.

6

COUPS DE GRIFFES ET FEUILLES DE THÉ

Le lendemain matin, lorsque Harry, Ron et Hermione redescendirent dans la Grande Salle pour le petit déjeuner, ils virent Drago Malefoy occupé à raconter une histoire apparemment désopilante à tout un groupe d'élèves de Serpentard. Quand ils passèrent devant lui, il fit semblant de s'évanouir avec de grands gestes ridicules et tout le monde éclata d'un rire tonitruant.

– Ne fais pas attention à lui, dit Hermione qui se trouvait juste derrière Harry. Ne t'en occupe pas, ça n'en vaut pas la peine...

– Hé, Potter ! cria d'une petite voix aiguë Pansy Parkinson, une élève de Serpentard avec une tête de pékinois. Potter ! Les Détraqueurs arrivent ! Potter ! Ooooooooh, mon dieu, je défaille !

A la table des Gryffondor, Harry se laissa tomber sur une chaise à côté de George Weasley.

– Les emplois du temps des troisième année, dit George en les faisant passer. Qu'est-ce qui t'arrive, Harry ?

– Malefoy, dit Ron.

Il s'assit de l'autre côté de George et lança un regard furieux à la table des Serpentard.

George leva les yeux et vit Malefoy qui faisait à nouveau semblant de s'évanouir de terreur.

– Ce petit crétin, dit-il d'une voix calme. Il était beaucoup moins fier, hier soir, quand les Détraqueurs sont venus fouiller notre compartiment, tu te souviens, Fred ?

– Il a failli faire pipi dans sa culotte, dit Fred en jetant à Malefoy un regard de mépris.

– Je n'étais pas très à l'aise non plus, dit George. Ils sont vraiment horribles...

– On dirait qu'ils te gèlent les entrailles, tu ne trouves pas ? dit Fred.

– Mais toi, tu ne t'es pas évanoui ? demanda Harry à voix basse.

– Laisse tomber, Harry, dit George en essayant de le réconforter. Un jour, Papa a été obligé d'aller à Azkaban, tu te souviens, Fred ? Il nous a raconté que c'était l'endroit le plus effrayant qu'il ait jamais vu. Il en tremblait encore quand il est revenu... Ces Détraqueurs ont le chic pour désespérer tout le monde. La plupart des prisonniers deviennent fous, là-bas.

– On verra bien si Malefoy sera toujours aussi joyeux à la fin de notre prochain match de Quidditch, dit Fred. Gryffondor contre Serpentard, première rencontre de la saison.

La première fois que Harry et Malefoy s'étaient trouvés face à face lors d'un match de Quidditch, Malefoy avait largement perdu. Un peu consolé, Harry remplit son assiette.

Hermione examinait attentivement son emploi du temps.

– Ah, très bien, on a des nouvelles matières, aujourd'hui, dit-elle, ravie.

– Hermione, dit Ron en regardant par-dessus son épaule, ils se sont complètement trompés dans ton emploi du temps. Regarde, ils t'ont collé une dizaine de cours par jour. Tu n'auras jamais le temps de tout faire.

– Je m'arrangerai. J'ai mis tout ça au point avec le professeur McGonagall.

– Impossible, répondit Ron avec un grand éclat de rire. Tu as vu, ce matin ? Neuf heures : Divination. Et en dessous, neuf heures : étude des Moldus. Et...

Incrédule, Ron se pencha sur l'emploi du temps.

– Là, regarde ! Encore en dessous... Neuf heures : Arithmancie. Je sais que tu es brillante, mais personne ne peut être brillant au point de se trouver dans trois classes différentes à la fois.

– Ne sois pas stupide, répliqua sèchement Hermione. Bien sûr que je ne vais pas suivre trois cours à la fois.

– Alors ?

– Passe-moi la marmelade, dit Hermione.

– Mais...

– Ron, qu'est-ce que ça peut te faire si mon emploi du temps est un peu chargé ? lança Hermione, agacée. Je t'ai dit que j'ai tout mis au point avec le professeur McGonagall.

Au même instant, Hagrid entra dans la Grande Salle. Il portait son long manteau en peau de taupe et tenait dans son énorme main un cadavre de putois qu'il balançait machinalement.

– Ça va ? demanda-t-il en s'arrêtant à leur table. Vous allez assister à mon premier cours ! Tout de suite après déjeuner ! Je me suis levé à cinq heures du matin pour tout préparer... J'espère que ça se passera bien... Moi, professeur ! Si j'avais pu me douter...

Il eut un large sourire et poursuivit son chemin vers la table des enseignants en balançant toujours son putois mort.

– Je me demande ce qu'il a préparé, dit Ron d'un ton un peu inquiet.

Peu à peu, les élèves commencèrent à quitter la salle pour se rendre à leur premier cours. Ron vérifia son emploi du temps.

– On ferait mieux d'y aller, dit-il, le cours de Divination se passe tout en haut de la tour nord. Il faut bien dix minutes pour aller là-bas.

Ils se dépêchèrent de terminer leur petit déjeuner, puis sortirent de la salle Lorsqu'ils passèrent devant la table des Serpentard, Malefoy fit à nouveau semblant de s'évanouir et les éclats de rire suivirent Harry jusqu'au pied de l'escalier de marbre.

Il leur fallut longtemps pour parvenir à la tour nord. Malgré deux années passées à Poudlard, ils ne connaissaient pas encore certaines parties du château et c'était la première fois qu'ils se rendaient dans cette tour.

– Il... doit... bien... y avoir... un raccourci... haleta Ron, tandis qu'ils grimpaient leur septième escalier.

Ils arrivèrent dans un couloir inconnu où il n'y avait rien d'autre qu'un grand tableau représentant une vaste étendue d'herbe.

– Je crois que ça doit être par là, dit Hermione en scrutant le couloir vide qui se prolongeait vers la droite.

– Ça m'étonnerait, c'est la direction du sud. Regarde, on voit un bout du lac par la fenêtre...

Harry regardait le tableau accroché au mur de pierre. Un gros poney gris pommelé venait d'apparaître dans le pré et s'était mis à brouter l'herbe d'un air nonchalant. A Poudlard, Harry avait l'habitude de voir les sujets des tableaux quitter leur cadre et se rendre visite les uns aux autres, et c'était toujours un grand plaisir pour lui d'assister à ces allées et venues. Un instant plus tard, un petit chevalier trapu, vêtu d'une armure, apparut à son tour dans un bruit de ferraille. A en juger par les traces d'herbe sur ses genouillères de métal, il venait de tomber de son poney.

– Ah, ah ! s'écria-t-il en voyant Harry, Ron et Hermione. Qui sont ces manants qui s'aventurent sur mes terres ? Serait-on venu s'esbaudir de ma chute ? En garde, marauds !

Stupéfaits, ils virent le petit chevalier tirer son épée et la brandir férocement en sautillant d'un air rageur. Mais l'épée était trop longue pour lui : un moulinet un peu trop vigoureux lui fit perdre l'équilibre et il tomba face contre terre.

– Vous ne vous êtes pas fait mal ? s'inquiéta Harry en s'approchant du tableau.

– Arrière, maroufle ! Arrière, pendard !

Le chevalier reprit son épée et voulut s'appuyer dessus pour se relever, mais la lame s'enfonça si profondément dans le sol qu'en dépit de tous ses efforts, il ne parvint pas à la récupérer. Il finit par se laisser retomber à terre et souleva sa visière pour s'éponger le front.

– Écoutez, dit Harry en profitant de ce répit, nous cherchons la tour nord. Pourriez-vous nous indiquer le chemin ?

– Une queste, par ma foy ?

La fureur du chevalier sembla s'évanouir aussitôt. Il se releva dans un cliquetis d'armure et cria :

– Suivez-moi, mes amis, nous obtiendrons ce que voulons ou périrons bravement à la bataille !

Il refit une vaine tentative pour arracher son épée du sol, essaya sans succès d'enfourcher son gros poney et s'exclama :

– Allons à pied puisqu'il en est ainsi, vaillants seigneurs et noble dame ! Sus ! Sus donc !

Dans un grand vacarme de métal, il se précipita vers le côté gauche du cadre et disparut.

Ils le suivirent le long du couloir en se guidant au bruit de son armure. De temps en temps, ils le voyaient réapparaître dans l'un des tableaux accrochés au mur.

– Haut les cœurs, le pire est à venir ! s'écria le chevalier.

Ils le virent alors surgir au pied d'un escalier en colimaçon. Il avait fait irruption dans un tableau qui représentait des dames vêtues de robes à crinoline, provoquant sur son passage des exclamations effarouchées.

La respiration haletante, Harry, Ron et Hermione escaladèrent jusqu'à en avoir le vertige les marches étroites qui montaient en spirale. Enfin, des voix au-dessus de leur tête leur indiquèrent qu'ils étaient arrivés à destination.

– Adieu! lança le chevalier en montrant sa tête dans un tableau qui représentait des moines à l'air sinistre. Adieu, mes compagnons d'armes! Si vous avez encore besoin d'un noble cœur et d'un bras sans faiblesse, appelez à la rescousse le chevalier du Catogan!

– C'est ça, on vous appellera, marmonna Ron. Si jamais on a besoin d'un maboul, ajouta-t-il lorsque le chevalier eut disparu.

Ils montèrent les dernières marches et arrivèrent à un minuscule palier où les autres élèves de leur classe étaient déjà rassemblés. Il n'y avait aucune porte autour d'eux. Ron donna alors un coup de coude à Harry en lui montrant le plafond. Une trappe circulaire y était aménagée et une plaque de cuivre gravée indiquait .

SIBYLLE TRELAWNEY

PROFESSEUR DE DIVINATION

– Comment on fait pour monter là-haut? demanda Harry.

Comme pour répondre à sa question, la trappe s'ouvrit brusquement et une échelle argentée descendit à ses pieds. Tout le monde se tut.

– Après toi, dit Ron avec un sourire.

Harry monta l'échelle le premier et émergea dans la salle de classe la plus étrange qu'il eût jamais vue. En fait, l'endroit n'avait rien d'une salle de classe. On avait plutôt l'impression de se trouver dans un vieux grenier aménagé en salon de thé à l'ancienne. Une vingtaine de petites tables circulaires, entourées de fauteuils recouverts de chintz et de petits poufs rebondis, occupaient tout l'espace. Une faible lumière rouge éclairait la pièce. Tous les rideaux des fenêtres étaient tirés et des foulards rouges enveloppaient les lampes. Il régnait une chaleur étouffante et une bouilloire de cuivre, chauffée par les flammes d'une cheminée au manteau encombré d'objets divers, répandait un étrange et capiteux parfum qui donnait presque la nausée. Les étagères qui recouvraient les murs circulaires étaient encombrées de plumes poussiéreuses, de bouts de chandelle, de jeux de cartes complètement usées, d'innombrables boules de cristal et d'un vaste choix de tasses à thé.

Ron apparut à son tour derrière Harry et, bientôt, les autres élèves se rassemblèrent autour d'eux en chuchotant.

– Où est-elle ? demanda Ron.

Une voix douce, un peu voilée, s'éleva alors de la pénombre.

– Bienvenue, dit la voix. Je suis heureuse de vous voir enfin dans le monde physique.

Harry eut d'abord l'impression de se trouver devant un gros insecte luisant. Le professeur Trelawney venait d'apparaître à la lueur des flammes de la cheminée. Elle était très mince, les yeux agrandis par de grosses lunettes, et enveloppée d'un châle vaporeux orné de paillettes. Une quantité impressionnante de chaînes et de perles entouraient son cou décharné, et ses bras et ses mains débordaient de bagues et de bracelets.

– Asseyez-vous, mes enfants, asseyez-vous, dit-elle.

Les élèves s'installèrent maladroitement dans les fauteuils ou s'enfoncèrent dans les poufs. Harry, Ron et Hermione s'assirent à la même table.

– Bienvenue au cours de Divination, dit le professeur Trelawney qui avait elle-même pris place dans un grand fauteuil auprès du feu. Je suis le professeur Trelawney. Il se peut que vous ne m'ayez encore jamais vue, car je descends rarement dans les autres parties du château. L'agitation qui y règne trouble mon troisième œil.

Le professeur Trelawney ajusta délicatement son châle sur ses épaules et poursuivit :

– Vous avez donc choisi d'étudier la Divination, le plus difficile des arts magiques. Je dois vous avertir dès le début que si vous n'avez pas le don de double vue, il y a peu de chance que je puisse vous enseigner quoi que ce soit. Les livres ne permettent pas d'aller bien loin dans ce domaine...

Harry et Ron jetèrent un coup d'œil amusé à Hermione qui semblait effarée d'apprendre que l'étude d'une matière pouvait se faire sans avoir recours à des livres.

– De nombreux sorciers et sorcières, par ailleurs très doués pour provoquer des explosions, répandre des odeurs bizarres ou disparaître soudainement, se révèlent incapables de pénétrer les voiles mystérieux de l'avenir, poursuivit le professeur Trelawney, ses gros yeux brillants fixant l'un après l'autre les visages anxieux de ses élèves. C'est un don qui n'est accordé qu'à un petit nombre. Vous, mon garçon, dit-elle brusquement à Neville qui faillit tomber de son pouf, est-ce que votre grand-mère va bien ?

– Oui, je crois, répondit Neville d'une voix tremblante.

– Si j'étais vous, je n'en serais pas si sûre, dit le professeur Trelawney dont les boucles d'oreilles en émeraude étincelaient à la lueur du feu.

Neville parut mal à l'aise.

– Cette année, nous verrons les méthodes de base de la Divination, poursuivit le professeur d'une voix paisible. Nous consacrerons le premier trimestre à la lecture des feuilles de thé. Le trimestre suivant, nous étudierons les lignes de la main. Ah, au fait, ma chérie, ajouta-t-elle en se tournant soudain vers Parvati Patil, il faudra vous méfier d'un homme aux cheveux roux.

Parvati lança un regard étonné à Ron qui était assis juste derrière elle et éloigna son fauteuil de lui.

– Au troisième trimestre, reprit le professeur Trelawney, nous en viendrons aux boules de cristal, si nous en avons fini avec les signes du feu. Malheureu-sement, les classes seront interrompues en février à cause d'une épidémie de grippe. Je deviendrai moi-même aphone. Et aux alentours de Pâques, quelqu'un parmi nous va nous quitter à tout jamais.

Un silence tendu suivit cette affirmation, mais le professeur Trelawney ne sembla y prêter aucune attention.

– Je voudrais vous demander, ma chérie, dit-elle alors à Lavande Brown qui se recroquevilla dans son fauteuil, de me passer la plus grande des théières en argent.

Lavande parut soulagée. Elle se leva, prit une énorme théière sur une étagère et la posa sur la table devant le professeur Trelawney.

– Merci, ma chérie. Je vous signale au passage que ce que vous redoutez tant se produira le vendredi 16 octobre

Lavande se mit à trembler.

– Maintenant je veux que vous fassiez équipe deux par deux. Prenez une tasse à thé sur l'étagère, venez me l'apporter et je la remplirai.

Ensuite, vous vous assiérez et vous boirez le thé jusqu'à ce qu'il ne reste plus que les feuilles au fond de la tasse. Vous ferez tourner ces feuilles trois fois dans la tasse avec votre main gauche, puis vous retournerez la tasse au-dessus de la soucoupe. Vous attendrez que la dernière goutte de thé soit tombée, et enfin vous donnerez la tasse à votre partenaire pour qu'il la lise. Vous interpréterez les formes obtenues en vous référant aux pages 5 et 6 de votre livre *Lever le voile du futur*. Je passerai parmi vous pour vous aider. Ah, et vous, ajouta-t-elle en prenant Neville par le bras pour le faire lever, quand vous aurez cassé votre première tasse, j'aimerais bien que vous en preniez une bleue. Je tiens beaucoup aux roses.

Et en effet, à peine Neville s'était-il approché de l'étagère aux tasses qu'il y eut un bruit de porcelaine brisée. Le professeur Trelawney se précipita avec une pelle et une balayette.

– Alors, maintenant, une bleue, si ça ne vous ennuie pas. . Merci..

Lorsque les tasses de Harry et de Ron eurent été remplies, ils revinrent à leur table et s'efforcèrent de boire le thé brûlant le plus vite possible. Puis ils firent tourner les feuilles au fond des tasses comme l'avait indiqué le professeur, les retournèrent pour que tombent les dernières gouttes de thé et enfin se les échangèrent.

– Bon, alors, dit Ron, tandis qu'ils ouvraient leur livre aux pages 5 et 6, qu'est-ce que tu vois dans la mienne ?

– Un truc marron et tout mou, répondit Harry.

La fumée odorante qui s'élevait de la bouilloire lui brouillait l'esprit et lui donnait sommeil.

– Ouvrez votre esprit, mes chéris, laissez vos yeux voir ce qu'il y a au-delà des apparences ! s'écria le professeur Trelawney dans la pénombre.

Harry essaya de se réveiller.

– Il y a une vague forme de croix, dit-il en consultant son livre. Ça veut dire que tu vas connaître « des épreuves et des souffrances », désolé, mais il y a autre chose qui pourrait bien être un soleil. Alors, attends, je regarde... Ça veut dire « un grand bonheur »... Donc tu vas souffrir, mais tu seras très heureux...

– Tu aurais intérêt à faire vérifier ton troisième œil, si tu veux mon avis, dit Ron.

Tous deux réprimèrent un éclat de rire sous le regard perçant du professeur Trelawney.

– A moi, dit Ron.

Il regarda dans la tasse de Harry, le front plissé par l'effort.

– Il y a une espèce de boule qui ressemble un peu à un chapeau melon, annonça-t-il. Tu vas peut-être travailler pour le ministère de la Magie...

Il tourna la tasse dans l'autre sens.

– De ce côté-là, on dirait plutôt un gland... Qu'est-ce que ça veut dire ?

Il parcourut les deux pages du livre.

– Ah, « une somme d'argent inattendue, de l'or qui arrive de lui-même... » Très bien, tu vas pouvoir m'en prêter. Je vois aussi autre chose...

Il tourna à nouveau la tasse.

– Ça ressemble à un animal... Oui, voilà la tête... On dirait un hippopotame... non, un mouton...

Le professeur Trelawney s'approcha d'eux tandis que Harry laissait échapper un petit rire.

– Montrez-moi ça, dit-elle d'un ton réprobateur en arrachant la tasse de Harry des mains de Ron.

Tout le monde se tut et attendit. Le professeur Trelawney observait attentivement le fond de la tasse en la faisant tourner dans le sens inverse des aiguilles d'une montre.

– Le faucon... mon pauvre chéri, vous avez un ennemi mortel.

– Tout le monde sait ça, dit Hermione dans un murmure parfaitement audible.

Le professeur se tourna vers elle.

– Tout le monde est au courant de l'histoire entre Harry et Vous-Savez-Qui, poursuivit Hermione.

Harry et Ron la regardèrent avec un mélange d'étonnement et d'admiration. Ils n'avaient encore jamais entendu Hermione parler de cette manière à un professeur. Le professeur Trelawney s'abstint de répondre. Elle reporta son attention sur la tasse de Harry et continua à la faire tourner entre ses doigts.

– La massue... Une attaque. Mon dieu, mon dieu, ce n'est pas une très bonne tasse...

– J'avais cru voir un chapeau melon, dit timidement Ron.

– La tête de mort... Il y a un grand danger sur votre chemin, mon pauvre chéri...

Comme paralysés, les élèves regardaient fixement le professeur Trelawney qui fit tourner la tasse une dernière fois, eut un haut-le-corps et poussa un cri.

Il y eut un nouveau bruit de porcelaine brisée : Neville venait de casser sa deuxième tasse. Le professeur Trelawney se laissa tomber dans un fauteuil, les yeux fermés, une main étincelante de bijoux posée sur son cœur.

– Mon pauvre… pauvre garçon… Non, il vaut mieux ne rien dire… Ne me demandez rien…

– Qu'est-ce que vous avez vu, professeur ? demanda aussitôt Dean Thomas.

Tous les élèves s'étaient levés. Lentement, ils se rassemblèrent autour de la table de Harry et de Ron et s'approchèrent du professeur pour jeter un coup d'œil à la tasse.

– Mon pauvre chéri, dit le professeur Trelawney en ouvrant de grands yeux au regard tragique. Le Sinistros est sur vous.

– Le quoi ? dit Harry.

Il n'était pas tout à fait le seul à ne pas avoir compris. Dean Thomas le regarda en haussant les épaules et Lavande Brown avait l'air déconcerté. Mais presque tous les autres se tenaient la main devant la bouche, dans un geste horrifié.

– Le Sinistros, mon pauvre chéri, le Sinistros ! s'écria le professeur Trelawney qui semblait choquée que Harry n'ait pas compris. Le gigantesque chien fantôme qui hante les cimetières ! Mon pauvre chéri, c'est le pire des présages, un présage de mort !

Harry sentit son estomac se retourner. Ce chien sur la couverture du livre, dans la librairie du Chemin de Traverse… Ce chien dans l'obscurité de Magnolia Crescent… Lavande Brown, à son tour, plaqua la main devant sa bouche. Tout le monde avait les yeux tournés vers Harry, tout le monde sauf Hermione qui s'était approchée par-derrière du professeur Trelawney pour voir le fond de la tasse.

– Je ne crois pas qu'il s'agisse d'un Sinistros, dit-elle d'une voix neutre.

Le professeur Trelawney contempla Hermione avec une hostilité grandissante.

– Excusez-moi de vous dire ça, ma chérie, mais je ne perçois pas une très grande aura autour de vous. Vous me semblez faire preuve d'une réceptivité très limitée aux résonances de l'avenir.

Seamus Finnigan balança la tête de gauche à droite.

– On dirait un Sinistros si on le regarde comme ça, dit-il les yeux à demi fermés, mais vu comme ça, on pense plutôt à un âne, ajouta-t-il en penchant la tête vers la gauche.

– Quand vous aurez décidé si je dois mourir ou non, vous me le direz, déclara Harry qui sembla surpris par ses propres paroles.

A présent, plus personne n'osait le regarder.

– Je crois que nous allons en rester là pour aujourd'hui, dit le professeur Trelawney de sa voix la plus mystérieuse. Vous pouvez ranger vos affaires.

Silencieux, les élèves rapportèrent leurs tasses au professeur, rangèrent leurs livres et refermèrent leurs sacs. Même Ron à présent évitait de regarder Harry.

– En attendant notre prochain cours, que la fortune vous soit favorable, dit le professeur Trelawney d'une voix faible. Ah, au fait, vous, ajouta-t-elle en montrant Neville, vous allez arriver très en retard la prochaine fois, alors essayez de travailler un peu plus pour rattraper.

Harry, Ron et Hermione descendirent l'échelle et l'escalier en silence puis ils prirent la direction de la salle où le professeur McGonagall devait donner son cours de Métamorphose.

Harry s'assit au fond de la classe. Il avait l'impression qu'un projecteur était braqué sur lui : les autres élèves ne cessaient de lui lancer des regards furtifs, comme s'ils s'attendaient à le voir tomber mort à tout instant. Il entendit à peine ce que le professeur McGonagall leur raconta sur les Animagi (les sorciers capables de se transformer en animaux) et ne regarda même pas lorsqu'elle se métamorphosa elle-même en chat tigré, en conservant la marque de ses lunettes autour des yeux.

– Enfin, qu'est-ce qui vous arrive, aujourd'hui ? s'étonna le professeur McGonagall qui reprit sa forme habituelle en émettant un « pop » semblable au bruit d'une bouteille de champagne qu'on débouche. C'est la première fois que mes métamorphoses ne déclenchent aucun applaudissement.

Tous les regards se tournèrent à nouveau vers Harry, mais personne ne dit rien. Hermione leva alors la main.

– Voilà ce qui s'est passé, professeur, dit-elle, nous avons eu notre premier cours de Divination, nous avons lu l'avenir dans les feuilles de thé et...

– Ah, je comprends, l'interrompit le professeur McGonagall en fronçant les sourcils. Inutile d'aller plus loin, Miss Granger. Dites-moi plutôt qui doit mourir cette année ?

Les élèves la regardèrent avec des yeux ronds.

– Moi, dit Harry.

– Je vois, dit le professeur McGonagall en fixant Harry de ses yeux brillants. Il faut savoir, Potter, que chaque année depuis son arrivée dans cette école, Sibylle Trelawney a prédit la mort de quelqu'un. Or, jusqu'à présent, tout le monde est resté bien vivant. Elle commence toujours l'année scolaire en décelant des présages de mort. Si je n'avais pas pour habitude de ne jamais dire de mal de mes collègues...

Le professeur McGonagall s'interrompit et chacun put voir que les ailes de son nez étaient devenues livides.

– La Divination est l'une des branches les plus nébuleuses de la magie, reprit-elle plus calmement. Je ne vous cacherai pas que j'éprouve un certain agacement devant ce genre de pratiques. Les voyants véritables sont extrêmement rares et le professeur Trelawney...

Elle s'interrompit à nouveau, puis continua d'un ton très naturel :

– Vous me paraissez en excellente santé, Potter, aussi j'ai le regret de vous annoncer que vous ne serez pas dispensé de faire votre prochain devoir. Mais si vous mourez, je vous promets que vous ne serez pas obligé de me le rendre.

Hermione éclata de rire et Harry se sentit un peu mieux. Loin des lueurs rougeâtres et des parfums anesthésiants du professeur Trelawney, les feuilles de thé n'inspiraient plus les mêmes angoisses. Pourtant, tout le monde n'était pas encore rassuré. Ron paraissait toujours inquiet et Lavande murmura : « Et la tasse de Neville, alors ? »

Lorsque le cours de Métamorphose prit fin, ils se mêlèrent à la cohue des élèves qui se précipitaient dans la Grande Salle pour le déjeuner.

– Allez, Ron, souris un peu, conseilla Hermione en poussant vers lui un plat de ragoût. Tu as bien entendu ce qu'a dit le professeur McGonagall.

Ron remplit son assiette et prit sa fourchette, mais il ne mangea pas.

– Harry, dit-il à voix basse et d'un ton grave, tu n'as jamais vu de grand chien noir, n'est-ce pas ?

– Si, répondit Harry. J'en ai vu un le soir où je suis parti de chez les Dursley.

Ron laissa tomber sa fourchette.

– Sans doute un chien errant, dit Hermione, très calme.

Ron regarda Hermione comme si elle était devenue folle.

– Hermione, si Harry a vu un Sinistros, c'est… c'est très mauvais signe, dit-il. Un jour, mon… mon oncle Bilius en a vu un et il est mort vingt-quatre heures plus tard !

– Simple coïncidence, répliqua Hermione d'un ton léger en se versant un peu de jus de citrouille.

– Tu dis n'importe quoi ! s'indigna Ron qui commençait à se mettre en colère. La plupart des sorciers sont terrifiés par les Sinistros !

– Voilà l'explication, dit Hermione d'un air docte. Quand ils voient le Sinistros, ils meurent de peur. Le Sinistros n'est pas un présage, c'est la cause de la mort ! Et Harry est toujours avec nous parce qu'il n'est pas assez stupide pour se dire : « Puisque j'en ai vu un, je n'ai plus qu'à rentrer six pieds sous terre ! »

Ron ouvrit la bouche sans rien dire et Hermione tira de son sac son livre d'Arithmancie qu'elle appuya contre la carafe de jus de citrouille.

– La Divination, c'est très vague, dit-elle en cherchant sa page. Tout ça, ce sont des devinettes, rien de plus.

– Le Sinistros au fond de cette tasse n'avait rien de vague ! s'emporta Ron.

– Tu n'en avais pas l'air aussi sûr quand tu as dit à Harry qu'il s'agissait d'un mouton, répliqua froidement Hermione.

– Le professeur Trelawney a dit que tu n'avais pas d'aura ! Pour une fois qu'il y a une matière pour laquelle tu n'es pas douée, ça t'énerve !

Il avait touché un point sensible. Hermione referma son livre d'Arithmancie avec une telle violence que des morceaux de carotte et de viande volèrent en tous sens.

– Si être doué pour la Divination signifie faire semblant de voir des présages de mort dans un tas de feuilles de thé, alors je crois que je ne vais pas continuer très longtemps à l'étudier ! Ce cours était d'une nullité totale par rapport à ce qu'on apprend en classe d'Arithmancie !

Elle saisit son sac et s'en alla d'un pas décidé.

Ron la regarda partir en fronçant les sourcils.

– Qu'est-ce qu'elle raconte ? s'étonna-t-il. Elle n'a encore jamais mis les pieds dans un cours d'Arithmancie.

Harry fut content de sortir du château après déjeuner. La pluie qui était tombée la veille avait cessé. Le ciel avait pris une couleur gris clair et l'herbe était souple et humide sous leurs pas tandis qu'ils se rendaient à leur premier cours de Soins aux créatures magiques.

Ron et Hermione ne se parlaient plus. Harry marchait en silence à côté d'eux sur la pelouse qui descendait en pente douce jusqu'à la cabane de Hagrid, en lisière de la forêt interdite. Lorsqu'il aperçut trois silhouettes familières qui les précédaient, Harry comprit que les élèves de Serpentard allaient également assister au cours. Malefoy parlait avec vivacité à Crabbe et à Goyle qui pouffaient de rire et il n'était pas très difficile de deviner le sujet de leur conversation.

Debout devant la porte de sa cabane, Hagrid, vêtu de son grand manteau, Crockdur, son molosse, à ses pieds, attendait les élèves. Il avait l'air impatient de commencer son cours.

– Venez, venez, dépêchez-vous ! lança-t-il. Vous allez avoir une bonne surprise ! Vous n'allez pas vous ennuyer, croyez-moi ! Tout le monde est là ? Très bien, suivez-moi !

Pendant un instant, Harry craignit que Hagrid les emmène dans la forêt interdite. Harry y avait fait suffisamment d'expériences désagréables pour ne pas avoir envie d'y remettre les pieds. Mais Hagrid resta en bordure des arbres et, cinq minutes plus tard, ils se retrouvèrent devant une espèce d'enclos vide.

– Rassemblez-vous le long de la barrière ! cria Hagrid. Voilà, comme ça... Il faut que tout le monde puisse bien voir. Alors, première chose, vous allez ouvrir vos livres...

– Comment on fait ? demanda la voix glaciale et traînante de Drago Malefoy.

– Quoi ? dit Hagrid.

– Comment on fait pour ouvrir nos livres, répéta Malefoy.

Il sortit son exemplaire du *Monstrueux Livre des Monstres* qu'il avait ficelé avec un morceau de corde. D'autres élèves sortirent également les leurs. Certains, comme Harry, les avaient attachés avec une ceinture, d'autres les avaient serrés dans des sacs étroits ou les avaient fermés avec d'énormes pinces.

– Personne n'a... n'a réussi à ouvrir son livre ? demanda Hagrid, stupéfait.

Les élèves firent « non » de la tête.

– Il faut simplement les caresser, dit Hagrid, comme si c'était la chose la plus évidente du monde. Regardez...

Il prit l'exemplaire d'Hermione et arracha le papier collant qui le maintenait fermé. Le livre essaya de mordre, mais Hagrid passa son énorme doigt sur le dos de l'ouvrage qui fut secoué d'un frisson et s'ouvrit paisiblement dans sa main.

– Oh, sommes-nous bêtes, dit Malefoy d'un ton goguenard. Il suffisait de les caresser ! On aurait dû le deviner tout de suite !

– Je... je les trouvais plutôt drôles, dit Hagrid à Hermione d'une voix mal assurée.

– Oh, extraordinairement drôles ! répliqua Malefoy. Quelle merveilleuse idée de nous faire acheter des livres qui essayent de nous dévorer la main !

– Silence, Malefoy, dit Harry à voix basse.

Hagrid paraissait soudain abattu et Harry ne voulait surtout pas que son premier cours se passe mal.

– Bien, alors... reprit Hagrid qui semblait avoir perdu le fil. Donc, vous... vous avez vos livres et... et maintenant, il ne vous manque plus que des créatures magiques. Je vais aller vous en chercher. Attendez-moi...

Il s'éloigna et disparut dans la forêt.

– Vraiment, cette école est tombée bien bas, dit Malefoy d'une voix forte. Voilà que ce bon à rien est devenu professeur ! Mon père va avoir une attaque quand je lui raconterai ça...

– Silence, Malefoy, répéta Harry.

– Attention, Potter, il y a un Détraqueur derrière toi...

– Oooooooooooooh ! s'exclama soudain Lavande Brown d'une voix suraiguë en pointant le doigt vers l'extrémité de l'enclos.

Une douzaine de créatures parmi les plus bizarres que Harry ait jamais vues trottinaient dans leur direction. Elles avaient le corps, les pattes arrière et la queue d'un cheval mais leurs pattes avant, leurs ailes et leur tête semblaient provenir d'aigles monstrueux dotés de longs becs d'une couleur gris acier, et de grands yeux orange. Leurs pattes avant étaient pourvues de serres redoutables d'une quinzaine de centimètres de long. Les créatures portaient autour du cou d'épais colliers de cuir attachés à de longues chaînes dont Hagrid tenait les extrémités dans sa main immense.

– Allez, en avant ! rugit Hagrid en agitant les chaînes pour faire entrer les monstres dans l'enclos.

Les élèves reculèrent d'un pas lorsque Hagrid attacha les créatures à la barrière devant laquelle ils étaient rassemblés.

– Ce sont des hippogriffes ! annonça Hagrid d'un ton joyeux. Magnifiques, n'est-ce pas ?

Harry comprenait ce que Hagrid voulait dire. Une fois passé le choc de la première rencontre avec une créature mi-cheval, mi-oiseau, on pouvait apprécier l'éclat chatoyant de leur plumage qui se transformait en pelage, chacun d'une couleur différente : gris-bleu, vert bronze, blanc rosé, marron-rouge ou noir d'encre.

– Bien, dit Hagrid en se frottant les mains, le visage rayonnant, si vous voulez bien vous approcher un peu…

Mais personne ne semblait en avoir envie. Harry, Ron et Hermione s'avancèrent cependant vers la barrière avec beaucoup de prudence.

– La première chose qu'il faut savoir, c'est que les hippogriffes font preuve d'une très grande fierté, dit Hagrid. Ils sont très susceptibles. Surtout, ne les insultez jamais, sinon ce sera peut-être la dernière chose que vous aurez faite dans votre vie.

Malefoy, Crabbe et Goyle n'écoutaient pas. Ils parlaient à voix basse et Harry avait la désagréable impression qu'ils cherchaient le meilleur moyen de provoquer un incident.

– On doit toujours attendre que l'hippogriffe fasse le premier geste, poursuivit Hagrid. C'est une créature très attachée à la politesse. Il faut s'avancer vers lui, le saluer en s'inclinant et attendre. S'il vous salue à son tour, vous avez le droit de le toucher. Sinon, je vous conseille de filer très vite parce que, croyez-moi, leurs griffes font du dégât. Alors ? Qui veut essayer le premier ?

Pour toute réponse, la plupart des élèves reculèrent encore davantage. Même Harry, Ron et Hermione n'étaient pas très à l'aise. Devant eux, les hippogriffes secouaient la tête d'un air féroce en remuant leurs ailes puissantes. Ils ne semblaient pas beaucoup apprécier d'être attachés à la barrière.

– Vraiment personne ? dit Hagrid, le regard implorant.

– Je veux bien essayer, dit alors Harry.

Derrière lui, il entendit des exclamations étouffées puis Lavande et Parvati murmurèrent d'une même voix :

– Non, Harry, souviens-toi des feuilles de thé !

Mais il ne leur prêta aucune attention et enjamba la barrière de l'enclos.

– Bravo, Harry, rugit Hagrid. Bon, alors, voyons… c'est ça, tu n'as qu'à essayer avec Buck.

Il détacha l'une des chaînes, tira l'hippogriffe gris clair à l'écart des autres et lui enleva son collier de cuir. De l'autre côté de la barrière, les élèves retenaient leur souffle. Malefoy observait la scène en plissant ses petits yeux méchants.

– Attention, maintenant, Harry, dit Hagrid à voix basse. Tu as croisé son regard, essaye de ne pas ciller .. Les hippogriffes se méfient quand on cligne des yeux trop souvent…

Harry sentit des picotements dans ses yeux, mais il s'efforça de ne pas les fermer. Buck avait tourné vers lui sa grosse tête pointue et ses yeux orange le fixaient d'un regard féroce.

– C'est ça, très bien, Harry, dit Hagrid. Maintenant, incline-toi…

Harry n'avait pas très envie d'exposer sa nuque à la créature mais il fit ce que Hagrid lui disait. Il inclina brièvement la tête, puis se redressa.

L'hippogriffe continua de le regarder d'un air hautain sans faire le moindre geste.

– Ah, dit Hagrid qui semblait contrarié. Bon… recule, maintenant. Il ne faut rien brusquer…

Mais à cet instant, à la grande surprise de Harry, l'hippogriffe plia soudain ses pattes de devant et s'inclina profondément.

– Bravo, Harry ! s'exclama Hagrid, enchanté. Vas-y, tu peux le toucher maintenant ! Caresse-lui le bec !

Harry estimait qu'il aurait bien mérité de repasser de l'autre côté de la barrière, mais il s'avança malgré tout vers l'hippogriffe et tendit la main. Il lui caressa le bec à plusieurs reprises et l'animal ferma paresseusement les yeux, comme s'il y prenait plaisir.

Les élèves applaudirent à tout rompre, sauf Malefoy, Crabbe et Goyle qui paraissaient terriblement déçus.

– Parfait, Harry, dit Hagrid, je crois qu'il va te laisser monter sur son dos, maintenant !

L'idée n'avait rien de séduisant. Harry était habitué à piloter des balais, mais il n'était pas sûr de pouvoir aussi facilement chevaucher un hippogriffe.

– Grimpe sur son dos, juste derrière les ailes, dit Hagrid, et fais bien attention de ne pas lui arracher de plume, il n'aimerait pas ça du tout...

Harry posa un pied sur l'aile de Buck et se hissa sur son dos. L'hippogriffe se releva, mais Harry ne savait pas à quoi se tenir : il n'avait que des plumes à portée de main et craignait d'en arracher une.

– Allez, vas-y, rugit Hagrid en donnant une tape sur l'arrière-train de la créature.

Et soudain, des ailes de quatre mètres d'envergure se déployèrent de chaque côté de Harry et se mirent à battre. Harry eut tout juste le temps de s'accrocher au cou de l'hippogriffe avant que celui-ci s'élève dans les airs. Ce n'était pas du tout la même chose qu'un balai et Harry sut immédiatement ce qu'il préférait : les ailes immenses qui battaient à ses côtés lui cognaient les jambes en menaçant de le désarçonner. Les plumes luisantes glissaient sous ses doigts, mais il n'osait pas serrer plus fort. Harry regrettait la souplesse de son Nimbus 2000. Il était ballotté en tous sens par l'arrière-train de l'hippogriffe qui montait et descendait au rythme de ses battements d'aile.

Buck décrivit un cercle au-dessus de l'enclos puis il piqua vers le sol. C'était le moment que Harry redoutait le plus. Lorsque la créature baissa le cou, il se pencha en avant avec l'impression qu'il allait glisser par-dessus sa tête. Il parvint cependant à se cramponner jusqu'à l'instant où il sentit un choc sourd : les pattes dépareillées de l'hippogriffe venaient de se poser par terre. Harry put alors se redresser, sain et sauf.

– Beau travail, Harry ! s'exclama Hagrid, tandis que tout le monde, sauf Malefoy, Crabbe et Goyle, applaudissait bruyamment. Quelqu'un d'autre veut essayer ?

Enhardis par le succès de Harry, les autres élèves pénétrèrent prudemment dans l'enclos. Hagrid détacha un par un les hippogriffes et, bientôt, tout le monde s'inclina devant les créatures avec une certaine appréhension.

Malefoy, Crabbe et Goyle avaient choisi Buck. Celui-ci s'était incliné devant Malefoy qui lui caressait le bec d'un air dédaigneux.

– C'est très facile, dit Malefoy de sa voix traînante, suffisamment fort pour être sûr que Harry l'entende. C'est forcément facile, si Potter y est arrivé… Je parie que tu n'es absolument pas dangereux, ajouta-t-il en s'adressant à l'hippogriffe. N'est-ce pas, espèce de grosse brute repoussante ?

Tout se passa alors en un éclair. La griffe de l'animal fendit l'air, Malefoy poussa un hurlement perçant et, une fraction de seconde plus tard, Hagrid s'efforçait à grand-peine de remettre son collier à Buck qui essayait de se jeter sur Malefoy. Ce dernier était recroquevillé dans l'herbe et une tache de sang s'élargissait sur sa robe de sorcier, sous le regard des autres élèves saisis de panique.

– Je meurs ! hurla Malefoy. Regardez, je meurs ! Cette bestiole m'a tué !

– Tu ne meurs pas du tout ! répliqua Hagrid qui était devenu livide. Aidez-moi, il faut le sortir d'ici.

Hermione courut ouvrir la porte de la barrière pendant que Hagrid hissait sans peine Malefoy sur son épaule. Harry vit une longue et profonde entaille dans le bras de Malefoy. Du sang coulait sur l'herbe et Hagrid se mit à courir en direction du château.

Bouleversé, le reste de la classe le suivit en se contentant de marcher. Les élèves de Serpentard se déchaînaient contre Hagrid.

– Ils devraient le renvoyer sur-le-champ ! dit Pansy Parkinson, en larmes.

– C'était la faute de Malefoy ! répliqua Dean Thomas.

Crabbe et Goyle gonflèrent leurs biceps d'un air menaçant.

Lorsque les élèves montèrent les marches de pierre, le hall d'entrée était désert.

– Je vais aller voir comment il va ! dit Pansy qui disparut dans les étages.

Sans cesser de vilipender Hagrid, les Serpentard s'éloignèrent en direction de leur salle commune, située dans les sous-sols du château. Harry, Ron et Hermione montèrent l'escalier pour rejoindre la tour de Gryffondor.

– Tu crois que ce n'est pas trop grave ? demanda Hermione, préoccupée.

– Bien sûr que non. Madame Pomfresh peut faire disparaître n'importe quelle coupure en une seconde, répondit Harry qui avait fait soigner des blessures bien plus sérieuses par l'infirmière aux dons magiques.

– C'est terrible que ce soit arrivé pendant le premier cours de Hagrid, dit Ron, inquiet. On peut faire confiance à Malefoy pour tout gâcher…

A l'heure du dîner, ils furent les premiers à descendre dans la Grande Salle en espérant voir Hagrid, mais il n'était pas là.

– Ils ne l'ont quand même pas renvoyé, j'espère ? dit Hermione d'une voix anxieuse sans toucher au contenu de son assiette.

– Ils n'ont pas intérêt, dit Ron qui ne mangeait pas davantage.

Harry regardait la table des Serpentard où plusieurs élèves, parmi lesquels Crabbe et Goyle, étaient profondément absorbés dans leur conversation. Harry aurait parié qu'ils étaient en train de mettre au point leur propre version de l'incident.

– En tout cas, on ne peut pas dire qu'on s'est ennuyés pour ce premier jour de la rentrée, marmonna Ron d'un air sombre.

Après le dîner, ils remontèrent dans la salle commune de Gryffondor et essayèrent de faire le devoir que le professeur McGonagall leur avait donné, mais aucun d'eux n'arrivait à se concentrer. Ils ne cessaient de jeter des coups d'œil par la fenêtre.

– Il y a de la lumière dans la cabane de Hagrid, dit soudain Harry.

Ron consulta sa montre.

– Si on se dépêche, on peut aller le voir, il est encore tôt, dit-il.

– Je ne sais pas si c'est prudent, répondit lentement Hermione.

Harry vit qu'elle le regardait.

– J'ai le droit de me promener dans l'enceinte de l'école, y compris le parc, dit-il. Sirius Black n'a pas encore réussi à passer le barrage des Détraqueurs, que je sache.

Ils rangèrent leurs affaires, sortirent de la salle commune et descendirent jusqu'à la porte d'entrée sans rencontrer personne, ce qui leur évita d'avoir à justifier leur présence dans les couloirs à cette heure-là.

L'herbe était toujours humide et semblait presque noire à la lueur du crépuscule.

– Entrez, grogna Hagrid lorsqu'ils frappèrent à la porte.

Il était assis en bras de chemise devant sa table de bois brut. Crockdur, son molosse, avait posé la tête sur ses genoux. Au premier coup d'œil, Harry, Ron et Hermione comprirent qu'il avait un peu trop bu. Une chope d'étain de la taille d'un seau était posée devant lui et il avait le regard vitreux.

– C'est sûrement un record, dit-il d'une voix pâteuse. Un professeur qui se fait renvoyer dès le premier jour, on n'avait encore jamais vu ça.

– Vous n'avez pas été renvoyé, Hagrid ! s'exclama Hermione.

– Pas encore, dit Hagrid d'un ton accablé en buvant une longue gorgée de ce que contenait la chope. Mais c'est une simple question de temps, après ce qui est arrivé à Malefoy…

– Comment va-t-il ? demanda Ron tandis qu'ils s'asseyaient autour de la table. Ce n'était pas grave ?

– Madame Pomfresh a fait ce qu'elle a pu pour le soigner, répondit sombrement Hagrid. Mais il dit qu'il souffre terriblement… Il gémit sans cesse, le bras couvert de bandages…

– Il joue la comédie, affirma Harry. Madame Pomfresh est capable de soigner n'importe quelle blessure. L'année dernière, elle m'a fait repousser la moitié des os. On peut compter sur Malefoy pour profiter au maximum de la situation.

– Bien entendu, le conseil d'administration de l'école a été informé, dit Hagrid. Ils estiment que j'ai vu trop grand pour mon premier cours. J'aurais dû attendre un peu pour parler des hippogriffes… et commencer par les Veracrasses ou quelque chose comme ça… C'est entièrement ma faute…

– C'est la faute de Malefoy, Hagrid ! dit Hermione avec gravité.

– On est témoins, dit Harry. Vous nous avez prévenus que les hippogriffes attaquent quand on les insulte. Malefoy n'avait qu'à vous écouter. Nous allons raconter à Dumbledore ce qui s'est vraiment passé.

– Ne vous inquiétez pas, Hagrid, on vous soutiendra, dit Ron.

Des larmes apparurent dans les yeux noirs de Hagrid et coulèrent au coin de ses paupières craquelées de rides. Il saisit Harry et Ron par les épaules et les serra contre lui dans une étreinte à leur rompre les os.

– Je crois que vous avez suffisamment bu, Hagrid, dit Hermione d'un ton décidé.

Elle prit la chope et sortit de la cabane pour la vider.

– Elle a peut-être raison, approuva Hagrid en lâchant Harry et Ron qui s'écartèrent d'un pas chancelant en se frottant les côtes.

Hagrid s'arracha de sa chaise et rejoignit Hermione au-dehors, la démarche incertaine. Harry et Ron entendirent alors un bruit d'éclaboussures.

– Qu'est-ce qu'il a fait ? s'inquiéta Harry tandis qu'Hermione revenait dans la cabane avec la chope vide.

– Il a plongé la tête dans le tonneau d'eau, répondit-elle en rangeant la chope.

Hagrid réapparut, les cheveux et la barbe ruisselant d'eau.

– Ça va mieux, dit-il en se secouant comme un chien mouillé C'était très gentil à vous de venir me voir, je suis vraiment...

Hagrid s'interrompit et regarda Harry comme s'il venait de s'apercevoir de sa présence.

– QU'EST-CE QUE TU FAIS LÀ, TOI ! rugit-il si brusquement que tout le monde fit un bond. TU N'AS PAS À TRAÎNER DEHORS QUAND IL FAIT NUIT, HARRY ! ET VOUS DEUX, VOUS LE LAISSEZ FAIRE !

Hagrid se précipita sur Harry, lui saisit le bras et le poussa vers la porte.

– Allez, dit Hagrid avec colère, je vais vous ramener au château, tous les trois, et que je ne vous y reprenne plus à venir me voir après le coucher du soleil ! Je n'en vaux pas la peine !

7

UN ÉPOUVANTARD
DANS LA PENDERIE

Malefoy ne revint en classe que le jeudi en fin de matinée pendant le cours commun de potions qui rassemblait les élèves de Gryffondor et de Serpentard. D'un pas mal assuré, il pénétra dans le cachot où se déroulait le cours. Le bras en écharpe et couvert de bandages, il se donnait des allures de héros survivant d'une terrible bataille.

– Comment ça va, Drago ? minauda Pansy Parkinson. Ça te fait très mal ?

– Oui, dit Malefoy en affichant la grimace de celui qui souffre avec courage.

Mais dès que Pansy eut détourné la tête, Harry le vit lancer un clin d'œil à Crabbe et à Goyle.

– Asseyez-vous, asseyez-vous, Malefoy, dit le professeur Rogue d'un air distrait.

Harry et Ron échangèrent un regard. Si eux étaient arrivés en retard, jamais Rogue ne leur aurait dit tranquillement de s'asseoir, ils auraient eu droit à une retenue. Mais Rogue ne punissait jamais Malefoy. Rogue était le directeur de la maison des Serpentard et, en général, il avantageait ses propres élèves par rapport à ceux des autres maisons.

Ce jour-là, ils apprenaient pour la première fois à préparer une potion de Ratatinage. Malefoy s'installa avec son chaudron à côté de Harry et de Ron, et partagea leur table pour mélanger ses ingrédients.

– Monsieur, dit Malefoy, il faudrait que quelqu'un m'aide à couper ces racines de marguerite. Je n'y arrive pas tout seul à cause de mon bras...

– Weasley, vous couperez les racines de Malefoy, dit Rogue sans même lever les yeux.

Le teint de Ron devint rouge brique.

– Il n'a rien du tout, ton bras, siffla-t-il en se tournant vers Malefoy. Celui-ci lui adressa un sourire narquois.

– Weasley, tu as entendu ce qu'a dit le professeur Rogue. Coupe-moi ces racines.

Ron prit son couteau, fit glisser vers lui les racines de Malefoy et commença à les couper grossièrement.

– Professeur, dit Malefoy de sa voix traînante, Weasley abîme mes racines.

Rogue s'approcha de leur table, jeta un coup d'œil aux racines coupées à la hâte et adressa à Ron un sourire mauvais.

– Weasley, vous échangerez vos racines avec celles de Malefoy, dit-il.

– Mais monsieur…

Ron avait passé un quart d'heure à hacher ses propres racines en prenant bien soin d'en faire des morceaux de taille égale.

– Vous m'avez entendu ? dit Rogue de sa voix la plus redoutable.

Ron poussa ses racines impeccablement coupées vers Malefoy, puis il reprit le couteau.

– Monsieur, il faudrait aussi que quelqu'un m'aide à peler ma figue sèche, dit Malefoy d'un ton amusé.

– Potter, vous éplucherez la figue de Malefoy, dit Rogue en lançant à Harry le regard dégoûté qu'il lui réservait habituellement.

Harry prit la figue tandis que Ron essayait de recouper convenablement les racines dont il avait hérité. Harry pela la figue aussi vite qu'il put et la jeta à Malefoy, de l'autre côté de la table, sans prononcer un mot. Malefoy avait un sourire plus goguenard que jamais.

– Vous avez vu votre copain Hagrid, ces temps-ci ? demanda-t-il à voix basse.

– Ça ne te regarde pas, répliqua sèchement Ron sans lever les yeux.

– J'ai bien peur qu'il n'ait pas beaucoup d'avenir comme professeur, dit Malefoy d'un ton faussement désolé. Mon père n'est pas très content de ce qui m'est arrivé…

– Continue comme ça, Malefoy, et il va vraiment t'arriver quelque chose, gronda Ron.

– Il a protesté auprès du conseil d'administration. Et aussi auprès du ministère de la Magie. Mon père a beaucoup d'influence, comme tu sais. Et avec la blessure que j'ai reçue… – il poussa un long soupir qui sonnait faux – qui sait si je retrouverai jamais l'usage de mon bras ?

– Alors, c'est pour ça que tu fais toute cette comédie, dit Harry. Pour essayer de faire renvoyer Hagrid ?

--En partie, Potter, répondit Malefoy en baissant la voix. Mais il y a aussi d'autres avantages. Tiens, Weasley, coupe donc ma chenille pour moi.

Un peu plus loin, Neville avait des ennuis, comme toujours pendant les cours de Rogue qu'il redoutait par-dessus tout. Sa potion qui aurait dû être vert clair était devenue...

– Orange, Londubat, lança Rogue en plongeant une louche dans le chaudron pour montrer la couleur du liquide à toute la classe. Orange ! Sera-t-il jamais possible de faire entrer quelque chose sous votre crâne épais, Londubat ? Vous n'écoutiez pas quand j'ai dit qu'il suffisait d'un seul foie de rat ? Comment faut-il s'y prendre pour vous faire comprendre quoi que ce soit, Londubat ?

Neville, rouge et tremblant, semblait au bord des larmes.

– Monsieur, s'il vous plaît, dit alors Hermione, je pourrais peut-être aider Neville ?

– Miss Granger, je ne crois pas vous avoir demandé de faire votre intéressante, répliqua Rogue d'un ton glacial.

Hermione devint aussi rouge que Neville.

– Londubat, poursuivit Rogue, à la fin du cours, nous ferons avaler quelques gouttes de cette potion à votre crapaud et nous verrons ce qui se passera. Voilà qui va peut-être vous encourager à la préparer convenablement ?

Rogue s'éloigna, laissant Neville tremblant d'inquiétude.

– Tu veux bien m'aider ? murmura-t-il en se tournant vers Hermione.

– Hé, Harry, dit Seamus Finnigan, tu as entendu ? Dans *La Gazette du sorcier* de ce matin, ils disent qu'on a repéré Sirius Black.

– Où ça ? demandèrent Harry et Ron d'une même voix.

De l'autre côté de la table, Malefoy écoutait attentivement.

– Pas très loin d'ici, dit Seamus, l'air surexcité. C'est une Moldue qui l'a vu. Bien sûr, elle n'a pas très bien compris ce qui se passe. Les Moldus pensent qu'il s'agit d'un criminel ordinaire. Alors, elle a téléphoné au numéro vert et quand les gens du ministère sont arrivés, il était déjà parti.

– Pas très loin d'ici, répéta Ron en jetant à Harry un regard éloquent.

Il se retourna et vit Malefoy qui les observait.

– Qu'est-ce qu'il y a ? Tu veux que je t'épluche autre chose ?

Une lueur malfaisante brillait dans le regard de Malefoy qui se pencha par-dessus la table en fixant Harry.

– Tu veux essayer d'attraper Black à toi tout seul, Potter ?

– Exactement, répondit Harry d'un ton dégagé.

Les lèvres minces de Malefoy s'étirèrent en un sourire mauvais.

– Si j'étais à ta place, dit-il à voix basse, j'aurais déjà tenté quelque chose. Je ne resterais pas à l'école comme un gentil garçon, je sortirais d'ici pour aller le chercher.

– Qu'est-ce que tu racontes, Malefoy ? dit Ron d'un ton brusque.

– Tu ne sais donc pas, Potter ? chuchota Malefoy en clignant ses petits yeux pâles.

– Je ne sais pas quoi ?

Malefoy laissa échapper un petit ricanement.

– Tu préfères sans doute ne pas risquer ta peau et laisser les Détraqueurs faire le travail ? dit-il. Mais si j'étais toi, je me vengerais. J'essaierais de le retrouver moi-même.

– De quoi tu parles ? dit Harry avec colère.

Mais au même moment, Rogue lança :

– Vous devriez avoir fini de mélanger vos ingrédients, maintenant. Il faut laisser la potion chauffer longtemps avant de la boire. Laissez-la infuser, ensuite nous essaierons celle de Londubat...

Crabbe et Goyle éclatèrent de rire en regardant Neville qui remuait fébrilement sa potion. Du coin des lèvres, Hermione lui soufflait ce qu'il fallait faire en prenant bien garde que Rogue ne l'entende pas. Harry et Ron rangèrent les ingrédients qu'ils n'avaient pas utilisés, puis ils allèrent laver leurs ustensiles dans l'évier.

– Qu'est-ce qu'il voulait dire, Malefoy ? murmura Harry. Pourquoi est-ce que je devrais me venger de Black ? Il ne m'a rien fait. Pas encore.

– Il a tout inventé, répondit Ron d'un air féroce. Il essaye de te faire faire une bêtise.

La fin du cours approchait et Rogue s'avança vers Neville, recroquevillé près de son chaudron.

– Venez tous voir ce qui va arriver au crapaud de Londubat, dit Rogue, les yeux étincelants. S'il a réussi à fabriquer une potion de Ratatinage, le crapaud va rapetisser jusqu'à redevenir un têtard. Mais si, comme je m'y attends, il a commis une erreur, l'animal sera empoisonné.

Les élèves de Gryffondor regardaient avec appréhension, mais ceux de Serpentard paraissaient très excités. Rogue prit Trevor le crapaud dans sa main gauche, plongea une petite louche dans la potion qui était devenue verte et en fit couler quelques gouttes dans la gueule du crapaud.

Il y eut un moment de silence, puis un petit bruit sec. Trevor s'était transformé en un têtard qui frétillait dans la paume de Rogue.

Les Gryffondor applaudirent à tout rompre. Rogue, visiblement contrarié, tira de sa poche un flacon et fit couler quelques gouttes de son contenu sur Trevor qui reprit aussitôt sa forme de crapaud adulte.

– J'enlève cinq points à Gryffondor, dit Rogue, effaçant d'un coup les sourires de Harry et de ses camarades. Je vous avais interdit de l'aider, Miss Granger. Le cours est terminé.

Harry, Ron et Hermione remontèrent les marches qui menaient dans le hall d'entrée. Harry ne cessait de penser à ce que lui avait dit Malefoy, tandis que Ron laissait déborder sa fureur contre Rogue.

– Cinq points de moins à Gryffondor parce que la potion était bien préparée ! Pourquoi tu ne lui as pas menti, Hermione ? Tu aurais dû lui dire que Neville l'avait faite tout seul.

Hermione ne répondit pas. Ron regarda autour de lui.

– Où est-elle passée ? s'étonna-t-il.

A son tour, Harry la chercha des yeux. Ils étaient arrivés en haut de l'escalier, à présent. Les autres élèves passèrent devant eux et se dirigèrent vers la Grande Salle pour aller déjeuner.

– Elle était juste derrière nous, dit Ron en fronçant les sourcils.

Malefoy, entouré de Crabbe et de Goyle, passa également devant eux. Il adressa un nouveau sourire goguenard à Harry, puis disparut.

– Elle est là-bas, dit alors Harry.

Hermione, un peu essoufflée, montait les marches quatre à quatre. D'une main, elle tenait son sac, de l'autre, elle semblait cacher quelque chose sous sa robe.

– Comment tu as fait ça ? demanda Ron.

– Quoi ? dit Hermione en les rejoignant.

– Tu étais juste derrière nous et une seconde plus tard tu étais revenue au pied de l'escalier.

– Comment ? dit Hermione, un peu déconcertée. Ah, oui, je suis retournée chercher quelque chose. Oh, non…

Une couture de son sac avait craqué. Harry n'en fut pas surpris : le sac était rempli d'une bonne douzaine de gros livres.

– Pourquoi tu emportes ces trucs-là partout ? demanda Ron.

– Tu sais bien que j'ai pris beaucoup plus d'options que vous, répondit Hermione, le souffle court. Tu peux me les tenir, s'il te plaît ?

Ron regarda les couvertures des livres qu'elle lui avait donnés.

– Mais… tu n'as aucun cours là-dessus, aujourd'hui ? Cet après-midi, on a simplement Défense contre les forces du Mal.

– Ah, oui, c'est vrai, dit Hermione d'un air distrait.

Elle remit les livres dans son sac.

– J'espère qu'il y a quelque chose de bon à manger à midi, je meurs de faim, ajouta-t-elle en prenant la direction de la Grande Salle.

– Tu n'as pas l'impression qu'elle nous cache quelque chose ? demanda Ron à Harry.

Le professeur Lupin n'était pas là lorsqu'ils arrivèrent à son premier cours de Défense contre les forces du Mal. Ils s'installèrent dans la classe, sortirent leurs affaires et commençaient à bavarder de choses et d'autres lorsqu'il apparut enfin. Lupin eut un vague sourire et posa son cartable râpé sur le bureau. Il paraissait aussi miteux qu'à l'ordinaire, mais il avait l'air en meilleure santé, comme s'il avait fait quelques bons repas.

– Bonjour, dit-il. Vous voudrez bien s'il vous plaît remettre vos livres dans vos sacs. Aujourd'hui, nous allons faire des travaux pratiques. Vous n'aurez besoin que de vos baguettes magiques.

Les élèves échangèrent des regards intrigués et rangèrent leurs livres. Ils n'avaient encore jamais eu de séance de travaux pratiques en cours de Défense contre les forces du Mal, à part un épisode mémorable l'année précédente, quand leur ancien professeur avait lâché des lutins dans la classe.

– Bien, maintenant, suivez-moi, s'il vous plaît, dit le professeur Lupin.

Déconcertés, mais intéressés, les élèves lui emboîtèrent le pas. Lupin les fit sortir de la classe et les mena le long du couloir désert où ils croisèrent Peeves, l'esprit frappeur, occupé à boucher le trou d'une serrure avec du chewing-gum. Lorsque le professeur Lupin ne fut plus qu'à un mètre de lui, Peeves se mit à chantonner :

– Lupin le turlupin zinzin ! zinzin Lupin le turlupin…

Aussi insolent et incontrôlable qu'il fût, Peeves manifestait habituellement un certain respect pour les professeurs. Les élèves se tournèrent vers Lupin pour voir comment il allait réagir. A leur grande surprise, il conserva son sourire.

– Si j'étais toi, Peeves, j'enlèverais ce chewing-gum de la serrure, dit-il d'un ton joyeux. Rusard sera furieux s'il n'arrive plus à ouvrir son placard à balais.

Rusard était le concierge de Poudlard. C'était un sorcier raté et hargneux qui menait une guerre sans merci contre les élèves et également contre Peeves. Ce dernier ne tint cependant aucun compte de la remarque du professeur à qui il adressa pour toute réponse un bruit sonore et incongru.

Le professeur Lupin poussa un faible soupir et sortit sa baguette magique.

– Voici un sortilège qui peut se révéler utile, dit-il à ses élèves. Regardez bien.

Il leva sa baguette qu'il pointa vers Peeves en lançant :

Waddiwasi !

Avec la force d'une balle de fusil, la boule de chewing-gum sauta du trou de la serrure et alla s'enfoncer dans la narine gauche de Peeves qui fit volte-face et fila dans les airs en poussant des jurons.

– Magnifique ! s'exclama Dean Thomas, émerveillé.

– Merci, Dean, répondit le professeur Lupin. Allons-y, maintenant.

Ils poursuivirent leur chemin. Il y avait à présent du respect dans le regard que posaient les élèves sur leur professeur aux vêtements miteux. Lupin les emmena dans un autre couloir et s'arrêta devant la porte de la salle des professeurs.

– Entrez, s'il vous plaît, dit-il en ouvrant la porte.

Dans la longue salle lambrissée, remplie de chaises et de fauteuils dépareillés, il n'y avait qu'un seul professeur. C'était Rogue. Assis dans un fauteuil bas, il regarda les élèves entrer. Ses yeux étincelaient et sa bouche s'étira en un ricanement mauvais. Le professeur Lupin pénétra à son tour dans la salle et referma la porte derrière lui.

– Ne fermez pas, Lupin, dit Rogue. Je préfère ne pas voir ça.

Il se leva et passa devant les élèves, les pans de sa longue robe noire tourbillonnant derrière lui. Lorsqu'il fut sur le seuil de la porte, il fit volte-face et dit :

– On ne vous a peut-être pas averti, Lupin, mais il y a dans cette classe un nommé Neville Londubat et je vous conseille vivement de lui épargner tout exercice difficile. Sauf si Miss Granger est là pour lui souffler ce qu'il faut faire.

Neville devint écarlate. Harry lança à Rogue un regard noir. Il était suffisamment pénible qu'il s'acharne sur Neville dans ses propres cours, ce n'était pas la peine qu'il le ridiculise devant d'autres professeurs.

Lupin haussa les sourcils.

– J'espérais que Neville m'aiderait à réaliser la première partie de l'expérience, dit-il, et je suis sûr qu'il s'en tirera à merveille.

Le visage de Neville devint encore plus rouge. Rogue eut un rictus méprisant, mais il n'ajouta rien et sortit en refermant la porte avec un claquement sec.

Lupin fit signe aux élèves d'avancer dans le fond de la salle où il n'y avait qu'une vieille penderie qui servait à ranger les robes des professeurs. Lorsqu'il passa devant la penderie, elle se mit à trembler avec un grand bruit.

– Ne vous inquiétez pas, dit Lupin d'une voix rassurante en voyant quelques élèves faire un bond en arrière. Il y a un épouvantard, là-dedans.

La grande majorité de la classe semblait convaincue que c'était précisément une raison de s'inquiéter. Neville regarda le professeur d'un air terrifié et Seamus Finnigan contempla avec appréhension la poignée de la porte qui s'était mise à s'agiter.

– Les épouvantards aiment les endroits sombres et confinés, dit le professeur. Les armoires, les penderies, les espaces sous les lits, les placards sous les éviers… Un jour, j'en ai vu un qui s'était installé dans une vieille horloge de grand-mère. Celui-ci est arrivé hier après-midi et j'ai demandé au directeur l'autorisation d'en profiter pour faire une séance de travaux pratiques. La première question que nous devons nous poser c'est : « Qu'est-ce qu'un épouvantard ? »

Hermione leva aussitôt la main.

– C'est une créature qui change d'aspect à volonté en prenant toujours la forme la plus terrifiante possible.

– Je n'aurais pas pu donner une meilleure définition, approuva le professeur Lupin.

Hermione rayonnait.

– Ainsi donc, l'épouvantard qui s'est installé dans cette penderie n'a encore pris aucune forme. Il ne sait pas encore ce qui pourrait faire peur à la première personne qui se présentera de l'autre côté de la porte. Nul ne peut dire à quoi ressemble un épouvantard quand il est tout seul mais, lorsque je le laisserai sortir, il prendra immédiatement la forme qui fera le plus peur à chacun d'entre nous. Ce qui signifie que nous avons un énorme avantage sur lui. Pouvez-vous me dire lequel, Harry ?

Essayant de ne pas prêter attention à Hermione qui s'était dressée sur la pointe des pieds en levant le doigt vers le plafond, Harry tenta une réponse.

– Étant donné que nous sommes nombreux, il ne saura pas quelle forme prendre pour faire peur à tout le monde en même temps, dit-il.

– Exactement, approuva le professeur Lupin tandis qu'Hermione, déçue, baissait la main. Il vaut toujours mieux se trouver en compagnie de quelqu'un quand on a affaire à un épouvantard. Car alors, il ne sait plus quoi faire. Sous quelle forme apparaître ? Un cadavre sans tête ou une limace anthropophage ? Un jour, j'ai vu un épouvantard commettre une erreur. Il a essayé de faire peur à deux personnes à la fois et il s'est transformé en une demi-limace, ce qui n'avait rien de très effrayant. Il existe un moyen très simple de se débarrasser d'un épouvantard, mais qui exige une grande concentration mentale. Pour le neutraliser, il suffit en effet d'éclater de rire. Ce qu'il faut faire, c'est l'obliger à prendre une forme que vous trouvez désopilante. Pour commencer, nous allons nous exercer sans baguette magique. Répétez après moi… *Riddikulus !*

– *Riddikulus,* répéta le chœur des élèves.

– Très bien, très bien, mais ça, c'était le plus facile. Car le mot seul ne suffit pas. Et c'est là que vous allez intervenir, Neville.

La penderie se mit à trembler à nouveau, mais moins que Neville qui s'avança comme s'il allait à l'échafaud.

– Très bien, Neville, dit le professeur. Pour commencer, quelle est la chose qui vous fait le plus peur au monde ?

Les lèvres de Neville remuèrent mais aucun son n'en sortit.

– Désolé, je n'ai pas compris ce que vous m'avez dit, lança Lupin d'un ton joyeux.

Neville jeta un coup d'œil affolé autour de lui, comme s'il implorait de l'aide, puis il dit dans un souffle :

– Le professeur Rogue.

Il y eut un grand éclat de rire. Neville lui-même eut un sourire d'excuse. Lupin, lui, avait l'air songeur.

– Le professeur Rogue... Mmmmmh... Neville, vous habitez chez votre grand-mère, je crois ?

– Heu... oui, répondit Neville, mal à l'aise. Et je ne voudrais pas non plus que l'épouvantard prenne son aspect...

– Non, non, vous ne m'avez pas compris, dit le professeur Lupin avec un sourire. Pouvez-vous nous dire comment votre grand-mère s'habille généralement ?

Neville parut surpris.

– Heu... elle porte toujours un grand chapeau avec un vautour empaillé. Et une longue robe... verte, le plus souvent... avec parfois une étole de renard.

– Est-ce qu'elle a un sac à main ? demanda Lupin.

– Oui, un grand sac rouge, dit Neville.

– Parfait. Maintenant, pourriez-vous vous représenter ces vêtements très précisément, Neville ? Pouvez-vous les voir dans votre tête ?

– Oui, répondit Neville d'une voix mal assurée, en se demandant ce qui l'attendait.

– Lorsque l'épouvantard jaillira de cette penderie et vous verra devant lui, Neville, il prendra instantanément la forme du professeur Rogue, dit Lupin. A ce moment-là, vous lèverez votre baguette magique, comme ceci, et vous crierez : « *Riddikulus* » en pensant très fort aux vêtements de votre grand-mère. Si tout se passe bien, l'épouvantard, qui aura pris l'apparence du professeur Rogue, se retrouvera affublé d'un chapeau à vautour, d'une robe verte et d'un grand sac rouge.

A nouveau, les élèves éclatèrent de rire et la penderie trembla plus violemment que jamais.

– Si Neville réussit, il est probable que l'épouvantard s'intéressera à chacun d'entre nous à tour de rôle, poursuivit Lupin. Je voudrais donc que chacun de vous réfléchisse à ce qui lui fait le plus peur en imaginant le moyen de le transformer en quelque chose de comique…

Un grand silence s'installa. Harry réfléchit… Qu'est-ce qui lui faisait le plus peur au monde ?

Il pensa d'abord à Lord Voldemort – un Voldemort qui aurait retrouvé toute sa force. Mais avant qu'il ait pu songer au moyen de ridiculiser un épouvantard-Voldemort, une image terrifiante lui vint à l'esprit…

Une main luisante, putréfiée, se glissant sous une cape noire… Une longue respiration qui ressemblait à un râle… Et puis un froid si pénétrant qu'il avait l'impression de se noyer dans une eau glacée…

Harry frissonna et jeta un coup d'œil autour de lui en espérant que personne n'avait rien remarqué. Nombre de ses camarades avaient fermé les yeux pour mieux se concentrer. Ron marmonnait : « Il faut lui enlever les pattes. » Harry avait deviné à quoi il pensait : Ron avait une peur bleue des araignées.

– Tout le monde est prêt ? demanda le professeur Lupin.

Harry fut secoué d'un frisson de terreur. Il ne se sentait pas prêt. Comment faire pour rendre un Détraqueur moins effrayant ? Mais il ne voulait pas demander de délai supplémentaire : les autres, eux, étaient tous prêts à tenter l'expérience.

– Neville, vos camarades vont reculer pour vous laisser le champ libre, d'accord ? dit Lupin. Je vous appellerai ensuite un par un…

Les autres élèves reculèrent vers le mur du fond, laissant Neville seul devant la penderie. Il avait le teint pâle et semblait terrorisé, mais il avait remonté les manches de sa robe de sorcier et tenait sa baguette prête.

– Attention, Neville, je compte jusqu'à trois, dit le professeur Lupin qui pointait sa propre baguette magique sur la poignée de la porte de la penderie. Un… Deux… Trois… C'est parti !

Un bouquet d'étincelles, jailli de l'extrémité de la baguette de Lupin, vint frapper la poignée de la porte qui s'ouvrit brusquement. Le nez crochu, l'air menaçant, le professeur Rogue sortit aussitôt de la penderie en fixant Neville d'un regard flamboyant.

Neville recula d'un pas, sa baguette brandie, et remua les lèvres sans parvenir à prononcer la moindre parole. Rogue s'avança vers lui en cherchant sa baguette magique dans une poche de sa robe de sorcier.

– *R… R… Riddikulus* ! dit Neville d'une petite voix aiguë.

Il y eut alors un bruit semblable à un claquement de fouet. Rogue trébucha et se retrouva soudain avec une longue robe ornée de dentelles, un grand chapeau surmonté d'un vautour empaillé mangé aux mites et un énorme sac cramoisi qu'il tenait à la main.

Un grand éclat de rire retentit dans la salle. L'épouvantard hésita, visiblement déconcerté, et le professeur Lupin appela alors :

– Parvati ! A vous !

Parvati s'approcha, l'air décidé. Rogue se tourna vers elle, il y eut un nouveau claquement et une momie enveloppée de bandelettes ensanglantées apparut à sa place. La momie au visage aveugle s'avança lentement vers Parvati en traînant les pieds, elle leva ses bras raides et…

– *Riddikulus* ! s'exclama Parvati

Une des bandelettes tomba alors par terre et la momie se prit les pieds dedans. Déséquilibrée, elle tomba en avant et sa tête se détacha sous le choc en roulant par terre.

– Seamus, à vous ! lança le professeur Lupin.

Seamus se précipita.

Clac ! La momie laissa place à un être verdâtre et squelettique : le spectre de la mort. La créature ouvrit ce qui lui tenait lieu de bouche et poussa une longue plainte stridente qui n'avait rien d'humain.

– *Riddikulus* ! s'écria Seamus.

Le spectre porta aussitôt les mains à sa gorge : il était devenu aphone.

Clac ! Le spectre se transforma en un gros rat qui se mit à courir après sa queue, puis en un serpent à sonnette, puis en un œil gigantesque injecté de sang.

– Il ne sait plus où il en est ! s'écria Lupin. On y arrive ! Dean !

Clac ! L'œil se métamorphosa en une main coupée qui rampait sur le sol comme un crabe.

– *Riddikulus* ! lança Dean.

Et la main se retrouva prise dans un piège à souris.

– Excellent ! A vous, Ron !

Clac ! Des hurlements retentirent. Une araignée géante d'un mètre quatre-vingts de haut, couverte de poils répugnants, s'avança vers Ron en faisant cliqueter ses grosses pinces menaçantes. Pendant un instant, Harry crut que Ron était paralysé de terreur, mais…

– *Riddikulus* ! hurla Ron.

Les pattes de l'araignée disparurent aussitôt et l'animal se mit à tourner plusieurs fois sur lui-même comme un tonneau avant de s'arrêter enfin devant Harry. Celui-ci leva sa baguette mais...

– Ici ! cria soudain le professeur Lupin en se précipitant.

Clac ! L'araignée sans pattes se volatilisa. Pendant un instant, tout le monde la chercha des yeux, puis une sphère argentée apparut dans les airs, devant le professeur Lupin qui lança : « *Riddikulus !* » d'un ton presque nonchalant.

Clac !

– Allez, Neville, finissez-en avec lui ! dit Lupin tandis que l'épouvantard retombait par terre sous la forme d'un cafard.

Clac ! Rogue réapparut et cette fois, Neville s'avança vers lui d'un air décidé.

– *Riddikulus !* cria-t-il.

Pendant une fraction de seconde, Rogue se retrouva à nouveau vêtu d'une longue robe ornée de dentelles, mais Neville éclata de rire et l'épouvantard explosa alors en une multitude de petites fumées avant de disparaître définitivement.

– Excellent ! s'exclama le professeur Lupin sous les applaudissements de toute la classe. Bravo, Neville. Bravo, tout le monde. Voyons, je vais donner à Gryffondor cinq points pour chaque élève qui a terrassé l'épouvantard et dix pour Neville qui a réussi à le faire deux fois. Cinq points aussi pour Hermione et Harry.

– Mais je n'ai rien fait, dit Harry.

– Avec Hermione, vous avez répondu correctement aux questions que j'ai posées au début du cours, Harry, dit Lupin d'un ton léger. Encore bravo à tous. Comme devoir, vous lirez le chapitre sur les épouvantards et vous m'en ferez un résumé pour lundi. Ce sera tout.

Surexcités, les élèves quittèrent la salle des professeurs dans un grand brouhaha. Seul Harry n'était pas très content. Le professeur Lupin l'avait délibérément empêché d'affronter l'épouvantard. Pourquoi ? Était-ce parce qu'il l'avait vu s'évanouir dans le train et qu'il ne le croyait pas capable de réussir l'exercice ? Avait-il eu peur que Harry s'évanouisse à nouveau ?

Apparemment, personne d'autre n'avait rien remarqué.

– Tu m'as vu avec le spectre ? s'écria Seamus.

– Et moi avec la main coupée ? répliqua Dean.

– Je me demande pourquoi le professeur Lupın a peur des boules argentées ? dit Lavande Brown d'un air songeur.

– C'est le meilleur cours de Défense contre les forces du Mal qu'on ait jamais eu ! s'exclama Ron, ravi, tandis que les élèves retournaient dans la salle de classe pour prendre leurs affaires.

– Apparemment, c'est un très bon prof, approuva Hermione. Mais j'aurais bien aimé affronter l'épouvantard, moi aussi.

– Qu'est-ce que tu crains le plus, toi ? demanda Ron avec un rire moqueur. Faire un devoir qui n'aurait que dix-neuf sur vingt ?

8

LA FUITE DE LA GROSSE DAME

En très peu de temps, la Défense contre les forces du Mal était devenue le cours préféré de la plupart des élèves. Seuls Drago Malefoy et sa bande de Serpentard trouvaient matière à critiquer le professeur Lupin.

– Regardez dans quel état sont ses vêtements, disait Malefoy à voix basse mais suffisamment fort pour se faire entendre lorsque Lupin passait devant lui. Il s'habille comme notre vieil elfe de maison.

Mais personne d'autre ne s'intéressait à l'état d'usure des robes du professeur Lupin. Les cours suivants se révélèrent tout aussi intéressants que le premier et Harry aurait bien aimé prendre autant de plaisir à suivre l'enseignement des autres professeurs. Ce n'était pas le cas avec Rogue qui se montrait particulièrement hargneux, ces temps-ci, et tout le monde savait pourquoi. L'histoire de l'épouvantard qui avait pris l'aspect de Rogue, affublé des vêtements de la grand-mère de Neville, s'était répandue dans toute l'école comme une traînée de poudre. Mais Rogue n'avait pas goûté la plaisanterie. Chaque fois que quelqu'un prononçait le nom du professeur Lupin, ses yeux lançaient des éclairs menaçants et jamais il ne s'était autant acharné sur Neville.

Harry appréhendait également les heures passées dans l'atmosphère étouffante de la tour où officiait le professeur Trelawney. Il en avait assez de déchiffrer la signification de formes bizarres et de symboles divers en essayant de rester indifférent aux regards embués de larmes que lui lançait le professeur Trelawney de ses yeux énormes. Bien qu'elle fût considérée par les autres élèves avec un respect qui confinait à la vénération, il n'arrivait pas à éprouver la moindre affection pour elle. Parvati Patil et Lavande Brown avaient pris l'habitude de passer l'heure du déjeuner en compagnie du professeur Trelawney, dans sa petite pièce du sommet de la tour nord, d'où elles revenaient en arborant l'air supérieur de ceux qui sont convaincus de savoir des choses que les autres ignoreront toujours. Elles avaient aussi la manie de parler à Harry à voix basse comme s'il était sur son lit de mort.

Personne n'aimait beaucoup la classe de Soins aux créatures magiques qui était devenue très ennuyeuse après l'épisode mouvementé du premier jour. Hagrid semblait avoir perdu confiance en lui. Les élèves passaient désormais tous les cours à s'occuper de Veracrasses qui comptaient parmi les créatures les plus assommantes qu'on puisse imaginer.

– Qui donc peut bien s'intéresser à des animaux pareils ? dit Ron après avoir passé encore une heure à enfoncer de la laitue hachée dans le gosier gluant de quelques Veracrasses.

Au début du mois d'octobre, cependant, Harry eut enfin un grand sujet de satisfaction : la saison de Quidditch approchait et Olivier Dubois, le capitaine de l'équipe de Gryffondor, convoqua les joueurs un jeudi soir pour préparer leur nouvelle stratégie.

Il y avait sept joueurs dans une équipe de Quidditch : trois Poursuiveurs, chargés de marquer des buts en faisant passer le Souafle (une balle rouge de la taille d'un ballon de football) à travers un des anneaux fixés au sommet de poteaux de quinze mètres de hauteur plantés à chaque extrémité du terrain ; deux Batteurs, équipés de grosses battes, avaient pour tâche d'éloigner les Cognards (deux lourdes balles noires qui attaquaient violemment les joueurs) ; un Gardien qui défendait les buts et un Attrapeur qui devait attraper le Vif d'or, une balle minuscule et pourvue d'ailes, de la taille d'une noix. L'Attrapeur qui parvenait à s'en saisir mettait fin au match et faisait gagner à son équipe cent cinquante points supplémentaires.

Olivier Dubois, un garçon de dix-sept ans à la silhouette massive, était en septième et dernière année d'études à Poudlard. Il y avait quelque chose de désespéré dans le son de sa voix lorsqu'il s'adressa aux six autres joueurs de l'équipe dans les vestiaires glacés du terrain de Quidditch.

– Cette fois, c'est notre dernière chance – ma dernière chance – de remporter la coupe de Quidditch, leur dit-il en faisant les cent pas devant eux. Je quitte définitivement l'école à la fin de l'année. Je n'aurai donc plus jamais d'autre occasion. Il y a maintenant sept ans que Gryffondor n'a plus gagné la coupe. Nous avons eu toute la malchance du monde – des blessures, l'annulation du tournoi l'année dernière...

Dubois s'interrompit, comme si ces souvenirs lui serraient encore la gorge.

– Mais nous savons aussi que nous sommes indiscutablement la meilleure équipe de l'école, reprit-il en tapant du poing dans la paume de sa main, une lueur un peu folle dans le regard.

– Nous avons trois superbes Poursuiveurs.

Dubois montra Alicia Spinnet, Angelina Johnson et Katie Bell.

– Nous avons deux Batteurs *imbattables*.

– Arrête, Olivier, tu vas nous faire rougir, répondirent en chœur Fred et George Weasley.

– Et nous avons un Attrapeur qui nous fait toujours gagner ! continua Dubois en regardant Harry avec orgueil. Et puis, il y a moi, ajouta-t-il après un instant de réflexion.

– Toi aussi, tu es très bon, dit George.

– Remarquable gardien, approuva Fred.

– La coupe de Quidditch aurait dû porter notre nom ces deux dernières années, poursuivit Dubois en recommençant à faire les cent pas. Dès que Harry a rejoint notre équipe, j'ai pensé que ce serait dans la poche. Mais le fait est que nous n'avons pas gagné et que c'est notre dernière chance cette année d'y graver enfin le nom de notre équipe...

Dubois avait l'air si accablé que même Fred et George semblaient compatir.

– Olivier, cette année sera la bonne, dit Fred.

– On y arrivera, Olivier ! assura Angelina.

– C'est sûr et certain, ajouta Harry.

Décidée à vaincre, l'équipe commença les séances d'entraînement trois soirs par semaine. Les jours raccourcissaient, le temps devenait plus froid et plus humide, mais ni la boue, ni la pluie, ni le vent ne pouvaient décourager Harry : il voyait déjà l'énorme coupe d'argent couronner leurs efforts.

Un soir, après l'entraînement, Harry retourna dans la tour de Gryffondor, glacé et courbatu mais content du travail de l'équipe. Lorsqu'il entra dans la salle commune, il trouva ses camarades en proie à une agitation fébrile.

– Qu'est-ce qui se passe ? demanda-t-il à Ron et à Hermione, assis auprès du feu.

– Premier week-end à Pré-au-lard, répondit Ron en montrant une note d'information épinglée au tableau d'affichage. Fin octobre, pour Halloween.

– Parfait, dit Fred qui était entré dans la salle derrière Harry. Il faut que j'aille faire un tour chez Zonko, je n'ai presque plus de boules puantes.

Harry se laissa tomber dans un fauteuil à côté de Ron, son allégresse quelque peu refroidie. Hermione semblait lire dans ses pensées.

– Harry, je suis sûre que toi aussi, tu pourras y aller la fois d'après, dit-elle. Ils vont sûrement attraper Black bientôt, il a déjà été repéré.

– Black n'est pas assez idiot pour tenter quelque chose à Pré-au-lard, dit Ron. Demande à McGonagall si tu peux y aller tout de suite, sinon, tu risques d'attendre encore longtemps.

– Ron ! s'indigna Hermione. Harry doit rester à l'intérieur de l'école.

– Il ne va quand même pas être le seul à ne pas venir, dit Ron. Demande à McGonagall, Harry.

– Oui, je crois que c'est ce que je vais faire, dit Harry d'un ton décidé.

Hermione ouvrit la bouche pour lui répondre mais, au même moment, Pattenrond lui sauta sur les genoux. Il tenait dans sa gueule une grosse araignée morte.

– Est-ce qu'il faut vraiment qu'il vienne manger ça sous notre nez ? dit Ron avec une grimace.

– Bravo, Pattenrond, dit Hermione, tu l'as attrapée tout seul ?

Pattenrond mastiqua lentement l'araignée, ses yeux jaunes fixés sur Ron d'un air insolent.

– Arrange-toi simplement pour qu'il reste sur tes genoux, dit Ron d'un ton grincheux. Croûtard dort dans mon sac.

Pattenrond continuait de fixer Ron. Le bout de sa grosse queue touffue remuait régulièrement. Soudain, sans le moindre avertissement, il fit un bond en avant.

– ATTENTION ! s'écria Ron en saisissant son sac au moment où Pattenrond s'y agrippait de toutes ses griffes et commençait à le déchirer. VA-T'EN, STUPIDE ANIMAL !

Ron essaya d'arracher le sac des pattes du chat, mais Pattenrond s'y cramponnait de toutes ses forces en crachant et en déchirant le tissu.

– Ron, arrête, tu vas lui faire mal ! s'exclama Hermione.

Tous les regards étaient braqués sur eux, à présent. Ron secoua frénétiquement le sac sans réussir à faire lâcher prise au chat et Croûtard s'échappa d'un bond.

– ATTRAPE CE CHAT ! hurla Ron tandis que Pattenrond se lançait à la poursuite du rat terrifié.

George Weasley plongea sur Pattenrond, mais le manqua. Croûtard se faufila entre les pieds des élèves et courut se réfugier sous une commode, suivi par le chat qui s'arrêta dans une glissade et essaya de l'attraper en donnant de grands coups de patte sous le meuble.

Ron et Hermione se précipitèrent. Hermione attrapa Pattenrond et le prit dans ses bras tandis que Ron se jetait à plat ventre et parvenait à grand-peine à tirer son rat par la queue.

– Regarde ça ! dit-il avec fureur en agitant Croûtard sous le nez d'Hermione. Il n'a plus que la peau sur les os ! Empêche ton chat de le martyriser !

– Ce pauvre Pattenrond ne comprend pas que ce n'est pas bien, répondit Hermione d'une voix tremblante. Tous les chats courent après les rats !

– Il est bizarre, ton animal ! dit Ron en s'efforçant de faire rentrer dans sa poche son rat qui ne cessait de gigoter. Il a compris quand j'ai dit que Croûtard était dans mon sac !

– Tu racontes des bêtises, répliqua Hermione, agacée. Pattenrond a senti son odeur, voilà tout…

– Ce chat en veut à Croûtard ! dit Ron sans prêter attention aux autres élèves qui pouffaient de rire autour de lui. Mais Croûtard était là avant lui et en plus, il est malade !

Furieux, Ron traversa à grands pas la salle commune et disparut dans l'escalier qui menait au dortoir des garçons.

Le lendemain, Ron n'avait toujours pas pardonné à Hermione. Il lui adressa à peine la parole pendant le cours de botanique alors qu'il travaillait à la même table qu'elle, en compagnie de Harry.

– Comment va Croûtard ? demanda timidement Hermione.

– Il se cache au fond de mon lit et n'arrête pas de trembler, répondit Ron avec colère.

Ils avaient ensuite un cours de Métamorphose et Harry rejoignit la file des élèves qui attendaient devant la salle. Bien décidé à demander au professeur McGonagall l'autorisation d'aller à Pré-au-lard avec les autres, il songeait aux meilleurs arguments pour la convaincre lorsque ses réflexions furent interrompues par des éclats de voix.

Lavande Brown pleurait et Parvati essayait de la consoler.

– Qu'est-ce qui se passe, Lavande ? demanda Hermione d'une voix inquiète en s'approchant avec Ron et Harry.

– Elle a reçu une lettre de ses parents ce matin, murmura Parvati. Son lapin est mort, il a été tué par un renard.

– Oh, pauvre Lavande, dit Hermione.

– J'aurais dû m'en douter, sanglota Lavande d'un air tragique. Tu sais quel jour on est, aujourd'hui ?

– Heu...

– Le 16 octobre ! Tu te souviens de ce qu'a dit le professeur Trelawney ? « Ce que vous redoutez tant se produira le vendredi 16 octobre. » Elle avait raison !

Toute la classe s'était rassemblée autour de Lavande.

– Tu redoutais que ton lapin se fasse tuer par un renard ? s'étonna Hermione.

– Pas nécessairement par un renard, mais j'avais peur qu'il meure, c'est évident !

– Ah bon... Il était vieux, ton lapin ? demanda Hermione.

– Non... sanglota Lavande, c'était encore un bébé !

– Mais alors, pourquoi craignais-tu qu'il meure ?

Parvati, qui tenait Lavande par l'épaule pour essayer de la réconforter, lança un regard féroce à Hermione.

– Il faut être logique, reprit Hermione en s'adressant aux autres élèves. D'abord, le lapin n'est pas mort aujourd'hui, elle a simplement *reçu la lettre*, aujourd'hui. Et elle ne s'attendait pas du tout à sa mort puisque la nouvelle a été un choc pour elle.

– Ne fais pas attention à ce qu'elle dit, Lavande, lança Ron. Elle se fiche complètement des animaux des autres.

A cet instant, le professeur McGonagall apparut et ouvrit la porte. Hermione et Ron entrèrent dans la classe en se lançant des regards assassins et s'assirent de part et d'autre de Harry sans s'adresser la parole.

Lorsque la cloche sonna la fin du cours, Harry ne savait toujours pas ce qu'il allait dire au professeur McGonagall, mais ce fut elle qui parla la première de Pré-au-lard.

– Un instant, dit-elle alors que les élèves s'apprêtaient à partir. Si vous voulez aller à Pré-au-lard, vous devrez me donner vos autorisations de sortie avant Halloween. Sans autorisation, pas question de visiter le village, alors n'oubliez surtout pas !

Neville leva la main.

– Professeur, je crois que j'ai… j'ai oublié… dit-il.

– Votre grand-mère me l'a envoyée directement, Londubat, l'interrompit le professeur McGonagall. Elle a estimé que c'était plus sûr. Voilà, vous pouvez partir, maintenant.

– Vas-y, c'est le moment de lui demander, chuchota Ron à Harry.

– Non, il ne faut pas… commença Hermione.

– Vas-y, Harry, insista Ron.

Harry attendit que les autres élèves soient sortis, puis, un peu nerveux, s'approcha du professeur McGonagall.

– Qu'est-ce qu'il y a, Potter ?

Harry prit une profonde inspiration.

– Professeur, mon oncle et ma tante ont… heu… oublié de signer mon autorisation, dit-il.

Le professeur McGonagall le regarda par-dessus ses lunettes carrées sans rien répondre.

– Alors… heu… je me demandais s'il serait possible… Je veux dire, est-ce que je pourrai quand même aller à Pré-au-lard ?

Le professeur McGonagall ramassa les papiers posés sur son bureau.

– J'ai bien peur que non, Potter, déclara-t-elle. Vous avez entendu ce que j'ai dit ? Pas d'autorisation, pas de sortie, c'est le règlement.

– Mais, professeur, mon oncle et ma tante sont… sont des Moldus, ils ne comprennent pas très bien… ce qui se passe à Poudlard, les formulaires et tout ça, dit Harry, encouragé par Ron qui hochait vigoureusement la tête. Si vous vouliez bien me donner votre permission…

– Eh bien, je ne vous la donne pas, trancha le professeur McGonagall en rangeant ses papiers dans un tiroir. Le formulaire dit clairement que la signature des parents ou du responsable est absolument nécessaire.

Son visage eut alors une étrange expression qui ressemblait à de la pitié.

– Je suis désolée, Potter, reprit-elle, mais c'est mon dernier mot. Vous feriez bien de partir, maintenant, si vous ne voulez pas arriver en retard au cours suivant.

Il n'y avait plus rien à faire. Ron traita le professeur McGonagall de toutes sortes de noms qui indignèrent Hermione. Hermione, elle, semblait penser que tout était pour le mieux, ce qui augmenta la fureur de Ron. Quant à Harry, il dut subir en silence les conversations enthousiastes de ses camarades qui faisaient toutes sortes de projets pour leur première visite de Pré-au-lard.

– Il y aura quand même le banquet de Halloween, dit Ron pour essayer de lui remonter le moral.

– Oui, dit sombrement Harry, quelle joie...

Le grand dîner qui célébrait Halloween était toujours délicieux, mais il lui aurait paru encore meilleur s'il avait pu passer la journée au village avec les autres. Ron suggéra sans grande conviction d'utiliser la cape d'invisibilité, mais Hermione objecta que Dumbledore les avait mis en garde contre la faculté des Détraqueurs de la déceler. Et lorsque Percy essaya de consoler Harry, il ne parvint qu'à rendre sa déception plus cruelle encore.

– On fait toute une histoire avec Pré-au-lard, dit-il d'un ton grave, mais je te garantis que c'est beaucoup moins bien qu'on ne le raconte. D'accord, la confiserie est plutôt sympathique, mais le magasin de farces et attrapes de Zonko est très dangereux. Il y a aussi la Cabane hurlante qui vaut la peine d'être vue, mais à part ça, tu ne manques pas grand-chose, Harry, crois-moi.

Le jour de Halloween, Harry se sentait complètement démoralisé lorsqu'il descendit prendre son petit déjeuner, bien qu'il fît de son mieux pour ne rien laisser paraître.

– On va te ramener plein de bonnes choses de chez Honeydukes, dit Hermione qui paraissait désolée pour lui.

– Ouais, plein, dit Ron.

Hermione et lui avaient fini par oublier leur querelle, effacée par leur compassion pour Harry.

– Ne vous inquiétez pas pour moi, dit Harry d'un ton qu'il essayait de rendre désinvolte. Je vous retrouverai au banquet. Amusez-vous bien.

Il les accompagna dans le hall d'entrée où Rusard, posté à la porte, vérifiait que les élèves qui sortaient correspondaient bien à ceux figurant sur sa liste.

– Tu restes ici, Potter ? cria Malefoy qui se trouvait dans la file avec Crabbe et Goyle. Tu as peur de passer devant les Détraqueurs ?

Harry ne lui prêta aucune attention. Il monta l'escalier de marbre, et retourna à la tour de Gryffondor en parcourant seul les couloirs déserts.

– Le mot de passe ? demanda la grosse dame qui somnolait.

– Fortuna Major, répondit Harry d'une voix morne.

Le portrait pivota et Harry franchit l'ouverture qui permettait d'accéder à la salle commune, remplie d'élèves de première et deuxième années mais aussi d'élèves plus anciens qui avaient si souvent visité Pré-au-lard que le village avait perdu tout attrait à leurs yeux.

– Hé, Harry ! Salut, Harry !

C'était Colin Crivey, un élève de deuxième année qui avait une véritable vénération pour Harry et ne perdait jamais une occasion de lui parler.

– Tu ne vas pas à Pré-au-lard, Harry ? Comment ça se fait ? Viens t'asseoir avec nous, si tu veux.

– Non, merci, Colin, dit Harry qui ne se sentait pas d'humeur à s'installer au milieu d'un groupe d'admirateurs dont tous les regards seraient braqués sur sa cicatrice. Je dois aller à la bibliothèque. J'ai du travail à faire.

Désormais, il n'avait plus d'autre choix que de ressortir de la salle.

– C'était bien la peine de me réveiller, dit la grosse dame d'un ton grincheux en le regardant s'éloigner dans le couloir.

Harry prit tristement la direction de la bibliothèque mais, parvenu à mi-chemin, il changea d'avis. Il n'avait pas envie de travailler et fit volte-face. Il se retrouva alors nez à nez avec Rusard qui avait fini de vérifier les autorisations de sortie.

– Qu'est-ce que vous faites là ? demanda Rusard d'un air soupçonneux.

– Rien, répondit Harry, ce qui était parfaitement vrai.

– Rien ! aboya Rusard, les bajoues frémissantes. Et vous vous imaginez que je vais croire ça ! Vous rôdez tout seul dans les couloirs,
maintenant ? Pourquoi n'êtes-vous pas allé à Pré-au-lard acheter des
farces et attrapes en compagnie de votre bande de petits voyous ?

Harry haussa les épaules.

– Retournez donc dans votre salle commune ! lança Rusard en suivant Harry de son regard hargneux jusqu'à ce qu'il ait disparu au bout
du couloir.

Mais Harry ne retourna pas dans la salle commune. Il monta un
escalier avec la vague idée d'aller voir Hedwige à la volière. Il avançait le long d'un autre couloir lorsqu'une voix l'appela.

– Harry ?

Il se retourna et vit le professeur Lupin à la porte de son bureau.

– Qu'est-ce que vous faites là ? demanda le professeur d'un ton très
différent de celui de Rusard. Où sont Ron et Hermione ?

– A Pré-au-lard, répondit Harry d'un ton qu'il voulait détaché.

– Ah...

Lupin regarda Harry pendant un instant.

– Entrez donc, je viens de recevoir un strangulot pour le prochain
cours.

– Un quoi ? dit Harry.

Il suivit Lupin dans son bureau. Au fond de la pièce, il y avait un
grand aquarium dans lequel une répugnante créature verdâtre, héris-
sée de petites cornes pointues, faisait des grimaces contre la paroi de
verre en déployant ses doigts longs et fins.

– C'est un démon des eaux, dit Lupin en contemplant le strangulot
d'un air songeur. Nous n'aurons pas trop de mal avec lui. Il suffit de
savoir briser son étreinte. Vous avez vu ses doigts extrêmement
longs ? Ils sont puissants, mais fragiles.

Le strangulot montra ses dents, puis alla se réfugier sous un enche-
vêtrement d'herbes aquatiques.

– Une tasse de thé ? proposa Lupin en cherchant sa bouilloire des
yeux. J'étais sur le point de m'en faire.

– Je veux bien, répondit Harry, un peu gêné.

Lupin tapota sa bouilloire avec sa baguette magique et un jet de vapeur jaillit aussitôt du bec verseur.

– Asseyez-vous, dit Lupin qui souleva le couvercle d'une boîte en fer poussiéreuse. Je n'ai malheureusement que des sachets, mais je crois que vous commencez à en avoir assez des feuilles de thé.

Harry le regarda. Lupin avait les yeux rieurs.

– Comment le savez-vous ? demanda Harry.

– C'est le professeur McGonagall qui me l'a dit.

Lupin lui donna une tasse ébréchée.

– J'espère que vous n'êtes pas inquiet ?

– Non, dit Harry.

Pendant un instant, il songea à parler du chien qu'il avait vu dans Magnolia Crescent, mais il préféra y renoncer. Il ne voulait pas laisser croire à Lupin qu'il était un froussard, surtout qu'il semblait déjà convaincu que Harry était incapable d'affronter un épouvantard.

Son visage avait dû trahir ses pensées, car Lupin lui demanda :

– Quelque chose vous tracasse ?

– Non, mentit Harry.

Il but une gorgée de thé et regarda le strangulot qui brandissait le poing vers lui.

– Ou plutôt si, dit-il brusquement en reposant sa tasse sur le bureau de Lupin. Le jour où nous avons fait cette séance avec l'épouvantard...

– Oui ?

– Pourquoi est-ce que vous n'avez pas voulu que je l'affronte, moi aussi ? demanda sèchement Harry.

Lupin leva les sourcils.

– Je pensais que c'était évident, Harry, dit-il, surpris.

Harry, qui s'attendait à des dénégations, fut pris au dépourvu.

– Pourquoi ? répéta-t-il.

– Eh bien, dit Lupin en fronçant légèrement les sourcils, j'imagine que si l'épouvantard s'était trouvé face à vous, il aurait pris l'aspect de Lord Voldemort.

Harry le regarda avec des yeux ronds. Non seulement il ne s'attendait pas à une telle réponse, mais en plus, Lupin avait prononcé le nom de Voldemort. La seule personne que Harry avait jamais entendue prononcer ce nom (à part lui-même), c'était le professeur Dumbledore.

– Apparemment, je me suis trompé, dit Lupin, les sourcils toujours froncés. Mais je pensais que ce n'était pas du tout une bonne idée de voir Lord Voldemort se matérialiser dans la salle des professeurs. J'étais sûr que tout le monde serait pris de panique.

– C'est vrai qu'au début, j'ai pensé à Voldemort, répondit Harry, mais ensuite… Je me suis souvenu du Détraqueur.

– Je comprends, dit Lupin, l'air pensif. Je suis très impressionné…

Il esquissa un sourire en voyant l'expression de surprise sur le visage de Harry.

– Voilà qui voudrait dire que ce dont vous avez le plus peur, c'est… la peur elle-même. C'est la preuve d'une grande sagesse, Harry.

Harry ne savait quoi répondre. Il se contenta de boire une autre gorgée de thé.

– Ainsi donc, vous avez pensé que je ne vous croyais pas capable d'affronter l'épouvantard ? dit Lupin.

– Oui…

Harry se sentait soudain beaucoup plus joyeux.

– Professeur, vous connaissez les Détraqueurs…

Il fut interrompu par des coups frappés à la porte.

– Entrez, dit Lupin.

La porte s'ouvrit et Rogue entra. Il avait à la main un gobelet d'où s'élevait une légère fumée et s'immobilisa en voyant Harry.

– Ah, Severus, dit Lupin avec un sourire. Merci beaucoup. Vous voulez bien le mettre sur mon bureau ?

Rogue posa le gobelet sur le bureau en regardant alternativement Harry et Lupin.

– Je montrais à Harry mon strangulot, dit Lupin d'un ton badin.

– Fascinant, répondit Rogue sans jeter le moindre regard à la créature. Vous devriez boire ça tout de suite, Lupin.

– C'est ce que je vais faire.

– J'en ai fait tout un chaudron, poursuivit Rogue. Si vous en avez encore besoin…

– J'en reprendrai sans doute demain. Merci beaucoup, Severus.

– Je vous en prie, répondit Rogue.

Harry remarqua une lueur désagréable dans son regard. Rogue sortit de la pièce sans un sourire, l'air plutôt méfiant.

Intrigué, Harry regarda le gobelet. Lupin eut un sourire.

– Le professeur Rogue m'a très gentiment préparé une potion, dit-il. Je n'ai jamais très bien su fabriquer les potions et celle-ci est particulièrement compliquée.

Il prit le gobelet, en renifla le contenu, puis il but une gorgée en faisant la grimace.

– Dommage que le sucre en neutralise les effets, ajouta-t-il. Je ne me sentais pas très bien, ces temps-ci. Cette potion est le seul remède efficace. J'ai beaucoup de chance d'avoir le professeur Rogue pour collègue. Il est un des rares sorciers qui sachent la préparer.

Lupin but une autre gorgée et Harry dut se retenir pour ne pas lui arracher le gobelet des mains.

– Le professeur Rogue s'intéresse beaucoup à la magie noire, lança-t-il.

– Vraiment ? dit Lupin d'un air distrait.

– Il y a des gens qui disent que…

Harry hésita un instant, puis il se jeta à l'eau.

– … qu'il ferait n'importe quoi pour devenir professeur de Défense contre les forces du Mal.

Lupin vida le gobelet et fit une nouvelle grimace.

– Répugnant, dit-il. Harry, il est temps que je me remette au travail. Nous nous reverrons au banquet.

– Très bien, répondit Harry en reposant sa tasse.

Le gobelet vide laissait toujours échapper un filet de fumée.

– Et voilà, dit Ron. On en a rapporté le plus possible.

Une pluie de bonbons aux couleurs étincelantes tomba sur les genoux de Harry. Le soleil se couchait et Ron et Hermione étaient de retour dans la salle commune. Les joues rosies par le vent, ils avaient l'air d'avoir passé le meilleur moment de leur vie.

– Merci, dit Harry en prenant un paquet de minuscules Gnomes au poivre. Alors, c'est comment, Pré-au-lard ? Où est-ce que vous êtes allés ?

Apparemment, ils avaient tout visité : Derviche et Bang, le magasin d'objets magiques, Zonko, la boutique de farces et attrapes, Les Trois Balais, le bar où on servait des chopes mousseuses de Bièraubeurre et beaucoup d'autres endroits.

– Si tu voyais la poste, Harry ! Il y a à peu près deux cents hiboux perchés sur des étagères avec des couleurs différentes pour le courrier urgent et le courrier lent !

– Chez Honeydukes, il y a une nouvelle sorte de caramel, ils distribuaient des échantillons gratuits, tiens, en voilà un.

– Je crois bien qu'on a vu un ogre. Il y a toutes sortes de clients aux Trois Balais.

– C'est dommage qu'on n'ait pas pu te rapporter un peu de Bièraubeurre. Rien de tel pour se réchauffer…

– Et toi, qu'est-ce que tu as fait ? demanda Hermione, l'air inquiet. Tu as travaillé ?

– Non, répondit Harry, Lupin m'a offert une tasse de thé dans son bureau. Et puis Rogue est arrivé…

Il leur raconta l'histoire du gobelet. Ron resta bouche bée.

– Et Lupin l'a bu ? dit-il, effaré. Il est fou ?

Hermione jeta un coup d'œil à sa montre.

– On ferait bien d'y aller, maintenant, le banquet va commencer dans cinq minutes…

Ils rejoignirent la foule des élèves en continuant à parler de Rogue.

– Réfléchis, dit Hermione à voix basse, s'il essaye d'empoisonner Lupin, il ne l'aurait pas fait devant Harry.

– Tu as peut-être raison, répondit Ron tandis qu'ils pénétraient dans la Grande Salle.

Elle était éclairée par des centaines de citrouilles évidées dans lesquelles brûlaient des chandelles. Des nuées de chauves-souris voletaient en tous sens et des serpentins orange ondulaient paresseusement comme des serpents d'eau sous le ciel magique.

Les mets étaient délicieux. Même Ron et Hermione qui s'étaient gavés de bonbons chez Honeydukes reprirent de chaque plat. Harry jetait sans cesse des regards en direction de la table des professeurs. Lupin avait l'air joyeux et aussi bien que possible. Il parlait avec animation au minuscule professeur Flitwick qui enseignait les sortilèges. Harry tourna les yeux vers Rogue. Était-ce un effet de son imagination ou bien Rogue regardait-il Lupin avec un peu trop d'insistance ?

A la fin du banquet, les fantômes de Poudlard offrirent un beau spectacle. Surgis des murs et des tables, ils se mirent à voler en formation, décrivant des figures de voltige. Nick Quasi-Sans-Tête, le fantôme de Gryffondor, remporta un beau succès en mimant sa décapitation bâclée.

Ils avaient passé une si bonne soirée que Malefoy ne parvint même pas à assombrir l'excellente humeur de Harry lorsqu'il cria au milieu de la foule des élèves :

— Les Détraqueurs t'envoient leurs amitiés, Potter !

Harry, Ron et Hermione suivirent leurs camarades jusqu'à la tour de Gryffondor, mais quand ils arrivèrent dans le couloir au bout duquel était accroché le portrait de la grosse dame, la foule était si dense qu'ils ne pouvaient plus avancer.

— Qu'est-ce qui se passe ? s'étonna Ron. Pourquoi ils n'entrent pas dans la salle ?

Harry essaya de jeter un coup d'œil par-dessus les têtes. Le portrait semblait fermé.

— Laissez-moi passer, dit la voix de Percy qui se fraya un chemin parmi la foule en prenant des airs importants. Pourquoi c'est bloqué, ici ? Vous n'avez quand même pas tous oublié le mot de passe ? Allons, écartez-vous, je suis préfet-en-chef.

Peu à peu, les élèves se turent, comme si un frisson glacé se répandait le long du couloir.

— Que quelqu'un aille chercher le professeur Dumbledore ! Vite ! dit alors Percy d'une voix soudain aiguë.

— Qu'est-ce qui se passe ? demanda Ginny qui venait d'arriver.

Un instant plus tard, le professeur Dumbledore fendit la foule en direction du portrait. Les élèves se serraient les uns contre les autres pour lui faire de la place et Harry, Ron et Hermione en profitèrent pour aller voir d'un peu plus près ce qui se passait.

— Oh, là, là ! s'exclama Hermione en saisissant le bras de Harry.

La grosse dame avait disparu du tableau que quelqu'un avait lacéré avec une telle violence que des lambeaux de toile jonchaient le sol. Des morceaux entiers du tableau avaient été arrachés.

Dumbledore jeta un rapide coup d'œil à la toile détruite et se tourna, le regard sombre, vers les professeurs McGonagall, Lupin et Rogue qui accouraient.

— Il faut absolument la retrouver, dit Dumbledore. Professeur McGonagall, s'il vous plaît, allez tout de suite prévenir Rusard et dites-lui de chercher la grosse dame dans toutes les peintures du château.

— Vous aurez de la chance si vous la trouvez ! lança une petite voix criarde.

C'était Peeves, l'esprit frappeur, qui flottait dans les airs au-dessus de la foule et semblait enchanté, comme chaque fois qu'il était témoin d'un quelconque malheur.

– Qu'est-ce que tu veux dire, Peeves ? interrogea Dumbledore d'une voix calme.

Le sourire de Peeves s'effaça. Il n'osait pas se moquer de Dumbledore et s'adressa à lui d'un ton mielleux tout aussi insupportable que son caquètement habituel.

– Elle a honte, Monsieur le Grand Directeur. Elle ne veut pas qu'on la voie. Elle est dans un état épouvantable. Je l'ai vue courir dans le paysage du troisième étage en se cachant derrière les arbres Elle pleurait toutes les larmes de son gros corps, dit-il d'un ton joyeux La pauvre… ajouta-t-il sans conviction.

– Elle a dit qui avait fait ça ? demanda Dumbledore.

– Oh, oui, Monsieur le Chef des professeurs, répondit Peeves avec l'expression de quelqu'un qui s'apprête à jeter une grosse bombe. Il est devenu fou furieux quand elle a refusé de le laisser entrer.

Peeves fit une cabriole et sourit à Dumbledore en le regardant entre ses propres jambes. Puis, après un instant de silence, il ajouta :

– Quel sale caractère il a, ce Sirius Black !

9

SINISTRE DÉFAITE

Le professeur Dumbledore renvoya les élèves de Gryffondor dans la Grande Salle où ils furent rejoints dix minutes plus tard par ceux de Poufsouffle, Serdaigle et Serpentard, qui semblaient complètement désorientés.

– Les professeurs et moi-même devons fouiller systématiquement le château, annonça Dumbledore tandis que les professeurs McGonagall et Flitwick fermaient toutes les portes qui donnaient accès à la Grande Salle. Je crains que, pour votre propre sécurité, il soit nécessaire que vous passiez la nuit ici. Je demande aux préfets de monter la garde aux portes de la Grande Salle et je confie au préfet et à la préfète-en-chef le soin d'organiser les choses. Tout incident devra m'être immédiatement signalé, ajouta-t-il en s'adressant à Percy qui paraissait gonflé d'orgueil et d'importance. Vous demanderez à l'un des fantômes de me transmettre un message en cas de besoin.

Le professeur Dumbledore s'apprêtait à quitter la Grande Salle, mais il se ravisa soudain.

– J'oubliais, dit-il, vous allez avoir besoin de…

Il fit un geste négligent avec sa baguette magique et aussitôt, les longues tables s'envolèrent pour s'aligner contre les murs. Un autre coup de baguette et le sol se couvrit de centaines de gros sacs de couchage moelleux, d'une couleur violette.

– Dormez bien, dit le professeur Dumbledore en refermant la porte derrière lui.

Un grand brouhaha s'éleva immédiatement dans la Grande Salle. Les Gryffondor étaient en train de raconter ce qui s'était passé aux élèves des autres maisons.

– Tout le monde dans les sacs de couchage ! cria Percy. Fini les bavardages ! Extinction des feux dans dix minutes !

– Venez, dit Ron à Harry et à Hermione.

Ils prirent des sacs de couchage et allèrent s'installer dans un coin.

– Vous croyez que Black est toujours dans le château ? murmura Hermione d'un air anxieux.

– Apparemment, Dumbledore en est persuadé, dit Ron.

– C'est une chance qu'il ait choisi ce soir pour se manifester, dit Hermione tandis qu'ils se glissaient tout habillés dans leurs sacs de couchage. C'était la seule soirée où on n'était pas dans la tour…

– Il a dû perdre la notion du temps à force d'être toujours en fuite, dit Ron. Il ne s'est pas aperçu que c'était Halloween. Sinon, c'est ici, dans la Grande Salle, qu'il aurait débarqué.

Hermione fut secouée d'un frisson.

Tout autour d'eux, les élèves se posaient la même question les uns aux autres : « Comment a-t-il fait pour entrer ? »

– Il a peut-être la faculté de transplaner ? dit un élève de Serdaigle. Tu sais, apparaître dans les airs comme si on venait de nulle part…

– Il s'est sans doute déguisé, dit un élève de Poufsouffle.

– Ou peut-être qu'il a volé jusqu'ici ? suggéra Dean Thomas.

– Est-ce que je suis vraiment la seule personne à avoir jamais pris la peine de lire *L'Histoire de Poudlard* ? dit alors Hermione avec colère.

– Probablement, répondit Ron. Pourquoi ?

– Parce que le château est protégé par autre chose que de simples murailles, poursuivit Hermione. Il existe de nombreux sortilèges qui empêchent d'y entrer clandestinement. On ne peut pas se contenter de transplaner dans un endroit pareil. Et j'aimerais bien savoir sous quel déguisement on pourrait berner les Détraqueurs. Ils gardent tous les accès à l'école et ils l'auraient aussi vu voler. Et puis, Rusard connaît tous les passages secrets, alors, tu penses bien qu'ils sont surveillés…

– On éteint les lumières, maintenant ! cria Percy. Tout le monde dans les sacs de couchage et plus un mot !

Toutes les chandelles s'éteignirent d'un seul coup. Les seules sources de lumière venaient à présent de la forme argentée des fantômes, qui flottaient dans les airs en s'entretenant gravement avec les préfets, et du plafond magique parsemé d'étoiles, à l'image du ciel. La rumeur des chuchotements, semblable au murmure du vent, s'ajoutait au ciel magique, donnant l'impression à Harry qu'il dormait à la belle étoile au son d'une brise légère

A chaque heure, un professeur revenait dans la Grande Salle pour vérifier que tout était calme. Vers trois heures du matin, alors que la plupart des élèves s'étaient enfin endormis, le professeur Dumbledore entra à son tour. Harry le vit s'avancer vers Percy qui circulait entre les sacs de couchage en réprimandant les élèves qui parlaient. Percy n'était pas très loin de Harry, Ron et Hermione qui firent semblant de dormir lorsqu'ils entendirent les pas de Dumbledore s'approcher.

– Vous l'avez repéré ? demanda Percy dans un murmure.

– Non, pas encore. Et ici, tout va bien ?

– Nous avons la situation en main, Monsieur le Directeur.

– Très bien. Il serait inutile de les faire sortir maintenant. J'ai trouvé un gardien temporaire pour remplacer la grosse dame. Vous pourrez ramener les élèves dans la tour de Gryffondor dès demain.

– Et la grosse dame, Monsieur le Directeur ?

– Elle se cache dans une carte de géographie au premier étage. Apparemment, elle a refusé de laisser entrer Black sans le mot de passe, alors, il l'a attaquée. Elle est encore très choquée, mais dès qu'elle se sera calmée, je demanderai à Mr Rusard de la restaurer.

Harry entendit le grincement de la porte qui s'ouvrait à nouveau, puis d'autres bruits de pas qui s'approchaient.

– Monsieur le Directeur ?

C'était Rogue. Harry resta parfaitement immobile, l'oreille tendue.

– Le deuxième étage a été entièrement fouillé. Il n'y est pas. Et Rusard a inspecté les sous-sols, rien là-bas non plus.

– Et la tour d'astronomie ? La pièce du professeur Trelawney ? La volière ?

– Tout a été fouillé.

– Très bien, Severus. Je ne m'attendais pas à ce que Black traîne dans les parages.

– Avez-vous une idée de la façon dont il est entré ? demanda Rogue.

– J'en ai beaucoup et elles sont toutes aussi invraisemblables les unes que les autres.

Harry ouvrit légèrement les yeux pour voir où se trouvaient Dumbledore et les deux autres. Dumbledore lui tournait le dos, mais il voyait le visage de Percy, qui écoutait avec attention, et le profil de Rogue, apparemment furieux.

– Vous vous souvenez de la conversation que nous avons eue, Monsieur le Directeur, juste avant le... le début du trimestre ? dit Rogue en remuant à peine les lèvres, comme s'il voulait éviter que Percy l'entende.

– Je m'en souviens, Severus, répondit Dumbledore avec quelque chose dans la voix qui ressemblait à un avertissement.

– Il paraît... presque impossible que Black ait pu pénétrer dans l'école sans une complicité interne. Je vous ai fait part de mes inquiétudes lorsque vous avez nommé...

– Je ne crois pas que qui que ce soit dans ce château ait aidé Black à y entrer, dit Dumbledore d'un ton définitif qui fit taire Rogue. Il faut que j'aille voir les Détraqueurs, à présent. Je leur ai dit que je les préviendrais quand nos recherches seraient terminées.

– Ils n'ont pas proposé de nous aider, Monsieur le Directeur ? demanda Percy.

– Oh, si, répondit froidement Dumbledore. Mais je puis vous affirmer qu'aucun Détraqueur ne franchira jamais l'enceinte de ce château tant que j'en serai le directeur.

Percy paraissait quelque peu désarçonné. Dumbledore quitta la Grande Salle d'un pas rapide et silencieux. Rogue resta un instant immobile en regardant partir le directeur avec une expression de profonde rancœur puis il s'en alla à son tour.

Harry jeta un regard oblique vers Ron et Hermione. Eux aussi avaient les yeux ouverts.

– Qu'est-ce que ça veut dire, tout ça ? murmura Ron.

Dans les jours qui suivirent, toute l'école ne parla plus que de Sirius Black, chacun ayant sa théorie sur la façon dont il était entré. Une élève de Poufsouffle prétendit même que Black s'était changé en arbuste pour pénétrer dans le parc sans être vu.

La toile déchirée de la grosse dame avait été décrochée du mur et remplacée par le portrait du chevalier du Catogan et de son gros poney gris, ce qui n'enchantait personne. Le chevalier passait la moitié du temps à provoquer tout le monde en duel et l'autre moitié à inventer des mots de passe ridiculement compliqués qu'il modifiait au moins deux fois par jour.

– Il est complètement fou, dit Seamus Finnigan à Percy. On ne pourrait pas avoir quelqu'un d'autre ?

– Aucun autre portrait n'a accepté de reprendre ce poste, répondit Percy. Ils avaient tous peur de subir le même sort que la grosse dame. Le chevalier du Catogan a été le seul suffisamment courageux pour se porter volontaire.

Le chevalier était cependant le dernier des soucis de Harry. Il se préoccupait bien davantage de la surveillance constante dont il était l'objet. Les professeurs trouvaient toujours un prétexte pour l'accompagner dans les couloirs et Percy Weasley (que Harry soupçonnait d'agir sur ordre de sa mère) le suivait partout à la manière d'un chien de garde aux allures solennelles. Pour couronner le tout, le professeur McGonagall convoqua Harry dans son bureau d'un air si grave qu'il s'attendait à l'entendre lui annoncer la mort de quelqu'un.

– Il ne servirait à rien de vous le cacher plus longtemps, Potter, lui dit-elle d'une voix lugubre. Vous allez certainement avoir un choc, mais il faut que vous le sachiez : Sirius Black…

– Cherche à me tuer, je suis au courant, acheva Harry d'un ton las. J'ai entendu le père de Ron le dire à sa mère. Mr Weasley travaille au ministère de la Magie.

Le professeur McGonagall parut stupéfaite. Elle fixa Harry pendant un bon moment avant de reprendre la parole.

– Très bien. Dans ce cas, Potter, vous comprendrez pourquoi je crois qu'il n'est pas souhaitable que vous participiez aux séances d'entraînement de Quidditch le soir. Sur un terrain à découvert, en compagnie de vos seuls coéquipiers, vous êtes très exposé, Potter…

– Mais on doit jouer notre premier match samedi prochain ! s'insurgea Harry. Il faut absolument que je m'entraîne !

Le professeur McGonagall l'observa d'un regard intense. Harry savait qu'elle attachait une grande importance à l'avenir de l'équipe de Gryffondor. Après tout, c'était elle qui avait suggéré qu'on l'engage comme Attrapeur. Harry attendit en retenant son souffle.

Le professeur McGonagall se leva et regarda par la fenêtre le terrain de Quidditch qu'on apercevait à travers la pluie.

– Vous savez, Potter, j'aimerais bien que notre équipe remporte enfin la coupe… Mais quand même… Je serais plus tranquille si un professeur était là pour veiller sur vous. Je vais demander à Madame Bibine d'assister à vos séances d'entraînement.

Le temps empirait de jour en jour à mesure que se rapprochait la date du premier match de Quidditch. Mais l'équipe de Gryffondor n'en continuait pas moins de s'entraîner avec ardeur sous l'œil vigilant de Madame Bibine. Enfin, lors de la dernière séance d'entraînement avant le match du samedi, Olivier Dubois annonça à son équipe une très mauvaise nouvelle.

– Nous n'allons pas jouer contre l'équipe de Serpentard ! dit-il d'un ton furieux. Flint est venu me voir, on va rencontrer les Poufsouffle à la place.

– Et pourquoi ? demanda tout le monde d'une même voix.

– Flint m'a donné comme excuse que leur Attrapeur a toujours sa blessure au bras, répondit Dubois en grinçant des dents. Mais il est évident que c'est pour une autre raison : ils ne veulent pas jouer par ce temps. Ils pensent qu'ils auraient moins de chances de gagner…

Toute la journée, le vent avait soufflé avec violence, il pleuvait sans cesse et un coup de tonnerre venait de retentir au loin.

– Malefoy n'a rien au bras ! s'exclama Harry avec colère. Il joue la comédie !

Je le sais bien, mais on ne peut pas le prouver, dit Dubois d'un ton amer. Nous nous sommes entraînés en croyant que nous allions affronter les Serpentard, alors que nous devrons jouer contre les Poufsouffle qui ont un style complètement différent. Ils ont un nouveau capitaine qui joue comme Attrapeur… Il s'appelle Cedric Diggory…

Angelina, Alicia et Katie se mirent à glousser.

– Qu'est-ce qu'il y a ? dit Dubois, visiblement choqué par tant de frivolité.

– C'est ce type grand et séduisant, c'est ça ? dit Angelina.

– Celui qui a des épaules d'athlète et qui ne dit presque jamais rien ? ajouta Katie en déclenchant de nouveaux gloussements.

– Il ne dit rien parce qu'il est trop bête pour aligner deux mots, lança Fred, irrité. Je ne vois pas pourquoi tu t'inquiètes, Olivier. Les

Poufsouffle sont très faciles à battre. La dernière fois qu'on a joué contre eux, Harry a attrapé le Vif d'or au bout de cinq minutes, souviens-toi.

– On jouait dans des conditions complètement différentes, s'écria Dubois, les yeux exorbités. Diggory a réussi à constituer une très bonne équipe ! C'est un excellent Attrapeur ! J'avais justement peur que vous preniez les choses à la légère ! Nous ne devons surtout pas nous déconcentrer ! Il faut rassembler nos forces ! Les Serpentard essaient de nous déstabiliser ! Nous ne pouvons pas nous permettre de perdre !

– Calme-toi, Olivier ! dit Fred, un peu inquiet. Crois-moi, nous prenons l'équipe des Poufsouffle très au sérieux. Très au sérieux.

La veille du match, le vent se mit à hurler et la pluie tomba plus dru que jamais. Il faisait si sombre à l'intérieur du château qu'il fallut allumer des torches et des lanternes supplémentaires. Les joueurs de Serpentard affichaient des airs supérieurs, surtout Malefoy.

– Ah, si seulement mon bras me faisait un peu moins mal, soupirait-il, tandis que les fenêtres tremblaient sous la violence du vent.

Harry, lui, n'avait plus d'autre souci en tête que le match du lendemain.

Olivier Dubois se précipitait sur lui entre les classes pour lui donner des conseils. Il le retint même si longuement que Harry rata le début de son cours de Défense contre les forces du Mal et arriva dans la salle avec dix minutes de retard.

– Je suis désolé, professeur Lupin, j'ai... commença-t-il.

Mais ce n'était pas Lupin qui était assis derrière le bureau. C'était Rogue.

– Ce cours a commencé il y a dix minutes, Potter, je vais donc enlever dix points à Gryffondor en raison de votre retard. Asseyez-vous.

Mais Harry ne bougea pas.

– Où est le professeur Lupin ? demanda-t-il.

– Il m'a dit qu'il ne se sentait pas assez bien pour donner ses cours aujourd'hui, répondit Rogue avec un rictus. Il me semble vous avoir dit de vous asseoir.

Harry resta immobile.

– Qu'est-ce qu'il a ?

Les yeux noirs de Rogue étincelèrent.

– Rien qui mette sa vie en danger, répondit-il, comme s'il le regrettait. J'enlève encore cinq points à Gryffondor et si je dois vous demander une troisième fois de vous asseoir, ce sera cinquante points.

Harry s'avança lentement et alla s'asseoir à sa place.

– Comme je vous le disais avant que Potter nous interrompe, reprit Rogue, le professeur Lupin n'a laissé aucune indication sur les sujets qu'il vous a fait étudier jusqu'à présent…

– Nous avons étudié les épouvantards, les strangulots, les… commença Hermione.

– Taisez-vous, l'interrompit Rogue d'un ton sec. Je ne vous ai rien demandé. Je voulais simplement mettre en lumière le manque d'organisation du professeur Lupin.

– C'est le meilleur professeur de Défense contre les forces du Mal que nous ayons eu, lança bravement Dean Thomas.

Un murmure approbateur se répandit dans la salle. Rogue parut plus menaçant que jamais.

– Vous vous contentez de peu. Lupin ne vous surcharge pas de travail. Apprendre à se défendre contre des strangulots est du niveau d'un élève de première année. Aujourd'hui, nous allons plutôt étudier…

Harry le regarda feuilleter le manuel jusqu'au tout dernier chapitre.

– … les loups-garous, acheva Rogue.

– Mais monsieur, intervint Hermione qui paraissait incapable de se retenir, nous ne devions pas faire les loups-garous aussi vite, le prochain cours devait être consacré aux…

– Miss Granger, coupa Rogue avec un calme glacial, il me semble que c'est moi qui donne ce cours, pas vous. Et je vous demande d'ouvrir vos livres à la page 394.

Il balaya la classe du regard.

– Tout le monde ! *Et immédiatement !*

Les élèves obéirent en échangeant des regards maussades et quelques réflexions teintées d'amertume.

– Qui peut me dire ce qui distingue le loup-garou du vrai loup ? demanda Rogue.

Tout le monde resta immobile et silencieux, sauf Hermione qui leva aussitôt la main, comme à son habitude.

– Alors, qui ? dit Rogue en ignorant délibérément Hermione.

Il eut à nouveau un rictus.

– Cela signifie-t-il que le professeur Lupin ne vous a même pas enseigné les différences élémentaires entre...

– On vous a dit que nous n'avions pas encore étudié les loups-garous, intervint Parvati, on en est encore aux...

– Silence ! grogna Rogue. Eh bien, je n'aurais jamais pensé voir un jour une classe de troisième année incapable de reconnaître un loup-garou. Je ne manquerai pas d'informer le professeur Dumbledore du retard que vous avez pris...

– S'il vous plaît, monsieur, dit Hermione qui avait gardé la main levée. Il existe de petites différences entre le loup-garou et le vrai loup. Le museau du loup-garou...

– C'est la deuxième fois que vous parlez sans y avoir été invitée, dit Rogue d'une voix glaciale. Votre attitude coûtera cinq points à Gryffondor, mademoiselle je-sais-tout.

Hermione devint écarlate. Elle baissa la main et regarda le plancher, les larmes aux yeux. Tout le monde un jour ou l'autre l'avait appelée « mademoiselle je-sais-tout », mais Rogue inspirait une telle aversion que toute la classe lui lança un regard noir. Ron, qui traitait Hermione de « mademoiselle je-sais-tout » au moins deux fois par semaine, prit la parole :

– Vous nous avez posé une question et elle connaît la réponse ! Pourquoi nous demander quelque chose si vous ne voulez pas qu'on vous le dise ?

Ses camarades surent aussitôt qu'il était allé trop loin. Rogue s'avança lentement vers lui et chacun retint son souffle.

– Vous aurez une retenue, Weasley, dit Rogue d'une voix doucereuse, en approchant son visage tout près de celui de Ron. Et si jamais je vous entends encore une fois critiquer la façon dont je donne mon cours, vous le regretterez amèrement.

Jusqu'à la fin de la classe, plus personne ne prononça le moindre mot. Les élèves se contentèrent de prendre des notes sur les loups-garous à partir du manuel pendant que Rogue arpentait les travées en examinant le travail qu'ils avaient fait avec le professeur Lupin.

– Très mal expliqué, tout ça... Le professeur Lupin vous a mis seize sur vingt ? Pour moi, ça ne vaut pas plus de six...

Lorsque la cloche sonna enfin, Rogue retint les élèves quelques instants.

– Vous me ferez un devoir sur la façon de reconnaître et de tuer les loups-garous, dit-il. Je veux deux rouleaux de parchemin sur le sujet pour lundi matin. Il est temps que quelqu'un reprenne ce cours en main. Weasley, restez ici, nous allons voir ce que vous aurez à faire pendant votre retenue.

Harry et Hermione sortirent de la salle en même temps que les autres. Dès que les élèves furent suffisamment loin pour être sûrs de n'être pas entendus, les tirades contre Rogue se multiplièrent.

– Il n'a jamais rien dit de pareil sur aucun des autres professeurs de Défense contre les forces du Mal, même si ça fait longtemps qu'il convoite ce poste, dit Harry à Hermione. Pourquoi est-ce qu'il en veut tellement à Lupin ? Tu crois que c'est à cause de l'épouvantard ?

– Je ne sais pas, répondit Hermione d'un air songeur. Mais j'espère que le professeur Lupin sera vite remis...

Cinq minutes plus tard, Ron les rattrapa, écumant de rage.

– Vous savez ce qu'il m'a donné à faire ? Il faut que je nettoie tous les bassins de l'infirmerie. Et interdiction d'avoir recours à la magie, rugit-il, les poings serrés, la respiration saccadée. Black aurait dû se cacher dans le bureau de Rogue, comme ça, il nous en aurait débarrassés !

Harry se réveilla très tôt le lendemain. Si tôt qu'il faisait encore noir. Pendant un instant, il crut que c'était le mugissement du vent qui l'avait réveillé. Il sentit alors un courant d'air froid sur la nuque et se redressa brusquement. Peeves, l'esprit frappeur, flottait dans les airs, à côté de lui, et lui soufflait violemment dans l'oreille.

– Qu'est-ce que ça veut dire ? protesta Harry, furieux.

Peeves gonfla les joues, souffla de toutes ses forces et fila en arrière comme une fusée en caquetant de sa petite voix aiguë.

Harry attrapa son réveil à tâtons et regarda le cadran. Il était quatre heures et demie. Maudissant Peeves, il se recoucha sur le côté et essaya de se rendormir, mais maintenant qu'il était réveillé, il entendait le fracas des coups de tonnerre, l'assaut du vent contre les fenêtres et le craquement lointain des arbres, dans la forêt interdite.

Dans quelques heures, il serait sur le terrain de Quidditch, à lutter contre la bourrasque. Il finit par renoncer au sommeil, se leva, s'habilla, prit son Nimbus 2000 et sortit en silence du dortoir.

Lorsque Harry ouvrit la porte, quelque chose lui frôla la jambe. Il se pencha juste à temps pour attraper Pattenrond par le bout de sa queue touffue et le tirer dehors.

– Je crois que Ron avait raison à ton sujet, dit-il au chat. Il y a plein de souris, dans ce château, va leur courir après et laisse Croûtard tranquille.

Harry poussa du pied Pattenrond jusqu'au bas de l'escalier en colimaçon.

Dans la salle commune, le tonnerre retentissait avec encore plus de force. Harry savait bien que le match ne serait pas annulé. On n'annulait jamais un match de Quidditch pour un simple orage. Il ressentait cependant une terrible appréhension. Dubois lui avait montré Cedric Diggory dans un couloir. Diggory était un élève de cinquième année, beaucoup plus grand que Harry. Les Attrapeurs étaient généralement légers et rapides mais avec un temps pareil, le poids de Diggory lui donnerait un avantage, car il risquait moins de dévier de sa trajectoire.

Harry attendit l'aube en contemplant le feu qui brûlait dans la cheminée. De temps à autre, il se levait pour empêcher Pattenrond de se glisser à nouveau dans l'escalier qui menait au dortoir. Enfin, après une attente interminable, Harry estima qu'il devait être l'heure de descendre prendre son petit déjeuner et il sortit à travers l'ouverture masquée par le portrait.

– Allons, en garde, bâtard galeux ! lui cria le chevalier du Catogan.

– Oh, vous, taisez-vous, ça suffit ! répliqua Harry en bâillant.

Il retrouva un peu de force en avalant son bol de céréales et lorsqu'il tartina son premier toast, les autres joueurs de l'équipe le rejoignirent dans la Grande Salle.

– On va avoir du mal, dit Dubois qui ne mangeait rien.

– Arrête de t'inquiéter, Olivier, dit Alicia d'un ton apaisant, ce n'est pas une petite pluie qui va nous arrêter.

Mais c'était beaucoup plus qu'une petite pluie. Le Quidditch était si populaire, cependant, que toute l'école vint voir le match comme d'habitude, cols relevés, têtes baissées, parapluies déployés. Juste avant d'entrer dans les vestiaires, Harry vit Malefoy, Crabbe et Goyle qui le montraient du doigt en s'esclaffant, à l'abri d'un immense para-pluie.

Les joueurs de Gryffondor revêtirent leurs robes écarlates et atten-dirent l'habituel discours d'encouragement qu'Olivier leur réservait au début de chaque match. Cette fois-ci, pourtant, ils durent s'en dis-penser. Dubois essaya bien de parler à plusieurs reprises, mais il ne parvint qu'à émettre quelques borborygmes et finit par hocher la tête d'un air résigné en leur faisant signe de les suivre.

Le vent était si violent, qu'ils entrèrent sur le terrain en chancelant. Le vacarme du tonnerre couvrait les acclamations du public et la pluie ruisselait sur les lunettes de Harry. Comment pourrait-il jamais aper-cevoir le Vif d'or dans ces conditions ?

Les joueurs de Poufsouffle apparurent à leur tour à l'autre bout du terrain, dans leurs robes jaune canari. Les capitaines des deux équipes s'avancèrent l'un vers l'autre et se serrèrent la main. Diggory adressa un sourire à Dubois, mais celui-ci semblait avoir une crampe dans la mâchoire et il fut tout juste capable de lui faire un signe de tête. Harry lut sur les lèvres de Madame Bibine : « Enfourchez vos balais. » Il arra-cha son pied droit de la gadoue et passa la jambe par-dessus le manche de son Nimbus 2000. Madame Bibine donna un coup de sifflet qui parut lointain dans le vacarme de la tempête et les joueurs décollèrent.

Harry s'éleva rapidement, mais le vent faisait légèrement dévier son balai. Il essaya de maintenir son cap le mieux possible et décrivit une courbe en plissant les yeux sous la pluie qui tombait à verse.

En quelques minutes, il se sentit glacé et trempé jusqu'aux os. Il arrivait à peine à voir ses coéquipiers et encore moins le minuscule Vif d'or. Sillonnant l'espace au-dessus du terrain, il apercevait des formes rouges ou jaunes aux contours indécis, sans avoir la moindre idée de la façon dont se déroulait le match.

Le hurlement du vent l'empêchait d'entendre le commentaire et la foule des spectateurs était cachée sous un océan de capes et de para-pluies. A deux reprises, Harry faillit être désarçonné par un Cognard. Avec ses lunettes ruisselantes de pluie, il ne les avait pas vus venir.

Il perdit toute notion du temps. Maintenir son balai droit devenait de plus en plus difficile. Le ciel s'assombrissait sans cesse, comme si la nuit avait décidé de tomber avec plusieurs heures d'avance. Il avait manqué d'entrer en collision avec deux autres joueurs sans savoir s'il s'agissait de coéquipiers ou d'adversaires. Ils étaient tous tellement trempés et la pluie était si dense qu'il n'arrivait plus à les distinguer les uns des autres.

Enfin, le sifflet de Madame Bibine retentit en même temps qu'un éclair illuminait le ciel. Harry aperçut la silhouette de Dubois qui lui faisait signe de descendre. L'équipe au complet atterrit sur le sol dans des éclaboussures de boue.

– J'ai demandé un temps mort ! rugit Dubois à ses coéquipiers. Venez là-bas…

Ils se rassemblèrent au bord du terrain sous un grand parapluie. Harry en profita pour ôter ses lunettes et les essuyer avec un pan de sa robe de sorcier.

– Où en est le score ?

– On a cinquante points d'avance, dit Dubois, mais si on n'attrape pas bientôt le Vif d'or, on y sera encore ce soir.

– Comment veux-tu que je le voie avec ça ? dit Harry d'un ton exaspéré en agitant ses lunettes.

Au même instant, Hermione apparut derrière lui. Sa cape par-dessus la tête pour se protéger de la pluie, elle semblait ravie.

– J'ai eu une idée, Harry ! dit-elle. Donne-moi vite tes lunettes !

Il les lui tendit et toute l'équipe stupéfaite la regarda tapoter les verres avec sa baguette magique en marmonnant : *Impervius !*

– Et voilà ! dit-elle en rendant ses lunettes à Harry. Désormais, elles vont repousser l'eau.

On aurait dit que Dubois allait se précipiter sur elle pour l'embrasser.

– Formidable ! lança-t-il d'une voix rauque tandis qu'Hermione disparaissait dans la foule. Bon, on y va !

Le sortilège d'Hermione avait réussi. Harry était toujours engourdi par le froid, toujours trempé de part en part, mais au moins il arrivait à voir normalement. Animé d'une nouvelle énergie, il fendit les remous de l'orage, jetant des coups d'œil de tout côté en quête du Vif d'or, évitant un Cognard, plongeant sous le balai de Diggory qui filait en sens inverse…

Il y eut un nouveau coup de tonnerre accompagné d'un éclair fourchu. Voler dans ces conditions devenait de plus en plus dangereux, il fallait se dépêcher d'attraper le Vif d'or.

Il prit un virage serré avec l'intention de revenir vers le milieu du terrain, mais au même moment, un autre éclair illumina les tribunes et Harry vit quelque chose qui détourna aussitôt son attention : sur le plus haut gradin, vide de spectateurs, la silhouette d'un énorme chien noir et hirsute se détachait nettement contre le ciel.

Harry sentit ses mains engourdies glisser sur le manche du balai et son Nimbus fit un bref plongeon. D'un mouvement de tête, il rejeta en arrière la mèche trempée qui lui barrait le front et plissa les yeux en regardant à nouveau dans les tribunes : le chien avait disparu.

– Harry ! hurla la voix angoissée de Dubois qui gardait les buts de Gryffondor, Harry, derrière toi !

Harry tourna la tête. Cedric Diggory filait à toute vitesse dans sa direction. Entre eux deux, un minuscule point doré scintillait sous la pluie.

Dans un brusque mouvement de panique, Harry se coucha sur son manche et fonça vers le Vif d'or.

– Allez, vas-y, murmura-t-il à son Nimbus, le visage fouetté par la pluie. *Vite, plus vite !*

Mais quelque chose d'étrange se produisait. Un silence inquiétant s'était soudain abattu sur le stade. Bien qu'il fût toujours aussi violent, le vent avait cessé de mugir. C'était comme si quelqu'un avait coupé le son, comme si, tout à coup, Harry était devenu sourd.

Il sentit alors une vague de froid l'envahir. Un froid qui le pénétra jusqu'au fond de lui-même. Un froid terriblement familier. Puis il eut conscience que quelque chose bougeait sur le terrain...

Harry détacha les yeux du Vif d'or et regarda en bas.

Une centaine de Détraqueurs au moins, leurs faces encagoulées levées vers lui, se tenaient sur le terrain. Il eut l'impression qu'une eau glacée se déversait dans sa poitrine et lui déchirait les entrailles. Alors, il entendit à nouveau... la voix de quelqu'un qui criait, criait à l'intérieur de sa tête... une voix de femme...

– *Pas Harry, pas Harry, je vous en supplie, pas lui !*

– *Pousse-toi, espèce d'idiote... Allez, pousse-toi...*

– *Non, pas Harry, je vous en supplie, tuez-moi si vous voulez, tuez-moi à sa place...*

Harry sentait son cerveau engourdi par une espèce de brouillard blanchâtre qui tourbillonnait dans sa tête... Que faisait-il là ?

Pourquoi volait-il sur ce balai ? Il fallait immédiatement porter secours à cette femme... elle allait mourir... Quelqu'un était sur le point de l'assassiner...

Harry tombait, tombait à travers le brouillard glacé.

— *Non, pas Harry, je vous en supplie ! Ayez pitié... Ayez pitié...*

Une voix suraiguë se mit à rire, la femme hurla, et Harry n'entendit plus rien du tout.

— Heureusement que le sol était trempé. La boue a amorti sa chute.

— Moi, j'ai cru qu'il s'était tué.

— Mais ses lunettes ne sont même pas cassées.

Harry entendait les voix qui murmuraient autour de lui, mais il ne comprenait pas ce qu'elles disaient. Il n'avait aucune idée de l'endroit où il se trouvait, ni de la façon dont il y était arrivé, ni de ce qu'il avait fait auparavant. Tout ce qu'il savait, c'était que chaque centimètre carré de son corps lui faisait mal comme si on l'avait systématiquement roué de coups.

— C'est la chose la plus effrayante que j'aie jamais vue de ma vie, dit une voix.

La plus effrayante... Les silhouettes encagoulées . Le froid... Les hurlements...

Les yeux de Harry s'ouvrirent brusquement. Il était allongé dans un lit de l'infirmerie. Les joueurs de l'équipe de Gryffondor, maculés de boue de la tête aux pieds, étaient rassemblés autour de lui. Ron et Hermione étaient également présents. Ils avaient l'air de sortir d'une piscine.

— Harry ! s'exclama Fred, le teint livide sous les taches de boue qui lui couvraient le visage. Comment tu te sens ?

C'était comme si la mémoire de Harry s'était soudain mise à fonctionner en accéléré. L'éclair... Le Sinistros... Le Vif d'or... Et les Détraqueurs...

— Qu'est-ce qui s'est passé ? dit-il en se redressant si brusquement que tout le monde sursauta.

— Tu es tombé, répondit Fred. Une chute d'une bonne quinzaine de mètres.

— On croyait que tu étais mort, dit Alicia en tremblant.

Hermione, les yeux rouges, émit un petit gémissement suraigu.

– Et le match ? dit Harry. Qu'est-ce qui s'est passé ? On va le rejouer ?

Personne ne répondit. Harry eut alors l'impression de recevoir une pierre en pleine poitrine.

– On n'a quand même pas... *perdu* ? murmura-t-il.

– Diggory a attrapé le Vif d'or, dit George. Juste après ta chute. Il ne s'est pas rendu compte de ce qui se passait. Quand il a vu que tu étais étendu sur le sol, il a essayé d'annuler le match. Il voulait qu'on le rejoue. Mais il n'y a rien à faire, la victoire des Poufsouffle est indiscutable... Même Dubois l'a reconnu.

– Où il est, Dubois ? demanda Harry qui venait de s'apercevoir de son absence.

– Toujours à la douche, répondit Fred. Je crois bien qu'il essaye de se noyer.

Harry colla son visage contre ses genoux en se prenant les cheveux. Fred lui saisit l'épaule et le secoua un bon coup.

– Allons, Harry, c'est la première fois que tu n'arrives pas à attraper le Vif d'or, dit-il.

– Il fallait bien que ça arrive un jour, dit George

– Et puis ce n'est pas fini, reprit Fred. On a cent points de retard. Donc, si Poufsouffle perd contre Serdaigle et qu'on gagne contre Serdaigle et Serpentard...

– Il faudrait que Poufsouffle perde d'au moins deux cents points, fit remarquer George.

– Mais s'ils battent Serdaigle...

– Impossible, Serdaigle a une très bonne équipe. Mais si Serpentard perd contre Poufsouffle...

– Ça dépend de combien ils perdent... Il faudrait une marge de cent points dans les deux cas...

Harry resta silencieux. Ils avaient perdu... Pour la première fois depuis ses débuts dans l'équipe, il avait perdu un match de Quidditch.

Une dizaine de minutes plus tard, Madame Pomfresh vint annoncer à l'équipe que la visite était terminée.

– On reviendra te voir plus tard, dit Fred. Et ne te fais pas de bile, Harry, tu es toujours le meilleur Attrapeur qu'on ait jamais eu.

Les joueurs de Gryffondor s'en allèrent en laissant des traces de boue derrière eux. Madame Pomfresh referma la porte sur eux d'un air réprobateur et Ron et Hermione se rapprochèrent du lit de Harry.

– Dumbledore était furieux, dit Hermione d'une voix tremblante. Je ne l'avais encore jamais vu dans cet état. Il s'est précipité sur le terrain pendant que tu tombais, il a brandi sa baguette et il a réussi à ralentir un peu ta chute avant que tu touches le sol. Ensuite, il a tourné sa baguette vers les Détraqueurs, il en a fait sortir des trucs argentés et ils ont aussitôt quitté le stade... Il était fou de rage qu'ils soient entrés dans l'enceinte de l'école, on l'a entendu...

– Ensuite, il t'a allongé sur un brancard en prononçant une formule magique, dit Ron, et il l'a fait flotter en l'air jusqu'à l'infirmerie. Tout le monde pensait que tu étais...

Sa voix s'étouffa, mais Harry le remarqua à peine. Il pensait à l'effet que les Détraqueurs avaient eu sur lui... il pensait à la voix qu'il avait entendue hurler. Il leva les yeux et vit Ron et Hermione l'observer avec une telle inquiétude qu'il préféra changer de sujet.

– Est-ce que quelqu'un a récupéré mon Nimbus ?

Ron et Hermione échangèrent un bref regard.

– Heu...

– Quoi ? dit Harry.

– Quand... quand tu es tombé, il a été emporté par le vent, répondit Hermione d'un ton hésitant.

– Et ?

– Et il est tombé sur le... le... Oh, Harry, je suis désolée... Il est tombé sur le Saule cogneur.

Harry sentit ses entrailles se contracter. Le Saule cogneur était un arbre extrêmement violent, planté au milieu du parc.

– Et ? répéta Harry en redoutant la réponse.

– Tu connais le Saule cogneur, dit Ron. Il... il n'aime pas du tout qu'on lui tombe dessus.

– Le professeur Flitwick a rapporté ton balai juste avant que tu reprennes connaissance, dit Hermione d'une toute petite voix.

Lentement, elle prit un sac posé à ses pieds, le retourna et fit tomber sur le lit une douzaine de morceaux de bois et de brindilles brisés. C'était tout ce qu'il restait du fidèle Nimbus 2000, désormais vaincu.

10
LA CARTE DU MARAUDEUR

Madame Pomfresh insista pour garder Harry à l'infirmerie jusqu'à la fin du week-end. Il ne chercha pas à discuter, ni à se plaindre, mais il refusa qu'elle jette les débris de son Nimbus 2000. Il savait que c'était idiot, qu'il était impossible de réparer le balai, mais c'était ainsi : il avait l'impression d'avoir perdu l'un de ses meilleurs amis.

Harry reçut un flot de visiteurs, chacun cherchant à lui remonter le moral. Hagrid lui envoya un bouquet de fleurs qui ressemblaient à des choux jaunes et qui étaient infestées de perce-oreilles. Ginny Weasley, les joues écarlates, arriva avec une carte de vœux qu'elle avait fabriquée elle-même et qui ne cessait de chanter d'une voix criarde. Le seul moyen de la faire taire, c'était de la coincer sous la coupe de fruits. L'équipe des Gryffondor revint le voir le dimanche matin. Cette fois, Dubois était là et dit à Harry d'une voix d'outre-tombe qu'il ne lui en voulait pas le moins du monde. Ron et Hermione ne quittèrent son chevet que le soir. Pourtant, aucune parole de réconfort ne parvint à consoler Harry, car il était le seul à savoir ce qui le troublait véritablement.

Il n'avait parlé à personne du Sinistros, pas même à Ron et à Hermione : il savait que Ron serait pris de panique et qu'Hermione se moquerait de lui. Il n'en restait pas moins que le Sinistros lui était apparu deux fois et que ces deux apparitions avaient été suivies d'accidents qui avaient failli le tuer. La première fois, il avait manqué de passer sous les roues du Magicobus et la deuxième fois, il avait fait une chute de quinze mètres. Le Sinistros allait-il continuer de le narguer jusqu'à ce qu'il meure vraiment ? Allait-il passer le reste de sa vie à regarder par-dessus son épaule avec la hantise de voir surgir la bête ?

Et puis, il y avait les Détraqueurs. A chaque fois qu'il y pensait, Harry se sentait malade, humilié. Tout le monde s'accordait à dire que les Détraqueurs étaient épouvantables, mais personne d'autre ne s'évanouissait quand l'un d'eux s'approchait... Et personne d'autre n'entendait dans sa tête les cris de ses parents à l'agonie.

Car Harry savait bien à présent à qui appartenait cette voix suppliante. Il n'avait cessé de se répéter ses paroles dans sa tête pendant les longues heures qu'il avait passées sans dormir, allongé au cœur de la nuit, les yeux fixés sur les traits de lumière que le clair de lune projetait au plafond. Lorsque les Détraqueurs s'étaient approchés de lui, il avait entendu les derniers mots que sa mère avait prononcés avant de mourir, sa dernière tentative de le protéger, lui, Harry, de Lord Voldemort. Et il avait aussi entendu le rire de Voldemort avant qu'il ne la tue... Pendant ces longues heures, Harry somnolait parfois, plongeant dans des rêves peuplés de mains putréfiées et de silhouettes implorantes, immobiles comme des statues, puis il se réveillait en sursaut au son des cris de sa mère.

Le lundi matin, ce fut un soulagement pour lui de retrouver l'agitation et le bruit de l'école qui l'obligeaient à penser à autre chose, même s'il devait subir les railleries de Drago Malefoy. La défaite de Gryffondor avait rendu Malefoy fou de bonheur. Il avait fini par enlever ses bandages et profitait de l'usage retrouvé de ses deux bras pour imiter Harry tombant de son balai. Malefoy consacra une bonne partie du cours de potions à mimer les Détraqueurs. Au bout d'un moment, Ron n'y tint plus et lui jeta à la figure un gros cœur de crocodile bien gluant, ce qui amena Rogue à enlever cinquante points à Gryffondor.

– Si jamais c'est encore Rogue qui nous fait les cours de Défense contre les forces du Mal, je me fais porter malade, dit Ron tandis qu'ils se rendaient dans la classe de Lupin après le déjeuner. Regarde qui est à l'intérieur, Hermione.

Hermione jeta un coup d'œil derrière la porte.

– Ça va ! dit-elle.

Le professeur Lupin était de retour. Il ne pouvait faire aucun doute qu'il avait été malade. Sa vieille robe de sorcier pendait sur ses épaules et il avait de grands cernes noirs sous les yeux. Il adressa cependant un sourire aux élèves qui s'installèrent et explosèrent aussitôt en récriminations contre Rogue en se plaignant de sa conduite pendant l'absence de Lupin.

– Ce n'est pas juste, il faisait un simple remplacement, pourquoi nous a-t-il donné un devoir ?

– On ne sait rien sur les loups-garous.

– Deux rouleaux de parchemin !

– Avez-vous dit au professeur Rogue que nous n'avions pas encore étudié ce chapitre ? demanda Lupin, les sourcils légèrement froncés.

Le brouhaha reprit de plus belle.

– Oui, mais il nous a dit qu'on était très en retard.

– Et il ne nous écoutait pas...

– *Deux rouleaux de parchemin !*

Le professeur Lupin sourit en voyant les visages indignés.

– Ne vous inquiétez pas, je parlerai au professeur Rogue. Et vous n'aurez pas besoin de faire ce devoir.

– Oh, non, dit Hermione, déçue. Je l'avais déjà terminé.

Le cours fut passionnant. Le professeur Lupin avait apporté une cage de verre qui contenait un Pitiponk, une petite créature, apparemment frêle et inoffensive, dotée d'une seule patte et dont le corps et les bras semblaient constitués de filets de fumée entrelacés.

– Cette créature attire les voyageurs vers les sols marécageux, expliqua le professeur Lupin. Avez-vous remarqué la lanterne qu'il tient à la main ? Il sautille sur sa patte, les gens suivent la lumière et...

Le Pitiponk émit un horrible bruit de succion contre la paroi de verre de sa cage.

Lorsque la cloche retentit, tout le monde ramassa ses affaires et se dirigea vers la sortie.

– Un instant, Harry, dit alors le professeur Lupin. J'ai quelque chose à vous dire.

Harry fit volte-face et s'approcha de Lupin qui recouvrait la cage de verre du Pitiponk d'un morceau d'étoffe.

– J'ai entendu parler du match, poursuivit le professeur en rangeant ses livres dans son cartable, et j'ai été navré d'apprendre la destruction de votre balai. Y a-t-il moyen de le réparer ?

– Non, répondit Harry. Le Saule l'a cassé en mille morceaux.

Lupin soupira.

– Ils ont planté ce Saule cogneur l'année de mon arrivée à Poudlard. A l'époque, le grand jeu consistait à essayer de s'en approcher suffisamment pour toucher le tronc. A la fin, un garçon du nom de Dave Goujon a failli perdre un œil et nous n'avons plus eu le droit de nous en approcher. Un balai n'avait aucune chance de s'en tirer indemne.

– On vous a aussi raconté ce qui s'est passé avec les Détraqueurs ? demanda Harry.

Il avait eu du mal à se décider à poser la question.

– Oui, répondit Lupin. Je crois bien qu'on n'avait jamais vu le professeur Dumbledore aussi en colère. Ils ont du mal à tenir en place… Ils sont furieux qu'on leur refuse l'entrée dans l'enceinte de l'école… J'imagine que c'est à cause d'eux que vous êtes tombé ?

– Oui, dit Harry.

Il hésita, puis la question qu'il avait en tête franchit ses lèvres presque malgré lui :

– *Pourquoi ?* Pourquoi est-ce qu'ils me font cet effet-là ? Est-ce que je suis…

– Ça n'a rien à voir avec une quelconque faiblesse, dit aussitôt le professeur Lupin comme s'il avait lu dans les pensées de Harry. Les Détraqueurs vous affectent plus que n'importe qui d'autre parce qu'il y a dans votre passé des horreurs qui n'existent pas chez les autres.

Un rayon de soleil hivernal traversa la salle, éclairant les cheveux gris de Lupin et les rides qui creusaient son visage encore jeune.

– Les Détraqueurs comptent parmi les plus répugnantes créatures qu'on puisse trouver à la surface de la terre. Ils infestent les lieux les plus sombres, les plus immondes, ils jouissent de la pourriture et du désespoir, ils vident de toute paix, de tout espoir, de tout bonheur, l'air qui les entoure. Même les Moldus sentent leur présence, bien qu'ils ne puissent pas les voir. Quand on s'approche trop près d'un Détraqueur, toute sensation de plaisir, tout souvenir heureux disparaissent. Si on lui en donne le temps, le Détraqueur se nourrit des autres jusqu'à les réduire à quelque chose qui lui ressemble – des êtres maléfiques, dépourvus d'âme. Celui qui subit son pouvoir ne garde plus en mémoire que les pires moments de sa vie. Et les pires moments de votre vie, Harry, suffiraient à faire tomber n'importe qui de son balai. Il n'y a aucune honte à ça.

– Quand ils sont près de moi...

Harry s'interrompit, le regard fixé sur le bureau de Lupin.

– ... j'entends Voldemort qui tue ma mère, acheva-t-il, la gorge serrée.

Lupin amorça un mouvement comme pour prendre Harry par l'épaule, mais il se ravisa. Il y eut un moment de silence.

– Pourquoi sont-ils entrés pendant le match ? demanda enfin Harry d'un ton amer.

– Ils commencent à avoir faim, dit Lupin en fermant son cartable. Dumbledore refuse de les laisser pénétrer dans l'enceinte de l'école, ils n'ont plus de proie humaine sous la main... Je pense qu'ils n'ont pas pu résister en voyant la foule rassemblée dans le stade. Toute cette excitation... ces émotions exacerbées... c'est l'idée qu'ils se font d'un festin.

– Azkaban doit être un endroit horrible, murmura Harry.

La mine sombre, Lupin approuva d'un signe de tête.

– La forteresse est située sur un minuscule îlot au large des côtes, mais il n'y a même pas besoin de mur ou d'eau pour garder les prisonniers. Ils sont enfermés dans leur propre tête, incapables d'avoir la moindre pensée agréable. La plupart d'entre eux deviennent fous en quelques semaines.

– Pourtant, Sirius Black a bien réussi à leur échapper, dit lentement Harry.

Le cartable de Lupin glissa du bureau et tomba par terre. Il se baissa aussitôt pour le ramasser.

– Oui, dit-il en se relevant. Black a dû trouver le moyen de les combattre. Je ne croyais pas que c'était possible... Normalement, les Détraqueurs vident les sorciers de leurs pouvoirs lorsqu'on les laisse trop longtemps en leur présence...

– Mais vous, dans le train, vous avez réussi à faire partir ce Détraqueur, dit soudain Harry.

– Il existe... certains moyens de défense dont on peut se servir, répondit Lupin. Mais il n'y avait qu'un seul Détraqueur dans ce compartiment. Plus ils sont nombreux, plus il est difficile de leur résister.

– Quels sont ces moyens de défense ? demanda Harry. Vous pourriez me les apprendre ?

– Combattre les Détraqueurs n'est pas ma spécialité, Harry... Bien au contraire...

– Mais s'ils reviennent pendant le prochain match, il faut bien que je me défende...

Lupin le regarda dans les yeux. Le visage de Harry exprimait une détermination farouche. Lupin sembla hésiter.

– Bon... très bien, dit-il enfin. Je vais essayer de vous aider. Mais il faudra attendre le prochain trimestre. Il me reste beaucoup de choses à faire avant les vacances. J'ai choisi un très mauvais moment pour tomber malade.

Harry retrouva très vite un excellent moral : tout d'abord, la promesse du professeur Lupin de lui donner des leçons de défense contre les Détraqueurs lui faisait espérer que jamais plus il n'entendrait les hurlements déchirants de sa mère au moment de sa mort, ensuite la victoire écrasante de l'équipe de Serdaigle sur celle de Poufsouffle, à la fin du mois de novembre, laissait aux Gryffondor une chance de remporter la coupe. Dubois retrouva toute son énergie et fit travailler son équipe avec plus d'acharnement que jamais dans la pluie glacée qui continua de tomber au début du mois de décembre. Harry ne vit plus l'ombre d'un Détraqueur. La fureur de Dumbledore les avait maintenus à leur poste, aux entrées de l'école.

Deux semaines avant la fin du trimestre, une clarté d'un blanc d'opale dissipa l'obscurité du ciel et un beau matin, le sol boueux se couvrit d'un givre étincelant. L'atmosphère qui régnait à l'intérieur du château annonçait Noël. Le professeur Flitwick, qui enseignait les sortilèges, avait déjà décoré sa classe de petites fées scintillantes comme des chandelles et les élèves parlaient d'un air ravi de leurs projets pour les vacances. Ron et Hermione avaient décidé de rester à Poudlard. Ron prétendait que c'était parce qu'il ne supporterait pas de passer deux semaines en compagnie de Percy, et Hermione affirmait qu'elle devait absolument aller à la bibliothèque pendant cette période, mais Harry savait qu'en réalité, c'était parce qu'ils ne voulaient pas le laisser seul et il leur en était extrêmement reconnaissant.

A la grande joie de tout le monde, sauf de Harry, une deuxième visite à Pré-au-lard était prévue pour le dernier week-end du trimestre.

– On va pouvoir acheter tous nos cadeaux de Noël là-bas ! dit Hermione. Mes parents seront enchantés que je leur envoie des fils dentaires à la menthe de chez Honeydukes !

Les parents d'Hermione étaient dentistes.

Résigné à être le seul élève de troisième année qui ne participerait pas à cette sortie, Harry emprunta à Dubois un exemplaire de *Quel balai choisir ?* et décida de passer la journée à se renseigner sur les différents modèles disponibles. Lors des séances d'entraînement, il s'était servi d'un des balais de l'école, une vieille Étoile filante, qui manquait de puissance et de stabilité. Il lui fallait à tout prix un nouveau balai à la mesure de ses talents.

Le samedi matin, jour de la sortie à Pré-au-lard, Harry dit au revoir à Ron et à Hermione, emmitouflés dans leurs capes et leurs écharpes, et retourna dans la tour de Gryffondor. Au-dehors, la neige avait commencé à tomber et le château était plongé dans le silence.

– Hé ! Harry !

Il se trouvait dans un couloir du deuxième étage et Fred et George venaient d'apparaître derrière la statue d'une sorcière borgne et bossue.

– Qu'est-ce que vous faites là ? s'étonna Harry. Comment ça se fait que vous n'êtes pas partis avec les autres ?

– On voulait te donner quelque chose d'amusant avant d'y aller, répondit Fred avec un clin d'œil mystérieux. Viens voir…

Il montra d'un signe de tête une salle de classe vide à gauche de la sorcière borgne. Harry suivit Fred et George à l'intérieur.

– On a un cadeau de Noël pour toi avec un peu d'avance, dit George.

D'un geste majestueux, Fred tira quelque chose de sa cape et le posa sur une table. C'était un grand morceau de parchemin carré, très abîmé, qui ne portait aucune inscription. Harry, qui soupçonnait Fred et George de lui faire une de ces farces dont ils avaient le secret, regarda l'objet d'un air perplexe.

– Et c'est quoi, ça ? demanda-t-il.

– Ceci, répondit George en tapotant le parchemin, c'est le secret de notre succès.

– On a du mal à s'en séparer, ajouta Fred, mais on s'est dit que tu en avais plus besoin que nous.

– De toute façon, on le connaît par cœur, dit George. Et on a décidé de te le léguer. Il ne nous sert plus à grand- chose, maintenant.

– Et à quoi ça peut m'être utile, ce vieux bout de parchemin ? demanda Harry.

– Ce vieux bout de parchemin ? s'exclama Fred avec une grimace, comme si Harry venait de l'offenser gravement. Explique-lui, George.

– Eh bien, voilà… Quand nous étions en première année, jeunes, insouciants, innocents…

Harry eut un petit rire. Il n'imaginait pas que Fred et George aient jamais pu être innocents.

- Disons, plus innocents qu'aujourd'hui, reprit George, nous avons eu un petit ennui avec Rusard.

– On avait fait exploser une Bombabouse dans le couloir et, pour une raison mystérieuse, ça ne lui a pas plu du tout.

– Alors, il nous a traînés dans son bureau et il nous a menacés de l'habituelle…

– … retenue…

– … éventration…

– et autres… Et nous, on a remarqué que sur un tiroir de son armoire de rangement, il était écrit : *Objets dangereux confisqués.*

– Ne me dis pas que… lança Harry avec un grand sourire.

– Qu'est-ce que tu aurais fait à notre place ? dit Fred. George a détourné son attention en laissant tomber une autre Bombabouse, moi, j'ai ouvert le tiroir et j'ai réussi à attraper… ceci.

– Je ne pense pas que Rusard ait jamais su comment s'en servir, dit George. Mais il s'est probablement douté de ce que c'était, sinon, il ne l'aurait pas confisqué.

– Et vous, vous savez comment ça marche ?

– Oh, oui, répondit Fred avec un sourire goguenard. Cette petite merveille nous en a appris plus que tous les professeurs de l'école réunis.

– Vous essayez de me faire marcher, dit Harry en regardant le vieux bout de parchemin râpé.

– Tu crois ça ? répliqua George.

Il sortit sa baguette magique et effleura le parchemin en récitant :

– Je jure solennellement que mes intentions sont mauvaises.

Aussitôt, de petits traits d'encre se répandirent sur le parchemin en dessinant comme une toile d'araignée. Les traits se joignirent, se croisèrent, s'étendirent aux quatre coins du parchemin. Puis des mots tracés d'une grande écriture ronde à l'encre verte apparurent en haut du document :

Messieurs Lunard, Queudver, Patmol et Cornedrue
spécialistes en assistance
aux Maniganceurs de Mauvais Coups
sont fiers de vous présenter
LA CARTE DU MARAUDEUR

Le parchemin représentait à présent un plan détaillé du château et du parc environnant. Mais le plus remarquable, c'étaient les points minuscules qu'on voyait bouger ici ou là, chacun accompagné d'un nom écrit en lettres minuscules. Ébahi, Harry se pencha sur le parchemin. Un petit point situé dans le coin supérieur gauche indiquait que le professeur Dumbledore faisait les cent pas dans son bureau. Un autre point représentait Miss Teigne, la chatte du concierge, qui rôdait au premier étage. Peeves, l'esprit frappeur, cabriolait dans la salle des trophées. Harry remarqua alors autre chose.

Cette carte montrait plusieurs passages secrets qu'il ne connaissait pas. Et plusieurs d'entre eux menaient...

– A Pré-au-lard, dit Fred en suivant l'un d'eux du bout de l'index. Il y en a sept en tout. Rusard connaît ces quatre-là – il les montra à Harry – mais on est sûrs d'être les seuls à connaître ceux-ci. Ne t'occupe pas de celui qui se trouve derrière le miroir, au quatrième étage. On l'a emprunté jusqu'à l'hiver dernier, mais il y a eu un éboulement et il est devenu impraticable. Celui-là, personne n'a dû l'utiliser vu que le Saule cogneur est planté juste au-dessus de l'entrée. Mais celui-ci mène dans la cave de Honeydukes. On l'a pris très souvent. Et tu remarqueras que l'entrée est située à l'endroit précis où se trouve la statue de la sorcière borgne.

– Lunard, Queudver, Patmol et Cornedrue, nous vous devons beaucoup, soupira George en tapotant la carte.

– C'étaient des hommes pleins de noblesse qui ont travaillé sans compter pour aider une nouvelle génération à violer les règlements, dit Fred d'un ton solennel.

– Exact, approuva George. N'oublie pas d'effacer la carte après chaque usage...

– Sinon, tout le monde pourra la lire, avertit Fred.

– Il suffit de lui donner un coup de baguette magique en prononçant la formule : « Méfait accompli ! » et le parchemin redeviendra vierge.

– A tout à l'heure chez Honeydukes...

Fred et George quittèrent alors la salle avec un sourire satisfait.

Harry resta seul à contempler la carte miraculeuse. Il regarda une minuscule Miss Teigne tourner à gauche et renifler quelque chose sur le sol. Si véritablement Rusard ne connaissait pas ce passage, Harry pourrait sortir de l'enceinte de l'école sans passer devant les Détraqueurs…

Mais une phrase prononcée un jour par Mr Weasley lui revint soudain en mémoire : « *Ne te fie jamais à quelque chose capable d'agir et de penser tout seul si tu ne vois pas où se trouve son cerveau.* »

La carte qu'il avait sous les yeux était précisément l'un de ces objets magiques dangereux contre lesquels Mr Weasley avait prononcé cette mise en garde… *Assistance aux Maniganceurs de Mauvais Coups*… Mais Harry se dit qu'après tout, il voulait utiliser cette carte simplement pour aller à Pré-au-lard, pas pour voler quelque chose ou tuer quelqu'un… D'ailleurs, Fred et George s'en étaient servis pendant des années sans qu'il leur arrive rien de fâcheux…

Harry suivit du doigt le passage qui menait chez Honeydukes.

Puis, brusquement, comme s'il obéissait à un ordre impérieux, il roula le parchemin, le fourra dans une poche et se dirigea vers la porte qu'il entrouvrit de quelques centimètres. Le couloir était désert. Avec précaution, il quitta la salle de classe et se glissa derrière la statue de la sorcière borgne.

Que fallait-il faire ? Il ressortit la carte et s'aperçut avec surprise qu'un nouveau petit point y figurait. Il portait le nom de « Harry Potter » et se trouvait exactement à l'endroit où le véritable Harry s'était arrêté, au milieu du couloir du deuxième étage. En observant attentivement le parchemin, Harry vit sa minuscule image qui tapotait la statue de la sorcière avec sa baguette magique. Harry saisit sa vraie baguette et tapota la statue. Rien ne se produisit. Il consulta à nouveau la carte. Une toute petite bulle, comme dans une bande dessinée, apparut alors à côté de son image. Il y était écrit le mot « *Dissendium* ».

– *Dissendium !* murmura Harry en donnant un coup de baguette sur la statue.

Aussitôt, la bosse de la sorcière glissa latéralement en dégageant un espace suffisant pour permettre le passage d'une personne plutôt mince. Harry rangea sa carte et plongea tête la première dans l'ouverture.

Il glissa longuement dans une sorte de toboggan de pierre puis atterrit sur un sol de terre froid et humide. Il se releva dans une obscurité totale, sortit sa baguette et marmonna : « *Lumos !* » Un rai de lumière éclaira alors un passage étroit et bas de plafond creusé dans la terre. Il tapota la carte avec l'extrémité de sa baguette magique en murmurant : « Méfait accompli ! » Instantanément, le parchemin redevint vierge. Il le plia soigneusement, le rangea dans sa poche et avança dans le passage, le cœur battant, dans un mélange d'excitation et d'appréhension.

Le passage décrivait des courbes incessantes. Harry avait l'impression de se trouver dans le terrier d'un lapin géant. La baguette en avant pour éclairer la voie, il avança d'un bon pas, trébuchant de temps à autre sur le sol inégal.

Il eut l'impression de marcher ainsi pendant une heure. Enfin, le passage remonta en pente douce. Le souffle court, Harry hâta le pas, les joues brûlantes, les pieds glacés.

Dix minutes plus tard, il arriva au pied d'un vieil escalier de pierre aux marches usées qui s'élevait dans l'obscurité. Sans faire de bruit, il monta les marches, en compta cent, deux cents, puis cessa de compter, les yeux fixés sur ses pieds. Soudain, sa tête heurta quelque chose de dur.

Apparemment, il s'agissait d'une trappe. Harry resta un instant immobile à se masser le crâne, l'oreille aux aguets. Tout était silencieux au-dessus de lui. Il poussa alors la trappe et jeta un coup d'œil.

Il se trouvait dans une cave remplie de caisses et de cageots. Harry se hissa à travers l'ouverture et referma la trappe. Elle se fondait si parfaitement dans la poussière du sol qu'il était impossible de la remarquer. Il s'avança sans bruit vers l'escalier de bois qui menait au rez-de-chaussée. A présent, il entendait des voix. Une clochette retentit et une porte s'ouvrit, puis se referma. Un instant plus tard, une autre porte, beaucoup plus proche, s'ouvrit à son tour. Quelqu'un s'apprêtait à descendre à la cave.

– Et rapporte-moi aussi une autre boîte de Gommes de Limaces, chéri, dit une voix de femme. Il n'y en a presque plus.

Des pas descendirent les marches. Harry se précipita derrière une énorme caisse et attendit. Quelqu'un déplaçait des boîtes en carton contre le mur d'en face. C'était le moment ou jamais…

Rapide et silencieux, Harry sortit de sa cachette et monta l'escalier. En jetant un regard derrière lui, il vit le dos d'un homme massif qui avait plongé sa tête chauve et luisante au fond d'une grande caisse. En haut des marches, Harry entrouvrit une porte et se glissa par l'entre-bâillement. Il se retrouva alors derrière le comptoir de Honeydukes. Courbé en deux, il parvint à passer de l'autre côté sans être vu et se redressa comme si de rien n'était.

Il y avait tant d'élèves de Poudlard dans la boutique que personne ne fit attention à lui. Il se faufila parmi la foule pour admirer les innombrables étagères qui débordaient des plus succulentes friandises qu'on puisse imaginer. Des nougats moelleux, des cubes de glace à la noix de coco, des caramels dorés, des centaines de chocolats différents disposés en rangées bien nettes. Il y avait aussi un grand tonneau rempli de dragées surprises de Bertie Crochue et un autre qui contenait des Fizwizbiz, les fameux sorbets qui permettent de s'élever au-dessus du sol, et dont Ron lui avait déjà parlé. Sur un autre mur, on trouvait les bonbons à « Effets spéciaux » : des Bulles baveuses (un chewing-gum produisant des bulles mauves qu'il était impossible de faire éclater avant plusieurs jours), d'étranges fils dentaires qui déposaient du sucre à la menthe entre les dents, de minuscules Gnomes au poivre (« Crachez le feu devant vos amis ! »), des Souris glacées (« Vous entendrez vos dents couiner ! »), des pâtes de menthe en forme de crapauds (« Vous les sentirez sauter dans votre estomac ! »), de délicates plumes en sucre et des bonbons explosifs.

Harry se mêla à un groupe d'élèves de sixième année et s'approcha d'une pancarte qui indiquait : « Goûts bizarres ». Juste au-dessous, Ron et Hermione s'intéressaient à un panier rempli de sucettes parfumées au sang. Harry se glissa derrière eux.

– Oh, non, beurk, Harry n'aimera pas ça du tout, ce sont des sucettes pour vampires, disait Hermione.

– Et ça ? demanda Ron en mettant un bocal de Nids de Cafards sous le nez d'Hermione.

– Oh, non, sûrement pas, dit Harry.

Ron faillit lâcher le bocal.

– Harry ! s'exclama Hermione d'une petite voix aiguë. Qu'est-ce que tu fais là ? Comment… comment as-tu… ?

– Eh ben, dis donc ! s'écria Ron d'un ton admiratif. Tu as appris à transplaner ?

– Bien sûr que non, répondit Harry.

Il baissa la voix pour que les autres ne puissent pas l'entendre et leur raconta toute l'histoire de la carte du Maraudeur.

– Comment ça se fait que Fred et George ne me l'aient jamais donnée à *moi* ? dit Ron, scandalisé. Je suis leur frère !

– Mais Harry ne va sûrement pas la garder ! assura Hermione, comme si l'idée lui paraissait ridicule. Il va la donner au professeur McGonagall, n'est-ce pas, Harry ?

– Certainement pas, répliqua Harry.

– Tu es folle ? dit Ron en lançant à Hermione un regard effaré. Se priver de quelque chose d'aussi formidable ?

– Si je la donnais, il faudrait que je dise comment j'ai fait pour me la procurer, fit remarquer Harry. Et Rusard comprendrait tout de suite que c'est Fred et George qui l'ont volée dans son tiroir.

– Et Sirius Black ? chuchota Hermione. Il pourrait utiliser un des passages indiqués sur la carte pour pénétrer dans le château. Il faut que les professeurs soient au courant.

– Il est impossible qu'il entre par l'un de ces passages, répondit précipitamment Harry. Il y a sept tunnels secrets, d'accord ? D'après Fred et George, Rusard en connaît déjà quatre. Un autre aboutit sous le Saule cogneur, donc on ne peut pas en sortir. Et celui que j'ai pris, impossible d'en découvrir l'entrée dans la cave. Il faut vraiment savoir qu'il est là.

Harry eut soudain un doute : et si Black le connaissait, ce passage ? Mais Ron montra un avis apposé sur la porte du magasin :

PAR ORDRE DU MINISTÈRE DE LA MAGIE
Il est rappelé à notre aimable clientèle que, jusqu'à nouvel avis, des Détraqueurs patrouilleront dans les rues de Pré-au-lard toutes les nuits à partir du coucher du soleil. Cette mesure, prise dans l'intérêt de la population, restera en vigueur jusqu'à la capture de Sirius Black. En conséquence, nous vous recommandons de terminer vos achats avant la tombée de la nuit.
Joyeux Noël à tous !

– Tu vois ? dit Ron à voix basse. J'aimerais bien voir Sirius Black essayer d'entrer chez Honeydukes avec les rues pleines de Détraqueurs. D'ailleurs, les patrons du magasin l'entendraient si quelqu'un essayait de s'introduire chez eux en pleine nuit. Ils habitent juste au-dessus.

– Oui, mais... mais...

Visiblement, Hermione faisait tous les efforts possibles pour trouver une autre objection.

– De toute façon, dit-elle enfin, Harry ne devrait pas venir à Pré-au-lard. Il n'a pas d'autorisation signée ! Si quelqu'un s'en aperçoit, il sera dans les ennuis jusqu'au cou ! Et la nuit n'est pas encore tombée. Qu'est-ce qui se passerait si Sirius Black apparaissait maintenant ?

– Il aurait du mal à retrouver Harry là-dedans, répondit Ron en montrant d'un signe de tête les tourbillons de neige épaisse qui tombaient au-dehors. Ça suffit, Hermione, c'est Noël, Harry a bien le droit de s'amuser un peu.

Hermione, contrariée, se mordit la lèvre.

– Tu vas me dénoncer ? demanda Harry avec un sourire.

– Oh, bien sûr que non, mais enfin, quand même, Harry…

– Tu as vu les Fizwizbiz, Harry ? dit Ron en l'emmenant près du tonneau. Et les Gommes de Limaces ?

Lorsque Ron et Hermione eurent fait leur choix et payé leurs achats, tous trois sortirent de chez Honeydukes et retrouvèrent le blizzard qui continuait de souffler.

Pré-au-lard avait l'air d'une carte postale. Les cottages et les boutiques étaient recouverts d'une couche de neige fraîche. Des couronnes de houx étaient accrochées au-dessus des portes et des guirlandes de chandelles magiques pendaient aux branches des arbres.

Harry frissonna. Contrairement à Ron et à Hermione, il n'avait pas de cape. Ils remontèrent la rue, penchés contre le vent.

– Ça, c'est la poste, dit Hermione à Harry en criant à travers son écharpe.

– Et là-bas, c'est Zonko, indiqua Ron.

– On pourrait aller à la Cabane hurlante…

– Et qu'est-ce que tu dirais d'aller boire une Bièraubeurre aux Trois Balais ? proposa Ron en claquant des dents.

Harry, qui avait les mains gelées, trouva l'idée excellente. Ils traversèrent donc la rue et pénétrèrent dans la minuscule auberge.

L'endroit était bondé, bruyant, chaleureux et enfumé. Une jolie femme aux courbes généreuses servait une bande de sorciers braillards accoudés au bar.

– C'est Madame Rosmerta, dit Ron. Je vais chercher les chopes, d'accord ? ajouta-t-il en rougissant un peu.

Harry et Hermione s'avancèrent vers le fond de la salle où ils trouvèrent une petite table libre entre une fenêtre et le splendide sapin de Noël dressé près de la cheminée. Ron revint cinq minutes plus tard avec trois chopes de Bièraubeurre chaude.

– Joyeux Noël, dit-il en levant sa chope.

Harry but une longue gorgée. C'était la chose la plus délicieuse qu'il eût jamais goûtée et il sentait tout son corps se réchauffer de l'intérieur.

Un bref coup de vent lui ébouriffa les cheveux. La porte des Trois Balais venait de s'ouvrir. Par-dessus le bord de sa chope, Harry jeta un coup d'œil aux nouveaux arrivants et faillit s'étrangler.

Dans un tourbillon de neige, les professeurs McGonagall et Flitwick firent leur entrée dans l'auberge, suivis de près par Hagrid, en grande conversation avec un homme trapu coiffé d'un chapeau melon vert et vêtu d'une cape à rayures. C'était Cornelius Fudge, le ministre de la Magie.

En un éclair, Ron et Hermione posèrent les mains sur la tête de Harry et appuyèrent vigoureusement pour le forcer à s'accroupir sous la table. Dégoulinant de Bièraubeurre, sa chope serrée contre lui, Harry, à présent hors de vue, regarda les pieds des nouveaux venus s'avancer vers le bar, s'arrêter, puis repartir dans sa direction.

Au-dessus de lui, il entendit Hermione murmurer : « *Mobiliarbus !* »

Aussitôt, le sapin de Noël, près de la cheminée, s'éleva de quelques centimètres, se déplaça latéralement et retomba sans bruit juste devant leur table en les dissimulant aux regards A travers les branches basses du sapin, Harry vit les pieds de quatre chaises s'écarter de la table voisine, puis il entendit le ministre et les trois professeurs s'asseoir avec des grognements de satisfaction.

Harry distingua ensuite des chaussures à hauts talons qui s'avançaient vers leur table.

– Le jus d'œillet dans un petit verre ? dit une voix de femme.

– Pour moi, répondit la voix du professeur McGonagall.

– Quatre pintes d'hydromel aux épices ?

– Ça, c'est pour moi, Rosmerta, dit Hagrid.

– Sirop de cerise soda avec boule de glace et ombrelle ?

– Miam ! dit le professeur Flitwick avec un claquement de langue.

– Et le rhum groseille, c'est pour vous, Monsieur le Ministre.

– Merci, ma chère Rosmerta, dit la voix de Fudge. Je suis ravi de vous revoir. Vous prendrez bien quelque chose avec nous ? Asseyez-vous donc.

– Merci beaucoup, Monsieur le Ministre.

Harry regarda les talons hauts s'éloigner puis revenir. Il sentait son cœur battre douloureusement dans sa poitrine. Comment avait-il pu oublier que pour les professeurs aussi, c'était le dernier week-end du trimestre ? Combien de temps allaient-ils rester assis là ? Il avait besoin d'un peu de temps pour se glisser dans la cave de Honeydukes s'il voulait être de retour à Poudlard avant la nuit…

– Alors, qu'est-ce qui vous amène dans ce trou perdu, Monsieur le Ministre ? demanda la voix de Madame Rosmerta.

Harry vit le corps de Fudge pivoter sur sa chaise comme s'il regardait autour de lui pour vérifier que personne d'autre que ses interlocuteurs ne pouvait l'entendre. Puis, à voix basse, il répondit :

– Sirius Black, bien entendu, qui d'autre ? J'imagine que vous avez appris ce qui s'est passé à l'école le jour de Halloween ?

– J'en ai vaguement entendu parler, reconnut Madame Rosmerta.

– Vous avez raconté ça dans toute l'auberge, Hagrid ? dit le professeur McGonagall d'un ton exaspéré.

– Vous pensez que Black est toujours dans le coin, Monsieur le Ministre ? chuchota Madame Rosmerta.

– J'en suis certain, répondit brièvement Fudge.

– Vous savez que les Détraqueurs ont fouillé mon auberge deux fois ? reprit Madame Rosmerta, un peu agacée. Tous mes clients sont partis terrifiés… C'est très mauvais pour le commerce, Monsieur le Ministre.

– Ma chère Rosmerta, je n'aime pas plus les Détraqueurs que vous, répondit Fudge, gêné, mais c'est une précaution nécessaire… C'est malheureux, mais c'est comme ça… Je viens d'en voir un, ils sont furieux contre Dumbledore parce qu'il refuse de les laisser entrer dans l'enceinte du château.

– Il a bien raison, dit sèchement le professeur McGonagall, comment voulez-vous qu'on donne des cours avec des horreurs pareilles autour de nous ?

– Très juste, très juste, couina le minuscule professeur Flitwick, dont les pieds ne touchaient pas le sol.

– N'oublions tout de même pas qu'ils sont là pour vous protéger d'un danger encore plus grand, objecta Fudge. Nous savons tous de quoi Black est capable...

– Je n'arrive toujours pas à le croire, dit Madame Rosmerta d'un air songeur. Jamais je n'aurais imaginé que Sirius Black prendrait le parti des Forces du Mal... Je me souviens quand il était petit, à Poudlard... Si vous m'aviez dit à ce moment-là qu'il deviendrait ce qu'il est aujourd'hui, j'aurais pensé que vous aviez bu trop d'hydromel.

– Vous ne connaissez pas la moitié de l'histoire, Rosmerta, dit Fudge d'un ton abrupt. Les gens ne savent pas le pire.

– Le pire ? dit Madame Rosmerta d'un ton excité par la curiosité. Pire que d'assassiner tous ces malheureux ?

– En effet.

– Je n'arrive pas à le croire. Qu'est-ce qui pourrait être pire ?

– Vous avez dit que vous vous souveniez de lui quand il était à Poudlard, Rosmerta ? murmura le professeur McGonagall. Et vous vous rappelez qui était son meilleur ami ?

– Bien entendu, répondit Madame Rosmerta avec un petit rire. On ne voyait jamais l'un sans l'autre. Je ne compte plus les fois où ils sont venus ici... Ils me faisaient rire ! Ah ça, on peut dire qu'ils faisaient une belle équipe, Sirius Black et James Potter !

Harry lâcha sa chope qui tomba par terre avec un bruit sonore. Ron lui donna un coup de pied.

– Justement, reprit le professeur McGonagall. Black et Potter, les chefs de leur petite bande. Tous les deux très brillants, bien sûr – exceptionnellement brillants, en vérité – mais je crois que jamais aucun élève ne nous a causé autant d'ennuis que ces deux-là.

– Je n'en suis pas sûr, dit Hagrid avec un petit rire. Fred et George Weasley peuvent également prétendre au titre.

– On aurait dit que Black et Potter étaient deux frères ! intervint le professeur Flitwick. Absolument inséparables !

– Sans aucun doute, dit Fudge. Potter avait une confiance absolue en Black. Et c'était toujours vrai quand ils ont quitté l'école. Black était témoin au mariage de James et de Lily. Et c'est lui qui a été le parrain de Harry. Harry ne sait rien de tout cela, bien sûr. Vous imaginez l'effet que ça lui ferait ?

– Parce que Black s'est associé à Vous-Savez-Qui ? chuchota Madame Rosmerta.

– Encore pire, ma chère Rosmerta...

Fudge baissa la voix et poursuivit dans une sorte de marmonnement à peine audible :

– Rares sont ceux qui savent que les Potter étaient parfaitement conscients d'être la cible de Vous-Savez-Qui. Dumbledore, qui luttait sans relâche contre le Mage noir, disposait d'un bon nombre d'espions fort utiles. L'un d'eux l'a mis au courant et Dumbledore a immédiatement averti James et Lily. Il leur a conseillé de se cacher. Mais comme vous vous en doutez, il était difficile de se cacher de Vous-Savez-Qui. Alors, Dumbledore leur a dit que le meilleur moyen, c'était d'avoir recours à un sortilège de Fidelitas.

– Comment ça marche ? demanda Madame Rosmerta qui semblait passionnée.

Le professeur Flitwick s'éclaircit la gorge.

– C'est un sortilège d'une grande complexité, dit-il d'une petite voix aiguë. Il s'agit d'un procédé magique destiné à cacher un secret au cœur d'un être unique. L'information est dissimulée à l'intérieur même de la personne choisie, qu'on appelle le Gardien du Secret. Le secret devient alors impossible à découvrir, sauf bien sûr si le Gardien décide de le divulguer. Ainsi, tant que le Gardien du Secret refusait de parler, Vous-Savez-Qui pouvait toujours fouiller le village où James et Lily Potter vivaient depuis des années, il lui était impossible de les retrouver, même s'il avait collé le nez contre la fenêtre de leur salon !

– Alors, Black est devenu le Gardien du Secret des Potter ? murmura Rosmerta.

– Bien entendu, répondit le professeur McGonagall. James Potter a affirmé à Dumbledore que Black aurait préféré mourir plutôt que de révéler où ils se trouvaient et que Black avait lui-même l'intention de se cacher. Pourtant, Dumbledore restait inquiet. Je me souviens de l'avoir entendu proposer à Potter de devenir lui-même le Gardien du Secret.

– Il soupçonnait Black ? s'étonna Madame Rosmerta.

– Il était persuadé qu'un proche des Potter informait régulièrement Vous-Savez-Qui de leurs déplacements, répondit sombrement le professeur McGonagall. En fait, il pensait depuis longtemps que quelqu'un nous trahissait en fournissant des renseignements à Vous-Savez-Qui.

– Mais James Potter a insisté pour choisir Black comme Gardien du Secret ?

– En effet, soupira Fudge. Et à peine une semaine après que le sortilège de Fidelitas eut été pratiqué…

– Black les a trahis ? dit Madame Rosmerta dans un souffle.

– Exactement. Black s'est lassé de son rôle d'agent double, il était prêt à se déclarer ouvertement partisan de Vous-Savez-Qui et il semble qu'il avait prévu de le faire au moment de la mort des Potter. Mais, comme nul ne l'ignore, le pouvoir de Vous-Savez-Qui a été détruit par le petit Harry Potter. Privé de sa puissance maléfique, terriblement affaibli, il était condamné à disparaître. Black s'est alors trouvé dans une situation très désagréable. Son maître tombait au moment même où lui, Black, montrait son vrai visage. Il n'avait donc plus d'autre choix que d'essayer de fuir à tout prix…

– Misérable traître abject et répugnant ! s'exclama Hagrid d'une voix si forte que la moitié des clients interrompirent leurs conversations.

– Chut ! dit le professeur McGonagall.

– Je l'ai vu ! grogna Hagrid. Je dois être la dernière personne à l'avoir rencontré avant qu'il tue tous ces gens ! C'est moi qui suis allé chercher Harry dans la maison de James et Lily après leur assassinat ! Je l'ai tiré des ruines, le pauvre malheureux. Il avait une grosse plaie sur le front et ses parents étaient morts… Et voilà que Sirius Black apparaît sur la moto volante qu'il utilisait pour se déplacer. Je ne me suis jamais demandé pourquoi il était là. J'ignorais qu'il avait été le Gardien du Secret de James et de Lily. J'ai pensé qu'il venait simplement d'apprendre ce qui s'était passé et qu'il était aussitôt accouru pour voir s'il pouvait se rendre utile. Il était pâle et tremblant. Et vous savez ce que j'ai fait ? J'AI CONSOLÉ CE TRAÎTRE ASSASSIN ! rugit Hagrid.

– Hagrid, je vous en prie ! protesta le professeur McGonagall. Parlez moins fort !

– Comment pouvais-je savoir que ce n'était pas la mort de Lily et de James qui le bouleversait ? Tout ce qui lui importait, c'était le sort de Vous-Savez-Qui ! Alors, il m'a dit : « Donne-moi Harry, Hagrid, je suis son parrain, je m'occuperai de lui. » Seulement moi, j'avais reçu des instructions de Dumbledore et j'ai répondu à Black : « Non, Dumbledore a dit que Harry devait être confié à sa tante et à son oncle. » Black a essayé de discuter mais il a fini par abandonner. Il m'a proposé sa moto pour emmener Harry. « Je n'en aurai plus besoin, maintenant », m'a-t-il dit. J'aurais dû me douter qu'il y avait quelque chose de louche. Pourquoi me donner cette moto qu'il aimait telle-ment ? Pourquoi n'en aurait-il plus besoin ? En fait, elle était trop facile à repérer. Dumbledore savait qu'il avait été le Gardien du Secret des Potter. Black, lui, s'apprêtait à prendre la fuite cette nuit-là. Il savait que dans quelques heures, il aurait le ministère de la Magie aux trousses. *Mais qu'est-ce qui se serait passé si je lui avais confié Harry ?* Je parie qu'il l'aurait jeté à la mer depuis sa moto volante. Le fils de son meilleur ami ! Mais quand un sorcier passe du côté du mal, plus rien ne compte pour lui…

Un long silence suivit le récit de Hagrid. Puis Madame Rosmerta reprit la parole :

— Mais il n'a pas réussi à s'enfuir, n'est-ce pas ? demanda-t-elle avec une certaine satisfaction. Le ministère de la Magie l'a attrapé le lende-main !

— Si seulement nous avions pu ! soupira Fudge avec amertume. Ce n'est pas nous qui l'avons retrouvé. C'est Peter Pettigrow, un autre ami des Potter. Fou de chagrin et sachant que Black avait été le Gardien du Secret des Potter, il s'est lancé tout seul à sa poursuite.

— Pettigrow… C'était ce petit garçon grassouillet qui traînait tou-jours derrière eux ? dit Madame Rosmerta.

— Il avait un véritable culte pour Black et Potter, dit le professeur McGonagall. Mais il n'était pas du tout à leur niveau. Il m'est arrivé d'être assez sévère avec lui. Vous imaginez à quel point je… je le regrette aujourd'hui.

Tout à coup, on aurait dit qu'elle était enrhumée.

— Allons, Minerva, n'ayez pas de remords, dit Fudge avec sympa-thie. Pettigrow est mort en héros. Les Moldus qui ont assisté à la scène ont subi un sortilège d'amnésie, bien sûr, mais d'autres témoins nous ont dit que Pettigrow a coincé Black et qu'il sanglotait en disant : « Lily et James ! Comment as-tu pu faire ça, Sirius ? » Il a sorti sa baguette magique, mais Black a été plus rapide. Il a réduit Pettigrow en miettes.

Le professeur McGonagall se moucha, puis dit d'une voix douloureuse :

– Quel idiot... Il avait toujours été très mauvais dans les combats
en duel... Il aurait dû laisser faire le ministère.

– Moi, je vous garantis que si j'avais retrouvé Black avant
Pettigrow, je ne me serais pas embarrassé de baguette magique... Je
l'aurais mis en pièces à mains nues... grogna Hagrid.

– Vous dites des bêtises, Hagrid, répliqua sèchement Fudge. Seule
la brigade d'élite des tireurs de baguette magique aurait eu une chance
face à Black. A l'époque, j'étais directeur du Département des
Catastrophes magiques et j'ai été un des premiers à me rendre sur
place après la tuerie. Je ne l'oublierai jamais. Il m'arrive encore d'en
rêver. Il y avait au milieu de la rue un cratère si profond que les canalisations des égouts avaient éclaté. Des cadavres jonchaient le sol, les
Moldus hurlaient. Et Black riait aux éclats devant ce qu'il restait de
Pettigrow : une robe de sorcier ensanglantée et quelques fragments de
son corps...

La voix de Fudge s'interrompit. On entendit cinq personnes se
moucher.

– Et voilà toute l'histoire, dit Fudge d'un ton grave. Black a été
emmené par vingt sorciers de la brigade magique et Pettigrow a été
décoré de l'Ordre de Merlin, première classe, à titre posthume, ce qui
a représenté, je crois, un certain réconfort pour sa pauvre mère.
Depuis ce temps-là, Black a été enfermé à Azkaban.

Madame Rosmerta laissa échapper un profond soupir.

– Est-il vrai qu'il est fou, Monsieur le Ministre ?

– J'aimerais bien pouvoir vous répondre qu'il l'est, en effet, dit lentement Fudge. Je crois que la défaite de son maître lui a fait perdre le
sens commun pendant un certain temps. Le meurtre de Pettigrow et
de tous ces Moldus ne pouvait être que le geste d'un désespéré. Un
geste cruel... inutile... J'ai cependant rencontré Black lors de ma dernière inspection à Azkaban. La plupart des prisonniers passent leur
temps enfermés dans le noir à marmonner des paroles dénuées de
sens... Mais j'ai été frappé de constater à quel point Black paraissait
normal. Il m'a parlé d'une manière parfaitement raisonnable. C'en
était même déconcertant. On avait l'impression qu'il s'ennuyait, c'est
tout. Il m'a demandé très calmement si j'avais fini de lire mon journal

et si je voulais bien le lui donner… Il regrettait de ne plus pouvoir faire de mots croisés ! J'ai été stupéfait de voir que les Détraqueurs avaient eu si peu d'effet sur lui. Il était pourtant un des prisonniers les mieux gardés. Des Détraqueurs étaient postés devant la porte de sa cellule jour et nuit.

— Et qu'est-ce qu'il a l'intention de faire, à votre avis, maintenant qu'il est libre ? demanda Madame Rosmerta. Mon dieu, Monsieur le Ministre, ne me dites pas qu'il essaye de rejoindre Vous-Savez-Qui ?

— Malheureusement, je crois bien que c'est son… heu… son objectif final, répondit Fudge d'un ton évasif. Mais nous espérons bien le rattraper avant qu'il n'y parvienne. Car je dois vous dire que Vous-Savez-Qui, seul et sans amis, c'est une chose, mais rendez-lui son serviteur le plus dévoué et j'ai bien peur qu'il ne ressurgisse très vite des ténèbres…

Il y eut un petit bruit sur la table. Quelqu'un avait reposé son verre.

— Cornelius, si vous devez dîner avec le directeur, nous ferions bien de reprendre la direction du château, dit le professeur McGonagall.

Harry vit alors les pieds se remettre en mouvement. De longues capes ondulèrent devant lui et les talons hauts de Madame Rosmerta disparurent derrière le bar. La porte des Trois Balais se rouvrit, il y eut un nouveau tourbillon de neige et les professeurs sortirent en compagnie du ministre.

— Harry ?

Les visages de Ron et d'Hermione apparurent sous la table. Tous deux regardèrent Harry en silence, incapables de prononcer un mot.

11

L'ÉCLAIR DE FEU

Harry ne savait plus très bien comment il avait réussi à retourner dans la cave de Honeydukes, à reprendre le souterrain en sens inverse et à revenir dans le château. La seule chose certaine, c'était que le trajet du retour avait été très rapide et qu'il n'avait pas prêté grande attention à ce qu'il faisait, car seule la conversation qu'il venait d'entendre occupait son esprit.

Pourquoi personne ne lui avait-il jamais rien dit ? Dumbledore, Hagrid, Mr Weasley, Cornelius Fudge... Pourquoi personne n'avait-il jamais mentionné le fait que ses parents étaient morts à cause de la trahison de leur meilleur ami ?

Pendant tout le dîner, Ron et Hermione lancèrent à Harry des regards inquiets, sans oser parler des propos qu'ils avaient surpris, de peur que Percy, assis à côté d'eux, ne les entende. Lorsqu'ils remontèrent dans la salle commune surpeuplée, Fred et George avaient fait exploser une demi-douzaine de Bombabouses pour saluer la fin du trimestre. Harry, qui n'avait pas envie que les jumeaux lui demandent s'il avait réussi à atteindre Pré-au-lard, monta discrètement l'escalier jusqu'au dortoir vide et se précipita sur son armoire, au chevet de son lit. Il repoussa ses livres et trouva rapidement ce qu'il cherchait : l'album à la couverture de cuir que Hagrid lui avait donné deux ans plus tôt et qui était rempli de photos de ses parents. Il s'assit sur son lit, tira les rideaux du baldaquin et tourna les pages, à la recherche de...

Il s'arrêta sur une photo prise le jour du mariage de ses parents. Son père, le visage radieux, les cheveux en bataille – tels qu'il les avait légués à Harry –, lui adressait des signes de la main. Sa mère, au bras de son mari, semblait rayonner de bonheur. Et là... Ce devait être lui... Leur témoin... Harry n'y avait jamais fait attention auparavant.

S'il n'avait pas su que c'était la même personne, jamais il n'aurait deviné qu'il s'agissait de Black. Son visage, aujourd'hui émacié et cireux, était alors rieur et séduisant. S'était-il déjà mis au service de Voldemort lorsque cette photo avait été prise ? Avait-il déjà projeté le meurtre des jeunes mariés ? Avait-il conscience qu'il risquait de passer douze ans à Azkaban, douze ans qui le rendraient méconnaissable ?

Mais lui, les Détraqueurs le laissent indifférent, pensa Harry en contemplant le visage charmeur et souriant de Black, *ce n'est pas lui qui entend ma mère hurler quand ils approchent.*

Harry referma l'album d'un coup sec et le rangea dans l'armoire. Puis il se déshabilla et se coucha en vérifiant que les rideaux du baldaquin étaient bien tirés autour de lui.

La porte du dortoir s'ouvrit.

– Harry ? dit Ron, d'une voix mal assurée.

Mais Harry fit semblant de dormir. Il entendit Ron sortir et se tourna sur le dos, les yeux grands ouverts.

Une haine telle qu'il n'en avait jamais connue se répandit en lui comme un poison dans ses veines. Il voyait Black rire dans les ténèbres, comme si quelqu'un lui avait collé la photo de l'album sur les yeux. Avec la même précision que s'il avait regardé une séquence de film, il vit Sirius Black foudroyer Peter Pettigrow (qui ressemblait à Neville Londubat), en le réduisant en miettes. Il l'entendit murmurer d'un ton empressé : « Ça y est, Maître, c'est fait. Les Potter m'ont choisi comme Gardien de leur Secret... » Un rire perçant s'élevait alors, le même rire que Harry entendait dans sa tête chaque fois que les Détraqueurs approchaient.

– Harry, tu... tu as une mine épouvantable.

Le soleil était déjà levé lorsque Harry avait enfin réussi à s'endormir. A son réveil, le dortoir était désert. Il s'était habillé puis était descendu dans la salle commune où il n'y avait plus que Ron, qui mangeait un crapaud à la menthe, et Hermione, entourée de livres et de cahiers étalés sur plusieurs tables.

– Où sont passés les autres ? demanda Harry.

– Partis ! C'est le premier jour des vacances, tu l'as oublié ? répondit Ron en observant Harry avec attention. C'est presque l'heure du déjeuner, je m'apprêtais à monter te réveiller.

Harry se laissa tomber sur une chaise auprès du feu. Au-dehors, la neige continuait de tomber. Pattenrond, étendu de tout son long devant la cheminée, avait l'air d'une descente de lit aux teintes orangées.

– Tu sais que tu n'as vraiment pas bonne mine, dit Hermione en le regardant.

– Je vais très bien, assura Harry.

– Harry, écoute-moi, reprit Hermione, qui échangea un regard avec Ron. Tu dois être bouleversé par ce que nous avons entendu hier. Mais il ne faut surtout pas faire de bêtises.

– Comme quoi, par exemple ? demanda Harry.

– Comme d'essayer de retrouver Black, répondit Ron.

Harry était sûr qu'ils avaient répété cette conversation à l'avance pendant qu'il dormait. Il préféra ne rien dire.

– Tu ne feras pas ça, n'est-ce pas, Harry ? insista Hermione.

– Black ne vaut pas la peine qu'on meure à cause de lui, dit Ron.

Harry les regarda. Ils ne semblaient rien comprendre.

– Vous savez ce que j'entends, chaque fois qu'un Détraqueur s'approche de moi ? demanda-t-il.

Ron et Hermione hochèrent la tête, l'air inquiet.

– J'entends ma mère qui hurle et qui supplie Voldemort. Et si vous aviez entendu votre mère crier comme ça, quelques instants avant sa mort, vous ne l'oublieriez pas facilement. Et si vous découvriez que quelqu'un qui était censé être son ami l'avait trahie et livrée à Voldemort...

– Tu n'y peux rien du tout ! s'exclama Hermione, ébranlée. Les Détraqueurs vont capturer Black et il retournera à Azkaban. Bien fait pour lui !

– Tu as entendu ce que Fudge a dit. Black n'a pas été affecté comme les autres prisonniers par son séjour à Azkaban. Pour lui ce n'est pas un châtiment aussi terrible que pour les gens normaux.

– Et alors ? Qu'est-ce que tu es en train de nous dire ? demanda Ron, l'air tendu. Tu veux quoi ? Tuer Black ?

– Ne sois pas stupide, dit Hermione d'une voix qui trahissait la panique. Harry ne veut tuer personne, n'est-ce pas, Harry ?

Cette fois encore, Harry resta silencieux. Il ne savait pas ce qu'il voulait faire. Tout ce dont il était sûr, c'était que rester là les bras croisés alors que Black était en liberté lui paraissait insupportable.

– Malefoy est au courant, dit-il soudain. Vous vous souvenez de ce qu'il m'a dit pendant le cours de potions ? « Si j'étais toi, j'essaierais de le retrouver moi-même… je me vengerais. »

– Tu vas suivre les conseils de Malefoy au lieu des nôtres ? s'indigna Ron. Écoute-moi… Tu sais ce qu'a reçu la mère de Pettigrow quand Black en a eu fini avec lui ? Papa me l'a raconté : l'Ordre de Merlin, première classe, et un doigt de son fils dans une boîte. C'était le plus gros morceau qu'ils aient retrouvé de lui. Black est fou et dangereux…

– Le père de Malefoy a dû lui dire ce qui s'est passé, poursuivit Harry sans faire attention à Ron. Il faisait partie des intimes de Voldemort…

– *Tu ne voudrais pas plutôt dire « Tu-Sais-Qui ? »* s'exclama Ron avec colère.

– … et donc, les Malefoy savaient que Black travaillait pour Voldemort…

– Et Malefoy serait ravi que tu sois réduit en petits morceaux, tout comme Pettigrow ! Essaye de comprendre : Malefoy espère que tu seras tué avant le match de Quidditch entre Gryffondor et Serpentard.

– Harry, s'il te plaît, dit Hermione, les yeux brillants de larmes, je t'en prie, sois raisonnable. Black a fait quelque chose d'horrible, absolument horrible, mais ne te mets pas en danger, c'est ce que Black veut… Harry, tu tomberais directement entre ses mains si tu essayais de le retrouver. Ni ton père, ni ta mère n'auraient voulu qu'il te fasse du mal, n'est-ce pas ? Jamais ils n'auraient voulu que tu partes à sa recherche !

– Je ne saurai jamais ce qu'ils auraient voulu ou pas, puisque, par la faute de Black, je n'ai jamais eu l'occasion de leur parler, répliqua sèchement Harry.

Il y eut un long silence pendant lequel Pattenrond s'étira voluptueusement en sortant ses griffes. La poche de Ron se mit à trembler.

– En tout cas, dit Ron qui essayait de changer de sujet, c'est les vacances ! On est presque à Noël ! Si on allait faire un tour chez Hagrid ? Il y a une éternité qu'on ne l'a pas vu !

– Non, dit aussitôt Hermione. Harry ne doit pas quitter le château..

– Bonne idée, allons-y, dit Harry en se levant. J'en profiterai pour lui demander pourquoi il ne m'a jamais parlé de Black quand il m'a raconté l'histoire de mes parents !

Ron avait espéré qu'ils ne reparleraient plus de Black.

– Ou alors on pourrait plutôt faire une partie d'échecs, proposa-t-il précipitamment.

– Non, allons voir Hagrid, dit Harry d'un ton décidé.

Ils s'emmitouflèrent dans leurs capes et traversèrent le château désert. Au-dehors, la forêt interdite paraissait enchantée, avec ses arbres parsemés de neige aux reflets d'argent, et la cabane de Hagrid ressemblait à un gâteau recouvert de sucre glacé.

Ron frappa à la porte, mais personne ne répondit.

– Il n'est pas sorti, pourtant ? dit Hermione en frissonnant sous sa cape.

Ron colla son oreille contre le panneau de la porte.

– Il y a un drôle de bruit, dit-il. Écoute... Tu crois que c'est Crockdur ?

Harry et Hermione collèrent à leur tour l'oreille contre la porte. A l'intérieur de la cabane, on entendait de faibles gémissements saccadés.

– Tu crois qu'on devrait prévenir quelqu'un ? dit Ron, mal à l'aise.

– Hagrid ! appela Harry en cognant à la porte. Hagrid, vous êtes là ?

Il y eut des bruits de pas pesants, puis la porte s'ouvrit en grinçant. Hagrid se tenait dans l'encadrement, les yeux rouges et gonflés. Des larmes avaient coulé sur son gilet de cuir.

– Vous êtes au courant ? cria-t-il en se jetant dans les bras de Harry.

Hagrid ayant à peu près le double de la taille d'un homme normal, la situation n'était pas simple. Harry, sur le point de s'effondrer sous son poids, fut secouru par Ron et Hermione qui prirent chacun Hagrid par un bras et le ramenèrent à l'intérieur de la cabane avec l'aide de Harry. Hagrid se laissa conduire jusqu'à une chaise sur laquelle il s'assit en s'effondrant sur la table, secoué de sanglots, sa barbe hirsute ruisselante de larmes.

– Hagrid, que se passe-t-il ? demanda Hermione, effarée.

Harry remarqua alors une lettre d'aspect officiel qui était posée sur la table.

– Qu'est-ce que c'est que ça ?

Hagrid sanglota de plus belle en poussant la lettre vers Harry qui la prit et lut à haute voix :

Cher Mr Hagrid,

A la suite de notre enquête concernant l'attaque d'un élève de votre classe par un hippogriffe, nous nous sommes rangés à l'avis du professeur Dumbledore qui nous a assurés que vous ne portiez aucune responsabilité dans ce regrettable incident.

– Eh bien, c'est parfait, Hagrid! dit Ron en lui donnant une tape amicale sur l'épaule.

Hagrid continua cependant de sangloter en faisant signe à Harry, d'un geste de sa main gigantesque, de poursuivre la lecture.

Nous devons cependant vous faire part de nos préoccupations relatives à l'hippogriffe en question. Nous avons en effet décidé de retenir la plainte de Mr Lucius Malefoy et de porter l'affaire devant la Commission d'Examen des Créatures dangereuses. L'audience se tiendra le 20 avril et nous vous demandons de vous présenter à cette date, accompagné de votre hippogriffe, au bureau londonien de la Commission. Dans l'intervalle, l'hippogriffe devra être isolé dans un enclos et soigneusement attaché.

Avec nos salutations confraternelles.

La lettre était signée par les membres du conseil d'administration de l'école.

– Vous nous avez expliqué que Buck est un très brave hippogriffe, dit Ron. Je suis sûr qu'il s'en tirera...

– On voit que tu ne connais pas ces gargouilles de la Commission! sanglota Hagrid en s'essuyant les yeux d'un revers de manche. Ils s'en prennent toujours aux créatures intéressantes!

Un bruit soudain retentit dans un coin de la cabane. Harry, Ron et Hermione tournèrent la tête : Buck, l'hippogriffe, était étendu à l'autre bout de la pièce et mâchait quelque chose qui répandait du sang sur le plancher.

– Je ne pouvais quand même pas l'attacher dehors avec toute cette neige! dit Hagrid en étouffant un sanglot. Le laisser tout seul! A Noël!

Harry, Ron et Hermione échangèrent un regard. Ils n'avaient pas le même goût que Hagrid pour ce qu'il appelait les « créatures intéressantes » et qui, aux yeux des autres, n'étaient que des « monstres terrifiants ». Buck, cependant, ne paraissait pas particulièrement dangereux. Du point de vue de Hagrid, il était même adorable.

– Il va falloir préparer de solides arguments pour votre défense, Hagrid, dit Hermione en posant sur son énorme bras une main compatissante. Vous arriverez à démontrer que Buck est inoffensif, j'en suis persuadée.

– Ça ne servira à rien ! sanglota Hagrid. Tous ces affreux de la Commission sont à la botte de Lucius Malefoy ! Ils ont peur de lui ! Et si je n'arrive pas à les convaincre, Buck sera…

Hagrid se passa l'index sur la gorge, puis il poussa une longue plainte et s'enfouit le visage dans les bras.

– Et Dumbledore ? dit Harry.

– Il a déjà fait tout ce qu'il pouvait pour moi, grogna Hagrid. Il est suffisamment occupé à empêcher les Détraqueurs d'entrer, sans compter Sirius Black qui rôde dans les environs…

Ron et Hermione jetèrent un bref coup d'œil à Harry, en se demandant s'il allait lui parler de Black. Mais Harry ne pouvait se résoudre à lui faire des reproches, maintenant que Hagrid paraissait si malheureux.

– Hermione a raison, Hagrid, dit-il, vous ne devez pas vous avouer vaincu. Ce qu'il vous faut, ce sont de bons arguments pour vous défendre. Vous pouvez nous citer comme témoins…

– Je me souviens d'avoir lu quelque chose à propos d'une affaire semblable, dit Hermione d'un air songeur. C'était l'histoire d'un hippogriffe qui avait été insulté et qui a fini par être innocenté. Je vais faire des recherches et voir exactement ce qui s'était passé.

Hagrid poussa une lamentation encore plus déchirante. Harry et Hermione lancèrent un regard à Ron en espérant qu'il aurait une autre idée.

– Vous… vous voulez que je vous prépare une tasse de thé ? proposa Ron.

Hagrid se tourna vers lui.

– C'est toujours ce que fait ma mère quand quelqu'un ne se sent pas bien, marmonna Ron en haussant les épaules.

Finalement, après que Harry et Hermione lui eurent à nouveau assuré qu'ils feraient tout pour l'aider et que Ron eut posé devant lui une grande tasse de thé fumant, Hagrid se moucha avec un mouchoir de la taille d'une nappe et dit :

– Vous avez raison. Il ne faut pas que je me laisse aller. Je dois me ressaisir…

Crockdur, le molosse, sortit timidement de sous la table et posa la tête sur les genoux de son maître.

– Je ne me sens pas dans mon assiette, ces temps-ci, dit Hagrid en caressant Crockdur d'une main et en essuyant ses larmes de l'autre. Je me fais du souci pour Buck et en plus, personne ne s'intéresse à mes cours...

– Nous, on s'y intéresse ! mentit Hermione.

– Ils sont passionnants ! assura Ron. Au fait, comment vont les... les Veracrasses ?

– Morts, répondit Hagrid. Ils ont mangé trop de laitue.

– Oh, non ! s'exclama Ron.

– Et puis tous ces Détraqueurs me rendent malade, reprit Hagrid, secoué d'un frisson. Je suis obligé de passer devant chaque fois que je vais boire un verre aux Trois Balais. J'ai l'impression de retourner à Azkaban...

Il s'interrompit et but son thé. Harry, Ron et Hermione le regardèrent en retenant leur souffle. Jamais ils ne l'avaient entendu parler de son bref séjour à Azkaban.

– C'est vraiment terrible, là-bas ? demanda timidement Hermione au bout d'un moment.

– Vous ne pouvez pas avoir idée, répondit Hagrid à voix basse. Je n'ai jamais vu quelque chose comme ça. J'ai cru que j'allais devenir fou. Mes plus mauvais souvenirs me revenaient en tête... Le jour où j'ai été renvoyé de Poudlard... Le jour où mon père est mort... Le jour où j'ai dû me séparer de Norbert...

Ses yeux se remplirent de larmes. Norbert était un bébé dragon que Hagrid avait un jour gagné en jouant aux cartes.

– Au bout d'un moment, on ne sait plus qui on est. Et on n'a même plus envie de vivre. J'espérais mourir dans mon sommeil... Quand ils m'ont relâché, j'ai eu l'impression de renaître, tout revenait en moi, je n'avais jamais rien ressenti de pareil. Mais les Détraqueurs n'avaient pas très envie de me laisser partir.

– Vous étiez innocent ! dit Hermione.

Hagrid eut un petit rire.

– Vous croyez que ça les intéresse ? Ils s'en fichent. Tout ce qui compte pour eux, c'est d'avoir à leur disposition deux cents êtres humains qu'ils puissent vampiriser en leur ôtant toute idée de bonheur. Qu'on soit coupable ou innocent, ça leur est bien égal.

Hagrid resta silencieux un moment, les yeux fixés sur sa tasse de thé.

– A un moment, j'ai pensé que je pourrais faire fuir Buck, dit-il enfin. Mais comment expliquer à un hippogriffe qu'il a intérêt à se cacher ? Et puis… j'ai peur de violer la loi…

Il leva les yeux vers eux. Des larmes coulaient à nouveau sur ses joues.

– Je ne veux plus jamais retourner à Azkaban.

La visite à Hagrid, bien quelle n'eût rien d'amusant, avait quand même eu l'effet que Ron et Hermione espéraient. Certes, Harry n'avait pas oublié Black le moins du monde, mais il ne pouvait plus passer son temps à ruminer sa vengeance s'il voulait aider Hagrid à défendre sa cause devant la Commission d'Examen des Créatures dangereuses. Le lendemain, Ron, Hermione et lui se rendirent à la bibliothèque et retournèrent dans la salle commune les bras chargés de livres qui pouvaient les aider à préparer la défense de Buck. Tous trois s'assirent devant la cheminée et commencèrent à feuilleter des volumes poussiéreux qui relataient des exemples célèbres de créatures accusées de délits divers. Lorsqu'ils trouvaient quelque chose qui paraissait approprié à leur cas, ils le signalaient immédiatement.

– Tiens, là, en 1722, il y a eu une histoire semblable… Oui, mais l'hippogriffe a été condamné. Quelle horreur ! Regardez ce qu'ils lui ont fait… C'est dégoûtant.

Pendant qu'ils poursuivaient leurs recherches, les somptueuses décorations de Noël avaient été installées dans le château, bien qu'il n'y eût presque plus d'élèves pour en profiter. D'épaisses guirlandes de houx et de gui étaient accrochées le long des couloirs, de mystérieuses lumières brillaient à l'intérieur de chaque armure et la Grande Salle était remplie de ses douze sapins habituels qui scintillaient d'étoiles d'or. Un puissant et délicieux fumet, annonciateur de mets délectables, se répandait dans les couloirs et la veille de Noël, il était devenu si alléchant que même Croûtard sortit son museau de la poche de Ron pour renifler avidement avec l'espoir de profiter du festin.

Le matin de Noël, Harry fut réveillé par Ron qui lui jeta son oreiller.

– Hé ho ! Cadeaux !

Harry attrapa ses lunettes et regarda le pied de son lit où un petit tas de paquets apparaissait dans la pénombre. Ron était déjà en train d'ouvrir ses propres cadeaux.

– Ah, ma mère m'a encore tricoté un pull, dit-il... et encore violet... Regarde si tu en as un, toi aussi...

Harry en avait un, en effet. Mrs Weasley lui avait envoyé un pull rouge vif avec le lion de Gryffondor brodé dessus, ainsi qu'une douzaine de petits pâtés qu'elle avait préparés elle-même, un morceau de bûche de Noël et une boîte de bonbons à la noisette. Il découvrit ensuite un long paquet étroit.

– Qu'est-ce que c'est ? demanda Ron.

– Sais pas...

Harry déchira le papier et poussa une exclamation de stupeur en voyant apparaître un splendide balai étincelant. Ron lâcha son pull et se précipita pour regarder de plus près.

– Ça, c'est incroyable, dit Harry d'une voix rauque.

C'était un Éclair de Feu, exactement semblable au balai de rêve que Harry était allé contempler tous les jours dans la boutique du Chemin de Traverse. Lorsqu'il en saisit le manche chatoyant, il le sentit vibrer sous ses doigts et le balai resta suspendu en l'air à la hauteur idéale pour lui permettre de l'enfourcher. Harry regarda le numéro de fabrication gravé en chiffres d'or à l'extrémité du manche puis il promena son regard tout au long du balai jusqu'aux branches de bouleau aérodynamiques qui constituaient la queue de l'engin.

– Qui est-ce qui t'a envoyé ça ? demanda Ron à voix basse.

– Regarde s'il y a une carte, dit Harry.

Ron fouilla dans le papier qui avait servi à envelopper l'Éclair de Feu.

– Rien ! Je me demande qui a bien pu te faire un cadeau aussi somptueux !

– En tout cas, dit Harry, abasourdi, on peut être sûrs que ça ne vient pas des Dursley.

– Je parie que c'est Dumbledore, lança Ron en examinant d'un air émerveillé chaque centimètre carré de l'Éclair de Feu. C'est lui aussi qui t'avait envoyé anonymement la cape d'invisibilité.

– Elle avait appartenu à mon père, fit remarquer Harry. Dumbledore n'a fait que me la remettre. Il ne dépenserait pas des centaines de Gallions d'or pour moi. Il ne peut pas se permettre de faire des cadeaux pareils à ses élèves.

– C'est pour ça qu'il n'a pas dit que ça venait de lui ! Il ne voulait pas qu'un imbécile du genre de Malefoy crie au favoritisme. Malefoy ! s'exclama Ron en éclatant d'un grand rire. Attends un peu qu'il te voie làdessus ! Ça va le rendre malade ! Ce balai-là, c'est la classe *internationale* !

– Je n'arrive pas à y croire, murmura Harry en caressant le manche de l'Éclair de Feu. *Qui* a bien pu...

– Je sais ! dit Ron. Ça pourrait être Lupin !

– Quoi ? dit Harry en éclatant de rire à son tour. Lupin ? S'il avait suffisamment d'or pour acheter ça, il pourrait se payer des vêtements neufs.

– Oui, mais il t'aime bien. Et il n'était pas à Poudlard quand ton balai a été détruit. Peut-être qu'il en a profité pour aller faire un tour sur le Chemin de Traverse et t'en acheter un.

– Comment ça, il n'était pas à Poudlard ? s'étonna Harry. Il était malade quand le match a eu lieu.

– En tout cas, il n'était pas à l'infirmerie, dit Ron. Je le sais, c'était au moment où Rogue me faisait nettoyer les bassins pendant ma retenue, tu te souviens ?

Harry fronça les sourcils.

– Lupin n'a pas les moyens d'acheter un balai comme ça.

– Qu'est-ce que vous mijotez, tous les deux ? Je vous ai entendus rire comme des fous.

Hermione venait d'entrer, vêtue d'une robe de chambre, Pattenrond dans les bras. Le chat avait un morceau de guirlande noué autour du cou et paraissait de très mauvaise humeur.

– Ne l'amène pas ici ! protesta Ron en saisissant Croûtard blotti au fond de son lit pour le mettre en sûreté dans la poche de son pyjama.

Mais Hermione ne l'écoutait pas. Elle laissa tomber Pattenrond sur le lit vide de Seamus et contempla bouche bée l'Éclair de Feu.

– Harry ! Qui t'a envoyé ça ?

– Aucune idée. Il n'y avait pas de carte.

A sa grande surprise, Hermione ne sembla ni excitée, ni intriguée. Au contraire, elle se mordit la lèvre d'un air effaré.

– Qu'est-ce qui t'arrive ? s'étonna Ron.

– Je ne sais pas, dit lentement Hermione, mais c'est un peu bizarre, non ? Il s'agit d'un très bon balai, n'est-ce pas ?

– C'est le meilleur balai qui existe au monde, Hermione, répondit Ron avec un soupir exaspéré.

– Donc, il a dû coûter très cher ?

– Il vaut probablement plus cher que tous les balais de l'équipe Serpentard réunis, assura Ron d'un ton joyeux.

– Alors, qui enverrait à Harry quelque chose d'aussi précieux sans même le prévenir ? demanda Hermione.

– On s'en fiche ! répliqua Ron d'un ton impatient. Est-ce que je peux l'essayer, Harry ? Tu veux bien ?

– Il ne faut surtout pas monter ce balai ! protesta Hermione d'une voix perçante. Pas maintenant !

– Qu'est-ce qu'on doit en faire, d'après toi ? S'en servir pour balayer le plancher ?

Mais avant qu'Hermione ait pu répondre, Pattenrond sauta sur Ron.

– *Sors-le d'ici !* hurla celui-ci tandis que les griffes du chat déchiraient son pyjama et que Croûtard tentait de s'enfuir par-dessus l'épaule de son maître.

Ron attrapa Croûtard par la queue et voulut donner un coup de pied à Pattenrond, mais il rata sa cible et s'écrasa l'orteil contre la valise de Harry, posée au pied du lit. La valise tomba en s'ouvrant et Ron se mit à sautiller sur place en poussant des cris de douleur.

Les poils de Pattenrond se dressèrent soudain sur son échine. Un sifflement perçant venait de retentir dans le dortoir. Tombé de la valise, le Scrutoscope tournait à toute vitesse sur le plancher.

– Je l'avais oublié ! dit Harry en se penchant pour le ramasser.

Le Scrutoscope continua de tourner et de siffler dans sa main. Pattenrond crachait en regardant l'objet d'un air rageur.

– Tu ferais mieux d'emmener ce chat ailleurs, Hermione ! dit Ron, furieux.

Assis sur le lit de Harry, il essayait de calmer son orteil endolori.

– Et toi, tu ne peux pas faire taire cet engin ? ajouta-t-il à l'adresse de Harry pendant qu'Hermione quittait le dortoir à grands pas, en emportant son chat qui fixait Ron d'un air mauvais.

Harry remit le Scrutoscope au fond de sa valise en le fourrant dans une vieille chaussette. On n'entendait plus à présent que les gémissements étouffés de Ron, partagé entre la douleur et la rage. Croûtard, encore tremblant, était pelotonné entre ses mains. Harry, qui ne l'avait pas vu depuis longtemps, trouva que le rat, autrefois si dodu, était devenu squelettique. Il avait aussi perdu beaucoup de poils et sa peau était à nu par endroits.

– Il n'a pas l'air en très bonne forme, fit-il remarquer.

– C'est le stress, dit Ron. Il irait très bien si seulement cette grosse boule de poils le laissait tranquille !

Mais Harry se souvenait que, selon la sorcière de la Ménagerie magique, les rats ne vivaient pas plus de trois ans et à moins que Croûtard ait disposé de pouvoirs exceptionnels, il était probable que sa fin était proche. Ron avait beau se plaindre qu'il était ennuyeux et inutile, il ne faisait aucun doute qu'il serait très triste si le rat venait à mourir.

L'esprit de Noël n'était pas très présent dans la salle commune de Gryffondor. Hermione avait enfermé Pattenrond dans le dortoir des filles, mais elle était furieuse que Ron ait essayé de lui donner un coup de pied. Ron, lui, ne décolérait pas contre le chat. Harry renonça bientôt à les réconcilier et se consacra à l'examen de l'Éclair de Feu qu'il avait descendu du dortoir. Pour une raison qu'il ignorait, Hermione semblait en être agacée. Elle ne disait rien, mais observait le balai d'un regard noir comme si lui aussi était hostile à son chat.

A l'heure du déjeuner, ils descendirent dans la Grande Salle et découvrirent que les tables avaient été repoussées contre les murs pour n'en laisser qu'une seule, dressée en son centre. Elle comportait douze couverts. Les professeurs Dumbledore, McGonagall, Rogue, Chourave et Flitwick étaient déjà là, ainsi que Rusard, le concierge, qui avait abandonné son habituelle veste marron au profit d'une vieille jaquette de cérémonie qui semblait passablement moisie. Il n'y avait que trois autres élèves : deux d'entre eux étaient des nouveaux de première année qui paraissaient très mal à l'aise, le troisième était un cinquième année de Serpentard au visage sinistre.

– Joyeux Noël ! dit Dumbledore en voyant approcher Harry, Ron et Hermione. Puisque nous sommes si peu nombreux à rester au château, il serait stupide d'utiliser plusieurs tables… Asseyez-vous, asseyez-vous !

Harry, Ron et Hermione s'installèrent côte à côte au bout de la table.

– Pétards surprises ! annonça Dumbledore avec enthousiasme.

Il tendit l'extrémité d'un gros pétard argenté à Rogue qui tira dessus à contrecœur. Le pétard explosa comme un coup de feu et laissa apparaître un chapeau pointu surmonté d'un vautour empaillé.

Harry se rappela l'épouvantard coiffé d'un chapeau semblable. Il échangea un sourire avec Ron tandis que Rogue, les lèvres plus minces que jamais, poussait le chapeau vers Dumbledore qui s'en coiffa aussitôt.

– Bon appétit ! dit Dumbledore, le visage réjoui.

Pendant que Harry remplissait son assiette, la porte de la Grande Salle s'ouvrit et le professeur Trelawney s'avança en glissant vers eux comme si elle était montée sur roulettes. Elle avait revêtu pour l'occasion une robe verte à paillettes qui la faisait ressembler à une libellule géante.

– Sibylle ! Quelle bonne surprise ! s'exclama Dumbledore en se levant.

– J'ai regardé ma boule de cristal, Monsieur le Directeur, dit-elle de sa voix la plus mystérieuse, et, à mon grand étonnement, je me suis vue abandonner mon repas solitaire pour me joindre à vous. Qui serais-je pour m'opposer aux décisions du destin ? Je me suis donc dépêchée de descendre de ma tour et je vous demande de pardonner mon retard.

– Mais je vous en prie, dit Dumbledore, le regard pétillant. Je vais faire venir une chaise.

Il tira sa baguette magique et une chaise s'envola lentement à travers la salle pour venir se poser entre les professeurs Rogue et McGonagall. Mais le professeur Trelawney ne bougea pas. Ses yeux immenses parcoururent toute la longueur de la table et elle laissa soudain échapper un petit cri étouffé.

– Je ne pourrai jamais, Monsieur le Directeur, dit-elle. Si je m'assieds parmi vous, nous serons treize à table ! Ce serait le signe d'un grand malheur ! N'oublions jamais que lorsqu'il y a treize convives autour d'une table, le premier qui se lève sera le premier à mourir !

– Eh bien, prenons le risque, Sibylle, dit le professeur McGonagall d'un ton agacé. Asseyez-vous donc, la dinde est en train de refroidir.

Le professeur Trelawney hésita, puis s'assit lentement sur la chaise vide, les yeux fermés, les dents serrées, comme si elle s'attendait à ce que la foudre s'abatte sur la table. Le professeur McGonagall plongea une louche dans la soupière la plus proche.

– Un peu de tripes, Sibylle ? proposa-t-elle.

Le professeur Trelawney ne lui prêta aucune attention. Rouvrant les yeux, elle regarda autour d'elle et dit :

– Mais où est donc ce cher professeur Lupin ?

– J'ai bien peur que le malheureux soit à nouveau malade, répondit Dumbledore en faisant signe aux convives de se servir. C'est d'autant plus dommage que cela tombe le jour de Noël.

– J'imagine que vous deviez déjà le savoir, Sibylle ? dit le professeur McGonagall, les sourcils levés.

Le professeur Trelawney lui lança un regard glacial.

– Bien sûr que je le savais, Minerva, répliqua-t-elle d'une voix feutrée. Mais ce n'est pas parce qu'on sait les choses qu'il faut s'en vanter sans cesse. Je me comporte souvent comme si je n'avais pas le Troisième Œil pour ne pas mettre les autres mal à l'aise.

– Voilà qui explique bien des choses, dit le professeur McGonagall d'un ton incisif.

La voix du professeur Trelawney devint soudain beaucoup moins mystérieuse.

– Si vous voulez tout savoir, Minerva, dit-elle, j'ai vu que ce malheureux professeur Lupin ne restera pas parmi nous bien longtemps. Il semble lui-même conscient que le temps lui est compté. Il a tout simplement pris la fuite lorsque je lui ai proposé de lire son avenir dans la boule de cristal.

– Voyez-vous ça, dit sèchement le professeur McGonagall.

– A mon avis, intervint Dumbledore d'un ton enjoué, mais d'une voix suffisamment forte pour mettre un terme à la conversation des deux professeurs, il est très peu probable que la vie du professeur Lupin soit en danger immédiat. Severus, vous lui avez préparé sa potion ?

– Oui, Monsieur le Directeur, répondit Rogue.

– Très bien, dit Dumbledore. Il devrait donc être sur pied dans très peu de temps... Derek, vous avez pris des chipolatas ? Elles sont excellentes.

L'élève de première année rougit jusqu'aux oreilles en entendant Dumbledore s'adresser directement à lui et saisit le plat de saucisses d'une main tremblante.

Le professeur Trelawney se comporta presque normalement jusqu'à la fin du repas qui se termina deux heures plus tard. L'estomac rempli à craquer, leurs chapeaux trouvés dans les pétards surprises sur la tête,

Harry et Ron furent les premiers à se lever. Le professeur Trelawney poussa alors un cri perçant.

– Mes enfants! s'exclama-t-elle. Lequel de vous deux s'est levé le premier? Lequel?

– Je ne sais pas, répondit Ron en regardant Harry d'un air gêné.

– Je crois que cela n'a aucune importance, déclara le professeur McGonagall d'un ton glacial. A moins qu'un tueur fou attende de découper à coups de hache le premier qui sortira de cette salle.

Même Ron éclata de rire. Le professeur Trelawney parut gravement offensée.

– Tu viens? dit Harry à Hermione.

– Non, répondit celle-ci, j'ai quelque chose à dire au professeur McGonagall.

– Elle veut sans doute quelques cours supplémentaires, dit Ron dans un bâillement tandis qu'ils sortaient de la Grande Salle sans rencontrer de tueur fou.

Lorsqu'ils arrivèrent devant le tableau qui masquait l'entrée de la salle commune, ils virent le chevalier du Catogan qui fêtait Noël en compagnie de deux moines, quelques anciens directeurs de Poudlard et son gros poney. Le chevalier releva sa visière et leva une coupe d'hydromel à leur santé.

– Joyeux – hic! – Noël! lança-t-il. Le mot de passe?

– Vil maraud, dit Ron.

– Vous-mêmes! rugit le chevalier du Catogan.

Le tableau pivota pour les laisser entrer.

Harry monta droit au dortoir, prit son Éclair de Feu et le Nécessaire à balai qu'Hermione lui avait offert pour son anniversaire, puis redescendit dans la salle commune. Il essaya de trouver quelque chose à faire pour l'entretien du balai, mais il n'y avait aucune branche tordue à couper et le manche était déjà si étincelant qu'il était inutile de le polir davantage. Ron et lui se contentèrent donc d'admirer l'objet sous tous les angles jusqu'à ce qu'Hermione les rejoigne, accompagnée par le professeur McGonagall.

Bien qu'elle fût la directrice de Gryffondor, Harry ne l'avait vue qu'une seule fois dans la salle commune, un jour où elle était venue leur communiquer une information particulièrement dramatique. Harry et Ron la regardèrent avec des yeux ronds, tenant chacun l'Éclair de Feu par un bout. Hermione alla s'asseoir derrière eux, prit un livre et se cacha derrière.

– Alors, le voilà, dit précipitamment le professeur McGonagall. Miss Granger vient de me prévenir qu'on vous avait envoyé un balai, Potter.

Harry et Ron se tournèrent vers Hermione et virent rougir son front qui dépassait du livre qu'elle tenait à l'envers.

– Je peux ? demanda le professeur McGonagall.

Sans attendre la réponse, elle leur prit le balai des mains et l'examina minutieusement d'un bout à l'autre du manche.

– Et vous dites qu'il n'était accompagné d'aucune carte, Potter ? Aucun message d'aucune sorte ?

– Non, dit simplement Harry.

– Bien… Dans ce cas, je crois que je vais l'emporter avec moi, dit le professeur McGonagall.

– Qu… Quoi ? s'exclama Harry en se levant d'un bond. Pourquoi ?

– Il va falloir vérifier s'il n'a pas subi de mauvais sorts. Bien entendu, je ne suis pas une experte, mais Madame Bibine et le professeur Flitwick vont devoir le démonter entièrement.

– Le démonter ? répéta Ron, comme si le professeur McGonagall était devenue folle.

– Ça ne devrait pas durer plus de quelques semaines, dit le professeur. Si nous sommes certains qu'il n'y a pas eu de mauvais sort, nous vous le rendrons.

– Il marche très bien, ce balai ! protesta Harry, la voix un peu tremblante. Je vous assure, professeur…

– Vous n'en savez rien, Potter, répliqua le professeur McGonagall d'un ton aimable. Tant que vous n'aurez pas volé avec, en tout cas. Et je vous annonce tout de suite que c'est hors de question jusqu'à ce que nous ayons la certitude qu'il n'a pas été trafiqué. Je vous tiendrai au courant.

Le professeur McGonagall tourna les talons et emporta le balai. Harry la regarda sortir de la salle commune, tandis que Ron se tournait vers Hermione.

– *Pourquoi est-ce que tu as été tout raconter à McGonagall ?*

Hermione posa son livre. Elle avait toujours le teint rose, mais elle regarda Ron avec une expression de défi.

– Parce que j'ai pensé – et le professeur McGonagall était d'accord avec moi – que ce balai a sans doute été envoyé à Harry par Sirius Black !

12
LE PATRONUS

Harry savait qu'Hermione n'avait eu que de bonnes intentions en agissant ainsi, mais il ne pouvait s'empêcher de lui en vouloir. Pendant quelques heures, il avait été l'heureux propriétaire du meilleur balai du monde et à présent, à cause d'elle, il ne savait plus s'il le reverrait un jour. Il était absolument sûr que l'Éclair de Feu fonctionnait à merveille, mais dans quel état serait-il après avoir subi toute une série de contre-sorts ?

Ron aussi était furieux contre Hermione. Pour lui, démonter un Éclair de Feu flambant neuf constituait un véritable sacrilège. Hermione, convaincue d'avoir agi pour le mieux, évita désormais la salle commune. Harry et Ron pensèrent qu'elle avait dû se réfugier dans la bibliothèque et n'essayèrent pas d'aller la chercher. Finalement, ils ne furent pas mécontents de voir revenir les autres élèves de l'école, quelques jours après le nouvel an. Très vite, la tour de Gryffondor retrouva sa foule et son agitation habituelles.

Dubois vint voir Harry la veille de la rentrée.

– Tu as passé un bon Noël ? demanda-t-il.

Puis, sans attendre la réponse, il s'assit et ajouta à voix basse :

– J'ai réfléchi pendant les vacances. Après ce qui s'est passé le jour du dernier match, tu comprends... Si les Détraqueurs reviennent pendant le prochain... On ne peut pas se permettre de... enfin...

Dubois s'interrompit, mal à l'aise.

– Je suis en train de faire quelque chose pour que ça s'arrange, répondit précipitamment Harry. Le professeur Lupin a dit qu'il allait m'entraîner à repousser les Détraqueurs. On devrait commencer cette semaine. Il m'a dit qu'il aurait du temps après Noël.

– Ah ! s'exclama Dubois, le regard soudain plus clair. Dans ce cas... Tu sais, je ne voudrais pas te perdre comme Attrapeur, Harry... Tu as commandé un nouveau balai ?

– Non, dit Harry.

– Quoi ? Il faudrait te dépêcher. Tu ne peux quand même pas monter cette vieille Étoile filante dans le match contre Serdaigle !

– Il a reçu un *Éclair de Feu* pour Noël, dit Ron.

– Un *Éclair de Feu* ? Non ! Tu plaisantes ? Un... un vrai Éclair de Feu ?

– Ne t'énerve pas, Olivier, dit sombrement Harry. Je ne l'ai plus. Il a été confisqué.

Il lui raconta alors toute l'histoire.

– Le balai aurait été ensorcelé ? s'étonna Dubois. Qui aurait fait ça ?

– Sirius Black, répondit Harry d'une voix lasse. Il paraît qu'il veut ma peau. Et McGonagall pense que c'est peut-être lui qui me l'a envoyé.

– Mais Black n'aurait jamais pu acheter un Éclair de Feu ! Il est en fuite et tout le pays est à ses trousses ! Comment veux-tu qu'il entre dans un magasin pour acheter un balai ?

– Je sais, répondit Harry, mais McGonagall insiste pour qu'il soit entièrement démonté.

Dubois pâlit.

– Je vais aller lui parler, Harry, promit-il. Je vais la raisonner... Un Éclair de Feu... Un véritable Éclair de Feu dans notre équipe... Elle souhaite la victoire de Gryffondor autant que nous... Je vais la convaincre... Un *Éclair de Feu*...

Les cours reprirent le lendemain. Harry avait hâte de retourner en classe de Défense contre les forces du Mal. Après sa conversation avec Dubois, il voulait apprendre le plus vite possible à se défendre contre les Détraqueurs.

– Ah oui, dit Lupin, lorsque Harry vint le voir à la fin du cours pour lui rappeler sa promesse. Voyons... huit heures du soir, jeudi, ça vous convient ? La salle d'Histoire de la magie devrait être suffisamment grande... Il faut que je réfléchisse à la façon dont nous allons nous y prendre... Nous ne pouvons pas faire venir un vrai Détraqueur au château pour nous entraîner...

– Il a toujours mauvaise mine, tu ne trouves pas ? dit Ron sur le chemin de la Grande Salle où ils se rendaient pour aller dîner. Qu'est-ce qu'il a, à ton avis ?

– Non, mais vraiment ! lança quelqu'un derrière eux.

C'était Hermione. Elle était assise au pied d'une armure et rangeait des livres dans son sac plein à craquer qu'elle n'arrivait pas à refermer.

– Non, mais vraiment quoi ? dit Ron avec mauvaise humeur.

– Rien, dit Hermione d'un ton hautain en hissant son sac sur son épaule.

– Pourquoi tu dis : « Non, mais vraiment ! » au moment où je me demande ce qu'a Lupin…

– C'est évident, non ? répliqua Hermione avec une expression exaspérante de supériorité.

– Si tu ne veux rien nous dire, ne dis rien ! grogna Ron.

– Très bien, dit Hermione d'un air dédaigneux en s'éloignant dans le couloir.

– Elle n'en sait pas plus que nous, dit Ron. Elle voudrait simplement qu'on recommence à lui parler.

A huit heures le jeudi soir, Harry quitta la tour de Gryffondor pour se rendre dans la salle d'Histoire de la magie. Lorsqu'il arriva, la salle était vide et plongée dans l'obscurité. Il alluma les lampes d'un coup de baguette magique et attendit. Cinq minutes plus tard, le professeur Lupin entra dans la classe avec une grande caisse en bois qu'il posa sur le bureau.

– Qu'est-ce que c'est que ça ? demanda Harry.

– Un autre épouvantard, répondit Lupin en enlevant sa cape. J'en ai cherché dans tout le château depuis mardi dernier et heureusement, j'ai fini par en trouver un dans l'armoire de Rusard. C'est ce qui peut se rapprocher le plus d'un vrai Détraqueur. Quand il vous verra, l'épouvantard va prendre l'aspect d'un Détraqueur et nous pourrons donc nous entraîner sur lui. Quand on ne s'en servira pas, je le garderai dans mon bureau.

– D'accord, dit Harry en essayant de cacher son appréhension.

Le professeur Lupin sortit sa baguette magique et fit signe à Harry d'en faire autant.

– Le sortilège que je vais vous enseigner, Harry, est un acte de magie très avancée qui dépasse de très loin le niveau de la Sorcellerie de premier cycle. On l'appelle le sortilège du Patronus.

– Comment ça marche ? demanda Harry avec inquiétude.

– Si le sortilège se déroule normalement, vous verrez apparaître un Patronus, c'est-à-dire une sorte d'anti-Détraqueur, un protecteur qui jouera le rôle de bouclier entre vous et le Détraqueur.

Harry s'imagina blotti derrière un être de la taille de Hagrid brandissant une énorme massue.

– Le Patronus, poursuivit le professeur Lupin, représente une force positive, une projection de tout ce qui sert de nourriture aux Détraqueurs – l'espoir, le bonheur, le désir de vivre – mais, à l'inverse des humains, le Patronus ne peut pas ressentir de désespoir et le Détraqueur ne peut donc pas lui faire de mal. Je dois cependant vous avertir, Harry, que ce sortilège est peut-être trop complexe pour vous. De nombreux sorciers hautement qualifiés ont des difficultés à le mettre en pratique.

– A quoi ressemble un Patronus ? demanda Harry.

– Chacun est unique. Il change de forme selon le sorcier qui le fait apparaître.

– Et comment le fait-on apparaître ?

– En prononçant une incantation qui ne produira son effet que si vous vous concentrez de toutes vos forces sur un souvenir particulièrement heureux.

Harry chercha les souvenirs les plus heureux de sa vie. Après un moment de réflexion, il choisit le premier jour où il s'était envolé sur un balai.

– Je suis prêt, dit-il en s'efforçant de se rappeler le plus précisément possible la merveilleuse sensation qu'il avait éprouvée quand il s'était élevé pour la première fois dans les airs.

– Voici l'incantation qu'il faut prononcer.

Lupin s'éclaircit la gorge et dit : *Spero patronum* !

– *Spero patronum*, répéta Harry à mi-voix. *Spero patronum.*

– Vous êtes bien concentré sur votre souvenir ?

– Oh, oui, répondit Harry en ramenant ses pensées sur ce premier vol en balai. *Spero patrono... non, patronum*, excusez-moi... *Spero patronum, Spero patronum...*

Quelque chose jaillit alors de l'extrémité de sa baguette magique, comme une fumée argentée.

– Vous avez vu ? s'exclama Harry, enthousiaste. Ça a marché !

– Très bien, dit Lupin en souriant, vous êtes prêt à essayer sur un Détraqueur ?

– Oui, dit Harry, la main crispée sur sa baguette.

Il essaya de se concentrer sur le vol du balai, mais quelque chose d'autre essayait de détourner son attention… A tout instant, la voix de sa mère pouvait à nouveau retentir dans sa tête… Mais il ne devait surtout pas y penser, sinon, il l'entendrait vraiment et il ne le voulait surtout pas… Ou peut-être qu'il le souhaitait malgré lui ?

Lupin saisit le couvercle de la caisse et le souleva.

Aussitôt, un Détraqueur s'éleva lentement, la tête dissimulée sous une cagoule, une main luisante, putréfiée, serrant sa cape. Les lampes qui éclairaient la classe vacillèrent puis s'éteignirent. Le Détraqueur sortit de la caisse en bois et s'avança lentement vers Harry. Celui-ci entendit le bruit caractéristique de sa respiration, semblable à un râle, tandis qu'une vague glacée se répandait dans tout son corps.

– *Spero patronum* ! hurla Harry. *Spero patronum* ! *Spero…*

Mais le Détraqueur et toute la salle autour de lui semblaient se dissoudre… Harry se sentit une nouvelle fois happé par un brouillard blanc et épais. La voix de sa mère, plus puissante que jamais, résonna dans sa tête…

– *Non, pas Harry ! Je vous en supplie… Je ferai ce que vous voudrez..*

– *Pousse-toi, idiote, allez, pousse-toi…*

– Harry !

Harry reprit brusquement conscience. Il était étendu sur le plancher et les lampes s'étaient rallumées dans la classe. Il était inutile de demander ce qui s'était passé.

– Désolé, murmura-t-il en se redressant, le visage ruisselant d'une sueur froide.

– Vous vous sentez bien ? demanda Lupin.

– Oui…

Harry se releva en s'accrochant à l'une des tables et s'appuya dessus pour se maintenir debout.

– Tenez…

Lupin lui donna un Chocogrenouille.

– Mangez ça, ensuite, on recommencera, dit-il. Je ne m'attendais pas à ce que vous réussissiez du premier coup. J'aurais même été stupéfait si ça avait été le cas.

– C'est de pire en pire, marmonna Harry en croquant la tête de la grenouille. Cette fois, j'entendais ma mère encore plus fort... et lui aussi... Voldemort...

Lupin sembla encore plus pâle que d'habitude.

– Harry, si vous préférez arrêter là, je le comprendrai très bien...

– Je veux continuer ! protesta Harry d'un ton féroce en engloutissant le reste du Chocogrenouille. Il le faut ! Qu'est-ce qui se passera si les Détraqueurs arrivent pendant le match contre Serdaigle ? Je ne peux pas me permettre de faire une nouvelle chute. Si nous perdons ce match, nous aurons perdu la coupe !

– Très bien... dans ce cas, dit Lupin, peut-être faudrait-il vous concentrer sur un autre de vos souvenirs heureux ? Celui-ci ne semble pas être suffisamment intense...

Harry réfléchit un moment et décida que le moment où Gryffondor avait remporté la coupe des Quatre Maisons, l'année dernière, était véritablement un très heureux souvenir. Il serra à nouveau les doigts sur sa baguette magique et s'avança au milieu de la salle.

– Prêt ? dit Lupin en posant les mains sur le couvercle de la boîte.

– Prêt, répondit Harry.

Il se concentra sur la victoire de Gryffondor en s'efforçant de chasser de son esprit toutes ses appréhensions sur ce qui se passerait lorsque la caisse s'ouvrirait.

– Allons-y, dit Lupin.

Il souleva le couvercle. Une fois de plus, les lumières s'éteignirent et un froid glacé se répandit dans la salle. Le Détraqueur glissa hors de la caisse. On entendit le râle de sa respiration et une main putréfiée se tendit vers Harry...

– *Spero patronum* ! hurla Harry. *Spero patronum ! Spero pat...*

Le brouillard blanc engourdit son esprit... De gigantesques formes aux contours incertains bougeaient autour de lui... Il entendit alors une autre voix, celle d'un homme qui criait, pris de panique..

– *Lily ! Prends Harry et va-t' en ! C'est lui ! Va-t' en ! Cours ! Je vais le retenir..*

Quelqu'un qui trébuchait… Une porte qui s'ouvrait à la volée… Le gloussement d'un rire suraigu…

– Harry ! Harry… Réveillez-vous…

Lupin tapotait vigoureusement les joues de Harry. Cette fois-ci, Harry mit plus longtemps à comprendre pourquoi il était étendu sur le parquet poussiéreux d'une salle de classe.

– J'ai entendu mon père, bredouilla-t-il. C'est la première fois que j'entends sa voix… Il a essayé d'affronter Voldemort tout seul pour donner le temps à ma mère de s'enfuir…

Harry se rendit soudain compte que des larmes se mêlaient à la sueur qui ruisselait sur son visage. Il se pencha pour s'essuyer avec un pan de sa robe de sorcier en faisant semblant de relacer sa chaussure pour que Lupin ne le voie pas pleurer.

– Vous avez entendu James ? dit Lupin d'une voix étrange.

– Oui… dit Harry en relevant la tête. Pourquoi ? Vous… Vous connaissiez mon père ?

– Oui… Oui, en effet… dit Lupin. Nous étions amis quand nous étions élèves à Poudlard. Harry, je crois que nous ferions bien d'en rester là pour ce soir. Ce sortilège est beaucoup trop complexe… Je n'aurais jamais dû essayer de vous l'apprendre…

– Si ! s'exclama Harry en se relevant. Je veux essayer encore une fois ! Je ne me concentre pas sur des souvenirs suffisamment heureux, voilà tout… Attendez…

Il fouilla sa mémoire, à la recherche d'un souvenir heureux, vraiment très heureux… Un souvenir qui pourrait se transformer en un puissant Patronus…

Le moment où il avait découvert qu'il était un sorcier et qu'il allait quitter les Dursley pour aller faire ses études à Poudlard ! Si ce souvenir-là n'était pas heureux, aucun autre ne pourrait l'être… Harry se concentra de toutes ses forces pour essayer de faire renaître en lui le bonheur qu'il avait éprouvé en apprenant qu'il allait échapper à Privet Drive.

– Prêt ? dit Lupin qui ne semblait pas très enthousiaste à l'idée de renouveler l'expérience. Vous êtes bien concentré ? Allons-y !

Il souleva le couvercle pour la troisième fois et le Détraqueur se dressa. Les lumières s'éteignirent, le froid se répandit…

– SPERO PATRONUM ! hurla Harry. SPERO PATRONUM ! SPERO PATRONUM !

Les cris avaient recommencé à résonner dans sa tête, mais, cette fois, c'était comme s'ils provenaient d'une radio mal réglée. Leur intensité diminuait, augmentait, diminuait à nouveau... Harry voyait toujours le Détraqueur qui s'immobilisa tout à coup... Alors, une immense ombre argentée jaillit de la baguette magique de Harry et flotta dans l'air, entre le Détraqueur et lui. Harry avait l'impression que ses jambes s'étaient liquéfiées, mais il tenait toujours debout... Pour combien de temps encore, il ne le savait pas...

– *Riddikulus !* rugit Lupin en se précipitant.

Il y eut un craquement sonore et le Patronus de Harry se volatilisa en même temps que le Détraqueur. Harry se laissa tomber sur une chaise, les jambes tremblantes, comme s'il venait de courir plusieurs kilomètres. Du coin de l'œil, il vit le professeur Lupin obliger à rentrer dans sa caisse l'épouvantard qui avait repris la forme d'une sphère argentée.

– Excellent ! s'exclama Lupin. Bravo, Harry ! C'était un très bon début !

– On peut faire un nouvel essai ? Juste un ?

– Non, pas maintenant, répondit fermement Lupin. Ça suffit pour ce soir. Tenez...

Il donna à Harry une grande barre du meilleur chocolat de chez Honeydukes.

– Mangez tout, sinon, Madame Pomfresh sera furieuse contre moi. On recommence à la même heure la semaine prochaine ?

– D'accord, dit Harry.

Il croqua un morceau de chocolat pendant que Lupin éteignait les lampes qui s'étaient rallumées lorsque le Détraqueur avait disparu. Une pensée traversa alors l'esprit de Harry.

– Professeur Lupin ? dit-il. Si vous avez connu mon père, vous avez dû connaître aussi Sirius Black ?

Lupin se tourna vivement vers lui.

– Qu'est-ce qui vous fait croire ça ? dit-il sèchement.

– Rien... Je sais simplement que eux aussi étaient amis quand ils étaient à Poudlard...

Lupin se détendit.

– Oui, dit-il, je le connaissais. Ou plutôt, je croyais le connaître. Vous feriez bien d'y aller, Harry, il est tard.

Harry sortit de la salle, avança dans le couloir et s'assit sur le socle d'une armure pour finir sa barre de chocolat. Il regrettait d'avoir parlé de Black à Lupin qui, de toute évidence, n'avait pas la moindre envie d'aborder le sujet. Harry repensa alors à sa mère et à son père... Il se sentait épuisé, étrangement vide, bien qu'il eût l'estomac plein de chocolat. Entendre répéter dans sa tête les dernières paroles prononcées par ses parents avant leur mort était une terrible épreuve, mais c'était aussi la première fois qu'il entendait leurs voix depuis sa toute petite enfance. S'il voulait produire un Patronus efficace, cependant, il devait renoncer à toute tentation de les entendre à nouveau.

– Ils sont morts, se dit-il gravement. Ils sont morts et entendre des échos de leur voix ne les fera pas revivre. Il est temps de te ressaisir si tu veux gagner la coupe de Quidditch.

Il se leva, croqua le dernier morceau de chocolat et se dirigea vers la tour de Gryffondor.

Une semaine après la reprise des cours, l'équipe des Serdaigle joua son match contre les Serpentard. Ces derniers l'emportèrent, mais de peu. Si l'on en croyait Dubois, c'était une bonne nouvelle pour les Gryffondor qui prendraient la deuxième place si eux aussi parvenaient à battre les Serdaigle. Il porta donc le nombre des séances d'entraînement à cinq par semaine. Cela signifiait qu'avec les cours anti-Détraqueurs de Lupin, qui étaient en eux-mêmes aussi épuisants que six séances d'entraînement de Quidditch, Harry ne disposait plus que d'un seul soir par semaine pour faire ses devoirs. Il supportait pourtant les contraintes de son emploi du temps beaucoup mieux qu'Hermione qui paraissait écrasée par sa surcharge de travail. Chaque soir, dans un coin de la salle commune, elle étalait ses livres sur plusieurs tables et passait des heures à étudier, sans adresser la parole à personne.

– Je me demande comment elle y arrive, dit un jour Ron à Harry.

Ce soir-là, Hermione avait entassé tant de livres devant elle qu'on la voyait à peine.

– Comment elle arrive à quoi ? demanda Harry.

– A assister à tous ses cours. Ce matin, je l'ai vue avec la prof d'Arithmancie. Elles parlaient du cours d'hier, mais Hermione n'a pas pu y assister puisqu'elle était avec nous en classe de Soins aux créatures magiques ! Et quelqu'un m'a dit qu'elle ne ratait jamais les cours sur les Moldus alors qu'ils ont presque tous lieu en même temps que ceux de Divination. Et ceux-là non plus, elle ne les manque jamais !

Mais pour l'instant, Harry n'avait pas le temps de sonder les mystères de cet emploi du temps impossible, car lui-même avait un devoir à faire pour Rogue. Deux secondes plus tard, cependant, il fut interrompu par Dubois.

– Mauvaise nouvelle, Harry. Je viens d'aller voir McGonagall pour lui parler de l'Éclair de Feu. Elle n'a pas été très aimable avec moi. Elle m'a dit que je me trompais de priorités. Elle avait l'air de penser que je m'occupais plus de gagner la coupe que de te garder en vie. Simplement parce que je lui ai dit que ça m'était égal que tu tombes du balai pourvu que tu attrapes le Vif d'or avant ta chute.

Dubois hocha la tête d'un air incrédule.

– Si tu l'avais entendue hurler… poursuivit-il. On aurait dit que j'avais proféré une énormité. Alors, je lui ai demandé combien de temps elle comptait garder le balai…

Dubois fit une grimace et imita la voix sèche du professeur McGonagall :

– « Aussi longtemps que cela sera nécessaire, Dubois… » Je crois qu'il est temps que tu commandes un nouveau balai, Harry. Il y a un bon de commande à la dernière page de *Balai-Magazine*… Tu pourrais peut-être prendre un Nimbus 2001, comme celui de Malefoy ?

– Je n'achèterai jamais quelque chose que Malefoy possède déjà, déclara Harry d'un ton sans réplique.

Février arriva imperceptiblement, accompagné d'un temps toujours aussi glacial. La date du match contre les Serdaigle se rapprochait, mais Harry n'avait toujours pas commandé de nouveau balai. A la fin de chaque cours de Métamorphose, il demandait au professeur McGonagall des nouvelles de son Éclair de Feu. Ron, plein d'espoir, restait à côté de lui pour écouter la réponse, tandis qu'Hermione se précipitait hors de la classe en détournant la tête.

– Non, Potter, je ne peux toujours pas vous le rendre, dit le professeur McGonagall pour la douzième fois, avant même que Harry ait eu le temps d'ouvrir la bouche. Nous avons vérifié s'il n'avait pas subi les sortilèges les plus courants, mais le professeur Flitwick pense qu'il a peut-être été soumis à un maléfice de Catapultage. N'ayez crainte, je vous le dirai lorsque toutes les vérifications seront terminées. En attendant, cessez de me harceler.

Pour comble de malheur, les cours de défense contre les Détraqueurs ne se déroulaient pas aussi bien qu'il l'aurait souhaité. Après plusieurs séances, il réussit à produire une forme argentée aux contours incertains chaque fois que l'épouvantard-Détraqueur s'approchait de lui, mais son Patronus était trop faible pour faire fuir le Détraqueur. La forme argentée se contentait de flotter en l'air comme un nuage à demi transparent qui vidait Harry de toute son énergie en parvenant tout juste à maintenir le Détraqueur à distance. Harry s'en voulait, il se sentait coupable d'éprouver le désir confus d'entendre à nouveau la voix de ses parents.

– Vous êtes trop exigeant avec vous-même, lui dit gravement le professeur Lupin, alors qu'ils en étaient à leur quatrième séance. Pour un sorcier de treize ans, créer un Patronus, même informe, constitue un beau résultat. Vous ne vous évanouissez plus, n'est-ce pas ?

– Je pensais qu'un Patronus… attaquait les Détraqueurs… répondit Harry, découragé. Qu'il les faisait disparaître…

– C'est ce que ferait un vrai Patronus, approuva Lupin, mais vous avez quand même obtenu une belle réussite en très peu de temps. Si les Détraqueurs se montrent à nouveau lors du prochain match, vous saurez les maintenir à distance suffisamment longtemps pour pouvoir atterrir en toute sécurité.

– Vous m'avez dit que ce serait plus difficile s'il y en avait beaucoup, fit remarquer Harry.

– Je vous fais entièrement confiance, répondit Lupin avec un sourire. Tenez… Vous avez bien mérité de boire quelque chose. Quelque chose que je vous ai rapporté des Trois Balais et que vous n'avez jamais goûté…

Il sortit deux bouteilles de son cartable.

– De la Bièraubeurre ! s'exclama Harry sans y penser. J'aime beaucoup ça !

Lupin haussa les sourcils.

– Ron et Hermione m'en ont rapporté de Pré-au-lard, mentit Harry, qui venait de s'apercevoir de sa gaffe.

– Ah, bon, dit Lupin, l'air toujours soupçonneux. Eh bien, buvons à la victoire de Gryffondor contre Serdaigle ! Bien que je ne sois pas censé prendre parti, en tant que professeur... ajouta-t-il précipitamment.

Ils burent en silence. Puis Harry lui posa une question qui le tracassait depuis longtemps :

– Qu'est-ce qu'il y a sous la cagoule d'un Détraqueur ?

Le professeur Lupin posa sa bouteille, l'air songeur.

– Les seules personnes qui l'aient jamais su ne sont plus là pour le dire. Lorsque les Détraqueurs soulèvent leur cagoule, c'est pour faire usage de leur arme ultime.

– Et qu'est-ce que c'est ?

– Ça s'appelle le Baiser du Détraqueur, dit Lupin en esquissant un sourire. Ils le font subir à ceux qu'ils veulent détruire définitivement. Ils doivent avoir une espèce de bouche là-dessous, car il paraît que leurs mâchoires se referment sur les lèvres de leur victime et qu'ils aspirent son âme.

– Quoi ? Ils tuent... ? s'exclama Harry en renversant un peu de Bièraubeurre.

– Oh, non, répondit Lupin. C'est bien pire que ça. On peut continuer à exister sans son âme, tant que le cœur et le cerveau fonctionnent. Mais on n'a plus aucune conscience de soi, plus de mémoire, plus... rien. Et plus aucune chance de guérison. On existe, c'est tout. Comme une coquille vide. L'âme, elle, s'est définitivement envolée, elle est perdue à jamais. C'est le sort qui attend Sirius Black. C'était écrit dans *La Gazette du sorcier*, ce matin. Le ministère a donné l'autorisation aux Détraqueurs de lui infliger cet ultime châtiment si on le retrouve.

Harry resta abasourdi à l'idée qu'on puisse arracher l'âme de quelqu'un en l'aspirant par sa bouche. Puis il pensa à Black.

– Il le mérite, dit-il brusquement.

– Vous croyez ? dit Lupin d'une voix légère. Vous croyez vraiment que quiconque peut mériter ça ?

– Oui, répondit Harry d'un ton de défi. Quand on a commis... certaines choses...

Il aurait voulu parler à Lupin de la conversation qu'il avait surprise aux Trois Balais, au sujet de la trahison de Black, mais il aurait fallu pour cela lui avouer qu'il s'était rendu à Pré-au-lard sans autorisation et il savait que le professeur n'apprécierait guère cet exploit. Il finit donc sa Bièraubeurre sans rien ajouter, remercia Lupin et s'en alla.

Harry regretta presque d'avoir demandé ce qu'il y avait sous la cagoule des Détraqueurs, tant la réponse l'horrifiait : l'idée de se faire aspirer l'âme faisait naître en lui des pensées si abominables qu'il ne vit pas le professeur McGonagall et la heurta de plein fouet au milieu de l'escalier.

– Regardez où vous allez, Potter !

– Désolé, professeur.

– Je vous ai cherché dans la salle commune de Gryffondor. Je voulais vous dire que nous avons fait toutes les vérifications possibles et que votre balai semble parfaitement normal. Vous avez un ami très généreux, Potter...

Harry resta bouche bée. Elle lui tendit son Éclair de Feu qui paraissait aussi resplendissant qu'au premier jour.

– Je peux vraiment le reprendre ? demanda-t-il d'une voix timide. Pour de bon ?

– Pour de bon, assura le professeur McGonagall en souriant, ce qui était rare chez elle. Je crois que vous devriez l'essayer avant le match de samedi. Dites-moi, Potter... vous ferez tout ce que vous pourrez pour gagner, n'est-ce pas ? Sinon, nous aurons perdu pour la huitième année consécutive, ainsi que me l'a aimablement fait remarquer le professeur Rogue...

Sans ajouter un mot, Harry reprit le chemin de la tour de Gryffondor, son Éclair de Feu dans les mains. Au détour d'un couloir, il aperçut Ron qui fonçait vers lui en souriant d'une oreille à l'autre.

– Elle te l'a rendu ? Parfait ! Est-ce que je pourrai l'essayer ? Demain ?

– Oui, quand tu voudras, répondit Harry, qui se sentait le cœur léger pour la première fois depuis un mois. Tu sais, on devrait peut-être se réconcilier avec Hermione. Elle croyait bien faire...

– D'accord, approuva Ron. Elle est dans la salle commune, en train de travailler pour changer un peu.

En arrivant devant la tour de Gryffondor, ils virent Neville Londubat qui parlementait avec le chevalier du Catogan.

– J'ai perdu le papier sur lequel j'avais écrit les mots de passe, gémit Neville. J'ai dû le laisser tomber quelque part...

– Fables que tout cela ! rugit le chevalier. Je vous souhaite le bonsoir, mes jeunes écuyers, ajouta-t-il en voyant arriver Harry et Ron. Jetez donc au cachot ce maroufle qui prétend s'introduire céans par la force.

– Ça suffit, taisez-vous, lança Ron.

– J'ai perdu les mots de passe ! se lamenta Neville. Comme il en change tout le temps, j'ai écrit tous ceux qu'il voulait utiliser cette semaine pour être sûr de les retrouver, mais je ne sais plus ce que j'ai fait de la liste !

– Palsambleu ! dit Harry au chevalier qui parut profondément déçu et libéra à contrecœur l'ouverture donnant accès à la salle commune.

Un murmure enthousiaste les accueillit et Harry se retrouva entouré par les élèves de Gryffondor qui poussaient des exclamations émerveillées en contemplant l'*Éclair de Feu*.

– Où est-ce que tu l'as eu, Harry ?

– Tu me laisses l'essayer ?

– Tu l'as déjà monté ?

– Avec ça, les Serdaigle n'ont plus aucune chance !

– Est-ce que je peux le toucher, Harry ?

Dix minutes plus tard, après que le balai fut passé de main en main, la foule des admirateurs se dispersa et Harry et Ron virent enfin Hermione. Penchée sur son travail, elle était la seule à ne pas s'être précipitée sur eux et elle évitait soigneusement leur regard. Lorsque Harry et Ron s'approchèrent de sa table, elle consentit enfin à lever les yeux.

– Je l'ai récupéré, dit Harry avec un grand sourire en lui montrant l'Éclair de Feu.

– Tu vois, Hermione ? Il était parfaitement normal ! dit Ron.

– Il aurait pu ne pas l'être, répliqua Hermione. Au moins, maintenant, on est sûrs qu'il n'est pas dangereux !

– Oui, sans doute, dit Harry. Je ferais bien d'aller le ranger.

– Je m'en occupe ! dit vivement Ron. Il faut que je donne son médicament à Croûtard.

Il prit l'Éclair de Feu et monta l'escalier en tenant le balai avec autant de précaution que s'il avait été en cristal.

– Je peux m'asseoir à côté de toi ? demanda Harry.

– Pourquoi pas ? répondit Hermione en ôtant d'une chaise une grosse pile de parchemins.

– Comment tu t'y prends pour réussir à faire tout ça ? s'étonna Harry en regardant l'impressionnante quantité de livres qui s'étalait sur la table.

– Il suffit de… travailler dur, répondit Hermione.

Vue de près, Harry s'aperçut qu'elle avait l'air aussi fatiguée que Lupin.

– Pourquoi est-ce que tu ne laisses pas tomber une ou deux matières ?

– Je ne pourrais jamais faire une chose pareille ! s'indigna Hermione.

– L'Arithmancie, ça m'a l'air horriblement ennuyeux, dit Harry en regardant une table de calculs très compliqués.

– Oh, non, c'est passionnant ! C'est même ma matière préférée ! C'est…

Mais Harry ne sut jamais en quoi l'Arithmancie était si passionnante. Car à ce moment précis, un cri étranglé retentit dans le dortoir des garçons. La salle commune plongea dans un grand silence, tandis que des pas précipités descendaient l'escalier. Ron surgit alors au bas des marches, traînant un drap derrière lui.

– REGARDE ! hurla-t-il en se ruant vers Hermione. Regarde ! répéta-t-il en lui agitant le drap sous le nez.

– Ron, qu'est-ce que…

– CROÛTARD ! REGARDE ! CROÛTARD !

Hermione, penchée en arrière, essayait de s'éloigner de Ron, fou de rage. Harry regarda le drap. Il y avait une tache rouge au milieu. Quelque chose qui ressemblait à…

– DU SANG ! s'écria Ron. CROÛTARD A DISPARU ! ET TU SAIS CE QU'IL Y AVAIT PAR TERRE ?

– N… non, balbutia Hermione d'une voix tremblante.

Ron jeta quelque chose sur le livre ouvert devant elle. Harry et Hermione se penchèrent sur la table et virent de longs poils de chat d'une couleur orangée.

13

GRYFFONDOR CONTRE SERDAIGLE

Il semblait que c'en était fini de l'amitié entre Ron et Hermione. Chacun était si furieux contre l'autre que Harry ne voyait pas comment ils pourraient jamais se réconcilier.

Ron était furieux qu'Hermione n'ait jamais pris au sérieux les tentatives de Pattenrond de dévorer Croûtard. Jamais elle n'avait fait l'effort de le surveiller de près et maintenant encore, elle prétendait que Pattenrond était innocent et que Ron ferait bien d'aller voir si Croûtard ne se cachait pas sous un lit. Elle affirmait sans en démordre que Ron était incapable de prouver que Pattenrond avait mangé Croûtard. D'après elle, les poils du chat se trouvaient peut-être là depuis Noël et d'ailleurs, affirmait-elle, Ron avait toujours eu un préjugé contre Pattenrond depuis le jour où il lui avait sauté dessus dans la Ménagerie magique.

Harry, lui, était convaincu que Pattenrond avait bel et bien dévoré Croûtard et lorsqu'il fit valoir à Hermione que tous les indices tendaient à le prouver, elle se fâcha également contre lui.

– Tu prends parti pour Ron, très bien, de toute façon, j'en étais sûre ! s'écria-t-elle d'une voix perçante. D'abord l'Éclair de Feu, ensuite Croûtard, tout est de ma faute, bien entendu ! Et maintenant si tu me laissais tranquille, Harry ? J'ai beaucoup de travail à faire !

Ron avait été très affecté par la perte de son rat.

– Allons, Ron, souviens-toi, tu n'arrêtais pas de répéter que Croûtard était terriblement ennuyeux, dit Fred. Et ça fait une éternité qu'il était patraque, il était au bout du rouleau. C'est sans doute une bonne chose pour lui d'en avoir fini rapidement. Le chat n'a dû en faire qu'une bouchée. Il n'a sûrement rien senti.

– Fred ! s'indigna Ginny.

– Tout ce qu'il savait faire, c'était manger et dormir, tu l'as dit toi-même, Ron, ajouta George.

– Un jour, il nous a débarrassés de Goyle en le mordant ! répliqua Ron d'un air accablé. Tu te souviens, Harry ?

– C'est vrai, dit Harry.

– Son heure de gloire, dit Fred, incapable de garder son sérieux. Que la cicatrice sur le doigt de Goyle témoigne de cet acte de bravoure ! Allez, Ron, va donc faire un tour à Pré-au-lard et achète-toi un nouveau rat. A quoi ça sert de se lamenter ?

Dans une ultime tentative pour lui remonter le moral, Harry proposa à Ron d'assister à la dernière séance d'entraînement avant le match contre Serdaigle, comme ça, il pourrait essayer l'Éclair de Feu lorsqu'ils auraient fini. Enthousiasmé par cette idée, Ron oublia Croûtard pendant un moment et Harry l'emmena aussitôt sur le terrain de Quidditch.

Madame Bibine, qui continuait d'assister aux entraînements de Gryffondor pour veiller sur Harry, fut aussi impressionnée que les autres par l'Éclair de Feu et elle l'examina si longuement sous tous les angles que Dubois finit par s'impatienter.

– Madame Bibine ? dit-il au bout d'un moment. Est-ce que Harry pourrait récupérer son balai ? Il faudrait qu'on commence l'entraînement...

– Oh, mais bien sûr, allez-y, Potter, dit Madame Bibine en rendant son balai à Harry.

Elle alla s'asseoir dans les gradins en compagnie de Ron pendant que l'équipe de Gryffondor se rassemblait autour de son capitaine pour écouter ses dernières instructions.

– Harry, dit-il, je viens d'apprendre que c'est Cho Chang qui va jouer comme Attrapeur chez les Serdaigle.... Elle est en quatrième année et c'est une très bonne joueuse... Elle s'est blessée récemment et j'espérais qu'elle ne serait pas disponible, malheureusement...

Dubois fronça les sourcils, visiblement contrarié que Cho Chang eût guéri si vite.

– L'avantage, reprit-il, c'est qu'elle a un Comète 260, c'est-à-dire une plaisanterie par rapport à l'Éclair de Feu. Bon, allons-y, maintenant...

Pour la première fois, Harry put enfin enfourcher son Éclair de Feu et décoller.

C'était encore mieux que tout ce qu'il avait pu imaginer. A la moindre caresse, l'Éclair de Feu virait avec une précision incomparable. C'était comme s'il avait obéi à ses pensées plutôt qu'à ses gestes. Harry traversa tout le terrain à une telle vitesse que le stade autour de lui se transforma en un mélange confus teinté de vert et de gris. Il prit ensuite un virage si serré qu'Alicia Spinnet poussa un cri de terreur, puis il descendit en piqué jusqu'à frôler l'herbe du bout des pieds avant de remonter en chandelle jusqu'à une hauteur de quinze mètres.

– Harry ! Je lâche le Vif d'or ! cria Dubois.

Harry vira et fit la course avec un Cognard qu'il n'eut aucun mal à dépasser. Il vit alors le Vif d'or filer dans les airs et ne mit pas plus de dix secondes à l'attraper au creux de sa main.

Les acclamations enthousiastes de ses coéquipiers retentirent dans le stade. Harry relâcha le Vif d'or, lui laissa prendre une minute d'avance, puis se lança à sa poursuite en se faufilant entre les autres joueurs. Il le repéra près du genou de Katie Bell, fondit sur elle, la contourna aisément et attrapa à nouveau le Vif d'or.

Ce fut leur meilleure séance d'entraînement. L'équipe, galvanisée par la présence de l'Éclair de Feu, se surpassa et lorsque tout le monde fut redescendu sur la pelouse, Dubois n'adressa pas la moindre critique à ses joueurs, ce qui était bien la première fois, comme le fit remarquer George Weasley.

– Je ne vois pas ce qui pourrait nous arrêter demain ! s'exclama Dubois. A moins que... Harry, tu as réglé ton problème avec les Détraqueurs ?

– Oui, répondit Harry, en pensant à son maigre Patronus qu'il aurait souhaité plus consistant.

– Les Détraqueurs ne reviendront pas, Olivier. Dumbledore serait fou furieux, assura Fred.

– Espérons que tu as raison, dit Dubois. En tout cas, vous avez fait du bon travail, tous... On retourne au château. Couchez-vous de bonne heure...

– Je reste encore un peu, dit Harry. Ron voudrait essayer l'Éclair de Feu.

Et tandis que les joueurs rentraient au vestiaire, Harry alla rejoindre Ron qui était redescendu sur le terrain. Madame Bibine, elle, s'était endormie sur son gradin.

– Vas-y, dit Harry en tendant l'Éclair de Feu à Ron.

Avec une expression extatique sur le visage, Ron enfourcha le balai et s'éleva dans le crépuscule sous le regard de Harry. Lorsque Madame Bibine s'éveilla en sursaut, la nuit était tombée. Elle était furieuse qu'ils ne l'aient pas réveillée avant et insista pour qu'ils rentrent immédiatement au château.

Harry, son balai sur l'épaule, quitta le stade en compagnie de Ron, tous deux rivalisant d'éloges sur les performances de l'Éclair de Feu.

Ils étaient à mi-chemin du château lorsque Harry aperçut soudain sur sa gauche quelque chose qui lui fit l'effet d'un coup de poing à l'estomac : une paire d'yeux qui brillaient dans l'obscurité.

Il se figea sur place, le cœur battant à tout rompre.

– Qu'est-ce qu'il y a ? s'étonna Ron.

Harry tendit le doigt. Ron sortit sa baguette magique et murmura : « *Lumos !* »

Un rayon de lumière traça un sillon dans l'herbe et illumina un arbre. Accroché à une branche, Pattenrond se tenait à l'affût.

– Fiche le camp de là, toi ! rugit Ron.

Il se pencha pour ramasser une pierre mais, avant qu'il ait pu faire quoi que ce soit, le chat avait disparu dans un éclair orangé.

– Tu as vu ? dit Ron en laissant tomber la pierre. Elle le laisse aller où il veut. Il va sans doute croquer un ou deux oiseaux en guise de dessert après avoir dévoré Croûtard.

Harry resta silencieux. Il se contenta de pousser un long soupir de soulagement. Pendant un instant, il avait cru que ces yeux brillants étaient ceux du Sinistros. Ron et lui reprirent le chemin du château. Un peu honteux de s'être laissé aller à ce moment de panique, Harry ne dit rien à Ron et garda les yeux fixés droit devant lui jusqu'à ce qu'ils aient atteint la lumière rassurante du hall d'entrée.

Le lendemain, Harry descendit prendre son petit déjeuner en compagnie de ses camarades de dortoir qui estimaient que l'Éclair de Feu méritait une sorte de garde d'honneur. Lorsqu'il entra dans la Grande Salle, tous les regards se tournèrent vers l'Éclair de Feu et des murmures enthousiastes s'élevèrent de toutes parts. Harry constata avec satisfaction que les Serpentard paraissaient comme foudroyés.

– Tu as vu sa tête ? dit Ron d'un ton ravi en se retournant vers Malefoy. Il a l'air de ne pas y croire ! C'est parfait !

Dubois, lui aussi, prenait sa part de la gloire qui s'attachait à l'Éclair de Feu.

– Mets-le ici, Harry, dit-il en posant le balai au milieu de la table de telle sorte que le nom de la marque soit bien visible.

Les élèves de Serdaigle et de Poufsouffle s'approchèrent pour contempler l'objet. Cedric Diggory vint féliciter Harry d'avoir si avantageusement remplacé son Nimbus 2000 et Pénélope Deauclaire, la petite amie de Percy, demanda la permission de prendre le balai entre ses mains.

– Attention, Pénélope, pas de sabotage ! dit Percy d'un ton amusé tandis qu'elle examinait l'Éclair de Feu. Pénélope et moi, on a fait un pari, expliqua-t-il à l'équipe des Gryffondor. Dix Gallions d'or sur le résultat du match !

Pénélope reposa l'Éclair de Feu, remercia Harry et retourna à la table des Serdaigle.

– Harry, débrouille-toi pour gagner, chuchota précipitamment Percy. *Je n'ai pas dix Gallions d'or.* J'arrive, j'arrive, Penny !

Et il courut la rejoindre à sa table pour partager un toast avec elle.

– Tu es sûr que tu sauras piloter ce balai, Potter ? dit une voix traînante et glaciale.

Drago Malefoy s'était approché pour jeter un coup d'œil au balai, suivi de Crabbe et de Goyle.

– Je pense que oui, répondit Harry d'un ton dégagé.

– Il a beaucoup d'accessoires, n'est-ce pas ? dit Malefoy, les yeux pétillants de malveillance. Dommage qu'il n'ait pas de parachute... Au cas où un Détraqueur passerait par là...

Crabbe et Goyle ricanèrent.

– Dommage que tu ne puisses pas te greffer un troisième bras, répliqua Harry. Il pourrait peut-être attraper le Vif d'or à ta place.

Les joueurs de Gryffondor éclatèrent d'un rire sonore. Malefoy plissa ses petits yeux délavés et tourna les talons. Il rejoignit l'équipe des Serpentard qui se rassembla aussitôt autour de lui, sans doute pour lui demander si le nouveau balai de Harry était bien un véritable Éclair de Feu.

A onze heures moins le quart, les joueurs de Gryffondor prirent la direction des vestiaires. Le temps avait complètement changé depuis leur match contre Poufsouffle. Le ciel était à présent clair et frais et une petite brise soufflait par instants. Cette fois, il n'y aurait plus aucun problème de visibilité et Harry, malgré son trac, ressentait l'excitation que seule la perspective d'un match de Quidditch pouvait provoquer en lui. Pendant que les élèves de Poudlard envahissaient les gradins du stade, Harry ôta sa robe noire et glissa sa baguette magique sous son T-shirt en espérant de toutes ses forces qu'il n'aurait pas à s'en servir. Il se demanda soudain si le professeur Lupin avait pris place dans les tribunes.

– Vous savez ce qu'on a à faire, dit Dubois lorsqu'ils furent prêts à quitter les vestiaires. Si nous perdons ce match, nous ne serons plus dans la course. Soyez aussi brillants qu'à l'entraînement d'hier et tout ira bien !

Ils entrèrent alors sur le terrain sous les acclamations du public. Les joueurs de Serdaigle, vêtus de bleu, étaient déjà là. Cho Chang, qui jouait au poste d'Attrapeur, était la seule fille de leur équipe. Elle avait une tête de moins que Harry et celui-ci, malgré sa nervosité, ne manqua pas de constater qu'elle était particulièrement jolie. Lorsque les deux équipes se firent face, alignées derrière leurs capitaines, elle adressa à Harry un sourire qui lui donna une étrange sensation au creux de l'estomac. Et cette fois, le trac n'y était pour rien.

– Dubois et Davies, serrez-vous la main, dit Madame Bibine.

Dubois serra la main du capitaine des Serdaigle.

– Enfourchez vos balais... Attention, à mon coup de sifflet... Trois, deux, un...

Harry décolla et l'Éclair de Feu fila plus haut et plus vite que tous les autres balais. Il amorça un tour du stade et commença à chercher le Vif d'or des yeux en écoutant le commentaire du match, assuré par Lee Jordan, un ami de Fred et George Weasley.

– Ça y est, c'est parti ! s'exclama Jordan. Le clou de ce match, c'est bien sûr l'Éclair de Feu, monté par Harry Potter de l'équipe de Gryffondor. Si l'on en croit *Balai-Magazine*, l'Éclair de Feu a été choisi cette année par les équipes nationales qui participeront au championnat du monde...

— Jordan, vous voudriez bien commenter ce qui se passe sur le terrain ? l'interrompit le professeur McGonagall.

— Vous avez raison, professeur… Je donnais simplement les dernières nouvelles. Signalons au passage que l'Éclair de Feu est équipé d'un frein automatique intégré…

— Jordan !

— Très bien, très bien. L'équipe de Gryffondor est à l'attaque. Katie Bell se rapproche des buts adverses…

L'œil aux aguets, prêt à agir au moindre scintillement doré, Harry croisa Katie à pleine vitesse et remarqua que Cho Chang le suivait de près. Elle volait avec beaucoup d'habileté, coupant sans cesse sa trajectoire pour l'obliger à changer de direction.

— Montre-lui tes accélérations, Harry, lui cria Fred en fonçant vers un Cognard qui avait pris Alicia pour cible.

Harry donna toute la puissance de son balai et Cho fut incapable de le suivre. Au moment où Katie marquait le premier but, déchaînant les acclamations des Gryffondor, il l'aperçut enfin : le Vif d'or était près du sol, voletant à proximité d'une barrière.

Harry plongea en piqué. Cho remarqua aussitôt son changement de trajectoire et fonça vers lui. Harry, surexcité, accéléra à fond. Les descentes en piqué étaient une de ses spécialités. Il n'était plus qu'à trois mètres…

Un Cognard, renvoyé par un Batteur des Serdaigle, surgit alors devant lui. Harry vira en catastrophe et réussit à l'éviter d'extrême justesse, mais le Vif d'or avait mis ces quelques secondes à profit pour disparaître.

Il y eut un grand « Oooooooh » de déception parmi les supporters de Gryffondor, mais aussi de très nombreux applaudissements parmi ceux de Serdaigle pour saluer le joli coup de leur Batteur. George Weasley donna libre cours à sa mauvaise humeur en renvoyant de toutes ses forces le deuxième Cognard vers le Batteur adverse qui dut faire un tonneau pour l'éviter.

— Gryffondor mène par quatre-vingts points à zéro et regardez un peu les performances de l'Éclair de Feu ! Potter arrive à lui faire faire ce qu'il veut, maintenant. Vous avez vu comment il prend ses virages ? Le Comète de Chang ne fait pas le poids…

— JORDAN ! VOUS AVEZ REÇU DE L'ARGENT POUR FAIRE LA PUBLI-

CITÉ DE L'ÉCLAIR DE FEU OU QUOI ? CONCENTREZ-VOUS SUR LE COM-
MENTAIRE DU MATCH !

L'équipe de Serdaigle rattrapait son retard. Elle avait maintenant
marqué trois buts, ce qui réduisait l'avance de Gryffondor à cinquante points. Si Cho attrapait le Vif d'or avant Harry, Serdaigle
gagnerait le match. Harry jetait autour de lui des regards fréné-
tiques : soudain, il y eut un reflet d'or, un battement d'ailes minuscules... Le Vif d'or contournait les buts de Serdaigle...

Harry accéléra, les yeux fixés sur le point doré mais, un instant
plus tard, Cho surgit devant lui, en travers de sa trajectoire...

– HARRY, CE N'EST PAS LE MOMENT D'ÊTRE GALANT ! rugit Dubois
tandis que Harry faisait une embardée pour éviter la collision. FAIS-
LA TOMBER DE SON BALAI S'IL LE FAUT !

Harry jeta un coup d'œil à Cho. Elle souriait. Le Vif d'or, lui, avait
à nouveau disparu. Harry prit de l'altitude et s'éleva de plusieurs
mètres. Du coin de l'œil, il vit que Cho le suivait... Elle avait décidé
de calquer sa trajectoire sur la sienne plutôt que de chercher elle-
même le Vif d'or. Très bien... Si elle tenait tant que ça à le suivre,
elle devrait en subir les conséquences...

Il plongea à nouveau en piqué. Cho, croyant qu'il avait repéré le
Vif d'or, essaya de le suivre. Harry remonta brusquement en chandelle tandis que, poursuivant sur sa lancée, elle continuait de foncer
vers le sol. Il s'éleva alors à la vitesse d'un boulet et aperçut à nouveau le Vif d'or qui brillait loin au-dessus du terrain, du côté des buts
adverses.

Il accéléra. Cho aussi, mais elle se trouvait à une altitude très infé-
rieure à la sienne. Harry gagnait du terrain sur le Vif d'or. Soudain...

– Oh ! s'écria Cho en montrant quelque chose du doigt.

Harry jeta un coup d'œil en bas.

Trois Détraqueurs encagoulés, vêtus de leurs capes noires, le
regardaient.

Harry n'hésita pas. Plongeant la main sous son T-shirt, il sortit sa
baguette magique et se mit à hurler : *Spero patronum* !

Une forme argentée, gigantesque, jaillit alors de l'extrémité de sa
baguette. Il savait qu'il avait visé directement les Détraqueurs, mais
il ne prit pas le temps de regarder ce qui se passait. Par miracle, il
était resté lucide et avait presque rattrapé le Vif d'or. Il tendit la

main, sans lâcher sa baguette, et parvint à refermer les doigts sur la petite balle ailée qui essayait en vain de lui échapper.

Le sifflet de Madame Bibine retentit. Harry vira en sens inverse et vit une demi-douzaine de silhouettes écarlates qui fonçaient vers lui. Un instant plus tard, ses six coéquipiers l'étreignirent avec tant de force qu'il faillit tomber de son balai. Montant des gradins, il entendit les acclamations enthousiastes des supporters de Gryffondor.

– Ce type est formidable ! répétait Dubois à pleins poumons.

Alicia, Angelina et Katie avaient toutes les trois embrassé Harry, et Fred le serra si fort contre lui que Harry se demanda s'il n'allait pas lui arracher la tête. Dans une totale confusion, l'équipe de Gryffondor parvint à atterrir sur la pelouse. Harry descendit de son balai et vit une nuée de supporters qui envahissaient le terrain, Ron à leur tête. En un instant, il fut englouti par une foule déchaînée.

– Bravo ! hurla Ron en levant le bras de Harry. Bravo ! Bravo !

– Magnifique, Harry ! lança Percy, l'air ravi. Je vais gagner dix Gallions d'or ! Excuse-moi, il faut que j'aille voir Pénélope…

– Ça, c'était quelque chose ! rugit Hagrid dont la tête dépassait de la foule des supporters.

– Remarquable Patronus, dit une voix à l'oreille de Harry.

Harry se retourna et vit le professeur Lupin qui paraissait à la fois ébranlé et content.

– Les Détraqueurs ne m'ont rien fait ! s'exclama Harry, surexcité. Je n'ai rien ressenti !

– C'est parce que… ce n'étaient pas des Détraqueurs, répondit le professeur Lupin. Venez voir…

Il emmena Harry jusqu'au bord du terrain.

– Vous avez fait très peur à Mr Malefoy ! dit-il.

Harry vit alors Malefoy, Crabbe, Goyle et Marcus Flint allongés par terre les uns sur les autres, empêtrés dans de longues capes noires, avec des cagoules assorties, dont ils essayaient de se débarrasser. D'après la façon dont ils étaient tombés, il semblait que Malefoy était monté sur les épaules de Goyle. Le professeur McGonagall, une expression d'intense fureur sur le visage, se tenait devant eux.

– Un stratagème lamentable ! hurla-t-elle. Une tentative lâche et abjecte pour déstabiliser l'Attrapeur de Gryffondor ! Vous aurez tous une retenue ! Et j'enlève cinquante points à Serpentard ! Soyez certains que je parlerai de cette histoire au professeur Dumbledore ! Ah, justement, le voilà !

Rien ne pouvait mieux couronner la victoire de Gryffondor. Ron, qui avait rejoint Harry, se tenait les côtes en regardant Malefoy empêtré dans sa cape, tandis que Goyle n'arrivait même pas à sortir sa tête à l'air libre.

– Viens, Harry ! dit George. Il y a une fête dans la salle commune de Gryffondor !

– J'arrive ! dit Harry.

Il y avait longtemps qu'il ne s'était senti aussi heureux. Accompagné de ses coéquipiers encore vêtus de leurs robes écarlates, il sortit du stade et prit la direction du château.

C'était comme s'ils avaient déjà gagné la coupe de Quidditch. La fête dura toute la journée et se prolongea jusqu'à une heure avancée de la nuit. Fred et George disparurent pendant deux heures et revinrent les bras chargés de bouteilles de Bièraubeurre, de soda à la citrouille et de plusieurs sacs de friandises de chez Honeydukes.

– Comment vous avez fait ça ? s'étonna Angelina Johnson d'une petite voix aiguë, tandis que George distribuait des crapauds à la menthe.

– Nous avons été un peu aidés par Lunard, Queudver, Patmol et Cornedrue, murmura Fred à l'oreille de Harry.

Une seule personne avait refusé de se joindre aux festivités. Inexplicablement, Hermione restait assise dans un coin, à essayer de lire un énorme volume intitulé : *Vie et mœurs des Moldus de Grande-Bretagne*. Harry s'approcha d'elle.

– Tu es venue voir le match ? lui demanda-t-il.

– Bien sûr que oui, répondit Hermione d'une voix étrangement aiguë et sans lever les yeux de son livre. Je suis très heureuse que nous ayons gagné et je trouve que tu as très bien joué, mais je dois lire ça pour lundi.

– Allez, Hermione, viens manger et boire quelque chose, dit Harry en jetant un coup d'œil à Ron pour voir s'il semblait d'humeur à enterrer la hache de guerre.

– C'est impossible, Harry, j'ai encore quatre cent vingt-deux pages à lire, répliqua Hermione qui paraissait au bord de la crise de nerfs.

De toute façon, ajouta-t-elle en regardant Ron à son tour, il ne veut pas que je fasse la fête avec vous.

Comme pour mettre fin à toute tentative de conciliation, Ron choisit ce moment précis pour lancer à haute voix :

– Si Croûtard n'avait pas été dévoré, lui aussi aurait bien aimé manger quelques bonbons…

Hermione fondit en larmes et avant que Harry ait eu le temps de dire quoi que ce soit, elle referma l'énorme livre, le mit sous son bras et monta l'escalier qui menait au dortoir des filles.

– Tu ne peux pas la laisser un peu tranquille ? dit Harry à Ron à voix basse.

– Non, répliqua Ron. Si au moins elle avait l'air de regretter ce qui s'est passé… Mais elle ne voudra jamais avouer que c'est elle qui a tort. Elle continue à se comporter comme si Croûtard était simplement parti en vacances.

La fête des Gryffondor ne prit fin qu'à une heure du matin, lorsque le professeur McGonagall apparut dans sa robe de chambre écossaise, les cheveux recouverts d'un filet, pour exiger que tout le monde aille se coucher. Épuisé, Harry se mit au lit, après avoir soigneusement fermé les rideaux de son baldaquin, et s'endormit presque immédiatement.

Il fit alors un rêve étrange. Il marchait à travers une forêt, son Éclair de Feu sur l'épaule, en suivant quelque chose d'un blanc argenté qui se faufilait parmi les arbres et qu'il n'apercevait que par instants, à travers le feuillage. Il hâtait le pas pour essayer de rattraper cette forme insolite, mais celle-ci accélérait également l'allure. Harry se mettait à courir et il entendait devant lui des sabots qui martelaient le sol à un rythme de plus en plus rapide. Bientôt, il courait à toutes jambes tandis que retentissait un peu plus loin un galop effréné. Puis il arrivait soudain dans une clairière et…

– AAAAAAAAAAAARRRRRRRRRRRRRRGGGG HHHHHHHHHHHHHHHHHHHHH ! NOOOOOOOOOOOOOOOOOOOOOONN-NNNNNNNNN !

Harry se réveilla en sursaut, comme si on venait de lui donner une gifle. Dans une obscurité totale, il chercha à tâtons les rideaux de son baldaquin. Il entendait des mouvements autour de lui et la voix de Seamus Finnigan s'éleva à l'autre bout de la pièce.

– Qu'est-ce qui se passe ?

Harry crut entendre claquer la porte du dortoir. Il réussit enfin à écarter les rideaux et, au même moment, Dean Thomas alluma sa lampe.

Ron était assis dans son lit, une expression d'intense terreur sur le visage. Les rideaux de son baldaquin étaient déchirés.

– Black ! Sirius Black ! Il était là avec un couteau !

– Quoi ?

– Là ! A l'instant ! Il a déchiré les rideaux ! Il m'a réveillé !

– Tu es sûr que tu n'as pas fait un cauchemar, Ron ? demanda Dean Thomas.

– Regarde les rideaux ! Je te dis qu'il était là !

Ils sortirent tous de leurs lits. Harry fut le premier à atteindre la porte du dortoir et ils dévalèrent l'escalier. Des portes s'ouvraient derrière eux et des voix ensommeillées s'élevaient de toutes parts.

– Qui a crié ?

– Qu'est-ce que vous fabriquez ?

La salle commune était éclairée par les braises qui rougeoyaient encore dans la cheminée, mais elle était déserte.

– Tu es vraiment sûr que tu n'as pas rêvé, Ron ?

– Je te dis que je l'ai vu !

– Qu'est-ce que c'est que ce vacarme ?

– McGonagall nous a dit d'aller nous coucher !

Quelques filles étaient descendues de leur dortoir, enfilant leurs robes de chambre, le visage ensommeillé. Les garçons, eux, arrivaient en nombre.

– Formidable ! On continue la fête ? dit Fred Weasley d'un ton réjoui.

– Tout le monde dans les dortoirs ! s'écria Percy qui surgit dans la salle commune en épinglant son insigne de préfet-en-chef sur le revers de son pyjama.

– Percy ! Sirius Black ! dit Ron d'une voix faible. Dans le dortoir ! Avec un couteau ! Il m'a réveillé !

Un grand silence s'installa.

– Absurde ! répliqua Percy, déconcerté. Tu as trop mangé, Ron... C'était un cauchemar, tout simplement...

– Je te dis que non !

– Bon, allez, maintenant, ça suffit !

Le professeur McGonagall arriva à son tour. Elle s'avança dans la pièce en lançant des regards furieux.

– Je suis enchantée que Gryffondor ait gagné le match, dit-elle, mais tout cela devient ridicule ! Percy, j'attendais mieux de votre part !

– Je n'ai absolument pas autorisé ce qui vient de se passer, professeur ! répliqua Percy en bombant le torse d'un air indigné. J'étais en train de leur dire de remonter se coucher ! Mon frère Ron a fait un cauchemar…

– CE N'ÉTAIT PAS UN CAUCHEMAR ! s'écria Ron. PROFESSEUR, JE ME SUIS RÉVEILLÉ, ET SIRIUS BLACK SE TENAIT DEVANT MOI, UN COUTEAU À LA MAIN !

Le professeur McGonagall le regarda fixement.

– Ne soyez pas ridicule, Weasley, comment aurait-il pu franchir le portrait ?

– C'est à lui qu'il faut le demander ! répliqua Ron en pointant un index tremblant vers le portrait du chevalier du Catogan. Demandez-lui s'il a vu…

Après avoir lancé un regard soupçonneux à Ron, le professeur McGonagall repoussa le tableau qui masquait l'entrée de la salle commune et sortit dans le couloir. Tout le monde retint son souffle.

– Chevalier du Catogan, dit-elle, avez-vous laissé entrer un homme dans la tour de Gryffondor il y a quelques instants ?

– Sans aucun doute, gente dame, s'écria le chevalier.

Il y eut un silence stupéfait.

– Vous… vous avez fait ça ? s'indigna le professeur McGonagall. Mais… le mot de passe !

– Il les avait tous ! assura fièrement le chevalier. Tous ceux de la semaine ! Écrits sur un morceau de papier. Il me les a lus l'un après l'autre !

Le professeur McGonagall rentra dans la salle commune, devant les élèves abasourdis. Elle était livide.

– Qui, dit-elle d'une voix frémissante, qui a été assez stupide pour noter tous les mots de passe de la semaine et les laisser traîner n'importe où ?

Il y eut un silence total, bientôt rompu par un petit cri apeuré. Puis, Neville Londubat, tremblant de la tête aux pieds, leva lentement la main.

14

LA RANCUNE DE ROGUE

Cette nuit-là, personne ne dormit, dans la tour de Gryffondor. Les élèves savaient que le château était à nouveau fouillé et tout le monde resta éveillé dans la salle commune, en attendant de savoir si Black avait été capturé. Le professeur McGonagall revint à l'aube pour leur dire qu'il avait réussi, une fois encore, à s'échapper.

Le lendemain, les mesures de sécurité avaient été renforcées dans toute l'école. Le professeur Flitwick était en train d'ensorceler la porte d'entrée à l'aide d'une grande photo de Sirius Black pour qu'elle puisse le reconnaître et rester solidement fermée à son approche. Rusard arpentait les couloirs en bouchant systématiquement les fissures, lézardes et autres trous de souris. Le chevalier du Catogan avait été renvoyé. Son portrait avait été accroché dans un couloir isolé du sixième étage et la grosse dame était de retour. Elle avait été restaurée d'une main experte mais elle restait très inquiète et n'avait accepté de reprendre son poste qu'à la condition de bénéficier d'une protection spéciale. Une escouade de trolls à la mine revêche avait été engagée pour la protéger. Ils faisaient les cent pas dans le couloir, l'air menaçant, en échangeant quelques grognements tandis qu'ils comparaient la taille de leurs massues.

Harry avait remarqué que la statue de la sorcière borgne, au deuxième étage, n'était pas gardée. Fred et George devaient avoir raison de penser qu'ils étaient les seuls – avec désormais Harry, Ron et Hermione – à connaître l'existence du passage secret qu'elle dissimulait.

– Tu crois qu'on devrait en parler à quelqu'un ? demanda Harry à Ron.

– Il n'est certainement pas venu en passant par Honeydukes, répondit Ron. On en aurait entendu parler si la porte du magasin avait été forcée.

Harry était content qu'il lui ait fait cette réponse. Car si le passage de la sorcière borgne devait être bouché, il ne pourrait plus jamais retourner à Pré-au-lard.

En une nuit, Ron était devenu une célébrité. Pour la première fois de sa vie, on lui accordait plus d'attention qu'à Harry et, de toute évidence, il en était enchanté. Bien qu'il fût encore secoué par ce qui venait de se passer, il prenait grand plaisir à raconter l'histoire à quiconque le lui demandait, avec un grand luxe de détails.

— ... J'étais endormi, expliqua-t-il encore une fois à un groupe de filles de deuxième année qui buvaient ses paroles, et j'ai entendu un bruit de tissu qu'on déchirait. Au début, j'ai cru que j'avais rêvé. Et puis il y a eu un courant d'air... Alors, j'ai tourné la tête et j'ai vu qu'un des rideaux de mon baldaquin avait été arraché... Et là-dessus, je l'ai vu debout à côté de mon lit... Il avait l'air d'un squelette avec des longs cheveux dégoûtants... Il tenait un immense couteau qui devait faire dans les trente centimètres... Il m'a regardé, je l'ai regardé et puis j'ai crié et là, il s'est enfui.

— Je me demande bien pourquoi, ajouta Ron à l'adresse de Harry lorsque son auditoire se fut dispersé. Pourquoi donc s'est-il enfui ?

Harry s'était posé la même question. Pourquoi Black, voyant qu'il s'était trompé de lit, n'avait-il pas tué Ron avant de s'occuper de Harry ? Black avait prouvé des années auparavant qu'il n'hésitait pas à assassiner des innocents. Or, cette fois, il s'était retrouvé dans un dortoir occupé par cinq élèves sans armes, dont quatre étaient profondément endormis.

— Il a dû se dire qu'il aurait du mal à s'enfuir du château une fois que tu avais réveillé tout le monde en criant, dit Harry d'un air songeur. Il aurait fallu qu'il nous tue tous avant de pouvoir s'échapper de la tour... Et là, il se serait retrouvé devant les professeurs..

Neville était en pleine disgrâce. Le professeur McGonagall était tellement en colère contre lui qu'elle l'avait privé de toute future sortie à Pré-au-lard. Elle lui avait également infligé une retenue et interdisait à quiconque de lui donner le mot de passe qui permettait d'accéder à la tour. Chaque soir, le malheureux Neville devait attendre dans le couloir que quelqu'un le fasse entrer, au milieu des trolls qui passaient et repassaient devant lui en le regardant d'un air méprisant. Pourtant, toutes ces sanctions n'étaient rien à ses yeux, comparées à celle que sa grand-mère lui avait réservée. Deux jours après l'intrusion de Black, elle lui envoya ıa pire chose qu'un élève de Poudlard puisse recevoir au petit déjeuner · une Beuglante.

Ce jour-là, lorsque les hiboux de l'école entrèrent dans la Grande Salle pour apporter le courrier, Neville faillit s'étrangler en voyant tomber devant lui une enveloppe rouge vif. Harry et Ron, assis en face de lui, surent aussitôt qu'il s'agissait d'une Beuglante – Ron en avait reçu une de sa mère, l'année précédente.

– Dépêche-toi de sortir, Neville, conseilla Ron.

Neville ne se le fit pas répéter deux fois : il prit l'enveloppe en la tenant à bout de bras comme s'il s'était agi d'une bombe et courut à toutes jambes hors de la salle, sous les rires des élèves de Serpentard. La Beuglante explosa dans le hall d'entrée : la voix de la grand-mère de Neville, amplifiée par magie à un niveau sonore cent fois supérieur à ce qu'elle était d'habitude, se mit à hurler qu'il avait jeté la honte sur toute la famille.

Harry était tellement désolé pour Neville qu'il ne vit pas tout de suite que lui aussi avait reçu une lettre. Il fallut qu'Hedwige lui mordille le poignet pour qu'il la remarque enfin. Dans l'enveloppe, il y avait un petit mot :

Chers Harry et Ron,

Que diriez-vous de venir boire une tasse de thé chez moi vers six heures ? Je viendrai vous chercher au château. ATTENDEZ-MOI DANS LE HALL D'ENTRÉE, VOUS N'ÊTES PAS AUTORISÉS À SORTIR TOUT SEULS.

> *Amitiés,*

> *Hagrid*

– Il veut sans doute que je lui raconte mon histoire ! dit Ron.

A six heures, cet après-midi-là, Harry et Ron quittèrent la tour de Gryffondor, passèrent rapidement devant les trolls et descendirent dans le hall d'entrée.

Hagrid les attendait déjà.

– Alors, Hagrid, dit Ron, j'imagine que vous voulez savoir ce qui s'est passé l'autre nuit ?

– Je suis déjà au courant de tout, répondit Hagrid en les emmenant dehors.

– Ah, bon, dit Ron, un peu déçu.

La première chose qu'ils virent en entrant dans la cabane de Hagrid, ce fut Buck qui était étendu sur le couvre-lit en patchwork. Ses ailes immenses repliées contre son corps, il se délectait d'un plat de musaraignes mortes. Détournant les yeux de ce spectacle peu ragoûtant, Harry vit un gigantesque costume marron et une horrible cravate jaune et orange accrochés à la porte de l'armoire.

– Qu'est-ce que c'est que ça ? demanda Harry.

– C'est pour mon audition devant la Commission d'Examen des Créatures dangereuses, répondit Hagrid. Nous sommes convoqués vendredi. On ira à Londres ensemble, tous les deux. J'ai réservé deux lits dans le Magicobus...

Harry éprouva un brusque sentiment de culpabilité. Il avait complètement oublié que le procès de Buck était si proche et Ron aussi, à en juger par son expression gênée. Ils avaient aussi oublié leur promesse de l'aider à préparer la défense de l'hippogriffe. L'arrivée de l'Éclair de Feu avait éclipsé tout le reste.

– Il faut que je vous parle de quelque chose, leur dit Hagrid en leur versant du thé.

Son ton était d'une gravité inhabituelle.

– De quoi ? demanda Harry.

– D'Hermione, dit Hagrid.

– Qu'est-ce qu'elle a ?

– Elle va mal, voilà ce qu'elle a. Elle est venue me voir souvent depuis Noël. Elle se sentait seule. D'abord, vous ne lui avez plus parlé à cause de l'Éclair de Feu, ensuite vous ne lui avez plus parlé parce que son chat...

– ... a mangé Croûtard ! acheva Ron d'un ton furieux.

– ... parce que son chat a agi comme tous les chats, poursuivit Hagrid sans tenir compte de l'interruption. Elle a souvent pleuré, si vous voulez savoir. Elle traverse une mauvaise passe en ce moment. A mon avis, elle a vu trop grand. Elle travaille trop. Mais elle a quand même trouvé le temps de m'aider à préparer la défense de Buck.. Elle m'a trouvé des choses très utiles... Je crois qu'il a une bonne chance de s'en tirer, maintenant...

– Nous aussi, nous aurions bien aimé vous aider, Hagrid... Je suis désolé... dit Harry avec maladresse.

– Je ne vous en veux pas, répondit Hagrid. Dieu sait que vous avez eu suffisamment à faire. J'ai vu les séances d'entraînement de Quidditch, jour et nuit... Mais ce que je voulais vous dire, c'est que je croyais l'amitié plus importante pour vous qu'un balai ou un rat, voilà tout.

Harry et Ron échangèrent des regards gênés.

– Elle était vraiment bouleversée quand Black a failli te poignarder, Ron. Elle a du cœur, Hermione, croyez-moi... Et vous deux qui refusez de lui parler...

– Si elle se débarrassait de son chat, je recommencerais à lui parler, dit Ron avec colère. Mais elle y tient, à cet animal ! Elle ne supporte pas qu'on dise un mot contre lui, et pourtant, il est complètement fou !

– Parfois, les gens sont un peu stupides avec leurs animaux, dit Hagrid avec sagesse.

Derrière lui, Buck recracha quelques os de musaraigne sur l'oreiller.

La conversation s'orienta ensuite sur les chances de Gryffondor de remporter la coupe. Puis, à neuf heures, Hagrid les raccompagna au château.

Lorsque Ron et Harry retournèrent dans la salle commune, les élèves se bousculaient devant le panneau d'affichage.

– Pré-au-lard, le week-end prochain, annonça Ron en se hissant sur la pointe des pieds pour lire la note nouvellement placardée. Qu'est-ce que tu comptes faire ? ajouta-t-il à voix basse à l'adresse de Harry.

– Rusard n'a pas condamné le passage qui mène chez Honeydukes... chuchota Harry.

– Harry ! s'écria une voix à son oreille.

Harry sursauta et vit Hermione assise à une table derrière eux.

– Harry, si jamais tu retournes à Pré-au-lard... Je raconte l'histoire de la carte au professeur McGonagall ! dit-elle.

– Tu entends quelque chose, Harry ? grogna Ron sans accorder un regard à Hermione.

– Ron, comment peux-tu l'encourager à venir avec toi ? Après ce que Sirius Black a failli te faire ? Je parle sérieusement, je vais vraiment le dire...

– Alors, maintenant, tu essayes de faire renvoyer Harry ! s'exclama Ron avec fureur. Tu trouves que tu n'as pas encore fait assez de dégâts, cette année ?

Hermione ouvrit la bouche pour répondre, mais au même moment, Pattenrond bondit sur ses genoux. Elle sembla terrorisée par l'expression du visage de Ron et emmena aussitôt son chat dans le dortoir des filles.

– Alors, qu'est-ce que tu comptes faire ? répéta Ron, comme si rien ne les avait interrompus. Tu devrais venir, la dernière fois, tu n'as rien vu. Tu n'es même pas allé chez Zonko !

Harry regarda autour de lui pour vérifier qu'Hermione ne pouvait pas l'entendre.

– D'accord, dit-il, je viens. Mais cette fois, je prends ma cape d'invisibilité.

Le samedi matin, Harry glissa sa cape d'invisibilité dans son sac et la carte du Maraudeur dans sa poche, puis il descendit prendre son petit déjeuner avec les autres. A l'autre bout de la table, Hermione ne cessait de lui jeter des coups d'œil soupçonneux, mais il évitait son regard et s'arrangea pour qu'elle le voie remonter l'escalier de marbre tandis que les autres sortaient du château.

– Au revoir ! cria Harry à Ron. Amuse-toi bien. On se verra à ton retour !

Ron sourit et lui adressa un clin d'œil.

Harry se précipita au deuxième étage et sortit de sa poche la carte du Maraudeur. Il s'accroupit derrière la sorcière borgne, prononça la formule magique qui faisait apparaître le plan du château et vit un petit point noir qui avançait dans sa direction. Harry le regarda de plus près : une minuscule étiquette indiquait : *Neville Londubat*.

Il tapota aussitôt la statue de sa baguette magique en murmurant : «*Dissendium*» et lança son sac par l'ouverture. Mais avant qu'il ait pu s'y glisser lui-même, Neville apparut au coin du couloir.

– Harry ! dit-il. J'avais oublié que toi non plus, tu n'allais pas à Pré-au-lard !

– Salut, Neville, dit Harry en remettant la carte dans sa poche. Qu'est-ce que tu fais ?

– Rien, répondit Neville avec un haussement d'épaules. Tu veux jouer aux cartes ? Une petite Bataille explosive ?

– Heu... non, pas maintenant, je voulais aller à la bibliothèque faire mon devoir pour Lupin.

– Je viens avec toi, dit Neville, ravi. Moi non plus, je ne l'ai pas encore fait !

– Ah, mais attends, je me suis trompé, je l'ai fini hier soir ! dit soudain Harry.

– Parfait, comme ça, tu pourras m'aider, suggéra Neville avec une expression anxieuse sur son visage rond. Je n'ai rien compris à cette histoire d'ail qui éloigne les vampires... Est-ce qu'il faut leur en faire manger ou...

Neville s'interrompit et ouvrit de grands yeux en regardant par-dessus l'épaule de Harry. Rogue s'avançait vers eux. Neville se réfugia derrière Harry.

– Qu'est-ce que vous faites là, tous les deux ? demanda Rogue en les regardant alternativement. Drôle d'endroit pour se donner rendez-vous...

Harry vit avec inquiétude les yeux de Rogue regarder autour de lui puis se poser sur la statue de la sorcière borgne.

– Nous n'avions pas rendez-vous, dit Harry. Nous nous sommes simplement croisés...

– Vraiment ? dit Rogue. Vous avez la manie d'apparaître dans les endroits les plus inattendus, Potter, et il est rare que vous y soyez sans raison... Je vous suggère de retourner tous les deux dans la tour de Gryffondor où vous auriez davantage votre place.

Harry et Neville s'éloignèrent sans ajouter un mot. En tournant l'angle du couloir, Harry jeta un coup d'œil en arrière. Rogue était en train de passer la main sur la tête de la sorcière borgne, en l'examinant attentivement.

Lorsqu'ils furent arrivés devant le portrait de la grosse dame, Harry réussit enfin à se débarrasser de Neville. Il lui donna le mot de passe puis fit semblant d'avoir oublié son devoir sur les vampires dans la bibliothèque et tourna aussitôt les talons pour aller le chercher. Dès qu'il fut à bonne distance des trolls, il sortit à nouveau la carte.

Le couloir du deuxième étage semblait désert. Harry regarda de près le plan du château et vit avec soulagement que le minuscule point qui portait l'étiquette « Severus Rogue » était retourné dans son bureau.

Il courut en direction de la sorcière borgne, fit pivoter sa bosse, s'engouffra dans l'ouverture et se laissa glisser jusqu'au bas du toboggan de pierre où il retrouva son sac. Il effaça à nouveau la carte du Maraudeur, puis se mit en chemin le long du passage secret.

Harry, dissimulé par sa cape d'invisibilité, sortit de chez Honeydukes et donna une petite tape dans le dos de Ron.

– C'est moi, murmura-t-il.

– Tu en as mis, du temps, souffla Ron.

– Rogue était dans le coin...

Ils avancèrent le long de la grand-rue.

– Où es-tu ? ne cessait de marmonner Ron du coin des lèvres. Tu es toujours là ? Ça fait un drôle d'effet de ne pas te voir...

Ils se rendirent à la poste. Ron demanda le prix d'un hibou pour l'Égypte, où se trouvait son frère Bill, pendant que Harry regardait autour de lui. Il y avait au moins trois cents oiseaux alignés, depuis les gros hiboux chargés des envois à longue distance jusqu'aux minuscules chouettes limitées au courrier local.

Ils allèrent ensuite chez Zonko, le magasin de farces et attrapes. Les élèves de Poudlard y étaient si nombreux que Harry dut faire des exercices de contorsionniste pour ne pas trahir sa présence en marchant sur les pieds de quelqu'un. Il passa discrètement commande à Ron des quelques articles qui l'intéressaient et lui donna un peu d'or sous sa cape pour les payer. Lorsqu'ils sortirent du magasin, leurs bourses étaient beaucoup moins rebondies que lorsqu'ils y étaient entrés, mais leurs poches débordaient de Bombabouses, de Bonbons à Hoquet et de Savons sauteurs. Chacun avait également acheté une Tasse à Thé mordeuse.

C'était une belle journée ensoleillée et ni l'un ni l'autre n'avait envie de rester enfermé. Ils renoncèrent donc à faire une halte aux Trois Balais et préférèrent monter la côte qui menait à la Cabane hurlante, la maison la plus hantée de toute la Grande-Bretagne. Elle dominait le village, un peu à l'écart, et même en plein jour, elle n'était pas très rassurante, avec ses fenêtres obstruées par des planches et son sinistre jardin envahi d'herbes sauvages.

– Même les fantômes de Poudlard évitent de venir jusqu'ici, dit Ron, tandis qu'ils contemplaient la maison, appuyés contre la clôture. J'en ai parlé à Nick Quasi-Sans-Tête... D'après ce qu'il a entendu dire, il y a une sacrée bande qui s'est installée là-dedans. Personne ne peut y entrer. Bien entendu, Fred et George ont essayé mais tous les accès sont condamnés et pas moyen de forcer le passage...

Harry, à qui la montée avait donné chaud, songea à enlever sa cape quelques instants mais, au même moment, il entendit des voix un peu plus loin. Quelqu'un s'approchait de l'autre côté de la colline et, un instant plus tard, Malefoy apparut, accompagné de Crabbe et de Goyle.

— Je devrais très vite recevoir un hibou de mon père, disait Malefoy. Il est allé à l'audience pour parler de ma blessure au bras... et témoigner que je n'ai pas pu m'en servir pendant trois mois...

Crabbe et Goyle ricanèrent.

— J'aimerais bien être là pour entendre ce crétin barbu essayer de se défendre... Vous pouvez être sûrs que cet hippogriffe n'en a plus pour longtemps...

Malefoy aperçut soudain Ron et un sourire malveillant se dessina sur son visage blafard.

— Qu'est-ce que tu fais là, Weasley ?

Malefoy regarda la cabane en ruine.

— J'imagine que tu serais ravi d'habiter là-dedans ? Au moins, tu aurais une chambre à toi. J'ai entendu dire que ta famille dormait dans une seule pièce... C'est vrai ?

Harry attrapa le pan de la robe de Ron pour l'empêcher de sauter sur Malefoy.

— Laisse-moi faire, murmura-t-il à l'oreille de Ron.

L'occasion était trop belle. Harry se glissa silencieusement derrière Malefoy, Crabbe et Goyle, puis il se pencha pour ramasser une poignée de boue.

— On parlait justement de ton ami Hagrid, dit Malefoy à Ron. On essayait d'imaginer ce qu'il est en train de raconter à la Commission d'Examen des Créatures dangereuses. Tu crois qu'il va pleurer quand ils couperont la tête de son hippo...

SPLATCH !

La poignée de boue s'écrasa sur la tête de Malefoy. A présent, ses cheveux blonds dégoulinaient de gadoue.

— Qu'est-ce que...

Ron riait tellement qu'il dut se tenir à la clôture pour ne pas tomber. Malefoy, Crabbe et Goyle firent volte-face en regardant autour d'eux d'un air ahuri. Malefoy essaya de s'essuyer les cheveux, mais il ne parvint qu'à étaler davantage la boue sur le sommet de son crâne.

– Qu'est-ce que c'était ? Qui a fait ça ?

– Beaucoup de fantômes dans le coin, n'est-ce pas ? dit Ron comme s'il parlait de la météo.

Crabbe et Goyle ne semblaient pas très rassurés. Leur tour de biceps ne leur était d'aucun secours contre des fantômes. Malefoy, lui, lançait des regards fébriles autour de lui, sans voir personne.

Harry avança en silence de quelques mètres, jusqu'à une mare de boue verdâtre, particulièrement malodorante.

Splaaooooshhhh !

Cette fois, Crabbe et Goyle reçurent également leur part. Goyle sautilla frénétiquement sur place en essuyant ses petits yeux vitreux aveuglés par la boue.

– Ça venait de là-bas ! dit Malefoy qui s'essuyait le visage en fixant un point situé à deux mètres de Harry.

Crabbe s'avança d'un pas malhabile, ses longs bras tendus devant lui comme un zombie. Harry le contourna, ramassa un bâton et le lança dans le dos de Crabbe. Celui-ci se retourna en sautant en l'air, scrutant les environs pour essayer de découvrir le coupable. Comme Ron était la seule personne présente, Crabbe se dirigea vers lui, mais Harry lui fit un croc-en-jambe. Crabbe trébucha et son énorme pied se posa sur un pan de la cape d'invisibilité. Harry sentit une forte secousse qui fit glisser la cape de son visage.

Pendant une fraction de seconde, Malefoy le contempla avec des yeux ronds.

– Aaaarghr ! hurla-t-il en montrant du doigt la tête de Harry.

Puis il fit volte-face et dévala la colline à toutes jambes, Crabbe et Goyle sur ses talons.

Harry ramena la cape sur sa tête, mais le mal était fait.

– Harry ! dit Ron. Il vaudrait mieux que tu te dépêches de rentrer au château ! Si jamais Malefoy dit quelque chose...

– A tout à l'heure, lança Harry qui redescendit aussitôt vers Pré-au-lard.

Malefoy en avait-il cru ses yeux ? Et qui croirait Malefoy ? Personne ne connaissait l'existence de la cape d'invisibilité – à part Dumbledore. Harry sentit son estomac se retourner : Dumbledore devinerait ce qui s'était passé si Malefoy disait quoi que ce soit.

De retour chez Honeydukes, Harry se glissa dans la cave, ouvrit la trappe et redescendit dans le passage secret. Puis il enleva sa cape, la mit sous son bras et courut le long du souterrain…

Malefoy serait rentré avant lui… Combien de temps lui faudrait-il pour trouver un professeur à qui raconter son histoire ? Hors d'haleine, sans prêter attention à son point de côté, Harry continua de courir jusqu'au toboggan de pierre. Il valait mieux abandonner là sa cape d'invisibilité. Elle serait trop compromettante s'il la gardait. Il la cacha dans un coin du passage, puis remonta le toboggan, ses mains moites glissant contre la pierre. Il atteignit la bosse de la sorcière, donna quelques coups de sa baguette magique pour la faire pivoter, passa la tête par l'ouverture et se hissa au-dehors. La bosse se referma et Harry eut tout juste le temps de s'écarter de la statue avant que ne retentissent dans le couloir des bruits de pas qui s'approchaient à vive allure.

C'était Rogue qui se précipitait, sa longue robe noire virevoltant autour de lui. Il vint se planter devant Harry.

– Alors ? dit-il.

Il avait sur le visage une expression triomphante qu'il essayait vainement de cacher. Harry prit un air innocent, malgré la sueur qui ruisselait sur son visage, et cacha dans ses poches ses mains pleines de boue.

– Venez avec moi, Potter, dit Rogue.

Harry le suivit dans les sous-sols en essayant de s'essuyer discrètement les mains dans les poches de sa robe. Rogue l'amena dans son bureau, encombré de bocaux remplis de substances répugnantes, et le fit asseoir.

– Mr Malefoy vient de me raconter une très étrange histoire, Potter, dit-il en restant debout devant Harry.

Celui-ci resta silencieux.

– Il m'a dit qu'il se trouvait près de la Cabane hurlante lorsqu'il a rencontré Weasley, apparemment seul.

Harry ne dit toujours rien.

– Mr Malefoy m'a affirmé qu'il était en train de parler avec Weasley et qu'il a soudain reçu de la boue sur la tête. Comment pensez-vous que cela ait pu se produire ?

Harry fit semblant d'être surpris.

– Je n'en sais rien, professeur, dit-il.

Rogue fixait Harry d'un regard perçant. C'était comme s'il s'était trouvé face à face avec un hippogriffe. Harry s'efforça de ne pas ciller.

– Mr Malefoy a alors été témoin d'une étrange apparition, poursuivit Rogue. Pouvez-vous imaginer de quoi il s'agissait, Potter ?

– Non, répondit Harry en essayant de manifester une curiosité tout innocente.

– C'était votre tête, Potter. Votre tête qui flottait en l'air.

Il y eut un long silence.

– Il ferait peut-être bien de consulter Madame Pomfresh, suggéra Harry. S'il voit des choses comme…

– Qu'est-ce que votre tête pouvait bien faire à Pré-au-lard, Potter ? l'interrompit Rogue. Votre tête n'a pas le droit de se rendre là-bas. Aucune partie de votre corps n'a reçu l'autorisation d'aller à Pré-au-lard.

– Je le sais, répondit Harry en faisant de son mieux pour effacer de son visage toute trace de culpabilité ou de crainte. Il semblerait que Malefoy ait eu une hallucin…

– Malefoy n'est pas sujet aux hallucinations, coupa Rogue.

Il se pencha en s'appuyant des deux mains sur les accoudoirs du fauteuil dans lequel Harry était assis, si bien que leurs visages n'étaient plus qu'à quelques centimètres l'un de l'autre.

– Si votre tête se trouvait à Pré-au-lard, le reste de votre personne devait également y être, reprit Rogue.

– J'étais dans la tour de Gryffondor, protesta Harry, c'est vous-même qui m'aviez dit…

– Quelqu'un peut-il le confirmer ?

Harry resta silencieux et les lèvres minces de Rogue s'étirèrent en un horrible sourire.

– Très bien, dit-il en se redressant. Ainsi donc, tout le monde, depuis le ministère de la Magie jusqu'au personnel de Poudlard, s'est efforcé de protéger Harry Potter de Sirius Black. Mais le célèbre Harry Potter ne connaît que sa propre loi. Qu'on laisse donc le petit personnel s'inquiéter de sa sécurité. Le célèbre Harry Potter, lui, va où il veut, quand il veut, sans se soucier le moins du monde des conséquences.

Harry s'abstint de répondre. Rogue essayait de le provoquer pour lui faire avouer la vérité. Mais il n'avait pas l'intention de se laisser impressionner. Rogue n'avait aucune preuve... pour le moment tout au moins.

– C'est fou ce que vous ressemblez à votre père, Potter, dit soudain Rogue, les yeux étincelants. Lui aussi était excessivement arrogant. Son petit talent au Quidditch lui donnait l'impression, à lui aussi, d'être au-dessus des autres. Il passait son temps à se pavaner, accompagné de ses amis et de ses admirateurs... La ressemblance entre vous est saisissante, inquiétante, même...

– Mon père ne se pavanait pas, dit Harry, malgré lui. Et moi non plus.

– Votre père n'aimait pas plus que vous se conformer aux règlements, poursuivit Rogue, une expression mauvaise sur son visage mince. A ses yeux, les règlements étaient destinés au commun des mortels, pas aux vainqueurs de la coupe de Quidditch. Il avait la tête tellement enflée...

– TAISEZ-VOUS !

Harry s'était levé d'un bond. Une rage telle qu'il n'en avait pas éprouvée depuis le jour de son départ de Privet Drive l'avait saisi avec la violence d'un coup de tonnerre. Le visage soudain figé de Rogue, ses yeux noirs flamboyant d'une lueur féroce, le laissaient indifférent.

– *Qu'est-ce que vous venez de me dire, Potter ?*

– Je vous ai dit de vous taire ! s'exclama Harry. Ne me parlez plus de mon père. Je connais toute la vérité. Je sais qu'il vous a sauvé la vie ! Dumbledore me l'a dit ! Sans mon père, vous ne seriez même pas là !

Le teint jaunâtre de Rogue avait pris une couleur de lait caille.

– Est-ce que le directeur vous a expliqué dans quelles circonstances votre père m'a sauvé la vie ? murmura-t-il. Ou bien a-t-il estimé que les détails de l'histoire pouvaient choquer les oreilles délicates du précieux petit Potter ?

Harry se mordit la lèvre. Il ignorait ce qui s'était passé, mais ne voulait pas l'admettre. Et visiblement, Rogue avait deviné qu'il ne savait rien.

– Je serais navré que vous partiez d'ici avec une fausse idée de votre père, Potter, dit-il avec un épouvantable rictus. Vous avez sans doute imaginé un acte d'héroïsme auréolé de gloire ? Mais je vais vous détromper. Votre vénéré père et ses amis m'ont fait une farce désopilante qui aurait pu avoir ma mort pour conséquence si votre père ne s'était pas ravisé au dernier moment. Il n'y avait rien d'héroïque dans ce qu'il a fait. Il a sauvé sa peau en même temps que la mienne. Si leur farce avait marché, il aurait été renvoyé de Poudlard

Le sourire de Rogue laissait voir ses dents jaunâtres, plantées de travers.

– Videz vos poches, Potter ! lança-t-il brusquement

Harry ne bougea pas. Le sang battait à ses oreilles.

– Je vous ai dit de vider vos poches, sinon, je vous emmène chez le directeur. Allez-y, Potter, retournez-les !

Glacé de terreur, Harry sortit lentement de ses poches le sac de farces et attrapes de chez Zonko et la carte du Maraudeur.

Rogue prit le sac de chez Zonko.

– C'est Ron qui me l'a donné, dit Harry en priant le ciel pour qu'il ait le temps de prévenir Ron avant que Rogue ne l'interroge. Il me l'a rapporté de Pré-au-lard la dernière fois qu'il y est allé

– Vraiment ? Et vous avez laissé ce sac dans votre poche pendant tout ce temps ? Très touchant... Et ça, qu'est-ce que c'est ?

Rogue avait pris la carte. Harry essaya de toutes ses forces de rester impassible.

– C'est un morceau de parchemin, dit-il en haussant les épaules.

Rogue retourna la carte sans quitter Harry des yeux.

– Vous n'avez sûrement pas besoin d'un vieux bout de parchemin comme ça, dit-il. Je ferais mieux de le jeter.

Il fit un geste vers le feu qui brûlait dans la cheminée.

– Non ! dit aussitôt Harry.

– Alors... dit Rogue, les ailes du nez frémissantes. S'agit-il d'un autre précieux cadeau de Mr Weasley ? Ou bien serait-ce quelque chose d'autre ? Une lettre écrite à l'encre invisible, peut-être ? Ou encore... un moyen d'aller à Pré-au-lard sans passer devant les Détraqueurs ?

Harry cilla. Les yeux de Rogue étincelèrent.

– Voyons, voyons... marmonna-t-il en prenant sa baguette magique, la carte posée devant lui. Révèle ton secret, dit-il après avoir donné un coup de baguette sur le parchemin.

Rien ne se produisit. Harry crispa les mains sur les accoudoirs de son fauteuil pour les empêcher de trembler.

– Allons, révèle-toi, dit Rogue en donnant un coup sec sur la carte.

Le parchemin resta vierge. Harry s'efforçait de respirer profondément, régulièrement, pour se calmer.

— Severus Rogue, professeur dans cette école, t'ordonne de livrer les secrets que tu détiens ! dit Rogue en frappant à nouveau la carte avec sa baguette magique.

Comme si une main invisible écrivait sur le parchemin, des mots apparurent alors à sa surface :

Mr Lunard présente ses respects au professeur Rogue et lui demande de bien vouloir cesser de mettre son énorme nez dans les affaires d'autrui.

Rogue se figea. Harry, stupéfait, lut le message. Mais le parchemin ne s'arrêta pas là. D'autres mots apparurent :

Mr Cornedrue approuve Mr Lunard et voudrait ajouter que le professeur Rogue est un horrible crétin.

La situation aurait été comique si elle n'avait pas été aussi grave. D'autres mots s'inscrivirent sur le parchemin :

Mr Patmol voudrait faire part de son ébahissement à la pensée qu'un tel imbécile ait pu devenir professeur.

Horrifié, Harry ferma les yeux. Lorsqu'il les rouvrit, le parchemin avait livré ses derniers mots :

Mr Queudver souhaite le bonjour au professeur Rogue et lui conseille de se laver les cheveux, s'il veut cesser de ressembler à un tas d'ordures.

Harry attendit que le verdict tombe.

— Très bien, dit Rogue d'une voix paisible, nous allons voir tout cela...

Il s'approcha du feu, prit une poignée de poudre brillante dans un bocal posé sur le manteau de la cheminée et la jeta dans les flammes.

— Lupin ! dit Rogue, je voudrais vous demander quelque chose.

Abasourdi, Harry regarda le feu. Une forme qui tournait rapidement sur elle-même se dessina dans les flammes et, quelques instants plus tard, le professeur Lupin sortit de l'âtre en époussetant les cendres accrochées à sa robe miteuse.

— Vous m'avez appelé, Severus ? dit timidement Lupin.

— En effet, dit Rogue, les traits déformés par la fureur. Je viens de demander à Potter de vider ses poches et voilà ce qu'il y cachait.

Rogue montra le parchemin sur lequel les noms de Lunard, Queudver, Patmol et Cornedrue étaient toujours étalés. Une expression étrange passa alors sur le visage de Lupin.

– Alors ? dit Rogue.

Lupin gardait les yeux fixés sur le parchemin. Harry eut l'impression qu'il réfléchissait à toute vitesse.

– *Alors ?* répéta Rogue. De toute évidence, ce morceau de parchemin déborde de magie noire. Vous êtes censé être un expert en la matière, Lupin. Où pensez-vous que Potter ait pu se le procurer ?

Lupin leva les yeux et adressa à Harry un regard à peine perceptible pour lui faire comprendre qu'il ne devait surtout pas l'interrompre.

– De magie noire, répéta-t-il de sa voix timide. Vous croyez vraiment, Severus ? A mon avis, c'est tout simplement un morceau de parchemin qui insulte quiconque essaye de le lire. Puéril, mais certainement pas dangereux. J'imagine que Harry a dû trouver ça dans un magasin de farces et attrapes.

– Vraiment ? dit Rogue, les mâchoires crispées par la colère. Vous croyez qu'un magasin de farces et attrapes pourrait fournir un tel objet ? Vous ne croyez pas plutôt qu'il l'a obtenu *directement de ceux qui l'ont fabriqué* ?

Harry ne comprenait pas ce que Rogue voulait dire. Lupin non plus, apparemment.

– Vous voulez dire de Mr Queudver ou de l'un des autres ? s'étonna-t-il. Harry, connaissez-vous l'un de ces messieurs ?

– Non, répondit Harry.

– Vous voyez bien, Severus ? dit Lupin en se tournant vers Rogue. J'ai bien l'impression que ça vient de chez Zonko...

Au même instant, Ron fit irruption dans le bureau. Il était hors d'haleine et faillit renverser dans son élan la table de Rogue.

– C'est... moi... qui... ai... donné... ce... truc... à Harry, parvint-il à dire d'un ton haletant. Je... l'ai... acheté... chez... Zonko... Il y a... très... longtemps.

– Vous voyez ? dit Lupin, l'air soudain ravi. Voilà toute l'explication. Je vais m'occuper de cet objet, Severus, d'accord ?

Il plia la carte et la mit dans sa poche.

– Harry et Ron, venez avec moi, ajouta-t-il. J'ai quelque chose à vous dire en ce qui concerne votre devoir sur les vampires. Excusez-nous, Severus.

Harry n'osa pas regarder Rogue en quittant le bureau. Ron, Lupin et lui restèrent silencieux jusqu'à ce qu'ils aient atteint le hall d'entrée. Harry se tourna alors vers Lupin.

– Professeur, je…

– Je ne veux pas entendre d'explications, dit sèchement Lupin.

Il regarda autour de lui pour vérifier que le hall était vide, puis il poursuivit à voix basse :

– Il se trouve que je connais l'existence de cette carte. Oui, je sais qu'il s'agit d'une carte et je sais aussi que Rusard l'a confisquée il y a de nombreuses années. Je ne veux pas savoir comment elle est entrée en votre possession. Je suis en revanche stupéfait que vous ne l'ayez pas remise à l'un de vos professeurs. Surtout après ce qui s'est passé la dernière fois qu'un élève a laissé traîner des informations confidentielles. Et je ne peux pas vous la rendre, Harry.

Harry s'y attendait et il était trop avide d'en savoir plus pour penser à protester.

– Pourquoi Rogue a-t-il cru que je l'avais obtenue directement de ceux qui l'ont fabriquée ? demanda-t-il.

– Parce que… dit Lupin, hésitant. Parce que ceux qui ont établi cette carte auraient pu avoir pour but de vous attirer hors de l'école. Sans doute auraient-ils trouvé cela très amusant.

– Vous les connaissez ? demanda Harry, impressionné.

– Nous nous sommes déjà rencontrés, répondit brièvement Lupin.

Jamais il n'avait regardé Harry avec autant de gravité.

– Ne vous imaginez pas que vous pourrez à nouveau compter sur moi pour vous tirer d'affaire, Harry. Je n'arriverai sans doute pas à vous faire prendre Black au sérieux, mais j'aurais pensé que ce que vous avez entendu chaque fois que vous vous êtes trouvé à proximité d'un Détraqueur aurait eu davantage d'effet sur vous. Vos parents ont donné leur vie pour sauver la vôtre, Harry. Vous avez une drôle de façon de leur exprimer votre gratitude… Prendre le risque de réduire à néant leur sacrifice pour le simple plaisir d'aller acheter un sac de farces et attrapes…

Lupin s'éloigna et Harry se sentit beaucoup plus mal à l'aise que lorsqu'il s'était trouvé dans le bureau de Rogue. Accompagné de Ron, il monta lentement l'escalier de marbre. En passant devant la sorcière borgne, il se souvint de la cape d'invisibilité. Elle était toujours là, dans le passage secret, mais il n'osa pas aller la chercher.

– C'est ma faute, dit brusquement Ron. C'est moi qui t'ai encouragé à venir. Lupin a raison, c'était stupide. On n'aurait pas dû faire ça...

Il s'interrompit. Ils avaient atteint le couloir où patrouillaient les trolls et Hermione s'avançait vers eux. Un simple coup d'œil indiqua à Harry qu'elle était au courant de ce qui venait de se passer. Il eut soudain l'impression que son cœur s'arrêtait de battre : et si elle avait tout raconté au professeur McGonagall ?

– Tu vas nous expliquer que c'est bien fait pour nous ? demanda Ron d'un ton féroce. Ou alors tu viens nous dire que tu nous as dénoncés ?

– Non, répliqua Hermione.

Elle avait une lettre à la main et ses lèvres tremblaient.

– Je pensais simplement que vous voudriez être au courant.. Hagrid a perdu son procès. Buck va être mis à mort.

15

LA FINALE DE QUIDDITCH

I l... il m'a envoyé ça, dit Hermione en leur tendant la lettre.
Harry la prit. Le parchemin sur lequel elle était écrite était humide et une énorme larme avait tellement dilué l'encre par endroits qu'elle était devenue très difficile à lire.

Chère Hermione,

Nous avons perdu. J'ai eu l'autorisation de le ramener à Poudlard. La date de l'exécution sera bientôt fixée.

Buck a beaucoup aimé Londres.

Je n'oublierai pas toute l'aide que tu m'as apportée.

Hagrid

– Ils ne peuvent quand même pas faire ça, dit Harry. C'est impossible. Buck n'est pas dangereux.

– Le père de Malefoy a intimidé les membres de la Commission, dit Hermione en s'essuyant les yeux. Tu sais comment il est. Il y a toute une bande de vieux gâteux là-dedans et ils ont eu peur. Il va y avoir un appel, bien sûr, il y en a toujours un. Mais je ne vois aucun espoir. Rien n'aura changé d'ici là.

– Si, ça va changer, dit Ron d'un air féroce. Cette fois, tu n'auras pas à faire le travail toute seule, Hermione. Je vais t'aider.

– Oh, Ron !

Hermione lui sauta au cou et fondit en larmes. Ron, l'air terrifié, lui tapota maladroitement la tête et Hermione finit par desserrer son étreinte.

– Ron, je suis vraiment, vraiment désolée pour Croûtard, sanglota-t-elle.

– Oh, de toute façon, il était vieux, répondit Ron visiblement soulagé qu'elle l'ait enfin lâché. Il ne servait pas à grand-chose. Maintenant, on ne sait jamais, peut-être que mes parents vont m'acheter un hibou.

Les mesures de sécurité imposées aux élèves depuis la seconde intrusion de Black interdisaient à Harry, Ron et Hermione de rendre visite à Hagrid en fin de journée. La seule possibilité qu'ils avaient de lui parler, c'était pendant les cours de Soins aux Créatures magiques.

Le verdict semblait l'avoir assommé.

– C'est ma faute. Je n'osais pas parler. Ils étaient tous assis là dans leurs robes noires et je n'arrêtais pas de me perdre dans mes notes et d'oublier les dates que tu m'avais données, Hermione. Ensuite, Lucius Malefoy s'est levé, il a prononcé son discours et la Commission lui a obéi au doigt et à l'œil...

– Il reste le recours en appel, dit Ron, combatif. Il ne faut pas abandonner, on va tous s'y mettre !

Lorsqu'ils rentrèrent au château avec les autres élèves, ils virent Malefoy qui marchait devant eux, accompagné de Crabbe et de Goyle, en se retournant de temps à autre avec un sourire narquois.

– C'est vraiment terrible, dit tristement Hagrid au pied des marches qui menaient à l'entrée du château. Lucius Malefoy tient cette commission dans le creux de sa main. Tout ce que je peux faire, c'est essayer de rendre Buck le plus heureux possible pendant le temps qu'il lui reste à vivre. Je lui dois au moins ça...

Hagrid tourna les talons et se hâta de regagner sa cabane, le visage enfoui dans son mouchoir.

– Regarde-le pleurnicher !

Malefoy, Crabbe et Goyle étaient restés à la porte du château pour écouter leur conversation.

– Jamais vu un type aussi lamentable, dit Malefoy. Et il est censé être professeur dans cette école !

Harry et Ron s'avancèrent vers lui d'un air menaçant, mais Hermione fut la plus rapide.

Clac !

De toutes ses forces, elle gifla Malefoy qui vacilla sous le choc. Stupéfaits, Harry, Ron, Crabbe et Goyle regardèrent Hermione lever à nouveau la main.

– Ne t'avise plus jamais de traiter Hagrid de lamentable, espèce de sale petit bonhomme !

– Hermione ! dit Ron à voix basse en essayant de lui attraper la main avant qu'elle ne gifle à nouveau Malefoy.

– Laisse-moi, Ron !

Hermione sortit sa baguette magique. Malefoy recula d'un pas tandis que Crabbe et Goyle le regardaient, décontenancés, attendant ses instructions.

– Venez, marmonna Malefoy.

Un instant plus tard, tous trois avaient disparu dans les sous-sols du château.

– Hermione ! répéta Ron d'un ton qui mêlait étonnement et admiration.

– Harry, tu as intérêt à le battre le jour de la finale ! lança Hermione d'une voix perçante. Tu as vraiment intérêt parce que si Serpentard gagne, je ne le supporterai pas !

– On a un cours de sortilèges, maintenant, dit Ron qui continuait de regarder Hermione avec des yeux ronds. On ferait bien d'y aller.

Ils montèrent alors l'escalier de marbre en direction de la classe du professeur Flitwick.

– Vous êtes en retard, dit le professeur d'un ton réprobateur lorsque Harry ouvrit la porte de la salle. Dépêchez-vous d'entrer, sortez vos baguettes magiques, aujourd'hui, nous étudions les sortilèges d'Allégresse. Nous nous sommes déjà regroupés par équipes de deux.

Harry et Ron se précipitèrent vers une table du fond et ouvrirent leurs sacs. Ron regarda derrière lui.

– Où est passée Hermione ? s'étonna-t-il.

Hermione n'était pas entrée dans la classe et, pourtant, Harry était sûr qu'elle se trouvait à côté de lui lorsqu'il avait ouvert la porte.

– C'est bizarre, dit-il en regardant Ron d'un air interrogateur. Peut-être qu'elle est allée aux toilettes ?

Mais Hermione ne se montra pas.

– Ça lui aurait fait du bien à elle aussi, un petit sortilège d'Allégresse, dit Ron lorsqu'ils quittèrent la classe pour aller déjeuner.

Les sortilèges leur avaient procuré une durable sensation de contentement.

Hermione ne se montra pas non plus au déjeuner. Lorsqu'ils eurent terminé leur dessert, les effets des sortilèges d'Allégresse se dissipèrent et Harry et Ron commencèrent à s'inquiéter.

– Tu ne crois pas que Malefoy aurait pu lui faire quelque chose? demanda Ron d'un air anxieux.

Ils se dépêchèrent de retourner à la tour de Gryffondor, passèrent devant les trolls, donnèrent le mot de passe à la grosse dame et se précipitèrent dans la salle commune.

Hermione était assise à une table. La tête posée sur un livre ouvert d'Arithmancie, elle était profondément endormie. Ils vinrent s'asseoir à ses côtés et Harry lui secoua légèrement l'épaule pour la réveiller.

– Qu… Quoi? balbutia Hermione en se redressant brusquement, l'air affolé. C'est déjà l'heure? Qu'est-ce qu'on a comme cours, maintenant?

– Divination, dit Harry, mais c'est dans vingt minutes. Hermione, comment ça se fait qu'on ne t'ait pas vue au cours de sortilèges?

– Quoi? Oh, non! s'exclama-t-elle. J'ai oublié d'y aller!

– Oublié? s'étonna Harry. Mais tu étais avec nous jusqu'à ce qu'on arrive devant la porte!

– Je n'arrive pas à y croire, gémit Hermione. Le professeur Flitwick devait être furieux contre moi! C'est à cause de Malefoy. Il m'a tellement mise en colère que je ne savais plus où j'en étais.

– Tu sais quoi, Hermione? dit Ron en regardant l'énorme livre d'Arithmancie qui lui avait servi d'oreiller. Je crois que tu es surmenée. Tu en fais trop.

– Non, certainement pas! protesta Hermione en écartant ses cheveux qui lui tombaient devant les yeux. Je me suis simplement trompée, c'est tout. Je vais aller voir le professeur Flitwick et lui dire que je suis désolée… Je vous retrouverai au cours de Divination.

Hermione les rejoignit vingt minutes plus tard au pied de l'échelle qui menait à la salle de classe du professeur Trelawney. Elle semblait exaspérée.

– Je n'arrive pas à croire que j'aie pu manquer le cours des sortilèges d'Allégresse! Je suis sûre qu'on va les avoir aux examens. Le professeur Flitwick nous l'avait laissé entendre!

Ils montèrent ensemble dans la petite salle étouffante, plongée dans la pénombre. Sur chaque table brillait une boule de cristal remplie d'une fumée blanche. Harry, Ron et Hermione s'assirent ensemble à une table délabrée.

— Je croyais qu'on ne devait pas faire les boules de cristal avant le prochain trimestre, murmura Ron en jetant un coup d'œil prudent autour de lui pour voir si le professeur Trelawney ne se cachait pas quelque part.

— Ne te plains pas, ça veut dire qu'on en a fini avec les lignes de la main, répondit Harry. J'en avais assez de la voir s'évanouir à moitié chaque fois qu'elle regardait ma ligne de vie.

— Bonjour à vous tous ! dit la voix familière et mystérieuse du professeur Trelawney qui émergea de l'ombre comme à son habitude.

Parvati et Lavande frémirent d'excitation, le visage baigné de la lueur laiteuse que projetait leur boule de cristal.

— J'ai décidé de commencer l'étude de la boule de cristal un peu plus tôt que je ne l'avais prévu, dit le professeur Trelawney en s'asseyant devant le feu qui brûlait dans la cheminée. Les signes du destin m'ont informée que votre examen de fin d'année portera sur la Sphère et je tiens à ce que vous y soyez bien préparés.

— Non, mais vraiment… « Les signes du destin l'ont informée… » Qui est-ce qui décide du sujet de l'examen ? C'est elle ! Tu parles d'une prédiction ! dit Hermione avec un petit rire, sans se soucier de baisser la voix.

Il était difficile de savoir si le professeur l'avait entendue, car son visage était dissimulé par la pénombre.

— Lire l'avenir dans le cristal est un art particulièrement raffiné, poursuivit le professeur Trelawney comme si de rien n'était. Je ne m'attends pas à ce que vous distinguiez quoi que ce soit lorsque vous plongerez pour la première fois dans les profondeurs infinies de la Sphère. Nous allons commencer par détendre notre perception consciente et nos yeux externes.

Ron fut pris d'un fou rire et dut s'enfoncer le poing dans la bouche pour ne pas être entendu.

— Nous permettrons ainsi à notre Troisième Œil et à notre conscience supérieure de s'ouvrir. Si nous avons de la chance, certains d'entre vous verront peut-être quelque chose avant la fin du cours.

La leçon commença. Harry se sentait ridicule à contempler fixement la boule de cristal. Il avait beau essayer de se vider l'esprit, il ne pouvait s'empêcher de penser que tout cela était parfaitement stupide. Les fous rires étouffés de Ron ne l'aidaient pas, pas plus que les soupirs exaspérés d'Hermione.

– Vous avez vu quelque chose ? demanda-t-il après un quart d'heure de contemplation silencieuse.

– Oui, il y a une trace de brûlure sur cette table, dit Ron, quelqu'un a dû renverser une bougie.

– C'est fou ce qu'on perd comme temps, ici, souffla Hermione. Je pourrais faire quelque chose d'utile à la place. Rattraper mon retard sur les sortilèges d'Allégresse, par exemple.

Le professeur Trelawney passa à côté d'eux dans un bruissement d'étoffe.

– Quelqu'un veut-il que je l'aide à interpréter les présages qui se dessinent dans les ombres de sa boule de cristal ? murmura-t-elle en faisant cliqueter ses bracelets.

– Pas besoin d'aide, murmura Ron. La signification de tout ça est évidente. Il y aura beaucoup de brouillard cette nuit.

Harry et Hermione éclatèrent de rire.

– Allons, voyons ! s'indigna le professeur Trelawney tandis que toutes les têtes se tournaient vers eux.

Parvati et Lavande semblaient scandalisées.

– Vous troublez les vibrations de la clairvoyance ! déclara le professeur.

Elle s'approcha de leur table et observa leur boule de cristal. Harry savait déjà ce qui allait se passer...

– Il y a quelque chose, là ! murmura le professeur Trelawney en se penchant sur la boule dont le reflet se dédoubla dans ses immenses lunettes. Quelque chose qui bouge... Qu'est-ce que c'est ?

Harry était prêt à parier tout ce qu'il possédait, y compris son Éclair de Feu, qu'il ne s'agissait pas de bonnes nouvelles. Et il avait raison...

– Mon pauvre garçon... murmura le professeur Trelawney dans un souffle en levant les yeux vers Harry. Il est là, plus clair que jamais... Il s'avance vers vous, il approche... le Sini...

– Ça suffit, maintenant ! s'exclama Hermione. Vous n'allez pas nous ressortir ce ridicule Sinistros !

Le professeur Trelawney tourna vers Hermione ses yeux immenses. Parvati chuchota quelque chose à l'oreille de Lavande et toutes deux lancèrent également à Hermione un regard noir. Le professeur Trelawney se redressa, sans cesser d'observer Hermione d'un air furieux.

– J'ai le regret de vous dire qu'au moment même où vous êtes entrée pour la première fois dans cette classe, ma chère, il m'est apparu avec évidence que vous n'aviez aucun don pour le noble art de la Divination. Je dois même vous avouer que je ne me souviens pas d'avoir jamais connu un élève aussi désespérément terre à terre.

Il y eut un instant de silence. Puis…

– Très bien ! dit soudain Hermione.

Elle se leva, rangea son livre et mit son sac sur l'épaule en manquant de faire tomber Ron de sa chaise.

– Très bien ! répéta-t-elle. Je laisse tomber ! Je m'en vais !

A la grande stupéfaction de toute la classe, Hermione s'avança vers la trappe à grandes enjambées, l'ouvrit d'un coup de pied et descendit l'échelle.

Il fallut un long moment aux élèves pour retrouver leur calme. Le professeur Trelawney semblait avoir oublié le Sinistros. Elle se détourna soudain de la table de Harry et de Ron, et resserra son châle autour de ses épaules en respirant bruyamment.

– Oooooh ! s'exclama soudain Lavande en faisant sursauter tout le monde. Professeur Trelawney, je viens de me souvenir ! Vous aviez prévu son départ ! N'est-ce pas, professeur ? *Aux alentours de Pâques, quelqu'un parmi nous va nous quitter à tout jamais*. Vous nous aviez prévenus il y a déjà très longtemps, professeur !

Le professeur Trelawney lui adressa un sourire ému.

– C'est vrai, ma chérie, dit-elle. Je savais en effet que Miss Granger nous quitterait. Parfois, pourtant, on espère avoir mal interprété les signes… Il arrive que le Troisième Œil soit un fardeau…

Lavande et Parvati paraissaient bouleversées. Elles poussèrent leurs chaises pour faire de la place au professeur Trelawney en espérant qu'elle allait à présent s'intéresser à leur boule de cristal.

– Elle est déchaînée, aujourd'hui, Hermione, murmura Ron, impressionné.

– Oui… dit Harry.

Il jeta un coup d'œil à la boule de cristal mais ne distingua rien de précis dans les volutes de fumée qui tournoyaient lentement à l'intérieur. Le professeur Trelawney avait-elle vraiment vu le Sinistros, une fois de plus ? Et lui, allait-il le revoir ? Avec la finale de Quidditch qui approchait, ce n'était vraiment pas le moment d'avoir un nouvel acci dent.

Les vacances de Pâques ne furent pas particulièrement reposantes. Jamais les élèves de troisième année n'avaient eu autant de devoirs à faire. Neville Londubat était proche de la crise de nerfs et il n'était pas le seul.

Hermione était celle qui avait le plus de travail. Même débarrassée de la Divination, elle avait davantage de matières à étudier que n'importe qui d'autre. Le soir, elle était généralement la dernière à quitter la salle commune et, le lendemain matin, elle arrivait la première à la bibliothèque. Elle avait des cernes aussi grands que ceux de Lupin et semblait toujours sur le point de fondre en larmes.

Ron s'occupait de la défense de Buck. Lorsqu'il ne faisait pas ses propres devoirs, il se plongeait dans d'énormes volumes consacrés à la vie et aux mœurs des hippogriffes. Ses recherches l'absorbaient tant qu'il en oubliait même d'être désagréable avec Pattenrond.

Harry, lui, devait s'organiser pour faire son travail en fonction des séances d'entraînement de Quidditch, sans parler des interminables discussions tactiques que lui infligeait Dubois. Le match des Gryffondor contre les Serpentard devait avoir lieu le premier samedi après la rentrée de Pâques. Pour l'instant, Serpentard avait deux cents points d'avance. Ce qui signifiait (comme ne manquait pas de le répéter Dubois) qu'ils devaient absolument remporter le match en marquant plus de deux cents points pour gagner la coupe. Ce qui signifiait également que le rôle de Harry serait déterminant dans cette victoire, puisque attraper le Vif d'or rapportait cent cinquante points d'un coup.

– Et donc, tu ne devras attraper le Vif que lorsqu'on aura marqué plus de cinquante points, ne cessait de répéter Dubois à Harry. Sinon, on gagnera le match, mais on perdra la coupe. Tu as compris, n'est-ce pas ? Tu ne devras attraper le Vif que…

– JE LE SAIS, OLIVIER ! hurlait alors Harry.

Tous les élèves de Gryffondor ne pensaient plus qu'au match. Leur équipe n'avait pas gagné la coupe depuis le temps où le légendaire Charlie Weasley (un frère de Ron) occupait le poste d'Attrapeur. Mais nul plus que Harry n'avait le désir de gagner. L'hostilité entre Malefoy et lui n'avait jamais été aussi intense. Malefoy gardait un souvenir cuisant de la boue qu'il avait reçue sur la tête et il était d'autant plus furieux que Harry avait réussi à se tirer d'affaire sans recevoir de punition. Harry, de son côté, n'avait pas oublié sa tentative de sabotage pendant le match contre Serdaigle, mais c'était surtout à cause de ce qui s'était passé avec Buck qu'il avait la volonté farouche de battre Malefoy devant toute l'école réunie.

Jamais on n'avait attendu un match dans une atmosphère aussi pesante. A la fin des vacances de Pâques, la tension entre les deux équipes et entre les deux maisons était à son comble. Des incidents éclataient parfois dans les couloirs et, un jour, un élève de Gryffondor et un autre de Serpentard se retrouvèrent à l'hôpital avec des poireaux qui leur sortaient des oreilles.

Pour Harry, cette situation était particulièrement pénible. Il ne pouvait pas se rendre d'une classe à l'autre sans qu'un Serpentard essaye de lui faire un croche-pied. Dubois avait donné des instructions pour que Harry soit toujours accompagné, au cas où des élèves de Serpentard, notamment Crabbe et Goyle, tenteraient quelque chose pour le mettre hors d'état de jouer. Les élèves de Gryffondor assuraient cette mission avec enthousiasme, si bien qu'il était devenu impossible à Harry d'arriver à l'heure à ses cours, à cause de la foule bruyante et bavarde qui l'entourait en permanence. Harry était encore plus inquiet pour la sécurité de son Éclair de Feu que pour la sienne propre. Lorsqu'il ne s'en servait pas, il l'enfermait dans sa valise soigneusement verrouillée et se précipitait dans le dortoir entre les cours pour vérifier qu'il était toujours là.

La veille du match, toute activité cessa dans la salle commune des Gryffondor. Même Hermione renonça à ouvrir ses livres.

– Je ne peux pas travailler, impossible de me concentrer, dit-elle d'une voix tendue.

Il régnait un vacarme infernal. Fred et George Weasley se défou-laient en se montrant plus bruyants et exubérants que jamais. Dans un coin, Olivier Dubois était penché sur une maquette représentant un terrain de Quidditch sur lequel il faisait bouger de petites figurines avec sa baguette magique, en marmonnant des paroles incompréhensibles. Angelina, Alicia et Katie riaient aux plaisanteries de Fred et de George. Quant à Harry, assis près de Ron et d'Hermione, il se tenait à l'écart en essayant de ne pas penser au lendemain car, lorsqu'il lui arrivait de le faire, il avait soudain l'impression d'avoir avalé quelque chose d'énorme qui cherchait par tous les moyens à sortir de son estomac.

– Tu seras en pleine forme, lui dit Hermione, bien qu'elle eût l'air terrifié.

– Tu as un Éclair de Feu ! dit Ron.

– Oui… répondit Harry, l'estomac noué.

Ce fut un grand soulagement lorsque Dubois se leva brusquement en criant :

– Allez, l'équipe, tous au lit !

Harry dormit mal, cette nuit-là. Tout d'abord, il rêva qu'il avait oublié de se réveiller et que Dubois hurlait : « Où étais-tu passé ? On a été obligés de prendre Neville pour te remplacer ! » Ensuite, il rêva que Malefoy et les autres joueurs de l'équipe des Serpentard arrivaient sur le terrain en chevauchant des dragons ailés. Il volait à toute vitesse en essayant d'éviter un jet de flammes craché par le dragon de Malefoy et s'apercevait soudain qu'il avait oublié son Éclair de Feu. Il faisait alors une longue chute qui le réveilla en sursaut.

Il lui fallut quelques instants pour réaliser que le match n'avait pas encore eu lieu, qu'il était bien en sécurité dans son lit et que l'équipe des Serpentard n'aurait certainement pas le droit de voler sur des dragons. Harry avait très soif. En essayant de faire le moins de bruit possible, il sortit de son lit et alla se verser un peu d'eau d'une cruche en argent posée devant la fenêtre.

Le parc était désert et silencieux. Il n'y avait pas le moindre souffle de vent pour agiter la cime des arbres, dans la forêt interdite. Le Saule cogneur était immobile et paraissait inoffensif. Apparemment, il ferait un temps idéal pour le match.

Harry reposa son gobelet et s'apprêtait à retourner dans son lit lorsqu'il aperçut quelque chose qui attira son attention. Un animal rôdait sur la pelouse que la lune baignait d'une lueur argentée.

Harry se précipita sur sa table de chevet, prit ses lunettes et les mit sur son nez avant de retourner précipitamment devant la fenêtre. Ce ne pouvait pas être le Sinistros ! Pas maintenant, juste avant le match...

Il regarda à nouveau au-dehors, chercha l'animal des yeux et finit par le repérer. A présent, il marchait à la lisière de la forêt... Non, ce n'était pas le Sinistros... C'était un chat... Harry s'agrippa au rebord de la fenêtre : à son grand soulagement, il venait de reconnaître la queue touffue de Pattenrond.

Mais n'y avait-il que lui ? Harry plissa les yeux, le nez collé contre la vitre. Pattenrond semblait s'être arrêté. Harry était sûr d'avoir vu quelque chose d'autre bouger parmi les arbres.

Un instant plus tard, la chose apparut : un énorme chien noir au poil hirsute s'avança sur la pelouse à pas feutrés, accompagné de Pattenrond qui trottinait à côté de lui. Harry l'observa attentivement. Qu'est-ce que cela pouvait bien signifier ? Si Pattenrond, lui aussi, voyait le chien, en quoi pouvait-il s'agir d'un présage de mort uniquement destiné à Harry ?

– Ron ! chuchota Harry. Ron ! Réveille-toi !

– Hein ?

– Viens me dire si tu vois la même chose que moi.

– Il fait tout noir, Harry, marmonna Ron d'une voix pâteuse. Qu'est-ce qui te prend ?

– Là-bas... regarde...

Harry jeta un rapide coup d'œil par la fenêtre.

Pattenrond et le chien avaient disparu. Harry grimpa sur le rebord de la fenêtre pour avoir une vue plongeante sur les alentours immédiats du château, mais ils n'étaient pas là non plus. Où étaient-ils passés ? Un ronflement sonore lui indiqua que Ron s'était rendormi.

Lorsque Harry et les autres joueurs de Gryffondor entrèrent dans la Grande Salle, le lendemain matin, ils furent accueillis par des acclamations. Harry eut un large sourire en voyant que les élèves de Serdaigle et de Poufsouffle les applaudissaient aussi. Les Serpentard, en revanche, sifflèrent bruyamment sur leur passage et Harry remarqua que Malefoy était encore plus pâle que d'habitude.

Dubois ne cessa d'encourager ses joueurs à manger alors que lui-même ne touchait à rien. Puis, il les pressa de sortir avant que les autres aient fini, afin d'aller se rendre compte des conditions météorologiques. Lorsqu'ils quittèrent la Grande Salle, les applaudissements retentirent à nouveau.

– Bonne chance ! cria Cho Chang à Harry qui se sentit rougir.

– Bon, ça va... Pratiquement pas de vent... Le soleil est un peu fort, ça pourrait provoquer quelques problèmes de visibilité, faites attention... Le sol est plutôt dur, c'est bien, on aura un meilleur élan au décollage...

Dubois, suivi de son équipe, arpenta le terrain en jetant des regards autour de lui. Enfin, les portes du château s'ouvrirent et les élèves sortirent en masse sur la pelouse.

– Dans les vestiaires, dit sèchement Dubois.

Personne ne prononça un mot pendant qu'ils revêtaient leurs robes écarlates. Harry se demanda si les autres aussi avaient l'impression d'avoir mangé quelque chose de très remuant pour leur petit déjeuner... Enfin, Dubois annonça :

– Allons-y, c'est l'heure...

Leur entrée sur le terrain déclencha une véritable tempête sonore. Les trois quarts de la foule arboraient des rosettes écarlates et agitaient des drapeaux de même couleur, ornés du lion de Gryffondor. ALLEZ GRYFFONDOR ! LA COUPE AUX LIONS ! lisait-on sur les banderoles. Derrière les buts de Serpentard, en revanche, deux cents élèves étaient habillés de vert et le serpent argenté de leur équipe scintillait sur leurs drapeaux. Le professeur Rogue, assis au premier rang, était également vêtu de vert et souriait d'un air féroce.

– Voici l'équipe de Gryffondor ! s'écria Lee Jordan qui assurait le commentaire du match, comme à l'accoutumée. Potter, Bell, Johnson, Spinnet, Weasley et Weasley, et Dubois. Reconnue comme la meilleure équipe que Poudlard ait jamais eue depuis un bon nombre d'années...

Son commentaire fut accueilli par les huées des supporters de Serpentard.

– Voici maintenant l'équipe de Serpentard, menée par le capitaine Flint. Il a effectué quelques changements parmi ses joueurs et il semble qu'il ait privilégié la taille par rapport à l'intelligence...

Nouvelles huées sur les gradins des Serpentard. Harry, cependant, pensa que Lee n'avait pas tort. Malefoy était de très loin le joueur le moins grand de son équipe, tous les autres étaient des colosses.

– Les deux capitaines, vous vous serrez la main, dit Madame Bibine.

Flint et Dubois s'approchèrent l'un de l'autre et se serrèrent la main comme si chacun essayait de briser les phalanges de l'autre.

– Enfourchez vos balais, dit Madame Bibine. Trois... deux... un...

Son coup de sifflet fut noyé par les cris de la foule qui saluèrent l'envolée des quatorze joueurs. Harry sentit le vent s'engouffrer dans ses cheveux et le plaisir qu'il éprouvait à voler dissipa son trac. Il jeta un regard autour de lui, vit Malefoy qui le suivait de près et accéléra brutalement en quête du Vif d'or.

– Gryffondor à l'attaque, annonça Lee Jordan. Alicia Spinnet, en possession du Souafle, descend vers les buts de Serpentard. Bravo, Alicia ! Argh, non... Le Souafle est intercepté par Warrington de l'équipe de Serpentard... ET VLAN ! George Weasley dévie un Cognard sur Warrington qui lâche le Souafle, récupéré par... Johnson. Gryffondor de nouveau à l'attaque. Vas-y, Angelina... Attention, Angelina, un Cognard ! ET ELLE MARQUE ! DIX À ZÉRO EN FAVEUR DE GRYFFONDOR !

Angelina leva le poing en signe de victoire sous les cris enthousiastes des supporters de Gryffondor.

– AÏE !

Angelina faillit être jetée à bas de son balai par Marcus Flint qui venait de la heurter de plein fouet.

– Désolé, dit Flint, tandis que des huées montaient de la foule. Désolé, je ne l'ai pas vue !

Un instant plus tard, Fred Weasley donna un coup de batte à l'arrière du crâne de Flint qui s'écrasa le nez contre le manche de son balai et se mit à saigner.

– Ça suffit comme ça ! s'écria Madame Bibine qui vint se placer entre eux sur son balai. Un penalty en faveur de Gryffondor pour attaque injustifiée envers un de leurs Poursuiveurs ! Et un penalty en faveur de Serpentard pour coup de batte délibéré à l'un de leurs Poursuiveurs !

– Arrêtez, madame ! s'exclama Fred.

Mais Madame Bibine avait déjà donné son coup de sifflet et ce fut Alicia qui tira le penalty.

– Vas-y, Alicia ! hurla Lee dans le silence qui s'était soudain abattu sur le stade.

– Bravo, elle a marqué ! Vingt à zéro en faveur de Gryffondor !

Harry prit un virage serré pour regarder Flint, qui saignait toujours, tirer le penalty en faveur de Serpentard. Dubois, les mâchoires serrées, défendait ses buts.

– Dubois est un excellent gardien, commenta Lee Jordan tandis que Flint attendait le coup de sifflet de Madame Bibine.

– Vraiment excellent, poursuivit Jordan. Très difficile de marquer avec lui... très difficile. . Oui ! Incroyable ! Il a réussi à bloquer !

Soulagé, Harry repartit à la recherche du Vif d'or, sans cesser d'écouter attentivement le commentaire de Lee Jordan. Il était vital qu'il tienne Malefoy à bonne distance du Vif d'or jusqu'à ce que Gryffondor obtienne une avance de plus de cinquante points...

– Gryffondor à l'attaque, non, Serpentard à l'attaque... Non, Gryffondor, avec Katie Bell en possession du Souafle, elle file vers les buts... Oh ! Ils l'ont fait exprès !

Montague, un Poursuiveur de Serpentard, avait coupé la trajectoire de Katie mais, au lieu de s'emparer du Souafle, il lui avait attrapé la tête et Katie avait fait un tonneau en parvenant d'extrême justesse à rester sur son balai. Mais elle avait perdu le Souafle.

Madame Bibine donna un nouveau coup de sifflet et se précipita sur Montague en hurlant. Une minute plus tard, Katie avait marqué un nouveau penalty contre Serpentard.

– Trente à zéro ! Bien fait pour vous, bande de sales tricheurs...

– Jordan, soyez moins partial dans vos commentaires !

– Je dis les choses telles qu'elles sont, professeur !

Harry se sentit soudain comme électrisé. Il venait d'apercevoir le Vif d'or qui scintillait aux pieds de l'un des buts de Gryffondor. Mais il était trop tôt pour l'attraper. Et si jamais Malefoy le voyait...

Feignant une brusque concentration, Harry vira sur place et fonça vers les buts de Serpentard. Son stratagème réussit. Malefoy se lança à sa poursuite, convaincu que Harry avait vu le Vif d'or dans cette direction.

Swoooooooshhhhhhh !

Un Cognard venait de siffler aux oreilles de Harry, lancé par Derrick, le gigantesque Batteur de Serpentard. Un instant plus tard...

SWOOOOOOSHHHHHHH !

Le second Cognard frôla le coude de Harry. Bole, l'autre Batteur de Serpentard, s'approchait à toute vitesse.

Harry vit Bole et Derrick foncer en même temps vers lui, leurs battes levées...

Au tout dernier moment, il tira sur le manche de son balai qui monta tout à coup en chandelle tandis que Bole et Derrick s'écrasaient l'un contre l'autre dans un craquement sinistre.

– Ha ! Ha ! Ha ! s'écria Lee Jordan qui regardait les Batteurs de Serpentard zigzaguer en se tenant la tête. Pas de chance, les gars ! Il faudra vous lever plus tôt que ça pour battre un Éclair de Feu ! Gryffondor de nouveau à l'attaque, Johnson s'empare du Souafle, suivie par Flint... Mets-lui un doigt dans l'œil, Angelina ! Non, non, professeur, c'était une simple plaisanterie. Aïe ! Flint a repris le Souafle, Flint fonce vers les buts de Gryffondor. Vas-y, Dubois, bloque !

Mais Flint marqua un but. Il y eut une explosion de cris enthousiastes sur les gradins de Serpentard et Lee poussa de tels jurons que le professeur McGonagall essaya de lui arracher des mains le porte-voix magique.

– Désolé, professeur ! dit-il. Désolé, ça ne se reproduira plus ! Donc, Gryffondor mène par trente points à dix et c'est Gryffondor qui est à l'attaque...

Ce match était en train de devenir le plus déloyal que Harry ait jamais joué. Fous de rage que Gryffondor ait si vite pris de l'avance, les joueurs de Serpentard ne reculaient devant aucun moyen pour s'emparer du Souafle. Bole frappa Alicia avec sa batte en assurant qu'il l'avait prise pour un Cognard. George Weasley lui donna un coup de coude dans la figure à titre de représailles. Madame Bibine accorda un penalty à chaque équipe et Dubois, dans un bond spectaculaire, parvint à bloquer le Souafle. Le score était à présent de quarante à dix en faveur de Gryffondor.

Le Vif d'or avait à nouveau disparu. Malefoy continuait de suivre Harry qui restait en altitude, scrutant les alentours... dès que Gryffondor aurait plus de cinquante points d'avance...

Katie marqua. Cinquante à dix. Fred et George l'escortèrent, leurs battes levées au cas où des joueurs de Serpentard auraient voulu se venger d'elle. Bole et Derrick profitèrent de l'absence de Fred et de

George pour lancer les Cognards en direction de Dubois qui les reçut en plein dans le ventre et fit un tonneau dans les airs en se cramponnant à son balai, la respiration coupée.

Madame Bibine était furieuse.

– *On n'attaque pas le Gardien tant que le Souafle ne se trouve pas dans la zone de tir !* hurla-t-elle à l'adresse de Bole et de Derrick. Un penalty en faveur de Gryffondor !

Et Angelina marqua. Soixante à dix. Quelques instants plus tard, Fred Weasley envoya un Cognard à Warrington en lui faisant sauter le Souafle des mains. Alicia s'en empara et marqua un autre but. Soixante-dix à dix pour Gryffondor.

Sur les gradins, les supporters de Gryffondor hurlaient à s'en casser la voix. Leur équipe avait soixante points d'avance et si Harry attrapait le Vif d'or maintenant, ils gagnaient la coupe. Harry sentait tous les regards braqués sur lui tandis qu'il faisait le tour du terrain, loin au-dessus des autres joueurs, suivi de près par Malefoy.

Et soudain, il le vit. Le Vif d'or étincelait à quelques mètres au-dessus de lui.

Harry donna une puissante accélération à son balai. Le vent lui sifflait aux oreilles. Il tendit la main mais, tout à coup, l'Éclair de Feu ralentit…

Horrifié, il regarda autour de lui. Malefoy s'était jeté en avant et avait saisi l'extrémité du balai qu'il tirait vers lui.

– Espèce de…

Harry était si furieux qu'il aurait volontiers frappé Malefoy, mais il était hors de portée. Malefoy, haletant, se cramponnait à l'Éclair de Feu, les yeux brillant d'une lueur narquoise. Il avait obtenu ce qu'il voulait : le Vif d'or avait à nouveau disparu.

– Penalty ! Penalty en faveur de Gryffondor ! Je n'ai jamais vu une telle façon de jouer ! hurla Madame Bibine.

– Espèce de sale tricheur ! cria Lee Jordan dans le mégaphone en se tenant à distance du professeur McGonagall. Espèce d'abominable petit…

Mais le professeur McGonagall ne s'offusqua même pas du terme qu'il venait d'employer. Elle était trop occupée à brandir le poing en direction de Malefoy. Son chapeau était tombé et elle aussi hurlait avec colère.

Alicia tira le penalty, mais elle était si furieuse qu'elle rata le but d'un bon mètre. L'équipe de Gryffondor perdait sa concentration tandis que les Serpentard, ravis du mauvais coup de Malefoy, se sentaient stimulés.

— Serpentard à l'attaque. Serpentard devant les buts, Montague marque... grogna Lee. Soixante-dix à vingt en faveur de Gryffondor..

Harry à présent volait si près de Malefoy que leurs genoux ne cessaient de se heurter. Harry était bien décidé à ne pas laisser Malefoy s'approcher du Vif d'or.

— Dégage, Potter ! lança Malefoy, agacé, alors que Harry lui barrait le chemin.

— Angelina Johnson s'empare du Souafle, commenta Lee Jordan. Vas-y, Angelina, vas-y !

Harry jeta un coup d'œil vers le terrain. A part Malefoy, tous les joueurs de Serpentard, y compris le Gardien de but se précipitaient vers Angelina pour lui bloquer la route...

Harry changea de cap. Il se pencha en avant, allongé sur le manche de son Éclair de Feu, et le lança à fond, fonçant comme un boulet de canon sur les Serpentard.

— AAAAAAARRRG !

En voyant l'Éclair de Feu fondre sur eux, les Serpentard se dispersèrent comme une volée de moineaux. La voie était libre pour Angelina.

— ELLE MARQUE ! ELLE MARQUE ! Gryffondor mène par quatre-vingts points à vingt !

Harry, qui avait failli s'écraser contre les gradins, parvint à s'arrêter de justesse dans les airs puis fit demi-tour et fila à nouveau vers le milieu du terrain.

Son cœur faillit alors s'arrêter de battre. Il vit Malefoy, l'air triomphant, qui fonçait en piqué. A un peu plus d'un mètre au-dessus du sol brillait un minuscule point doré.

Harry libéra toute la puissance de l'Éclair de Feu, mais Malefoy lui semblait avoir des kilomètres d'avance.

— Vas-y ! Vas-y ! Vas-y ! murmurait Harry à son balai.

Il gagnait du terrain sur Malefoy... Harry se coucha sur le manche tandis que Bole lui envoyait un Cognard... Il se trouvait juste derrière Malefoy, à présent... Puis il parvint à sa hauteur..

Harry se jeta en avant, lâchant son balai des deux mains. Il repoussa le bras tendu de Malefoy, et...

– OUAAAAAAIIIIII !

Le poing en l'air, Harry remonta en chandelle. Un tonnerre d'acclamations explosa dans le stade. Harry s'éleva au-dessus de la foule des spectateurs et sentit ses oreilles tinter étrangement. Il tenait bien serrée dans son poing la petite balle d'or qui battait vainement des ailes contre ses doigts.

Dubois se précipita sur lui, ruisselant de larmes, le prit par le cou et sanglota contre son épaule. Harry sentit deux grandes secousses : Fred et George venaient de les rejoindre. Puis il entendit les voix d'Angelina, d'Alicia et de Katie qui criaient : « On a gagné la coupe ! On a gagné la coupe ! » Les bras enchevêtrés dans leurs étreintes, les joueurs de Gryffondor se laissèrent descendre vers le sol en hurlant à perdre haleine.

Des vagues successives de supporters vêtus de robes écarlates submergèrent les barrières et envahirent le terrain. Harry, dans un état second, sentait des corps qui se pressaient contre le sien dans un vacarme grandissant. Puis tous les joueurs de l'équipe furent hissés sur les épaules de la foule. Projeté dans la clarté du soleil, Harry vit Hagrid, les vêtements parsemés de rosettes écarlates.

– Tu les as battus, Harry ! Tu les as battus ! Quand je raconterai ça à Buck !

Oubliant toute dignité, Percy sautait sur place comme un dément, le professeur McGonagall pleurait à chaudes larmes, s'essuyant les yeux avec un grand drapeau de Gryffondor, et Ron et Hermione se frayaient un chemin à grands coups de coudes pour rejoindre Harry. Incapables de prononcer un mot, ils se contentèrent de lui adresser un sourire rayonnant tandis qu'il était emporté vers les gradins où Dumbledore attendait l'équipe avec la gigantesque coupe de Quidditch.

Quelques instants plus tard, Dubois, toujours en larmes, tendait la coupe à Harry. Si seulement un Détraqueur avait pu apparaître en cet instant... Harry aurait certainement produit le plus magnifique Patronus qu'on ait jamais vu...

16

LA PRÉDICTION
DU PROFESSEUR TRELAWNEY

L'état d'euphorie dans lequel la victoire de la coupe de Quidditch avait plongé Harry dura une bonne semaine. Même le temps semblait participer à la fête : à l'approche des premiers jours de juin, le ciel se dégageait de ses nuages, la température augmentait, et les élèves n'avaient plus d'autre envie que de s'allonger dans l'herbe avec quelques pintes de jus de citrouille bien frais à portée de main.

Mais c'était malheureusement impossible. Les examens étaient imminents et, au lieu de paresser au soleil, tout le monde était forcé de rester dans le château à se concentrer sur de gros volumes, sans céder aux appels de la brise printanière qui s'insinuait par les fenêtres. Même Fred et George Weasley avaient été surpris à travailler. Ils devaient passer leur BUSE (Brevet Universel de Sorcellerie Élémentaire). Percy, lui, préparait son ASPIC (Accumulation de Sorcellerie Particulièrement Intensive et Contraignante), le plus haut diplôme délivré à Poudlard. Comme il avait l'intention d'entrer au ministère de la Magie, il lui fallait figurer en tête du classement. Il devenait donc de plus en plus irritable et distribuait de sévères punitions à quiconque troublait la tranquillité de la salle commune. La seule personne qui semblait encore plus anxieuse que Percy, c'était Hermione.

Harry et Ron avaient renoncé à lui demander comment elle s'y prenait pour assister à plusieurs cours en même temps, mais ils ne purent s'empêcher de reposer une dernière fois la question lorsqu'ils virent le programme de ses épreuves d'examen. Dans la première colonne, on lisait :

Lundi
9h Arithmancie

9h Métamorphose

Déjeuner

13h Sortilèges

13h Étude des runes

– Hermione, dit prudemment Ron, sachant qu'elle était sujette aux explosions de colère quand on la dérangeait. Heu... Tu es sûre que tu ne t'es pas trompée en copiant tes horaires ?

– Quoi ? répondit sèchement Hermione en examinant son emploi du temps. Non, bien sûr que je ne me suis pas trompée.

– Est-ce qu'on peut te demander comment tu comptes passer deux examens en même temps ? demanda Harry.

– Non, répondit Hermione, agacée.

Et elle se replongea dans ses livres.

Au même moment, Hedwige s'engouffra par la fenêtre, une lettre dans le bec.

– C'est Hagrid, dit Harry en ouvrant l'enveloppe. L'audience en appel a été fixée au 6.

– Ce sera le dernier jour des examens, dit Hermione.

– Et c'est ici que l'audience aura lieu, dit Harry qui continuait de lire la lettre. Il y aura un délégué du ministère de la Magie et... et un bourreau !

Hermione releva brusquement la tête.

– Ils font venir le bourreau en appel ! Ça veut dire qu'ils ont déjà pris leur décision !

– En effet, dit lentement Harry.

– Impossible ! s'exclama Ron. J'ai passé un temps fou à lire des trucs pour lui, ils ne vont quand même pas refuser d'écouter tout ça !

Mais Harry avait la terrible impression que Mr Malefoy avait déjà réussi à convaincre les membres de la Commission. Drago, qui s'était montré étonnamment réservé depuis le triomphe de Gryffondor lors de la finale de Quidditch, avait repris ses airs bravaches depuis quelques jours. D'après les commentaires narquois que Harry l'avait entendu faire, il avait la certitude que Buck serait mis à mort et paraissait enchanté d'en être la cause. Dans ces occasions-là, Harry avait du mal à se retenir d'imiter Hermione et d'aller frapper Malefoy. Le pire, c'était qu'ils n'avaient ni le temps ni la possibilité d'aller voir Hagrid en raison des strictes mesures de sécurité toujours en vigueur. Et

Harry n'osait pas aller récupérer sa cape d'invisibilité sous la statue de la sorcière borgne.

Pendant la semaine des examens, le château connut un silence inhabituel. Le lundi, les troisième année avaient le teint grisâtre en sortant de l'épreuve de Métamorphose. Parmi les exercices imposés, ils avaient dû changer une théière en tortue et Hermione exaspéra tout le monde en se plaignant que la sienne avait l'air d'une tortue marine, alors qu'il aurait fallu faire une tortue terrestre.

Après un rapide déjeuner, ils passèrent l'épreuve de sortilèges. Hermione avait eu raison : le professeur Flitwick avait choisi pour sujet les sortilèges d'Allégresse.

Lorsqu'ils eurent dîné, les élèves se précipitèrent dans leurs salles communes respectives pour réviser les épreuves du lendemain.

Au matin, Hagrid fit passer l'examen de Soins aux créatures magiques. Il paraissait très inquiet et semblait avoir la tête ailleurs. Jamais un examen n'avait été aussi facile à réussir et Harry, Ron et Hermione eurent tout le temps de lui parler.

– Buck est un peu déprimé, leur dit Hagrid en se penchant vers eux. Ça fait trop longtemps qu'il est enfermé… On sera fixés après-demain.

Comme il pouvait s'y attendre, l'épreuve de potions se passa très mal pour Harry et Rogue gribouilla dans son carnet quelque chose qui ressemblait à un zéro.

L'avant-dernier examen se déroula le jeudi matin. Il s'agissait de l'épreuve de Défense contre les forces du Mal. Le professeur Lupin avait organisé dans le parc une sorte de course d'obstacles au long de laquelle ils devaient affronter les diverses créatures dont ils avaient appris à se protéger. L'épreuve se terminait par un combat contre un épouvantard caché dans une malle.

– Excellent, murmura Lupin lorsque Harry eut terminé. Vingt sur vingt.

A la fin de l'examen, Harry, Ron et Hermione retournèrent au château et se figèrent sur place en voyant un visiteur inattendu debout en haut des marches.

Cornelius Fudge, qui transpirait légèrement, était vêtu de son habituelle cape à rayures. Il sursauta lorsqu'il reconnut Harry.

– Bonjour, Harry ! lança-t-il. J'imagine que tu viens de passer un examen ? C'est presque fini ?

– Oui, répondit Harry.

– Belle journée, dit Fudge en jetant un coup d'œil au lac. Dommage… Dommage…

Il poussa un profond soupir et regarda à nouveau Harry.

– Je suis venu remplir une mission bien désagréable… La Commission d'Examen des Créatures dangereuses a demandé un témoin pour assister à la mise à mort d'un hippogriffe atteint de folie. Comme je devais me rendre à Poudlard pour voir où en est l'affaire Sirius Black, c'est moi qui ai hérité de la corvée.

– L'audience en appel a déjà eu lieu ? intervint Ron en s'avançant vers le ministre.

– Non, elle est prévue cet après-midi, répondit Fudge qui regarda Ron d'un air intrigué.

– Dans ce cas, il n'y aura peut-être pas du tout de mise à mort, dit Ron d'un ton décidé. L'hippogriffe sera peut-être épargné ?

Mais avant que Fudge ait eu le temps de répondre, deux sorciers sortirent du château, derrière lui. L'un d'eux était si âgé qu'il donnait l'impression de se ratatiner à vue d'œil, l'autre était grand et robuste, avec une fine moustache noire. Harry devina qu'il s'agissait des représentants de la Commission car le vieux sorcier plissa les yeux en regardant la cabane de Hagrid et dit d'une voix faible :

– Mon dieu, mon dieu, je me fais trop vieux pour ce genre de choses… C'est prévu à quatorze heures, n'est-ce pas, Fudge ?

L'homme à la moustache noire tripotait quelque chose accroché à sa ceinture. Harry regarda attentivement et vit qu'il passait son large pouce sur le tranchant d'une hache à la lame étincelante. Ron ouvrit la bouche pour dire quelque chose, mais Hermione lui donna un vigoureux coup de coude dans les côtes et fit un signe de tête en direction du château.

– Pourquoi tu n'as pas voulu que je parle ? protesta Ron avec colère lorsqu'ils entrèrent dans la Grande Salle pour aller déjeuner. Tu les as vus ? La hache est déjà prête ! C'est ça qu'on appelle la justice ?

– Ron, ton père travaille au ministère. Tu ne peux pas dire des choses comme ça à son patron, répondit Hermione, qui paraissait tout aussi scandalisée que lui. Si Hagrid garde son sang-froid, cette fois-ci, et qu'il défend bien sa cause, ils ne peuvent tout de même pas exécuter Buck…

Harry, cependant, voyait bien qu'Hermione ne croyait pas vraiment à ce qu'elle disait. Autour d'eux, les élèves surexcités parlaient avec entrain de la fin des examens dont le dernier avait lieu l'après-midi, mais Harry, Ron et Hermione, très inquiets pour Hagrid et pour Buck, ne participaient pas à l'enthousiasme général.

Pour leur dernier examen, Harry et Ron devaient passer l'épreuve de Divination et Hermione celle d'étude des Moldus.

– Elle nous prend un par un, dit Neville à Ron et à Harry lorsqu'ils rejoignirent les autres élèves qui attendaient sous la trappe. Vous avez déjà vu quelque chose dans une boule de cristal, vous ? ajouta-t-il d'un air affligé.

– Non, répondit Ron, l'esprit ailleurs.

Il ne cessait de consulter sa montre, attendant le moment où devait avoir lieu le recours en appel de Buck.

Chaque fois qu'un élève redescendait l'échelle d'argent après avoir subi l'examen, les autres chuchotaient d'un air anxieux :

– Alors, ça s'est bien passé ? Qu'est-ce qu'elle a demandé ?

Mais tout le monde refusait de répondre.

– Elle a vu dans la boule de cristal que si je vous disais quoi que ce soit, j'aurais un horrible accident ! couina Neville en redescendant l'échelle.

– C'est pratique ! grogna Ron. Je commence à penser qu'Hermione avait raison, tout ça, c'est de la mystification.

– Oui, dit Harry en regardant sa propre montre.

Il était deux heures de l'après-midi.

– J'aimerais bien qu'elle se dépêche un peu, ajouta-t-il.

Parvati descendit l'échelle. Elle avait l'air très contente d'elle.

– Elle a dit que j'avais toutes les qualités d'une vraie voyante, annonça-t-elle à Ron et à Harry. J'ai vu énormément de choses... Bonne chance !

– Ronald Weasley, dit la voix familière au-dessus de leur tête.

Ron fit une grimace et monta l'échelle. Harry était à présent le dernier candidat. Il s'assit par terre, le dos contre le mur, écoutant une mouche qui volait devant la fenêtre ensoleillée. Il pensait à Hagrid.

Enfin, au bout de vingt minutes, les pieds de Ron réapparurent sur l'échelle.

– Comment ça s'est passé ? demanda Harry en se relevant

– Très mal, répondit Ron. Je ne voyais rien du tout, alors, j'ai inventé quelque chose, mais je crois qu'elle n'était pas convaincue…

– Je te retrouve dans la salle commune, murmura Harry tandis que le professeur Trelawney appelait son nom.

La petite pièce confinée était plus étouffante que jamais et les habituels parfums qui flottaient dans l'air firent tousser Harry lorsqu'il s'avança d'un pas chancelant vers le professeur Trelawney, assise devant une grosse boule de cristal.

– Bonjour, mon cher, dit-elle à voix basse. Si vous voulez bien plonger votre regard dans cette Sphère… Prenez votre temps… Vous me direz ensuite ce que vous aurez vu…

Harry se pencha sur la boule de cristal et regarda aussi fixement que possible, avec la volonté de voir autre chose que des volutes de fumée, mais rien ne se produisit.

– Alors ? demanda le professeur Trelawney d'une voix douce.

La chaleur était insupportable et les senteurs ambiantes lui picotaient les narines. Harry repensa à ce que Ron lui avait dit et lui aussi décida d'inventer quelque chose.

– Heu… je vois une forme sombre… prétendit-il.

– A quoi ressemble-t-elle ? murmura le professeur Trelawney. Réfléchissez bien…

Harry sauta sur la première pensée qui lui vint à l'esprit.

– A un hippogriffe, dit-il d'un ton assuré.

– Vraiment ? chuchota le professeur Trelawney en griffonnant rapidement quelque chose sur le parchemin posé sur ses genoux. Mon garçon, vous êtes sans doute en train de voir comment vont se terminer les ennuis de ce pauvre Hagrid avec le ministère de la Magie ! Regardez bien… Est-ce que l'hippogriffe a toujours… sa tête ?

– Oui, affirma Harry.

– Vous êtes sûr ? Vraiment sûr, mon garçon ? Vous ne le voyez pas en train de se tordre sur le sol avec une silhouette sombre qui brandit une hache derrière lui ?

– Non, répondit Harry qui commençait à ne pas se sentir très bien.

– Pas de sang ? Vous ne voyez pas Hagrid en train de pleurer ?

– Non ! répéta Harry.

Il n'avait plus qu'une idée en tête : fuir cette pièce et sa chaleur étouffante.

– Au contraire, il a l'air en pleine forme… Il s'envole…

Le professeur Trelawney soupira.

– Eh bien, mon garçon, je crois que nous allons en rester là… C'est un peu décevant, je ne vous le cache pas… Mais je suis sûre que vous avez fait de votre mieux.

Soulagé, Harry se leva, ramassa son sac et s'apprêtait à s'en aller lorsqu'une voix dure et sonore retentit derrière lui.

– *Ça se passera ce soir !*

Harry se retourna. Le professeur Trelawney s'était figée dans son fauteuil, le regard vague, la mâchoire pendante.

– P… pardon ? dit Harry.

Mais le professeur ne semblait pas l'entendre. Ses yeux se mirent à rouler dans leurs orbites. Harry, paniqué, resta là à la regarder. Elle semblait sur le point d'avoir une crise de quelque chose. Il hésita, en se demandant s'il devait se précipiter à l'infirmerie. Puis le professeur reprit la parole de cette même voix dure, si différente de celle qu'on lui connaissait.

– *Le Seigneur des Ténèbres est là, solitaire, abandonné de ses amis. Pendant douze ans, son serviteur a été enchaîné. Ce soir, avant minuit, le serviteur brisera ses chaînes et ira rejoindre son maître. Avec l'aide de son serviteur, le Seigneur des Ténèbres surgira à nouveau, plus puissant et plus terrible que jamais. Ce soir… avant minuit… le serviteur… ira… rejoindre… son maître…*

La tête du professeur Trelawney tomba sur sa poitrine. Elle laissa échapper une sorte de grognement, puis, brusquement, elle se redressa.

– Je suis désolée, mon garçon, dit-elle, comme perdue dans un rêve. La chaleur, sans doute… Je me suis assoupie pendant un instant…

Harry, immobile, continuait de la regarder.

– Qu'y a-t-il, mon garçon ?

– Vous… vous venez de me dire que le Seigneur des Ténèbres va surgir à nouveau… que son serviteur s'apprête à le rejoindre…

Le professeur Trelawney eut l'air surpris.

– Le Seigneur des Ténèbres ? Celui-Dont-On-Ne-Doit-Pas-Prononcer-Le-Nom ? Mon garçon, ce n'est pas un sujet de plaisanterie… Surgir à nouveau, voyez-vous ça !

– C'est ce que vous venez de dire ! Vous avez dit que le Seigneur…

– Vous aussi, vous avez dû vous assoupir, coupa le professeur Trelawney. Jamais je ne m'aventurerais à prédire quelque chose d'aussi invraisemblable !

Harry redescendit l'échelle, puis l'escalier, en se posant des questions... Le professeur Trelawney avait-elle fait une véritable prédiction ? Ou bien avait-elle voulu l'impressionner pour pimenter un peu la fin des examens ?

Cinq minutes plus tard, Harry arriva en courant à la tour de Gryffondor. La salle commune était presque déserte. Seuls Ron et Hermione étaient là, assis dans un coin.

– Le professeur Trelawney, dit Harry hors d'haleine, vient de me raconter que...

Mais il s'interrompit en voyant l'expression de leur visage.

– Hagrid a perdu, dit Ron d'une voix faible. Il vient de nous envoyer ça.

Cette fois, le mot de Hagrid ne portait pas de traces de larmes mais ses mains avaient tellement tremblé que son écriture était à peine lisible.

Avons perdu en appel. Ils vont le mettre à mort au coucher du soleil. Vous ne pouvez plus rien faire. Ne venez pas. Je ne veux pas que vous regardiez ça.

Hagrid

– Il faut y aller, dit aussitôt Harry. On ne peut pas le laisser tout seul à attendre le bourreau.

– Au coucher du soleil, dit Ron qui regardait par la fenêtre d'un œil éteint. On n'aura jamais le droit de sortir... Surtout toi, Harry...

– Si seulement on avait la cape d'invisibilité, dit Harry, l'air songeur.

– Où est-elle ? demanda Hermione.

Harry lui raconta qu'il l'avait laissée dans le passage secret, sous la statue de la sorcière borgne.

– Si jamais Rogue me voit encore dans ce coin-là, j'aurai de sérieux ennuis, ajouta-t-il.

– C'est vrai, dit Hermione en se levant. Si c'est toi qu'il voit... Comment on fait pour ouvrir la bosse de la sorcière ?

– Il faut lui donner un coup de baguette magique en disant «*Dissendium*», mais...

Hermione n'attendit pas qu'il ait terminé sa phrase. Elle traversa la salle à grands pas, poussa le portrait de la grosse dame et disparut.

– Elle ne va quand même pas aller la chercher elle-même ? dit Ron, les yeux ronds.

Un quart d'heure plus tard, cependant, Hermione était de retour avec la cape d'invisibilité soigneusement pliée sous sa robe.

– Hermione, qu'est-ce qui t'arrive, ces temps-ci ? s'exclama Ron. D'abord, tu donnes une gifle à Malefoy, ensuite tu quittes le cours du professeur Trelawney…

L'air admiratif de Ron sembla flatter Hermione.

Ils descendirent dîner avec les autres mais à la fin du repas, au lieu de retourner à la tour de Gryffondor, ils allèrent se cacher dans une classe vide à proximité du hall d'entrée. Lorsqu'ils n'entendirent plus aucun bruit, Hermione passa la tête par la porte entrebâillée.

– Ça va, dit-elle, on peut y aller.

Ils se recouvrirent de la cape que Harry avait dissimulée sous sa robe de sorcier, traversèrent le hall sur la pointe des pieds puis descendirent les marches jusqu'à la pelouse. Le soleil se couchait déjà derrière la forêt interdite, entourant d'un liseré d'or les plus hautes branches des arbres.

Lorsqu'ils frappèrent à la porte de la cabane, Hagrid mit un long moment à venir leur ouvrir. Il avait le teint pâle et tremblait de tout son corps.

– C'est nous, chuchota Harry. On a mis la cape d'invisibilité. Laissez-nous entrer, qu'on puisse l'enlever.

– Vous n'auriez pas dû venir, murmura Hagrid en s'écartant pour les laisser passer.

Il referma rapidement la porte et Harry enleva la cape.

Hagrid ne pleurait pas, il ne leur tomba pas dans les bras. Il avait l'air de ne plus savoir où il en était et son désarroi était bien plus déchirant que des larmes.

– Vous voulez du thé ? demanda-t-il.

Ses mains tremblaient lorsqu'il prit la bouilloire.

– Où est Buck ? demanda Hermione d'une voix hésitante.

– Je… Je l'ai sorti, répondit Hagrid en renversant du lait sur la table. Il est attaché dans le potager. J'ai pensé qu'il aimerait bien voir les arbres et respirer un peu d'air frais avant…

Ses mains tremblaient si violemment que le pot au lait lui échappa et se brisa sur le sol.

– Je vais arranger ça, Hagrid, dit Hermione qui se dépêcha d'essuyer par terre.

– Il y a un autre pot dans le buffet, dit Hagrid en s'asseyant et en s'essuyant le front d'un revers de manche.

Harry et Ron échangèrent un regard désolé.

– Est-ce qu'on peut faire quelque chose, Hagrid ? demanda Harry d'un ton décidé. Dumbledore…

– Il a essayé, répondit Hagrid. Mais il n'a pas le pouvoir d'annuler une décision de la Commission. Il leur a dit que Buck n'était pas dangereux, mais ils ont peur… Vous connaissez Lucius Malefoy… J'imagine qu'il les a menacés. Et Macnair, le bourreau, est un vieil ami de Malefoy… Mais au moins, ça ira vite… Et je serai à côté de lui…

Hagrid, la gorge nouée, jetait des regards autour de lui, comme s'il cherchait désespérément le moindre espoir auquel se raccrocher.

– Dumbledore va venir quand… quand ça se produira… Il m'a écrit ce matin. Il m'a dit qu'il veut… être avec moi. Un grand homme, Dumbledore… Hermione, qui avait fouillé dans le buffet pour chercher un autre pot au lait, laissa échapper un sanglot étouffé. Elle se redressa, le pot à la main, en se retenant à grand-peine de pleurer.

– Nous aussi, on va rester avec vous, dit-elle.

Mais Hagrid hocha sa tête hirsute.

– Il faut que vous retourniez au château, répliqua-t-il. Je vous l'ai dit, je ne veux pas que vous regardiez ça. Et de toute façon, vous ne devriez pas être ici… Si Fudge et Dumbledore te voient dehors sans autorisation, Harry, tu auras de gros ennuis.

Des larmes silencieuses coulaient à présent sur les joues d'Hermione, mais elle les cacha à Hagrid en s'affairant à préparer le thé. Soudain, au moment où elle prenait la bouteille de lait pour remplir le pot, elle poussa un cri perçant.

– Ron ! C'est… C'est incroyable ! Croûtard !

Ron la regarda bouche bée.

– Qu'est-ce que tu racontes ?

Hermione se précipita vers la table et retourna le pot au lait. Criant et se débattant frénétiquement, Croûtard glissa alors du pot et tomba sur la table.

– Croûtard ! dit Ron d'une voix blanche. Croûtard, qu'est-ce que tu fabriques ici ?

Il attrapa le rat qui continuait de se débattre et le regarda à la lumière. Croûtard était dans un état épouvantable. Plus maigre que jamais, il avait complètement pelé par endroits, et se tortillait dans les mains de Ron comme s'il cherchait à tout prix à s'enfuir.

– Du calme, Croûtard ! dit Ron. Il n'y a pas de chat, ici ! Personne ne cherche à te faire du mal !

Hagrid se leva soudain, les yeux fixés sur la fenêtre. Son teint d'habitude coloré avait pris la teinte jaunâtre d'un vieux parchemin.

– Ils arrivent… dit-il.

Harry, Ron et Hermione se retournèrent et virent au loin un groupe d'hommes qui descendaient les marches du château. A leur tête, ils reconnurent Albus Dumbledore, sa barbe d'argent scintillant dans la lumière du crépuscule. Cornelius Fudge trottinait à côté de lui. Le vieillard de la Commission et le bourreau les suivaient.

– Il faut que vous partiez, dit Hagrid en tremblant des pieds à la tête. Il ne faut pas qu'ils vous trouvent ici… Filez vite…

Ron enfonça de force Croûtard dans sa poche et Hermione prit la cape.

– Je vais vous faire sortir par-derrière, dit Hagrid.

Ils le suivirent jusqu'à la porte qui donnait sur le potager. Harry avait l'impression de vivre quelque chose d'irréel, surtout lorsqu'il vit Buck attaché à la clôture, un peu plus loin, derrière les plants de citrouilles. L'hippogriffe semblait deviner que quelque chose se préparait. Il tournait la tête en tous sens et ses pattes martelaient nerveusement le sol.

– Ne t'inquiète pas, Bucky, dit Hagrid d'une voix douce. Ne t'inquiète pas…

Il se tourna vers Harry, Ron et Hermione.

– Allez-y, dit-il. Partez…

Mais ils ne bougèrent pas.

– Hagrid, on ne peut pas..

– On va leur dire ce qui s'est vraiment passé…

– Ils ne peuvent pas le tuer…

– Filez ! dit Hagrid d'un ton féroce. C'est déjà suffisamment difficile, inutile de chercher les ennuis !

Ils n'avaient pas le choix. Tandis qu'Hermione jetait la cape sur la tête de Harry et de Ron, ils entendirent des voix à l'entrée de la cabane

– Dépêchez-vous, leur dit Hagrid. N'écoutez pas…

Et il retourna à grands pas vers sa cabane pour aller ouvrir la porte à laquelle on venait de frapper.

Lentement, dans une sorte de transe angoissée, Harry, Ron et Hermione, à présent invisibles, contournèrent silencieusement la cabane. Lorsqu'ils furent passés de l'autre côté, ils entendirent la porte d'entrée se refermer avec un claquement sec.

– Dépêchez-vous, s'il vous plaît, chuchota Hermione. Je n'en peux plus, je n'en peux plus…

Ils remontèrent la pente douce qui menait au château. Le soleil plongeait à l'horizon. Le ciel avait pris une teinte grise mêlée de lueurs pourpres, tandis qu'à l'ouest scintillait un halo rouge couleur de rubis.

Ron s'immobilisa soudain.

– Ron, je t'en prie… murmura Hermione.

– C'est Croûtard, dit Ron. Il ne veut pas rester en place.

Ron était penché en avant, essayant de maintenir Croûtard dans sa poche, mais le rat s'agitait comme un diable. Il poussait de petits cris et se tortillait frénétiquement, donnant des coups de pattes en tous sens. Il tenta même de mordre les mains de Ron.

– Croûtard, c'est moi, espèce d'idiot, souffla Ron.

Ils entendirent une porte s'ouvrir derrière eux, puis des voix d'hommes.

– Ron, allons-y, ils s'apprêtent à le tuer ! murmura Hermione.

– D'accord… Croûtard, tiens-toi tranquille.

Ils reprirent leur marche. Harry, tout comme Hermione, essayait de ne pas entendre la rumeur des voix, dans leur dos. Ron s'arrêta à nouveau.

– Je n'arrive pas à le tenir, dit-il. Croûtard, arrête, tout le monde va nous entendre…

Le rat poussait de petits cris féroces, mais pas assez puissants pour couvrir les bruits qui provenaient du jardin de Hagrid. Il y eut un mélange de voix indistinctes, un moment de silence, puis, brusquement, le sifflement caractéristique d'une hache qui s'abattait dans un choc sourd.

Hermione vacilla.

– Ils l'ont fait ! murmura-t-elle… Je n'arrive pas à y croire… Ils l'ont fait !

17

CHAT, RAT ET CHIEN

arry eut l'impression que le choc lui avait vidé la tête. Tous trois restèrent figés d'horreur sous la cape d'invisibilité. Les ultimes rayons du soleil couchant projetaient une lumière sanglante sur les ombres qui s'étiraient à terre. Puis, derrière eux, ils entendirent une longue plainte déchirante.

– Hagrid, murmura Harry.

Sans réfléchir, il amorça un geste pour revenir en arrière, mais Ron et Hermione le retinrent chacun par un bras.

– Impossible, dit Ron, blanc comme un linge. Il aura encore plus d'ennuis s'ils savent qu'on est allés le voir…

La respiration d'Hermione était saccadée, irrégulière.

– Comment… ont-ils… *pu* ? sanglota-t-elle. Comment ont-ils pu ?

– Viens, dit Ron, qui semblait claquer des dents.

Ils reprirent la direction du château, marchant lentement pour rester bien serrés sous la cape. La lumière baissait rapidement, à présent.

– Croûtard, reste tranquille ! chuchota Ron en serrant la main contre sa poitrine.

Le rat continuait de se débattre comme un dément. Ron s'arrêta à nouveau et s'efforça de maintenir Croûtard au fond de sa poche.

Aïe ! il m'a mordu ! s'exclama-t-il.

- Ron, tais-toi, murmura précipitamment Hermione. Fudge peut arriver d'un moment à l'autre…

– Il refuse… de… rester tranquille…

De toute évidence, Croûtard était terrorisé. Il se tortillait en tous sens, essayant par tous les moyens d'échapper à Ron.

– Mais qu'est-ce qu'il a ?

Harry fut le premier à le voir : souple et silencieux, le corps rasant le sol, ses grands yeux jaunes brillant d'une lueur inquiétante, Pattenrond s'avançait vers eux. Arrivait-il à les voir malgré la cape ou bien se laissait-il guider par les cris de Croûtard, Harry n'aurait su le dire.

– Pattenrond, gémit Hermione. Non, va-t'en ! Va-t'en !

Mais le chat s'approchait.

– Croûtard ! *Non !*

Trop tard. Le rat avait réussi à se glisser entre les doigts de Ron. Il sauta sur le sol et fila. Pattenrond se lança à sa poursuite et avant que Harry ou Hermione aient pu l'arrêter, Ron rejeta la cape d'invisibilité et courut après son rat qui fuyait dans l'obscurité.

– Ron ! se lamenta Hermione.

Elle échangea un regard avec Harry, puis tous deux se lancèrent sur ses talons mais il était impossible de courir à toutes jambes sous la cape et ils préférèrent l'enlever. Harry la tenait par un coin et l'étoffe argentée flottait derrière eux comme une bannière tandis qu'ils essayaient de rattraper Ron.

Ils entendaient le bruit de ses pas qui martelaient le sol à bonne distance devant eux et les cris furieux qu'il lançait à Pattenrond.

– Laisse-le tranquille ! Allez, va-t'en ! Croûtard, viens ici !

Il y eut un bruit sourd.

– Je t'ai eu ! File d'ici, sale chat !

Harry et Hermione faillirent tomber sur Ron. Ils parvinrent de justesse à s'arrêter à quelques centimètres de lui. Ron était étalé par terre, mais Croûtard se trouvait à nouveau dans sa poche et il le serrait des deux mains contre sa poitrine.

– Ron... Reviens sous... la cape... haleta Hermione. Dumbledore... le ministre... ils peuvent arriver à tout moment...

Mais avant qu'ils aient eu le temps de se couvrir de la cape, ils entendirent comme un bruit de galop. Un énorme chien d'un noir de jais, aux yeux délavés, surgit alors de l'obscurité.

Harry essaya de sortir sa baguette magique, mais trop tard... Le chien fit un bond gigantesque et atterrit sur sa poitrine. Harry fut projeté en arrière dans un tourbillon de poils. Il sentit le souffle brûlant de l'animal, aperçut ses longues canines...

Mais la puissance de son élan emporta le chien trop loin et il roula sur lui-même à plusieurs mètres de Harry. Étourdi, les côtes douloureuses, Harry s'efforça de se relever. Il entendit le chien grogner en faisant demi-tour pour repartir à l'assaut.

Ron était debout, à présent. Il tendit la main pour écarter Harry de la trajectoire du chien et, lorsque celui-ci bondit à nouveau, ses mâchoires se refermèrent sur le bras de Ron. Harry plongea sur l'animal et saisit une touffe de poils, mais le chien emporta Ron aussi facilement que s'il avait traîné une poupée de chiffon.

Surgissant de nulle part, quelque chose frappa alors Harry en plein visage et le projeta à nouveau par terre. Il entendit Hermione pousser un hurlement de douleur et tomber à son tour. Harry chercha à tâtons sa baguette magique, aveuglé par le sang qui coulait sur son visage.

– *Lumos !* murmura-t-il.

Le rayon de lumière de la baguette éclaira le tronc d'un gros arbre. La fuite de Croûtard les avait amenés tout près du Saule cogneur qui agitait ses branches dans un craquement sinistre pour les empêcher d'approcher.

Et là, au pied du tronc, le chien tirait Ron à travers un grand trou qui s'ouvrait entre les racines. Ron se débattait de toutes ses forces, mais sa tête et son torse disparaissaient peu à peu.

– Ron ! hurla Harry en essayant de le suivre, mais une grosse branche siffla à ses oreilles et l'obligea à reculer.

Ils ne voyaient plus à présent qu'une jambe de Ron qu'il avait accrochée à une racine dans un ultime effort pour empêcher le chien de l'emporter. Un horrible craquement retentit alors comme un coup de feu. La jambe de Ron s'était cassée et, un instant plus tard, son pied disparut à l'intérieur de l'arbre.

– Harry, il faut aller chercher du secours ! s'exclama Hermione.

Elle aussi saignait. Le Saule cogneur l'avait blessée à l'épaule.

– Non ! On n'a pas le temps, ce monstre est suffisamment grand pour le dévorer…

– On n'arrivera jamais à passer sans aide…

Une autre branche s'abattit sur eux, ses rameaux serrés comme un poing.

– Si ce chien a pu passer, nous aussi, on devrait y arriver, dit Harry, le souffle court, en essayant de se faufiler entre les branches déchaînées qui s'agitaient en tous sens.

Mais il était impossible de s'approcher des racines de l'arbre sans recevoir un coup dans la figure.

– Au secours, au secours… murmura précipitamment Hermione en dansant sur place, sans savoir quoi faire. S'il vous plaît…

Pattenrond se précipita alors vers l'arbre. Il ondula entre les branches comme un serpent et posa ses pattes avant sur le nœud d'une racine à la base du tronc.

Soudain, l'arbre s'immobilisa, comme pétrifié. Plus une seule feuille ne remuait.

– Pattenrond ! murmura Hermione, décontenancée.

Elle serra le bras de Harry si fort qu'elle lui fit mal.

– Comment savait-il… ?

– Il est ami avec ce chien, répondit sombrement Harry. Je les ai vus ensemble. Viens… Et sors ta baguette magique…

Ils se précipitèrent sur le tronc de l'arbre mais, avant même qu'ils aient atteint l'ouverture entre les racines, Pattenrond s'y était déjà glissé et avait disparu à l'intérieur. Harry le suivit, la tête la première, et glissa à plat ventre sur une surface inclinée qui le mena à l'entrée d'un tunnel au plafond bas. Pattenrond se trouvait un peu plus loin, les yeux brillant dans le rayon de lumière que projetait la baguette magique. Quelques instants plus tard, Hermione arriva à son tour.

– Où est Ron ? murmura-t-elle, terrifiée.

– Par ici, répondit Harry en s'avançant dans le tunnel, le dos courbé.

– Où mène ce passage ?

– Je n'en sais rien… Il est indiqué sur la carte du Maraudeur, mais Fred et George disent que personne ne s'y est jamais aventuré. La carte ne montre pas où il débouche mais il doit sûrement aller jusqu'à Pré-au-lard….

Ils progressaient aussi vite qu'ils le pouvaient, presque pliés en deux. Devant eux, la queue touffue de Pattenrond apparaissait par instants. Le tunnel semblait aussi long que celui qui menait chez Honeydukes. Harry, hors d'haleine, ne cessait de penser à Ron en se demandant ce que l'énorme chien avait bien pu faire de lui..

Enfin, le sol remonta en pente douce, puis le tunnel décrivit une courbe. Pattenrond avait disparu, mais Harry vit une lueur qui filtrait à travers une petite ouverture.

Hermione et lui s'arrêtèrent un instant pour reprendre leur souffle, puis ils poursuivirent leur chemin en avançant prudemment, leur baguette magique à la main.

Derrière l'ouverture éclairée, ils découvrirent une pièce poussiéreuse dans laquelle régnait un désordre indescriptible. Le sol était couvert de taches, tous les meubles étaient cassés comme si quelqu'un s'était amusé à les fracasser et les fenêtres étaient obstruées par des planches.

Harry lança un regard à Hermione. Elle semblait terrifiée, mais elle lui fit un petit signe de tête pour l'encourager à entrer.

Harry se glissa à travers l'ouverture et regarda autour de lui. La pièce était déserte, mais il y avait à sa droite une porte ouverte qui donnait sur un couloir sombre. Hermione saisit soudain le bras de Harry. Ses yeux grands ouverts contemplaient les fenêtres obstruées.

– Harry, murmura-t-elle. Je crois que nous sommes dans la Cabane hurlante.

Harry montra une chaise en bois dont il manquait plusieurs morceaux, notamment l'un des pieds qui avait été arraché.

– Les fantômes ne cassent pas les chaises, dit-il lentement.

Au même instant, il y eut un craquement au-dessus de leur tête. Quelque chose avait bougé au premier étage.

Le plus silencieusement possible, ils franchirent la porte ouverte, avancèrent dans le couloir et montèrent un escalier délabré. Une épaisse couche de poussière recouvrait tout, à l'exception d'une longue trace brillante sur le sol, indiquant qu'on avait traîné quelque chose ou quelqu'un au premier étage.

Ils atteignirent un palier plongé dans l'obscurité.

– *Nox,* murmurèrent-ils d'une même voix et les rayons de lumière que projetaient leurs baguettes s'éteignirent aussitôt.

Une porte était entrouverte. Ils entendirent alors un bruit derrière le panneau. Un faible gémissement suivi d'un ronronnement sonore. Harry et Hermione se regardèrent, puis échangèrent un signe de tête approbateur.

Brandissant sa baguette magique, Harry donna un grand coup de pied dans la porte qui s'ouvrit à la volée.

Pattenrond était allongé sur un magnifique lit au baldaquin poussiéreux et se mit à ronronner de plus belle en les voyant apparaître. A côté de lui, Ron était recroquevillé sur le sol et tenait sa jambe qui formait un angle inquiétant.

Harry et Hermione se précipitèrent sur lui.

– Ron... Comment tu te sens ?

– Où est le chien ?

– Ce n'est pas un chien, gémit Ron, les mâchoires serrées par la douleur. Harry, c'est un piège...

– Quoi ?

– *Le chien, c'est lui... C'est un Animagus...*

Ron fixait quelque chose derrière Harry. Celui-ci se retourna. L'homme qui se tenait dans l'ombre claqua la porte derrière lui.

Une masse de cheveux sales et emmêlés lui tombait sur les épaules. Sans ses yeux qui brillaient au creux de ses orbites sombres et profondes, on aurait pu penser qu'il s'agissait d'un cadavre. Sa peau cireuse était tellement tendue sur les os de son visage qu'on croyait voir une tête de mort. Un rictus découvrait ses dents jaunes. C'était Sirius Black.

– *Expelliarmus !* lança-t-il d'une voix rauque en pointant vers eux la baguette magique de Ron.

Harry et Hermione furent aussitôt désarmés. Leurs baguettes magiques leur sautèrent des mains et Black les attrapa au vol. Puis il s'avança en fixant Harry.

– Je pensais bien que tu viendrais aider ton ami, lança-t-il de sa voix gutturale.

On aurait dit qu'il avait perdu depuis longtemps l'habitude de parler et que sa voix avait du mal à retrouver un timbre normal.

– Ton père aurait fait la même chose pour moi. Très courageux de ta part de ne pas être allé chercher un professeur. Je t'en suis reconnaissant... Ça va rendre les choses beaucoup plus faciles...

L'allusion ironique à son père résonna aux oreilles de Harry comme si Black l'avait hurlée. Il sentit une haine violente bouillonner en lui, une haine qui ne laissait plus aucune place à la peur. Pour la première fois de sa vie, il aurait voulu brandir sa baguette magique non pas pour se défendre, mais pour attaquer... et même pour tuer. Sans avoir conscience de ce qu'il faisait, il s'avança d'un pas, mais il sentit aussitôt deux mains lui saisir les bras et le tirer en arrière.

– Non, Harry, souffla Hermione, comme pétrifiée.

Ron, qui s'était relevé tant bien que mal pour aider Hermione a retenir Harry, vacilla sur place, le teint encore plus pâle. Il trouva cependant la force de s'adresser à Black.

– Si vous voulez tuer Harry, il faudra nous tuer aussi ! dit-il sur un ton de défi.

Une lueur brilla dans les yeux sombres de Black.

– Allonge-toi, dit-il à Ron d'une voix douce. Tu vas te faire encore plus mal à la jambe.

– Vous m'avez entendu ? insista Ron en se cramponnant à Harry pour ne pas tomber. Vous devrez nous tuer tous les trois.

– Il n'y aura qu'un seul meurtre, ce soir, dit Black.

Son sourire s'élargit.

– Et pourquoi ça ? lança Harry en essayant de se dégager de Ron et d'Hermione qui le tenaient toujours. Vous n'avez pas eu ce genre de scrupule, la dernière fois. Vous n'avez pas hésité à tuer tous ces Moldus pour assassiner Pettigrow... Qu'est-ce qui se passe, vous vous êtes ramolli, à Azkaban ?

– Harry ! gémit Hermione. Tais-toi !

– Il a tué mon père et ma mère ! rugit Harry.

Dans un brusque mouvement, il parvint à s'arracher à l'étreinte de Ron et d'Hermione et bondit sur Black.

Il avait oublié la magie, oublié aussi qu'il était petit, maigre et qu'il n'avait que treize ans, alors que Black était un adulte de grande taille. Harry n'avait plus qu'une idée en tête : faire le plus de mal possible à Black et peu lui importaient les conséquences pour lui-même...

Sans doute surpris par la réaction stupide de Harry, Black ne leva pas ses baguettes magiques à temps. Harry lui saisit le poignet et fit dévier la pointe des baguettes. De son autre main, il lui donna un coup de poing sur la tempe et ils tombèrent tous les deux contre le mur.

Hermione et Ron s'étaient mis à hurler. Un éclair aveuglant jaillit des baguettes magiques que Black tenait toujours dans sa main. Un jet d'étincelles passa à quelques centimètres du visage de Harry. Celui-ci sentit le bras décharné se tordre entre ses doigts pour essayer d'échapper à sa prise, mais il tint bon et, de son autre main, frappa Black partout où il pouvait l'atteindre.

La main libre de Sirius Black s'agrippa alors à la gorge de Harry..

– Non... dit-il dans un sifflement. J'ai attendu trop longtemps..

Les doigts de Black se resserrèrent. Harry, les lunettes de travers, suffoquait.

Soudain, il vit jaillir le pied d'Hermione. Avec un grognement de douleur, Black lâcha Harry. Ron s'était jeté sur la main dans laquelle il tenait les baguettes magiques et Harry les entendit tomber sur le sol...

Il se libéra des corps enchevêtrés et vit sa propre baguette rouler sur le sol. Il plongea dessus, mais...

– Argh !

Pattenrond s'était joint à la mêlée. Ses griffes s'enfoncèrent dans le bras de Harry qui parvint, d'une secousse, à lui faire lâcher prise, mais Pattenrond se rua alors sur sa baguette magique.

– *Ne touche pas à ça !* rugit Harry.

Il lança un coup de pied au chat qui fit un bond de côté en crachant férocement. Harry saisit sa baguette et se retourna.

– Écartez-vous ! cria-t-il à Ron et à Hermione.

Hermione, haletante, la lèvre en sang, s'éloigna de Sirius Black en attrapant au passage sa baguette magique et celle de Ron. Celui-ci se traîna jusqu'au lit et s'y laissa tomber, hors d'haleine, le teint verdâtre, les mains crispées sur sa jambe cassée.

Black était par terre, au pied du mur, les bras en croix. Le souffle saccadé, il regarda Harry s'approcher de lui, la baguette magique pointée sur sa poitrine.

– Tu vas me tuer, Harry ? murmura-t-il.

Harry s'immobilisa devant lui et le regarda en le menaçant de sa baguette. Une ecchymose se formait peu à peu autour de l'œil gauche de Black et son nez saignait.

– Vous avez tué mes parents, dit Harry, la voix légèrement tremblante, mais la main qui tenait la baguette ne tremblait pas.

Black leva vers lui ses yeux profondément enfoncés dans leurs orbites.

– Je ne le nie pas, dit-il, très calme. Mais si tu connaissais toute l'histoire...

– Toute l'histoire ? répéta Harry, qui sentait le sang battre à ses oreilles. Vous les avez vendus à Voldemort, c'est tout ce que je sais !

– Il faut que tu m'écoutes, dit Black, d'une voix soudain tendue. Tu le regretteras si tu ne le fais pas... Tu ne comprends pas...

– Je comprends beaucoup mieux que vous ne le croyez, dit Harry d'une voix qui tremblait de plus en plus. Vous, vous ne l'avez jamais entendue, ma mère... ma mère qui essayait d'empêcher Voldemort de me tuer... Et c'est vous qui avez fait ça... C'est vous...

Avant d'avoir eu le temps de prononcer un mot de plus, Harry vit passer un éclair orangé. Pattenrond sauta d'un bond sur la poitrine de Black et s'y allongea à la place du cœur. Black cilla et regarda le chat.

– Va-t'en, murmura-t-il en essayant de repousser Pattenrond.

Mais le chat enfonça ses griffes dans la robe de Black et refusa de bouger. Il tourna alors son horrible tête écrasée vers Harry et le regarda de ses yeux jaunes. Hermione laissa échapper un sanglot.

Harry, sa baguette magique fermement serrée entre ses doigts, regarda Black et Pattenrond. Après tout, s'il lui fallait aussi tuer le chat, quelle importance ? Il était de mèche avec Black... S'il était disposé à mourir en le protégeant, ce n'était pas l'affaire de Harry... Et si Black tenait à le sauver, c'était simplement qu'il attachait plus d'importance à un chat qu'à ses parents...

Harry leva sa baguette. Le moment était venu de passer à l'acte. De venger sa mère et son père. Il allait tuer Black. Il fallait qu'il le tue. Il n'aurait pas d'autre occasion de le faire.

Les secondes s'écoulaient et Harry restait toujours là, immobile, la baguette levée. Black le regardait, Pattenrond toujours sur sa poitrine. On entendait la respiration haletante de Ron, étendu sur le lit. Hermione, elle, restait silencieuse.

Il y eut alors des bruits de pas étouffés au rez-de-chaussée Quelqu'un était entré dans la maison.

– ON EST ICI ! hurla soudain Hermione. ON EST ICI AVEC SIRIUS BLACK ! VITE !

Black eut un sursaut qui faillit faire tomber Pattenrond. Harry crispa les doigts sur la baguette magique. Maintenant ! C'est *maintenant* que tu dois le faire ! lui disait une voix dans sa tête. Mais des bruits de pas précipités retentissaient dans l'escalier et Harry ne bougeait toujours pas.

La porte s'ouvrit à la volée dans une pluie d'étincelles rouges et Harry se retourna au moment où le professeur Lupin se précipitait dans la pièce, le teint livide, brandissant sa baguette magique. D'un regard rapide, il vit Ron allongé sur le lit, Hermione recroquevillée près de la porte, Harry qui menaçait Black de sa baguette et Black lui-même, affalé aux pieds de Harry, le visage ensanglanté.

– *Expelliarmus !* cria Lupin.

La baguette de Harry lui sauta à nouveau des mains. Celles que tenait Hermione s'envolèrent également et Lupin les attrapa toutes les trois d'un geste vif. Il s'approcha ensuite de Black, Pattenrond toujours allongé sur sa poitrine dans une attitude protectrice.

Harry resta immobile. Il se sentait comme vidé de toute substance. Il ne l'avait pas fait... Il n'en avait pas eu le courage. Black allait être livré aux Détraqueurs.

Alors, Lupin parla d'une voix étrange, une voix qui trahissait une émotion contenue.

– Où est-il, Sirius ? dit-il.

Harry regarda Lupin. Il ne comprenait pas ce qu'il voulait dire. De quoi parlait-il ? Il regarda à nouveau Black dont le visage était dépourvu d'expression. Pendant quelques instants, il ne fit pas le moindre geste. Puis, lentement, il leva la main et montra Ron. Déconcerté, Harry tourna les yeux vers Ron qui paraissait stupéfait.

– Mais, dans ce cas... murmura Lupin en observant Black avec une telle intensité qu'il semblait vouloir lire dans ses pensées... Pourquoi ne s'est-il pas montré avant ? A moins que...

Les yeux de Lupin s'agrandirent comme s'il voyait soudain quelque chose derrière Black, quelque chose que personne d'autre ne pouvait voir.

– A moins que ce soit lui qui... A moins que vous ayez changé de.. sans me le dire ?

Lentement, sans quitter Lupin des yeux, Black hocha la tête en signe d'approbation.

– Professeur Lupin, intervint Harry d'une voix forte. Qu'est-ce qui...

Mais il n'acheva pas sa question, car ce qu'il vit le stupéfia. Lupin abaissa sa baguette magique, puis il s'approcha de Black, lui prit la main et l'aida à se relever, obligeant Pattenrond à sauter à terre. Lorsque Black fut debout, Lupin l'étreignit comme un frère.

Harry eut alors l'impression que son cœur tombait dans sa poitrine.

– CE N'EST PAS VRAI ! hurla Hermione.

Lupin lâcha Sirius Black et se tourna vers elle.

– Vous... Vous... balbutiait Hermione, les yeux exorbités, en pointant le doigt sur Lupin.

– Hermione...

– Vous et lui !

– Hermione, calmez-vous...

– Je n'ai rien dit à personne ! s'écria Hermione d'une voix aiguë. J'ai gardé le secret...

– Hermione, écoutez-moi, je vous en prie ! s'exclama Lupin. Je vais vous expliquer...

Harry se sentait trembler, non pas de peur, mais d'un nouvel accès de fureur.

– Je vous ai fait confiance ! hurla-t-il à Lupin, la voix frémissante d'indignation. Et en fait, vous étiez son ami !

– Vous vous trompez, dit Lupin. Pendant douze ans, je n'ai pas été l'ami de Sirius, mais maintenant, je le suis... Laissez-moi vous expliquer...

– NON ! s'exclama Hermione. Harry, ne crois pas ce qu'il te dit, c'est lui qui a aidé Black à s'introduire dans le château, lui aussi veut te tuer... C'est un *loup-garou* !

Il y eut un silence pesant. Tous les regards s'étaient tournés vers Lupin qui semblait étonnamment calme, malgré la pâleur de son visage.

– D'habitude, vous êtes plus brillante que ça, Hermione, dit-il. Là, vous n'avez qu'une seule bonne réponse sur trois. Je n'ai pas aidé Sirius à pénétrer dans le château et je n'ai pas la moindre intention de tuer Harry...

Un étrange frémissement agita son visage.

– En revanche, reprit-il, je reconnais que je suis un loup-garou.

Ron fit un effort méritoire pour se relever, mais il retomba avec un gémissement de douleur. Lupin s'avança vers lui, l'air inquiet, mais Ron balbutia :

– *Arrière, loup-garou !*

Lupin s'immobilisa. Puis, au prix d'un effort manifeste, il se tourna vers Hermione et demanda :

– Depuis quand savez-vous ?

– Depuis longtemps, murmura Hermione. Depuis que le professeur Rogue nous a donné ce devoir à faire...

– Il en serait ravi, répondit Lupin, glacial. Il l'a donné en espérant que quelqu'un comprendrait la signification de mes symptômes.

Avez-vous consulté le calendrier lunaire et constaté que j'étais toujours malade au moment de la pleine lune ? Ou avez-vous compris que l'épouvantard se changeait en lune chaque fois qu'il me voyait ?

– Les deux, répondit Hermione à voix basse.

Lupin eut un rire forcé.

– Je n'ai jamais rencontré une sorcière de votre âge aussi intelligente que vous, Hermione.

– Ce n'est pas vrai, murmura Hermione. Si j'avais été un peu plus intelligente, j'aurais raconté à tout le monde qui vous étiez !

– Mais ils le savent déjà, répondit Lupin. Les professeurs en tout cas.

– Dumbledore vous a engagé en sachant que vous étiez un loup-garou ? dit Ron, suffoqué. Il est fou ?

– Certains professeurs l'ont pensé, dit Lupin. Il a eu beaucoup de mal à convaincre certains de mes collègues qu'on pouvait me faire confiance…

– Et il avait tort ! s'écria Harry. Vous l'avez aidé dès le début, ajouta-t-il en montrant Sirius Black du doigt.

Celui-ci avait traversé la pièce et s'était jeté sur le lit à baldaquin, le visage enfoui dans ses mains tremblantes. Pattenrond sauta à côté de lui et vint se blottir sur ses genoux en ronronnant. Ron s'écarta d'eux, les mains toujours crispées sur sa jambe.

– Je n'ai *pas* aidé Sirius, dit Lupin. Si vous voulez bien me laisser une chance de m'expliquer… Tenez…

Il sépara les baguettes magiques de Harry, de Ron et d'Hermione et les lança chacune à son propriétaire. Harry, stupéfait, attrapa la sienne.

– Voilà, poursuivit Lupin en glissant sa propre baguette dans sa ceinture. Vous êtes armés, nous ne le sommes pas. Vous allez m'écouter, maintenant ?

Harry ne savait plus que penser. Était-ce une ruse ?

– Si ce n'est pas vous qui l'avez aidé, dit-il en lançant un regard furieux à Black, comment saviez-vous qu'il était ici ?

– La carte, répondit Lupin. La carte du Maraudeur. J'étais en train de l'étudier dans mon bureau…

– Vous savez vous en servir ? demanda Harry d'un air soupçonneux.

– Bien sûr que je sais m'en servir, répliqua Lupin avec un geste d'impatience. J'en suis un des auteurs. Lunard, c'est moi, c'est comme ça que mes amis me surnommaient quand j'étais élève à Poudlard.

– Vous êtes un des auteurs de…

– Ce soir, je l'ai observée attentivement car j'étais sûr que vous tenteriez de sortir du château avec Ron et Hermione pour aller voir Hagrid avant l'exécution de l'hippogriffe. Et j'avais raison, n'est-ce pas ?

Il s'était mis à faire les cent pas dans la pièce en les regardant alternativement. Ses pieds soulevaient de petits nuages de poussière sur le plancher.

– Je pensais que vous aviez dû vous cacher sous la cape de votre père, Harry…

– Comment se fait-il que vous connaissiez l'existence de cette cape ?

– Si vous saviez combien de fois j'ai vu James disparaître dessous… Mais même dissimulés sous une cape d'invisibilité, vous apparaissiez sur la carte du Maraudeur. Je vous ai vus traverser le parc et entrer dans la cabane de Hagrid. Vingt minutes plus tard, vous avez quitté Hagrid et vous êtes revenus vers le château. Mais quelqu'un d'autre vous accompagnait à ce moment-là.

– Quoi ? dit Harry. Pas du tout !

– Je n'en croyais pas mes yeux, reprit Lupin qui continua de faire les cent pas sans prendre garde à l'interruption de Harry. J'ai cru que la carte se trompait. Comment pouvait-il se trouver avec vous ?

– Il n'y avait personne avec nous ! s'exclama Harry.

– Et puis j'ai vu un autre point noir qui se précipitait vers vous. La petite étiquette indiquait Sirius Black… Je l'ai vu qui vous heurtait de plein fouet. Je l'ai vu traîner deux d'entre vous sous le Saule cogneur…

– Un seulement ! s'écria Ron avec colère.

– Non, Ron, dit Lupin en se tournant vers lui. Deux. Est-ce que je pourrais voir le rat ?

– Quoi ? Qu'est-ce que Croûtard vient faire là-dedans ?

– Tout, répondit Lupin. Est-ce que je pourrais le voir ?

Ron hésita, puis il plongea la main dans sa poche. Croûtard apparut en se débattant de toutes ses forces. Ron dut l'attraper par la queue pour l'empêcher de fuir. Pattenrond se dressa sur les genoux de Black en lançant une sorte de sifflement. Lupin s'approcha alors de Ron et regarda fixement Croûtard en retenant sa respiration.

– Quoi ? répéta Ron, l'air effaré, en serrant Croûtard contre lui. Qu'est-ce que mon rat vient faire là-dedans ?

– Ce n'est pas un rat, dit Sirius Black de sa voix rauque.

– Bien sûr que si, c'est un rat.

– Non, dit Lupin à voix basse. C'est un sorcier.

– Un Animagus, ajouta Black. Il s'appelle Peter Pettigrow.

18

LUNARD, QUEUDVER, PATMOL ET CORNEDRUE

Il fallut un bon moment pour que l'absurdité de cette affirmation pénètre les esprits. Ron fut le premier à exprimer ce que Harry pensait.

— Vous êtes complètement cinglés tous les deux, dit-il.

— Ridicule ! dit Hermione d'une voix faible.

— Peter Pettigrow est mort, c'est lui qui l'a tué il y a douze ans, dit Harry en montrant Black dont le visage était agité de tics.

— J'avais l'intention de le faire, grogna-t-il en découvrant ses dents jaunes. Mais le petit Peter a réussi à m'avoir... Et ce soir, il ne m'aura pas !

Black se jeta alors sur Croûtard en faisant tomber Pattenrond. Ron poussa un hurlement de douleur lorsque Sirius Black tomba sur sa jambe cassée.

— Sirius ! NON ! hurla Lupin en se précipitant sur Black qu'il tira en arrière. ATTENDS ! Tu ne peux pas faire ça comme ça... Il faut qu'ils comprennent... Nous devons leur expliquer...

— On leur expliquera après ! gronda Black en essayant de repousser Lupin.

Il tendait vainement la main vers Croûtard qui poussait de petits cris de goret en griffant le cou et le visage de Ron dans ses efforts pour s'enfuir.

— Ils... ont... le... droit... de tout... savoir, haleta Lupin qui retenait Black de toutes ses forces. Pour Ron, c'était un compagnon ! Il y a même certaines choses que je n'ai pas encore comprises ! Et Harry... Tu dois la vérité à Harry, Sirius !

Black cessa de se débattre, ses yeux caves toujours fixés sur Croûtard que Ron immobilisait entre ses mains griffées, mordues, sanglantes.

– Très bien, répondit Black sans quitter le rat des yeux. Dis-leur ce que tu voudras. Mais dépêche-toi, Remus. Je veux enfin commettre le meurtre pour lequel on m'a mis en prison...

– Vous êtes fous à lier, tous les deux, dit Ron d'une voix tremblante en regardant Harry et Hermione. Ça suffit comme ça, je m'en vais.

Il essaya de se relever en s'appuyant sur sa jambe valide, mais Lupin reprit sa baguette magique et la pointa sur Croûtard.

– Vous allez m'écouter, Ron, dit-il calmement. Mais tenez bien Peter pendant que je vous parle.

– IL NE S'APPELLE PAS PETER, IL S'APPELLE CROÛTARD ! hurla Ron en essayant de remettre le rat dans sa poche, mais celui-ci se débattait trop fort. Ron chancela, perdit l'équilibre et Harry se précipita pour l'aider à se rasseoir sur le lit. Sans accorder un regard à Black, Harry se tourna alors vers Lupin.

– Il y a des témoins qui ont vu Pettigrow mourir, dit-il. La rue était pleine de monde...

– Ils n'ont pas vu ce qu'ils ont cru voir ! lança Black d'un ton féroce, le regard toujours fixé sur Croûtard qui se tortillait entre les mains de Ron.

– Tout le monde a cru que Sirius avait tué Peter, dit Lupin en hochant la tête. Moi-même, je l'ai cru, jusqu'à ce que je voie la carte, ce soir. Car la carte du Maraudeur ne ment jamais... Peter est vivant. C'est lui que Ron tient entre ses mains, Harry.

Harry se tourna vers Ron et ils échangèrent un regard éloquent : Black et Lupin étaient fous. Leur histoire n'avait aucun sens. Comment Croûtard pouvait-il être Peter Pettigrow ? Finalement, son séjour à Azkaban avait dû détraquer le cerveau de Black. Mais pourquoi Lupin jouait-il son jeu ?

Hermione prit alors la parole d'une voix tremblante qu'elle s'efforçait de maîtriser, comme si elle essayait de raisonner le professeur Lupin.

– Professeur Lupin, dit-elle, Croûtard ne peut pas être Pettigrow... C'est impossible, vous le savez bien...

– Pourquoi serait-ce impossible ? répondit Lupin d'un ton très calme, comme s'il était en classe et qu'il répondait à la question d'une élève.

– Parce que… parce qu'on l'aurait su si Peter Pettigrow avait été un Animagus. On a étudié les Animagi avec le professeur McGonagall. Et j'ai vérifié en faisant mes devoirs : le ministère possède la liste des sorcières et des mages qui ont la faculté de se transformer en animaux. Il existe un registre qui indique de quel animal ils peuvent prendre la forme, avec leurs signes particuliers et tout ce qui permet de les reconnaître. J'ai consulté ce registre et j'y ai trouvé le professeur McGonagall, mais il n'y a eu que sept Animagi depuis le début du siècle et Pettigrow ne figure pas dans la liste…

Harry admira intérieurement les efforts qu'Hermione déployait pour faire ses devoirs, mais Lupin éclata de rire.

– Vous avez raison, Hermione ! dit-il. Mais le ministère n'a jamais su qu'il existait à Poudlard trois Animagi qui n'ont jamais été répertoriés.

– Si tu veux vraiment leur raconter toute l'histoire, dépêche-toi, Remus, lança Black qui continuait d'observer chaque geste que faisait Croûtard pour tenter de s'enfuir. J'ai attendu douze ans, je n'ai pas envie d'attendre plus longtemps.

– Très bien, mais il faudra que tu m'aides, Sirius, dit Lupin. Je ne connais que le début de l'histoire…

Lupin s'interrompit. Un grincement soudain venait de retentir derrière eux. La porte s'était ouverte toute seule. Tout le monde se retourna, puis Lupin s'avança et regarda sur le palier.

– Il n'y a personne…

– Cette maison est hantée, rappela Ron.

– Pas du tout, dit Lupin qui regardait toujours la porte d'un air intrigué. La Cabane hurlante n'a jamais été hantée… Les cris que les villageois entendaient, c'était moi qui les poussais. C'est d'ailleurs ici que tout commence. A l'époque où je suis devenu un loup-garou. Si je n'avais pas été mordu… et si je n'avais pas été si téméraire…

Son visage paraissait grave et fatigué. Ron voulut dire quelque chose, mais Hermione le fit taire d'un geste. Elle fixait Lupin d'un regard intense.

– J'étais encore un petit garçon quand j'ai été mordu. Mes parents ont tout essayé, mais à l'époque, il n'existait pas de traitement. La potion que m'a préparée le professeur Rogue est une découverte récente. Elle me permet de me contrôler. Si je la prends dans la semaine qui précède la pleine lune, je reste lucide pendant le temps de ma transformation... Je me réfugie dans mon bureau et je ne suis plus qu'un loup inoffensif. Il me suffit alors d'attendre la fin de la pleine lune. Mais avant que la potion Tue-loup ait été découverte, je devenais un véritable monstre une fois par mois. Il semblait impossible que je puisse étudier à Poudlard. Les autres parents refuseraient certainement que leurs enfants soient exposés au danger que je représentais. Mais à cette époque, Dumbledore devint directeur de l'école et il éprouva pour moi de la compassion. Il assura qu'en prenant certaines précautions, il n'y avait pas de raisons que je ne puisse pas faire mes études normalement...

Lupin soupira et regarda Harry.

– Je vous ai dit il y a plusieurs mois que le Saule cogneur a été planté l'année où je suis arrivé à Poudlard. La vérité, c'est qu'il a été planté *à cause de moi*. Cette maison, poursuivit Lupin en regardant autour de lui d'un air accablé, et le tunnel qui y mène ont été spécialement bâtis à mon intention. Une fois par mois, on me faisait sortir du château et on m'enfermait ici pendant le temps que durait ma métamorphose. L'arbre a été planté à l'entrée du tunnel pour empêcher quiconque de s'y aventurer quand j'étais dangereux.

Harry ne voyait pas à quoi pouvait bien aboutir toute cette histoire, mais il l'écoutait avec passion. A part la voix de Lupin, on n'entendait que les couinements terrifiés de Croûtard.

– A cette époque, mes transformations étaient... étaient épouvantables. C'est très douloureux de se métamorphoser en loup-garou. Je ne pouvais mordre personne, puisque j'étais seul, je me mordais donc moi-même. Les villageois entendaient le bruit que je faisais, les hurlements que je poussais et ils pensaient qu'il s'agissait de fantômes particulièrement agressifs. Dumbledore encourageait cette rumeur et même maintenant, alors que la maison est restée silencieuse pendant des années et des années, les habitants de Pré-au-lard n'osent pas en approcher... Mais en dehors de mes périodes de métamorphose, jamais je n'avais été aussi heureux. Pour la première fois de ma vie, j'avais des amis, trois excellents amis, Sirius Black... Peter Pettigrow... et, bien sûr, votre père, Harry... James Potter. Bien entendu, mes amis s'apercevaient que je disparaissais une fois par mois J'inventais toute sorte d'histoires pour expliquer mon absence.

Je leur racontais que ma mère était malade et que j'allais la voir à la maison... J'étais terrorisé à l'idée qu'ils me laissent tomber si jamais ils apprenaient ce que j'étais vraiment. Bien entendu, tout comme vous, Hermione, ils ont fini par découvrir la vérité... Mais ils ne m'ont pas du tout laissé tomber. Au contraire, ils ont fait quelque chose qui rendait mes métamorphoses très supportables et qui en faisait même les meilleurs moments de ma vie. Ils sont devenus des Animagi.

– Mon père aussi ? dit Harry, stupéfait.

– En effet, répondit Lupin. Il leur a fallu trois ans pour y parvenir. Votre père et Sirius ici présent étaient les élèves les plus brillants de toute l'école et c'est heureux car la transformation en Animagus peut avoir des conséquences terribles. C'est pour cela que le ministère surveille de près ceux qui essayent de le devenir. Peter eut besoin de toute l'aide de James et de Sirius pour y arriver. Et finalement, au cours de notre cinquième année d'études, ils ont enfin réussi. Désormais, chacun d'eux pouvait à volonté se transformer en animal.

– Mais en quoi cela vous aidait-il ? demanda Hermione, déconcertée.

– Il leur était impossible de me tenir compagnie sous la forme d'êtres humains, mais sous forme d'animaux, ils ne risquaient plus rien, répondit Lupin. Un loup-garou ne représente un danger que pour les humains. Chaque mois, ils sortaient du château en se servant de la cape d'invisibilité de James. Et ils se transformaient... Peter était le plus petit, il arrivait à se glisser sous les branches du Saule cogneur sans prendre de coups et à appuyer sur le nœud de la racine qui immobilise l'arbre. Tous les trois descendaient alors dans le tunnel et me rejoignaient. Sous leur influence, je devenais moins dangereux. Mon corps était toujours celui d'un loup, mais mon esprit restait de plus en plus humain lorsque j'étais avec eux.

– Dépêche-toi, Remus, grogna Black qui continuait de contempler Croûtard avec une sorte d'avidité qui déformait ses traits.

– J'y viens, Sirius, j'y viens... A présent que nous pouvions nous transformer tous les quatre, nous avions toutes les possibilités de nous amuser... La nuit, nous quittions la Cabane hurlante pour rôder dans le village et dans le parc de Poudlard. Les animaux dont James et Sirius prenaient l'aspect étaient suffisamment grands pour neutraliser un loup-garou en cas de besoin. Je ne crois pas que d'autres élèves de l'école aient jamais eu l'occasion d'explorer plus en détail le parc de Poudlard ou le village de Pré-au-lard. Et c'est ainsi que nous avons pu établir la carte du

Maraudeur en la signant de nos surnoms. Sirius, c'est Patmol, à cause de la douceur de ses pattes de chien, Peter, c'est Queudver, à cause de la queue de rat qui ressemble à un lombric, et James, c'était Cornedrue.

– En quel animal se… ? commença Harry, mais Hermione l'interrompit.

– C'était quand même dangereux ! fit-elle remarquer. Se promener la nuit en compagnie d'un loup-garou ! Que se serait-il passé si vous aviez réussi à leur fausser compagnie et que vous ayez mordu quelqu'un ?

– Une pensée qui me hante toujours, dit Lupin d'un ton grave. Souvent, cela a failli se produire. Après, nous en plaisantions. Nous étions jeunes, insouciants… Nous avions une confiance éperdue dans notre habileté et notre intelligence… Parfois, je me suis senti coupable d'avoir trahi la confiance de Dumbledore… Il m'avait accepté à Poudlard alors qu'aucun autre directeur d'école ne l'aurait fait et il ne se doutait pas que je violais toutes les règles qu'il avait établies pour ma propre sécurité et pour celle des autres. Il n'a jamais su que j'avais amené trois de mes camarades à devenir des Animagi, ce qui était totalement interdit. Mais j'oubliais mon sentiment de culpabilité chaque fois que nous nous réunissions pour préparer nos escapades du mois suivant. Et je n'ai pas changé…

Les traits de Lupin s'étaient durcis. Il y avait comme un dégoût de lui-même dans sa voix.

– Tout au long de cette année, je me suis livré un véritable combat en me demandant si je devais révéler à Dumbledore que Sirius était un Animagus. Et finalement, je ne lui ai rien dit. Pourquoi ? Parce que je suis trop lâche pour cela. Il aurait fallu que je lui avoue que j'avais trahi sa confiance quand j'étais élève, que j'avais entraîné les autres avec moi… Et la confiance de Dumbledore est ce à quoi je tiens le plus. Il m'a accepté comme élève et il m'a donné du travail alors que j'ai toujours été rejeté de partout et que je n'ai jamais réussi à gagner ma vie à cause de ce que je suis. J'ai fini par me convaincre moi-même que Sirius s'introduisait dans l'école en utilisant des procédés de magie noire appris auprès de Voldemort et que le fait d'être un Animagus n'avait aucun rapport avec ces intrusions… Aussi, dans un sens, Rogue avait raison de se méfier de moi.

– Rogue ? s'exclama Black en détachant pour la première fois son regard de Croûtard. Qu'est-ce que Rogue a donc à voir là-dedans ?

– Il est ici, Sirius, répondit Lupin d'un ton accablé. Lui aussi est professeur dans cette école.

Il regarda Harry, Ron et Hermione.

– Le professeur Rogue était un de nos condisciples de Poudlard, reprit-il. Il s'est battu avec acharnement pour que le poste de professeur de Défense contre les forces du Mal ne me soit pas confié. Tout au long de l'année, il a répété à Dumbledore qu'on ne pouvait pas me faire confiance. Il a ses raisons… Un jour, Sirius lui a fait une farce qui a failli le tuer, et à laquelle j'ai participé malgré moi…

Black laissa échapper une exclamation méprisante.

– C'était bien fait pour lui, dit-il avec dédain. Il était toujours en train de rôder autour de nous à essayer de savoir ce que nous préparions… en espérant qu'il parviendrait à nous faire renvoyer…

– Severus aurait bien voulu savoir pourquoi je disparaissais chaque mois, dit Lupin en se tournant vers Harry, Ron et Hermione. Nous étions dans la même classe et… heu… nous ne nous aimions pas beaucoup. Il détestait particulièrement James. Je crois qu'il était jaloux de son talent comme joueur de Quidditch… En tout cas, un soir, Rogue m'a vu traverser le parc avec Madame Pomfresh qui m'accompagnait jusqu'au Saule cogneur avant ma transformation. Sirius a pensé qu'il serait… heu… amusant de dire à Rogue qu'il suffisait d'appuyer sur la racine de l'arbre avec un grand bâton pour pouvoir me suivre. Bien entendu, Rogue a essayé et, s'il était parvenu jusqu'à cette maison, il se serait trouvé nez à nez avec un loup-garou déchaîné. Mais votre père, qui avait eu vent de la farce de Sirius, a rejoint Rogue juste à temps et a réussi à le ramener au péril de sa propre vie. Rogue avait déjà atteint le bout du tunnel et il avait eu le temps de m'apercevoir. Dumbledore lui a formellement interdit de révéler le secret à quiconque mais, à partir de ce moment, il a su qui j'étais vraiment…

– C'est pour ça que Rogue ne vous aime pas, dit lentement Harry. Parce qu'il a cru que vous étiez complice de la farce ?

– Exactement, lança une voix glaciale derrière Lupin.

Severus Rogue se débarrassa de la cape d'invisibilité sous laquelle il s'était caché, et pointa sa baguette magique sur Lupin.

19

LE SERVITEUR DE VOLDEMORT

Hermione poussa un hurlement. Black se leva d'un bond. Harry sursauta comme s'il avait reçu une décharge électrique.

– J'ai trouvé ceci au pied du Saule cogneur, dit Rogue en jetant la cape d'invisibilité par terre, sa baguette magique toujours pointée sur Lupin. C'est très pratique, Potter. Je vous remercie...

Rogue était légèrement essoufflé mais son visage exprimait un sentiment de triomphe qu'il avait peine à dissimuler.

– Vous vous demandez sans doute comment j'ai su que vous étiez ici ? dit-il, les yeux étincelants. Je suis allé faire un tour dans ton bureau, Lupin. Tu avais oublié de prendre ta potion, ce soir. Alors je t'en ai apporté un gobelet. Et c'est une chance... Une chance pour moi, bien sûr. Sur ton bureau, j'ai trouvé une certaine carte. Il m'a suffi d'y jeter un coup d'œil pour apprendre tout ce que je voulais savoir. Je t'ai vu courir le long de ce tunnel, puis disparaître...

– Severus... commença Lupin, mais Rogue ne le laissa pas poursuivre.

– J'ai répété au directeur que c'est toi qui as aidé ton vieil ami Black à s'introduire dans le château, Lupin, et en voici la preuve. Je n'aurais jamais pensé que tu aurais l'audace de revenir te cacher dans cet endroit...

– Severus, tu es en train de commettre une erreur, dit précipitamment Lupin. Tu ne sais pas tout... Je vais t'expliquer .. Sirius n'est pas venu ici pour tuer Harry...

– Il y aura deux pensionnaires de plus à Azkaban, ce soir, dit Rogue, le regard flamboyant. Je serais curieux de savoir comment Dumbledore va réagir en apprenant tout ça... Il était convaincu que tu étais inoffensif, Lupin... Un loup-garou *apprivoisé*...

– Espèce d'idiot, dit Lupin d'une voix douce. Est-ce qu'une vieille rancune de collégien vaut la peine de renvoyer un innocent à Azkaban ?

Bang ! De petites cordes semblables à des serpents jaillirent de la baguette magique de Rogue et s'enroulèrent autour des chevilles, des poignets et de la bouche de Lupin qui perdit l'équilibre et tomba sur le sol, immobilisé. Avec un rugissement de rage, Black s'élança vers Rogue, mais celui-ci lui pointa sa baguette entre les deux yeux.

– Donne-moi une bonne raison, murmura Rogue, une seule bonne raison de le faire, et je te jure que je le ferai.

Black s'immobilisa. Il aurait été impossible de dire lequel des deux exprimait la plus grande haine.

Harry restait là, paralysé, sans savoir que faire ni qui croire. Il jeta un regard à Ron et à Hermione. Ron, qui paraissait aussi indécis que lui, s'efforçait toujours de retenir Croûtard qui continuait de se débattre comme un dément. Hermione, elle, s'avança vers Rogue d'un pas mal assuré et dit d'une voix haletante :

– Professeur Rogue, nous… nous pourrions peut-être écouter ce qu'ils ont à nous dire ?

– Miss Granger, il se peut que vous soyez exclue de cette école, répliqua sèchement Rogue. Vous, Potter et Weasley, vous vous trouvez hors de l'enceinte du château sans autorisation, en compagnie d'un criminel en fuite et d'un loup-garou. Alors, pour une fois dans votre vie, vous feriez bien de vous taire.

– Mais si… s'il y avait un malentendu…

– TAISEZ-VOUS, IDIOTE ! s'écria Rogue qui avait soudain l'air d'un dément. NE PARLEZ PAS DE CE QUE VOUS IGNOREZ !

Quelques étincelles jaillirent de l'extrémité de sa baguette magique toujours pointée vers Black. Hermione garda le silence.

– Quelle douce vengeance, murmura Rogue en regardant Black. J'espérais tellement être celui qui t'attraperait…

– Tu ne t'es jamais remis de cette blague, grogna Black. Si ce garçon emmène son rat jusqu'au château – il désigna Ron d'un signe de tête –, je te suivrai sans faire d'histoires…

– Jusqu'au château ? dit Rogue d'une voix doucereuse. Je ne crois pas que nous aurons besoin d'aller aussi loin. Il me suffira d'appeler les Détraqueurs dès que nous serons sortis du Saule cogneur. Ils seront ravis de te voir, Black… tellement ravis, qu'ils te donneront sûrement un baiser…

Le peu de couleur qui demeurait sur les joues de Black s'effaça aussitôt.

– Il… Il faut que tu m'écoutes, dit-il de sa voix rauque. Le rat… Regarde ce rat…

Le regard de Rogue brillait d'une lueur démente que Harry ne lui connaissait pas. Il semblait perdre la raison.

– Venez tous, dit-il.

Il claqua des doigts. L'extrémité d'une des cordes qui liaient Lupin se dressa alors dans les airs et vint atterrir entre ses mains.

– J'emmène le loup-garou. Peut-être que les Détraqueurs auront envie de l'embrasser, lui aussi…

Sans prendre le temps de réfléchir, Harry traversa la pièce en quelques enjambées et se plaça devant la porte.

– Dégagez, Potter, vous avez suffisamment d'ennuis comme ça, lança Rogue. Si je n'étais pas arrivé à temps pour vous sauver la peau…

– Le professeur Lupin aurait eu le temps de me tuer cent fois, cette année, dit Harry. Je me suis trouvé seul avec lui très souvent quand il m'apprenait à me défendre contre les Détraqueurs. S'il était vraiment un complice de Black, pourquoi n'en a-t-il pas profité pour me tuer ?

– L'esprit d'un loup-garou est insondable, répliqua Rogue dans un sifflement. Allons, dégagez le passage, Potter !

– VOUS ÊTES LAMENTABLE ! s'écria alors HARRY. SIMPLEMENT PARCE QU'ILS SE SONT MOQUÉS DE VOUS QUAND VOUS ÉTIEZ DANS LA MÊME CLASSE, VOUS REFUSEZ D'ÉCOUTER…

– SILENCE ! JE VOUS INTERDIS DE ME PARLER SUR CE TON ! hurla Rogue qui paraissait de plus en plus dément. Tel père, tel fils, Potter ! Je viens de vous sauver la mise, vous devriez me remercier à genoux ! Vous auriez été bien avancé s'il vous avait tué ! Vous seriez mort comme votre père, trop arrogant pour croire que vous auriez pu vous tromper sur Black… Et maintenant, écartez-vous, ou bien c'est moi qui vous règle votre compte ! DÉGAGEZ, POTTER !

Harry se décida en une fraction de seconde. Avant même que Rogue ait eu le temps de faire un pas vers lui, il leva sa baguette magique.

– *Expelliarmus !* s'exclama-t-il.

Mais il ne fut pas le seul à prononcer la formule. Il y eut une déto-nation qui fit trembler la porte sur ses gonds. Rogue fut projeté en l'air, s'écrasa contre le mur et glissa sur le plancher, un filet de sang coulant sur son visage. Il était assommé.

Harry jeta un regard autour de lui. Ron et Hermione avaient désarmé Rogue au même moment que lui. La baguette magique de Rogue décrivit un arc de cercle et alla atterrir sur le lit, à côté de Pattenrond.

– Tu n'aurais pas dû faire ça, dit Black en regardant Harry. Tu aurais dû me le laisser…

Harry évita le regard de Black. Même à présent, il n'était pas sûr d'avoir fait ce qu'il fallait.

– On a attaqué un professeur… On a attaqué un professeur… gémit Hermione qui fixait Rogue, toujours inconscient, avec des yeux terrifiés. On va avoir des ennuis épouvantables…

Lupin essayait de défaire ses liens. Black se pencha vers lui et le libéra.

– Merci, Harry, dit Lupin en se frottant les poignets, là où les cordes l'avaient serré.

– Je ne sais toujours pas si je dois vous croire, répliqua Harry.

– Alors, il est temps qu'on te donne des preuves, dit Black. Toi donne-moi Peter.

Ron serra Croûtard contre sa poitrine.

– Ça suffit, dit-il d'une voix faible. Vous n'allez quand même pas me faire croire que vous vous êtes évadé d'Azkaban simplement pour venir chercher Croûtard ?

Il regarda Hermione et Harry en quête d'approbation.

– Admettons que Pettigrow ait la faculté de se changer en rat. Il y a des millions de rats… Comment pouvez-vous être sûr qu'il s'agisse de ce rat-là, après avoir passé tout ce temps enfermé à Azkaban ?

– C'est une bonne question, Sirius, admit Lupin en se tournant vers Black, les sourcils légèrement froncés. Comment as-tu fait pour savoir où il se trouvait ?

Black plongea une de ses mains décharnées dans une poche de sa robe de sorcier et en sortit un morceau de papier chiffonné qu'il défroissa pour le montrer aux autres.

C'était la photo de Ron et de sa famille qui avait paru dans *La Gazette du sorcier* l'été précédent. Sur l'épaule de Ron, on distinguait nettement Croûtard.

– Comment as-tu eu cette photo ? demanda Lupin, stupéfait.

– Grâce à Fudge, répondit Black. Quand il est venu inspecter Azkaban, l'année dernière, il m'a donné son journal. Et là, j'ai reconnu Peter, à la première page… Sur l'épaule de ce garçon… J'ai tout de suite su que c'était lui… Combien de fois ne s'est-il pas métamorphosé devant mes yeux ? Et la légende indiquait que ce jeune homme s'apprê-tait à retourner à Poudlard où il suivait ses études… Et où Harry se trou-vait aussi…

– Mon dieu, murmura Lupin en regardant alternativement Croûtard et la photo du journal. Sa patte avant…

– Qu'est-ce qu'elle a, sa patte avant ? lança Ron sur un ton de défi.

– Il lui manque un doigt, répondit Black.

– Bien sûr, dit Lupin dans un souffle. C'était simple… Et remarqua-blement intelligent… Il se l'est tranché lui-même ?

– Juste avant de se transformer, poursuivit Black. Quand je l'ai immobilisé dans un coin, il s'est mis à hurler que j'avais trahi James et Lily pour que tout le monde l'entende autour de nous. Et avant que j'aie eu le temps de lui jeter un sort, il a dévasté la rue en tenant sa baguette magique derrière son dos. Il a tué tous les passants dans un rayon de cinq ou six mètres. Et puis, il s'est transformé et il a pris la fuite par les égouts, avec les autres rats…

– On ne vous a jamais raconté ça, Ron ? dit Lupin. Tout ce qu'on a retrouvé de Peter, c'est un doigt de sa main.

– Croûtard s'est sans doute battu avec un autre rat et il a perdu un doigt dans la bagarre ! répliqua Ron. Ça fait une éternité qu'il est dans la famille…

– Douze ans, dit Lupin. Vous ne vous êtes jamais demandé comment il se fait qu'il ait vécu aussi longtemps ?

– On… On s'est bien occupés de lui… répondit Ron.

– Il n'a pas très bonne mine pour le moment, vous ne trouvez pas ? fit remarquer Lupin. Je pense qu'il a dû perdre du poids depuis le jour où il a appris que Sirius s'était évadé…

– C'est ce chat cinglé qui lui a fait peur ! s'exclama Ron en désignant d'un signe de tête Pattenrond qui continuait de ronronner sur le lit.

Mais les dates ne concordaient pas, pensa soudain Harry.. Croûtard avait semblé malade bien avant de connaître Pattenrond... Il était en mauvaise santé depuis le retour d'Égypte de Ron... depuis le moment où Black s'était évadé...

– Ce chat n'est pas cinglé du tout, dit Black.

Il tendit sa main décharnée et caressa la tête touffue de Pattenrond.

– C'est même le chat le plus intelligent que j'aie jamais rencontré. Il a tout de suite compris que Peter n'était pas un rat. Il a aussi compris que je n'étais pas un chien dès la première fois qu'il m'a vu. Il a fallu du temps avant qu'il me fasse confiance. Finalement, j'ai réussi à lui faire comprendre ce que je cherchais et il m'a aidé...

– Que voulez-vous dire ? demanda Hermione dans un souffle.

– Il a essayé de m'amener Peter, mais il n'a pas réussi... Alors, il a volé la liste des mots de passe qui permettaient d'accéder à Gryffondor et me l'a apportée... D'après ce que j'ai compris, il a trouvé le papier sur la table de chevet d'un des élèves...

Harry ne savait plus ce qu'il fallait croire... Tout cela paraissait tellement absurde... et pourtant...

– Mais Peter a compris ce qui se passait et il s'est enfui... poursuivit Black. Ce chat – Pattenrond, c'est ça ? – m'a dit qu'il avait laissé des traces de sang sur les draps. J'imagine qu'il a dû se mordre lui-même... Il avait déjà réussi à faire croire à sa mort une première fois...

Harry retrouva alors ses esprits.

– Et pourquoi a-t-il fait semblant d'être mort ? s'écria-t-il avec fureur. Parce qu'il savait que vous vouliez le tuer comme vous avez tué mes parents !

– Non, dit Lupin. Harry...

– Et maintenant, vous avez décidé de l'achever !

– En effet, dit Black en jetant au rat un regard assassin.

– Dans ce cas, j'aurais dû laisser Rogue vous capturer ! s'exclama Harry.

– Harry, dit précipitamment Lupin. Vous ne comprenez donc pas ? Pendant tout ce temps, nous avons cru que Sirius avait trahi vos parents et que Peter l'avait poursuivi pour les venger, mais c'était le contraire. Essayez de comprendre : c'est Peter qui a trahi votre mère et votre père ! Et c'est Sirius qui a voulu les venger en poursuivant *Peter*.

– Ce n'est pas vrai ! hurla Harry. Il était leur Gardien du Secret ! Et il l'a dit avant que vous arriviez, il a dit qu'il les avait tués !

Il tendait l'index vers Black qui hochait lentement la tête. Ses yeux caves paraissaient soudain étincelants.

– Harry... C'est comme si je les avais tués, dit-il de sa voix rauque. Au dernier moment, j'ai convaincu James et Lily de prendre Peter à ma place, de faire de lui leur Gardien du Secret, au lieu de moi... C'est ma faute, je le sais... Le soir où ils ont été tués, j'ai voulu vérifier que Peter était toujours en sécurité, mais quand je suis arrivé dans sa cachette, il était parti. Il n'y avait aucune trace de lutte, cependant. C'était bizarre. J'ai eu peur et je me suis précipité dans la maison de tes parents. Lorsque j'ai vu la maison détruite et leurs cadavres, j'ai compris ce que Peter avait fait. Ce que moi, j'avais fait, d'une certaine manière... acheva-t-il, la voix brisée.

– Ça suffit, dit Lupin.

Il avait parlé d'une voix dure, métallique, que Harry ne lui connaissait pas.

– Il n'y a qu'une seule façon de prouver ce qui s'est véritablement passé, poursuivit-il. Ron, donnez-moi ce rat.

– Qu'est-ce que vous allez lui faire si je vous le donne ? demanda Ron, tendu.

– L'obliger à se montrer, dit Lupin. Si c'est vraiment un rat, il ne sentira rien du tout.

Ron hésita puis il finit par donner Croûtard à Lupin qui le prit entre ses mains. Croûtard se mit à couiner en se tortillant désespérément, ses petits yeux noirs exorbités.

– Prêt, Sirius ? dit Lupin.

Black, qui avait déjà pris la baguette magique de Rogue sur le lit, s'approcha de Lupin et du rat qui se débattait. Les yeux de Black semblèrent soudain s'enflammer dans leurs orbites.

– Ensemble ? dit-il à voix basse.

– Oui, répondit Lupin qui tenait fermement Croûtard dans une main et sa baguette magique dans l'autre. A trois... Attention, un... deux... trois !

Un éclair bleu jaillit des deux baguettes magiques. Pendant un instant, Croûtard sembla figé dans les airs, son petit corps noir agité de convulsions. Ron poussa un cri. Le rat tomba sur le plancher. Il y eut alors un autre éclair aveuglant, puis...

On aurait dit la croissance d'un arbre dans un film en accéléré. Une tête sortit du sol, puis des bras poussèrent, et des jambes... Un instant plus tard, un homme se tenait debout à l'endroit où Croûtard était tombé. L'homme, recroquevillé sur lui-même, se tordait les mains. Sur le lit, Pattenrond s'était mis à cracher, les poils dressés sur son échine.

L'homme était petit, à peine plus grand que Harry et Hermione. Le sommet de son crâne était chauve, entouré de cheveux fins en bataille, à la couleur indéfinissable. Il avait l'aspect flétri d'un homme replet qui aurait perdu beaucoup de poids en peu de temps. Sa peau paraissait sale et terne, comme les poils de Croûtard, et il avait conservé quelque chose du rat dans son nez pointu et ses petits yeux humides. La respiration saccadée, il regarda autour de lui. Harry vit ses yeux se tourner brièvement vers la porte, puis changer à nouveau de direction.

– Bonjour, Peter, dit Lupin d'un ton joyeux, comme s'il était tout naturel de voir un rat se transformer en un vieux camarade d'école. Ça fait longtemps qu'on ne s'est pas vus.

– S... Sirius... R... Remus...

Pettigrow avait une petite voix couinante, semblable à des cris de rat. Pendant un instant, ses yeux se tournèrent une nouvelle fois vers la porte.

– Mes amis... Mes chers vieux amis...

Black leva sa baguette, mais Lupin lui attrapa le poignet en lui lançant un regard noir et s'adressa à nouveau à Pettigrow d'un ton léger et désinvolte.

– Nous avons eu une petite conversation, Peter, au sujet de ce qui s'est passé la nuit où James et Lily sont morts. Il est possible que quelques détails t'aient échappé pendant que tu poussais tes petits cris en essayant de t'enfuir...

– Remus, dit Pettigrow d'une voix haletante tandis que des gouttes de sueur perlaient à son front. Tu ne vas pas le croire, quand même... Il a essayé de me tuer, Remus...

– C'est ce qu'on a entendu dire, répondit Lupin d'un ton plus froid. J'aimerais que tu m'aides à éclaircir quelques points obscurs, Peter, si tu veux bien..

– Il veut encore essayer de me tuer ! glapit Pettigrow en montrant Black du doigt.

Harry remarqua qu'il pointait son médius car il n'avait plus d'index.

– Il a tué Lily et James, et maintenant, c'est moi qu'il veut tuer... Il faut que tu m'aides, Remus...

Le visage de Black, son regard insondable braqué sur Pettigrow, ressemblait plus que jamais à une tête de mort.

– Personne n'essaiera de te tuer tant que nous n'aurons pas tiré quelques petites choses au clair, dit Lupin.

– Des choses au clair ?

Pettigrow recommença à jeter des regards autour de lui. Ses yeux se posèrent sur les fenêtres obstruées, puis à nouveau sur la porte.

– Je savais qu'il me poursuivrait ! Qu'il essaierait à tout prix de me retrouver ! Ça fait douze ans que je m'y attends !

– Tu savais que Sirius arriverait à s'évader d'Azkaban ? s'étonna Lupin. Alors que personne d'autre n'y était arrivé avant lui ?

– Il connaît des procédés de magie noire dont nous n'avons aucune idée ! s'écria Pettigrow de sa petite voix suraiguë. Sinon, comment aurait-il pu sortir de là ? J'imagine que Celui-Dont-On-Ne-Doit-Pas-Prononcer-Le-Nom lui a enseigné quelques secrets !

Black éclata de rire, d'un horrible rire sans joie qui retentit longuement dans la pièce.

– Voldemort, m'apprendre des secrets ? dit-il.

Pettigrow se recroquevilla, comme si Black l'avait menacé d'un fouet.

– Tu as peur d'entendre le nom de ton maître ? dit Black. Je te comprends, Peter. Ses amis ne doivent pas être très contents de toi, j'imagine ?

– Je ne vois pas... ce que tu veux dire, Sirius... marmonna Pettigrow, la respiration de plus en plus saccadée, le visage luisant de sueur.

– Ce n'est pas de *moi* que tu t'es caché pendant douze ans, Peter, dit Black. Tu t'es caché des anciens partisans de Voldemort. J'ai entendu beaucoup de choses à Azkaban... Ils pensent tous que tu es mort, sinon, ils te demanderaient des comptes... J'en ai entendu qui criaient toutes sortes de choses dans leur sommeil. A les en croire, le traître les a trahis, eux aussi. Voldemort a retrouvé les Potter grâce aux renseignements que tu lui as donnés... Mais le pouvoir de Voldemort a été détruit ce jour-là. Ses partisans n'ont pas tous fini à Azkaban. Il y en a encore beaucoup qui sont en liberté, ils attendent leur heure en faisant semblant de regretter leurs erreurs passées... Et si jamais ils apprenaient que tu es toujours vivant, Peter...

– Je ne comprends pas de quoi tu parles, répéta Pettigrow d'une voix plus aiguë que jamais.

Il s'essuya le visage d'un revers de manche et se tourna vers Lupin.

– Tu ne crois pas toutes... toutes ces folies, n'est-ce pas, Remus ?

– Je dois t'avouer, Peter, que j'ai du mal à comprendre pourquoi un innocent passerait volontairement douze années dans la peau d'un rat, dit Lupin d'un ton égal.

– Innocent mais terrifié ! couina Pettigrow. Si les partisans de Voldemort me cherchaient, c'est parce que j'ai envoyé un de leurs meilleurs amis à Azkaban. L'espion Sirius Black !

Les traits de Black se contractèrent en un rictus.

– Comment oses-tu ? lança-t-il dans un grognement qui rappelait l'énorme chien dont il avait pris la forme auparavant. Moi, un espion de Voldemort ? Quand m'a-t-on jamais vu me mettre dans les bonnes grâces de gens plus forts et plus puissants que moi ? Mais toi, Peter... Je ne comprendrai jamais pourquoi je ne me suis pas tout de suite rendu compte que c'était toi, l'espion. Tu as toujours aimé avoir des amis plus forts que toi qui te protégeaient, n'est-ce pas ? A un moment, c'était nous... Remus et moi... et James...

Pettigrow s'essuya à nouveau le visage. Il avait du mal à respirer.

– Moi, un espion... Tu es fou ou quoi ? Jamais... Je me demande comment tu peux dire une chose pareille...

– Lily et James ont fait de toi leur Gardien du Secret parce que je le leur ai conseillé, siffla Black avec tant de hargne que Pettigrow recula d'un pas. J'ai pensé que c'était le meilleur plan... Un coup de bluff... J'étais sûr que Voldemort croirait que c'était moi. Il n'aurait jamais pensé qu'ils puissent confier leur secret à un être faible et sans talent comme toi... Pour toi, c'était sans doute le plus beau moment de ta misérable vie, n'est-ce pas, de pouvoir dire à Voldemort que tu savais où se trouvaient les Potter ?

Pettigrow marmonnait machinalement des paroles incompréhensibles. Harry saisit quelques mots : « exagéré », « démence », mais ce qui le frappa surtout, ce fut le teint grisâtre de Pettigrow et la façon dont il jetait des coups d'œil en direction des fenêtres et de la porte.

– Professeur Lupin, murmura timidement Hermione. Est-ce que… est-ce que je peux dire quelque chose ?

– Certainement, Hermione, répondit Lupin d'un ton courtois.

– Eh bien, Croûtard… je veux dire… ce… cet homme… Il a dormi dans le même dortoir que Harry pendant trois ans. S'il est vraiment au service de Vous-Savez-Qui, comment se fait-il qu'il ne s'en soit jamais pris à Harry jusqu'à maintenant ?

– Et voilà ! s'exclama Pettigrow en montrant Hermione de sa main mutilée. Merci ! Tu vois bien, Remus ? Je n'ai jamais touché à un cheveu de Harry ! Pourquoi l'aurais-je fait, d'ailleurs ?

– Je vais te dire pourquoi, répliqua Black. Parce que tu n'as jamais rien fait pour personne tant que tu n'étais pas sûr que ça te rapporterait quelque chose. Voldemort s'est caché pendant douze ans, on dit qu'il est à demi mort. Tu n'allais tout de même pas commettre un meurtre sous le nez d'Albus Dumbledore pour le compte d'un sorcier moribond qui avait perdu tous ses pouvoirs. Avant de te remettre à son service, tu voulais être sûr qu'il soit à nouveau le plus fort. Et c'est pour cette raison que tu t'es fait adopter par une famille de sorciers, comme ça, tu étais au courant des dernières nouvelles, n'est-ce pas, Peter ? Au cas où ton ancien protecteur aurait retrouvé sa puissance et qu'il redevienne avantageux de le rejoindre…

Pettigrow ouvrit et referma la bouche à plusieurs reprises. Il semblait avoir perdu la faculté de parler.

– Heu… Mr Black… Sirius ? dit Hermione timidement.

Black sursauta en l'entendant s'adresser à lui de cette manière et fixa Hermione d'un air stupéfait, comme s'il avait oublié qu'on puisse à nouveau lui parler poliment.

– Si je peux vous poser la question… Comment… comment avez-vous fait pour vous évader d'Azkaban si vous n'avez pas eu recours à la magie noire ?

– Merci ! balbutia Pettigrow en hochant frénétiquement la tête. C'est exactement ce que je voulais…

Lupin le fit taire d'un regard. Black regarda Hermione avec un froncement de sourcils, mais son visage n'exprimait aucun agacement. Il semblait plutôt réfléchir à sa réponse.

– Je ne sais pas comment j'ai fait, dit-il lentement. Je crois que la seule raison pour laquelle je ne suis pas devenu fou, c'est que je me savais innocent. Et comme ce n'était pas une pensée heureuse, les Détraqueurs n'ont pas pu la détruire en moi... Mais c'est grâce à cela que j'ai gardé la raison... Cette pensée m'a permis de conserver mes pouvoirs... Et quand les choses devenaient trop... insupportables... je me transformais dans ma cellule... Je devenais un chien. Les Détraqueurs sont aveugles, comprenez-vous ? Ils se rendent compte de la présence des gens en percevant leurs émotions... Et ils sentaient que mes émotions étaient moins... moins humaines... moins complexes lorsque j'étais un chien... Alors, ils pensaient que j'étais en train de devenir fou comme les autres et n'avaient donc aucun soupçon. Mais j'étais faible, très faible... et sans baguette magique, je ne pouvais pas espérer les repousser. Et puis un jour, j'ai vu Peter sur cette photo... Je me suis rendu compte qu'il était à Poudlard avec Harry... Dans une excellente situation pour agir, si jamais il apprenait que le Seigneur des Ténèbres avait retrouvé sa puissance...

Pettigrow hocha la tête en remuant les lèvres, les yeux fixés sur Black comme s'il était hypnotisé.

– ... prêt à frapper au moment où il se sentirait soutenu... prêt à livrer aux forces du Mal le dernier des Potter. S'il donnait Harry, qui pourrait affirmer qu'il avait trahi Lord Voldemort ? Il serait accueilli avec les honneurs... Il fallait donc que je fasse quelque chose. J'étais le seul à savoir que Peter était toujours vivant...

Harry se rappela ce que Mr Weasley avait raconté à Mrs Weasley : « Les gardiens lui ont dit que depuis un certain temps, Black parlait dans son sommeil et qu'il répétait toujours la même chose : *"Il est à Poudlard... Il est à Poudlard..."* »

– C'était comme si quelqu'un avait allumé un feu dans ma tête, poursuivit Black. Un feu que les Détraqueurs n'avaient pas le pouvoir d'éteindre... Ce n'était pas un sentiment heureux... C'était une obsession... Mais elle me donnait de la force, elle rendait mon esprit plus clair. Alors, un soir, quand ils ont ouvert la porte de ma cellule pour m'apporter à manger, je me suis faufilé dans le couloir sous ma forme de chien... Il est tellement plus difficile pour eux de sentir les émotions d'un animal qu'ils ne se sont rendu compte de rien... J'étais mince, très mince... Suffisamment mince pour me glisser à travers les grilles..

Toujours sous mon apparence de chien, j'ai quitté l'île et j'ai nagé jusqu'à la rive opposée... Ensuite, je suis remonté vers le nord et je me suis introduit à Poudlard sous la forme d'un chien... Depuis, je suis resté caché dans la forêt interdite... Sauf quand je suis venu assister au match de Quidditch, bien sûr... Tu voles aussi bien que ton père, Harry...

Il regarda Harry qui ne détourna pas les yeux.

– Crois-moi, reprit Black. Crois-moi, je n'ai jamais trahi James et Lily. J'aurais préféré mourir plutôt que de les trahir.

Et finalement, Harry décida de le croire. La gorge trop serrée pour parler, il hocha la tête en signe d'approbation.

– Non !

Pettigrow était tombé à genoux, comme si le signe de tête de Harry avait signifié sa propre condamnation à mort. Il s'avança en traînant les genoux sur le plancher et se prosterna, les mains jointes devant lui comme en prière.

– Sirius... C'est moi... C'est Peter... Ton ami... tu ne vas quand même pas...

Black fit mine de lui donner un coup de pied et Peter se recroquevilla.

– Ma robe est suffisamment sale, ne la touche pas en plus !

– Remus ! couina Pettigrow en se tournant vers Lupin. Tu ne vas pas croire tout ça... Sirius te l'aurait dit s'ils avaient changé de Gardien du Secret...

– Il ne me l'aurait pas dit s'il avait pensé que c'était moi, l'espion, fit remarquer Lupin. C'est bien pour cette raison que tu ne m'as rien dit, Sirius ? demanda-t-il.

– Pardonne-moi, répondit Black.

– Bien sûr, Patmol, mon vieil ami, dit Lupin qui était en train de relever ses manches. Et toi, tu me pardonnes d'avoir cru que c'était *toi*, l'espion ?

– Évidemment, répondit Black.

Et l'ombre d'un sourire passa sur son visage. Lui aussi releva ses manches.

– On le tue ensemble ? dit-il.

– Oui, dit sombrement Lupin.

– Non... Vous n'allez pas faire ça... haleta Pettigrow.

Il se traîna alors vers Ron.

– Ron, est-ce que je ne t'ai pas été fidèle ? N'ai-je pas été un bon compagnon ? Tu ne vas pas les laisser me tuer, Ron… Tu es de mon côté, n'est-ce pas ?

Mais Ron contemplait Pettigrow avec répulsion.

– Quand je pense que je t'ai laissé dormir dans mon lit !

– Gentil garçon… gentil maître… gémit Pettigrow en rampant vers Ron. Tu ne vas pas les laisser faire… J'étais ton rat… Un animal fidèle…

– Si tu étais meilleur sous l'aspect d'un rat que sous celui d'un homme, il n'y a pas de quoi être fier, Peter, dit Black d'une voix dure.

Ron, que la douleur rendait de plus en plus pâle, ramena sa jambe cassée contre lui pour la tenir hors d'atteinte de Pettigrow. Celui-ci, toujours à genoux, se traîna alors vers Hermione et saisit le bas de sa robe.

– Douce jeune fille… brillante élève . tu ne vas pas les laisser me… Aide-moi…

Hermione arracha sa robe des mains de Pettigrow et recula contre le mur, l'air horrifié.

Alors, Pettigrow se tourna vers Harry.

– Harry… Harry… Tu ressembles tellement à ton père… Tu es son portrait…

– COMMENT OSES-TU T'ADRESSER À HARRY ? rugit Black. COMMENT OSES-TU LE REGARDER EN FACE ? COMMENT OSES-TU PARLER DE JAMES DEVANT LUI ?

– Harry, murmura Pettigrow en se traînant vers lui les mains tendues. Harry, James n'aurait pas voulu qu'on me tue. James aurait compris, Harry. Il aurait eu pitié de moi.

Black et Lupin saisirent alors Pettigrow par les épaules et le rejetèrent en arrière. Il retomba assis sur le sol, les yeux levés vers eux, le visage convulsé de terreur.

– Tu as livré Lily et James à Voldemort, dit Black, qui tremblait aussi. Tu oserais le nier ?

Pettigrow fondit en larmes. C'était un spectacle répugnant : on aurait dit un gros bébé chauve qui se tortillait par terre.

– Sirius, Sirius, pleurnicha-t-il, que pouvais-je faire ? Le Seigneur des Ténèbres… Tu ne te rends pas compte… Il possède des armes dont tu n'as pas idée… J'avais peur, Sirius, je n'ai jamais été courageux comme toi, ou comme Remus et James. Je ne voulais pas ça… Celui-Dont-On-Ne-Doit-Pas-Prononcer-Le-Nom m'a forcé à…

– NE MENS PAS ! hurla Black. TU L'AS RENSEIGNÉ PENDANT TOUTE UNE ANNÉE AVANT QUE LILY ET JAMES NE MEURENT ! TU ÉTAIS SON ESPION !

– Il... il ralliait tout le monde ! bredouilla Pettigrow. Qu'avait-on à gagner en s'opposant à lui ?

– Qu'avait-on à gagner en combattant le sorcier le plus maléfique qui ait jamais existé ? dit Black, animé d'une terrible fureur. On avait à gagner des vies innocentes, Peter !

– Tu ne comprends pas ! gémit Pettigrow. Il m'aurait tué !

– ALORS, TU AURAIS DÛ MOURIR PLUTÔT QUE TRAHIR TES AMIS MOU RIR COMME NOUS SERIONS MORTS POUR TOI S'IL L'AVAIT FALLU !

Black et Lupin se tenaient côte à côte, leurs baguettes magiques levées.

– Tu aurais dû comprendre, dit Lupin d'une voix paisible, que si Voldemort ne te tuait pas, c'est nous qui le ferions. Adieu, Peter.

Hermione se tourna vers le mur, le visage dans les mains.

– Non ! cria Harry.

Il se précipita devant Pettigrow, face aux baguettes magiques.

– Vous ne pouvez pas le tuer, dit-il, la respiration précipitée. Vous ne pouvez pas !

– Harry, c'est à cause de cette vermine que tu n'as plus de parents, gronda Black. Ce lamentable détritus t'aurait même tué, toi aussi, sans le moindre scrupule. Tu l'as entendu. Sa répugnante petite personne avait beaucoup plus de valeur à ses yeux que toute ta famille.

– Je sais, dit Harry. Mais il faut l'amener au château. Nous le livrerons aux Détraqueurs. Il ira à Azkaban... ne le tuez pas...

– Harry ! balbutia Pettigrow en lui serrant les genoux. Merci... C'est plus que je ne mérite... Merci...

– Lâchez-moi, lança Harry qui se dégagea de l'étreinte de Pettigrow avec une grimace de dégoût. Je ne fais pas ça pour vous. Je le fais parce que je pense que mon père n'aurait pas voulu que ses meilleurs amis se transforment en tueurs... simplement à cause de vous.

Tout le monde resta immobile et silencieux, sauf Pettigrow, dont on entendait la respiration sifflante. Black et Lupin échangèrent un regard. Puis, d'un même mouvement, ils abaissèrent leurs baguettes.

– Tu es la seule personne qui ait le droit de décider, Harry, dit Black. Mais pense... pense à ce qu'il a fait...

– Il ira à Azkaban, répéta Harry. Si quelqu'un mérite d'être enfermé là-bas, c'est bien lui...

– Très bien, dit Lupin. Écartez-vous, Harry.

Harry hésita.

– Je vais simplement le ligoter, dit Lupin. Je vous promets que je ne lui ferai rien d'autre.

Harry s'écarta. De fines cordes jaillirent de la baguette de Lupin et, un instant plus tard, Pettigrow se trémoussait sur le sol, ficelé et bâillonné.

– Mais si jamais tu te transformes en rat, Peter, grogna Black, sa propre baguette pointée sur Pettigrow, cette fois, nous te tuerons. Tu es d'accord, Harry ?

Harry regarda la pitoyable silhouette qui gigotait sur le plancher et approuva d'un signe de tête en s'assurant que Pettigrow l'avait vu.

– Très bien, dit Lupin. Ron, je ne peux pas soigner les fractures aussi bien que Madame Pomfresh, alors, le mieux, c'est que nous vous mettions une attelle en attendant de pouvoir vous emmener à l'infirmerie.

Il se pencha sur Ron, tapota sa jambe d'un coup de baguette magique et murmura : « *Ferula.* » Aussitôt, des bandages s'enroulèrent autour de la jambe de Ron en la fixant étroitement à une attelle. Ron posa prudemment sa jambe par terre et ne sembla ressentir aucune douleur.

– C'est beaucoup mieux comme ça, dit-il. Merci.

– Et le professeur Rogue ? dit Hermione d'une petite voix en regardant Rogue qui était toujours évanoui par terre.

– Il n'a rien de grave, dit Lupin qui se pencha pour lui prendre le pouls. Vous avez simplement fait preuve d'un peu trop d'enthousiasme. Toujours inconscient. Il vaut peut-être mieux ne pas le ranimer avant d'être revenu au château. On va l'emmener comme ça...

– *Mobilicorpus*, murmura-t-il.

Comme si on lui avait attaché des fils invisibles aux poignets, au cou et aux genoux, Rogue se retrouva debout, la tête ballottante, telle une marionnette grotesque. Il flottait à quelques centimètres au-dessus du sol, les pieds pendants. Lupin prit la cape d'invisibilité et la glissa dans sa poche.

– Il faudrait que deux d'entre nous s'enchaînent à cette chose, dit Black en touchant Pettigrow du bout du pied. Par mesure de précaution.

– Moi, dit Lupin.

– Et moi aussi, ajouta Ron d'un ton féroce.

Il boitait, mais parvenait à tenir debout sans trop de mal.

D'un coup de baguette magique, Black fit apparaître deux grosses paires de menottes. Bientôt, Pettigrow fut à nouveau debout, enchaîné d'un côté à Lupin et de l'autre à Ron qui avait le visage fermé. Il semblait considérer comme une insulte personnelle la révélation de la véritable identité de Croûtard. D'un bond léger, Pattenrond sauta du lit et sortit le premier de la pièce, ouvrant la voie aux autres, le panache de sa queue touffue fièrement dressé, comme un signe de ralliement.

20

LE BAISER DU DÉTRAQUEUR

J amais Harry ne s'était trouvé au sein d'un groupe si étrangement composé. Pattenrond descendait l'escalier le premier. Lupin, Pettigrow et Ron le suivaient. Ils avaient l'air de participer à une de ces courses où les concurrents sont attachés trois par trois. Derrière eux, le professeur Rogue flottait dans les airs, tel un spectre, le bout de ses pieds effleurant les marches de l'escalier. C'était Sirius qui le faisait avancer ainsi en pointant sur lui la propre baguette de Rogue. Enfin, Harry et Hermione fermaient la marche.

S'engager dans le tunnel ne fut pas une mince affaire. Lupin, Pettigrow et Ron durent s'y glisser de côté. Lupin continuait de pointer sa baguette magique sur Pettigrow et Harry les voyait progresser avec difficulté en marchant en crabe. Pattenrond ouvrait toujours la voie. Harry se trouvait juste derrière Sirius qui faisait avancer Rogue devant lui. Sa tête qui ballottait sur ses épaules se cognait sans cesse contre le plafond bas et Harry eut l'impression que Sirius ne faisait aucun effort pour éviter ces chocs répétés.

– Tu sais ce que ça signifie, de livrer Pettigrow ? dit soudain Sirius à Harry.

– Vous êtes libre, répondit Harry.

– Oui… mais je suis aussi… je ne sais pas si quelqu'un te l'a jamais dit… je suis ton parrain.

– Je le savais, dit Harry.

– Tes parents m'ont désigné pour m'occuper de toi si jamais il leur arrivait quelque chose… déclara Sirius d'un ton un peu raide.

Harry attendit. Sirius pensait-il à la même chose que lui ?

– Bien entendu, je comprendrais très bien que tu préfères rester avec ton oncle et ta tante, poursuivit Sirius. Mais… penses-y…

Lorsque j'aurai été réhabilité... Si jamais... tu veux changer de maison...

Harry eut l'impression que quelque chose explosait en lui.

– Vous voulez dire... Habiter chez vous ? Et quitter les Dursley ?

Sous le coup de l'émotion, sa tête heurta un morceau de roc qui dépassait du plafond.

– Je pensais bien que tu n'accepterais pas, dit précipitamment Sirius. Je comprends très bien. Je voulais simplement...

– Vous plaisantez ? coupa Harry, la voix soudain aussi rauque que celle de Sirius. Bien sûr que je veux quitter les Dursley ! Vous avez une maison ? Quand est-ce que je peux m'y installer ?

Sirius se retourna et le regarda dans les yeux. La tête de Rogue raclait le plafond, mais Sirius ne semblait pas s'en soucier le moins du monde.

– Tu veux vraiment ? dit-il.

– Oui, je veux vraiment ! assura Harry.

Sur le visage émacié de Sirius Black se dessina alors le premier vrai sourire que Harry lui ait jamais vu. La différence était saisissante : on aurait dit qu'un être de dix ans plus jeune venait d'apparaître sous le masque décharné. Pendant un instant, Harry reconnut l'homme qui riait sur la photo de mariage de ses parents.

Ils ne dirent plus un mot jusqu'à ce qu'ils aient atteint le bout du tunnel. Pattenrond escalada la pente le premier. Il avait dû appuyer la patte sur le nœud de la racine qui permettait d'immobiliser le Saule cogneur car Lupin, Pettigrow et Ron se hissèrent au-dehors sans déclencher la fureur des branches.

Sirius fit passer Rogue par l'ouverture, puis il s'effaça pour laisser sortir Harry et Hermione. Enfin, il se glissa dehors à son tour.

Le parc était plongé dans l'obscurité. Ils avancèrent en silence en direction du château dont on voyait les fenêtres briller au loin. De temps à autre, Pettigrow laissait échapper un gémissement. Les pensées se bousculaient dans la tête de Harry. Il allait quitter les Dursley pour habiter chez Sirius Black, le meilleur ami de ses parents... Il se sentait tout étourdi... Qu'arriverait-il quand il annoncerait aux Dursley qu'il allait vivre avec le prisonnier évadé qu'ils avaient vu à la télévision ?

– Un geste suspect, Peter, et... menaça Lupin, sa baguette magique pointée sur la poitrine de Pettigrow.

Ils traversèrent le parc silencieusement. Les lumières du château se rapprochaient. Rogue continuait de flotter comme un fantôme devant Sirius, le menton rebondissant sur sa poitrine.

Soudain, il y eut une éclaircie dans le ciel, de faibles ombres se dessinèrent. A présent, la lueur du clair de lune baignait les alentours.

Rogue heurta Lupin, Pettigrow et Ron qui s'étaient brusquement immobilisés. Sirius se figea, un bras tendu derrière lui pour faire signe à Harry et à Hermione de s'arrêter également.

Harry vit la silhouette de Lupin qui semblait pétrifié et remarqua que ses jambes se mettaient à trembler.

– Oh, là, là... bredouilla Hermione. Il n'a pas pris sa potion, ce soir ! Il va devenir dangereux !

– Fuyez ! murmura Sirius. Fuyez ! Immédiatement !

Mais Harry ne pouvait s'y résoudre : Ron était enchaîné à Pettigrow et à Lupin. Il se précipita vers lui, mais Sirius le saisit par les épaules et le rejeta en arrière.

– Laisse-moi faire... COURS !

Un terrible grognement retentit. La tête de Lupin s'allongeait. Son corps également. Ses épaules se voûtaient. Des poils apparaissaient sur son visage et ses mains qui se recourbaient pour former des pattes dotées de griffes. Pattenrond recula, sa fourrure dressée sur son échine.

Le loup-garou se cabra en faisant claquer ses longues mâchoires. Sirius avait disparu. Il s'était métamorphosé. L'énorme chien se précipita d'un bond. Lorsque le loup-garou se libéra de la menotte qui l'attachait, le chien l'attrapa par le cou et le tira en arrière, loin de Ron et de Pettigrow. Ils étaient à présent accrochés l'un à l'autre, mâchoire contre mâchoire, leurs griffes se déchirant férocement...

Harry restait immobile, saisi par l'incroyable spectacle, trop absorbé par le combat pour remarquer quoi que ce soit d'autre. Ce fut le cri d'Hermione qui l'alerta.

Pettigrow avait plongé sur la baguette magique de Lupin. Ron, vacillant sur sa jambe cassée, tomba. Il y eut une détonation, un éclair et Ron resta immobile sur le sol. Une autre détonation : Pattenrond fut projeté en l'air et retomba par terre en un petit tas informe.

– *Expelliarmus !* cria Harry, sa baguette magique pointée sur Pettigrow.

La baguette de Lupin lui sauta des mains et s'envola en disparaissant dans l'obscurité.

– Restez où vous êtes ! cria Harry.

Il se rua sur lui, mais trop tard. Pettigrow s'était transformé. Sa queue de rat glissa de la menotte attachée au poignet de Ron et Harry l'entendit détaler dans l'herbe.

Il y eut un hurlement mêlé à un grognement. Le loup-garou s'enfuyait en direction de la forêt.

– Sirius, il s'est échappé ! Pettigrow s'est transformé ! cria Harry.

Sirius saignait. On voyait des plaies sur son dos et son museau, mais il se releva et s'élança. Le bruit de ses pattes qui martelaient le sol s'évanouit au loin.

Harry et Hermione se précipitèrent sur Ron.

– Qu'est-ce qu'il lui a fait ? murmura Hermione.

Ron avait les yeux mi-clos, la bouche ouverte. Il était vivant, sans aucun doute – ils l'entendaient respirer –, mais il ne semblait pas les reconnaître.

– Je ne sais pas.

Harry regarda désespérément autour de lui. Black et Lupin partis, il n'y avait plus que Rogue, qui continuait de flotter, inconscient, au-dessus du sol.

– Il vaut mieux les amener au château et prévenir quelqu'un, dit Harry. Viens…

Ils entendirent alors un aboiement, puis le gémissement d'un chien qui souffre…

– Sirius, murmura Harry en scrutant l'obscurité.

Il eut un moment d'hésitation, mais ils ne pouvaient rien faire pour Ron dans l'immédiat et, de toute évidence, Black avait des ennuis.

Harry se précipita, Hermione sur ses talons. L'aboiement semblait provenir du bord du lac. Harry courut à toutes jambes. Il éprouva alors une sensation de froid sans comprendre tout de suite ce que cela signifiait.

L'aboiement s'interrompit brusquement. Lorsqu'ils atteignirent la rive du lac, Harry et Hermione comprirent pourquoi : Sirius avait repris sa forme humaine. Il était prostré par terre et se protégeait la tête de ses mains.

– Non, gémissait-il. Noooon... S'il vous plaît...

Alors, Harry les vit. Les Détraqueurs, au nombre d'une centaine, se déployaient en une masse noire autour du lac en s'approchant d'eux. Il fit aussitôt volte-face. Le froid glacial pénétrait ses entrailles, un brouillard commençait à lui obscurcir la vue. De tous les côtés, d'autres Détraqueurs surgissaient de l'obscurité et les encerclaient...

– Hermione, pense à un souvenir heureux ! hurla Harry qui leva sa baguette, battant des paupières pour essayer de s'éclaircir la vue, secouant la tête pour faire taire le faible cri qui commençait à s'élever en lui...

– *Je vais aller habiter chez mon parrain. Je quitte les Dursley à tout jamais.*

Il se força à penser à Sirius, uniquement à Sirius et se mit à scander :

– *Spero patronum* ! *Spero patronum* !

Black fut secoué d'un frisson. Il roula sur lui-même et resta étendu sur le sol, pâle comme la mort.

– Tout va s'arranger. Je vais aller vivre chez lui.

– *Spero patronum* ! Hermione, aide-moi ! *Spero patronum* !

– *Spero...* murmura Hermione. *Spero... Spero...*

Mais elle ne parvint pas à prononcer la formule. Les Détraqueurs se rapprochaient, ils n'étaient plus qu'à quelques mètres et formaient un mur solide autour de Harry et d'Hermione...

– *SPERO PATRONUM* ! hurla Harry en essayant de ne pas entendre le cri qui résonnait à ses oreilles. *SPERO PATRONUM* !

Un mince filet d'argent jaillit de sa baguette magique et flotta comme une brume devant ses yeux. Au même moment, il sentit qu'Hermione tombait évanouie à côté de lui. Il était seul... Complètement seul...

– *Spero... Spero patronum...*

Harry sentit ses genoux heurter l'herbe froide. Un brouillard s'épaississait devant ses yeux. Dans un effort surhumain, il se concentra sur cette unique pensée : Sirius est innocent... Innocent... *Tout ira bien... Je vais aller habiter chez lui...*

– *Spero patronum* ! haleta-t-il.

A la faible lueur de son Patronus informe, il vit un Détraqueur s'arrêter tout près de lui. Il n'arrivait pas à traverser le nuage d'argent que Harry avait fait surgir de sa baguette magique. Une main morte, putréfiée, sortit de la cape noire et fit un geste, comme pour écarter le Patronus.

– Non... Non... balbutia Harry. Il est innocent... *Spero... Spero patronum...*

Il entendait leur souffle rauque qui l'enveloppait comme un esprit maléfique. Le Détraqueur qui se trouvait devant lui leva alors ses mains aux chairs décomposées et souleva sa cagoule.

Là où auraient dû se trouver ses yeux, il n'y avait qu'une peau fine et grise, couverte de croûtes, tendue sur des orbites vides. En revanche, il y avait une bouche... Un trou béant, informe, qui aspirait l'air dans un râle de mort.

Harry se sentit paralysé de terreur. Il était incapable de faire un geste, incapable de prononcer un mot. Son Patronus vacilla comme la flamme d'une bougie et disparut.

Un brouillard blanc l'aveuglait. Il fallait lutter à tout prix... *Spero patronum...* Il ne voyait plus rien... Il entendit alors le hurlement familier, encore lointain... *Spero patronum...* Il chercha Sirius à tâtons, et trouva son bras... Il ne les laisserait pas le capturer...

Mais deux mains moites entourèrent soudain le cou de Harry et l'obligèrent à relever la tête... Il sentit le souffle du Détraqueur... Les cris de sa mère résonnaient à ses oreilles... Ce serait le dernier son qu'il entendrait...

Alors, dans le brouillard qui l'engloutissait, il eut l'impression d'apercevoir une lueur argentée qui devenait de plus en plus brillante... et il se sentit tomber en avant sur l'herbe... Face contre terre, trop faible pour bouger, malade et tremblant, Harry ouvrit les yeux. Une lumière aveuglante illuminait l'herbe autour de lui... Les cris s'étaient tus, la sensation de froid disparaissait...

Quelque chose repoussait le Détraqueur... Quelque chose qui les enveloppait, lui, Sirius et Hermione... Le râle des Détraqueurs s'éloignait. Ils s'en allaient... La chaleur était revenue...

Rassemblant toutes les forces qui lui restaient, Harry leva la tête. Dans la lumière argentée, il vit un animal qui s'éloignait en galopant à la surface du lac. La vue brouillée par la sueur qui ruisselait sur son front, Harry essaya de reconnaître l'animal… Il avait le pelage brillant comme celui d'une licorne. S'efforçant de demeurer conscient, Harry le vit s'immobiliser sur la rive opposée. Pendant un instant, il distingua quelqu'un qui levait la main pour le caresser… Quelqu'un qui lui sembla étrangement familier… mais c'était impossible…

Harry ne comprenait plus rien. D'ailleurs, il n'arrivait plus à réfléchir. Il sentit ses dernières forces l'abandonner et sa tête retomba sur le sol. Il s'était évanoui.

21

LE SECRET D'HERMIONE

Une histoire stupéfiante... Vraiment stupéfiante... Un miracle qu'il n'y ait pas eu de mort... Jamais rien entendu de semblable... Une chance que vous ayez été là, Rogue...

– Merci, Monsieur le Ministre.

– Voilà qui vous vaudra l'Ordre de Merlin, deuxième classe. Et même première classe si je peux arranger ça !

– Merci beaucoup, Monsieur le Ministre.

– Vilaine coupure que vous avez là... L'œuvre de Black, j'imagine ?

– En fait, je la dois à Potter, Weasley et Granger, Monsieur le Ministre...

– *Non !*

– Black les avait ensorcelés, je l'ai tout de suite vu. Un sortilège de Confusion, à en juger par leur comportement. Ils semblaient considérer qu'il était peut-être innocent. Ils n'étaient pas responsables de leurs actes. Mais tout de même, leur conduite aurait pu permettre à Black de s'enfuir... De toute évidence, ils étaient persuadés qu'ils pourraient le capturer à eux tout seuls. Jusqu'à présent, ils ont toujours réussi à s'en tirer à bon compte... J'ai peur que cela leur ait donné une opinion excessivement flatteuse d'eux-mêmes... Et bien entendu, Potter a toujours bénéficié d'une extraordinaire indulgence de la part du directeur de l'école...

– Ah, Potter... Que voulez-vous, Rogue, nous avons tous un faible pour lui.

– Pourtant... Est-ce vraiment un service à lui rendre que de lui accorder un tel traitement de faveur ? En ce qui me concerne, j'essaye de le considérer comme n'importe quel autre élève. Et n'importe quel autre élève serait à tout le moins suspendu pendant un certain temps pour avoir entraîné ses camarades dans une situation aussi périlleuse. Rendez-vous compte, Monsieur le Ministre, au mépris de tous les règlements... Après toutes les précautions qui ont été mises en place pour sa protection... Se promener ainsi hors de l'enceinte de l'école en pleine nuit... Se compromettre avec un loup-garou et un assassin... Et j'ai également des raisons de croire que Potter s'est rendu à Pré-au-lard en toute illégalité...

– Eh bien, nous verrons cela, Rogue, nous verrons cela... Ce garçon s'est conduit d'une manière inconsidérée, cela ne fait aucun doute...

Harry continuait d'écouter, les yeux fermés. Il se sentait complètement étourdi et les paroles qu'il entendait étaient si lentes à atteindre son cerveau qu'il avait du mal à en saisir le sens. Il avait l'impression que ses membres s'étaient changés en plomb. Ses paupières étaient trop lourdes à soulever... Il aurait voulu rester allongé à tout jamais sur ce lit douillet...

– Ce qui me stupéfie le plus, c'est le comportement des Détraqueurs... Vous n'avez aucune idée de ce qui les a fait reculer, Rogue ?

– Non, Monsieur le Ministre. Lorsque j'ai repris conscience, ils étaient en train de retourner à leurs postes, aux entrées du parc...

– Extraordinaire. Et pourtant, Black, Harry et cette jeune fille...

– Ils étaient évanouis à ce moment-là. Bien entendu, j'ai ligoté et bâillonné Black, j'ai fait apparaître des brancards et je les ai aussitôt ramenés au château.

Il y eut un moment de silence. A mesure que son cerveau retrouvait un peu de ses facultés, Harry éprouvait une sensation désagréable au creux de l'estomac comme si quelque chose le rongeait de l'intérieur...

Il ouvrit les yeux.

Tout lui sembla un peu flou. Il était allongé dans l'obscurité de l'infirmerie et quelqu'un lui avait ôté ses lunettes. A l'autre bout de la salle, il distingua la silhouette de Madame Pomfresh qui lui tournait le dos, penchée sur un lit. En plissant les yeux, Harry aperçut les cheveux roux de Ron, sous le bras de Madame Pomfresh.

Harry tourna la tête. Hermione était allongée sur le lit à côté de lui. Un rayon de lune éclairait son visage. Elle aussi avait les yeux ouverts.

Elle paraissait pétrifiée et lorsqu'elle vit que Harry avait repris conscience, elle posa un doigt sur ses lèvres pour lui indiquer de faire silence en pointant l'index de son autre main vers la porte de l'infirmerie. La porte était entrouverte et on entendait les voix de Cornelius Fudge et de Rogue qui parlaient dans le couloir.

Madame Pomfresh s'avança d'un pas décidé vers le lit de Harry. Il tourna la tête vers elle et vit qu'elle tenait à la main le plus gros morceau de chocolat qu'on puisse imaginer. On aurait dit un véritable rocher.

– Ah, vous êtes réveillés, tous les deux ! lança-t-elle d'un ton brusque.

Elle posa le chocolat sur la table de chevet de Harry et entreprit de le casser en morceaux à l'aide d'un petit marteau.

– Comment va Ron ? demandèrent Harry et Hermione d'une même voix.

– Il survivra, répondit sombrement Madame Pomfresh. Et vous deux, vous allez rester ici jusqu'à ce que… Potter, qu'est-ce que vous faites ?

Harry s'était redressé. Il remit ses lunettes et prit sa baguette magique.

– Je dois absolument voir le directeur, dit-il.

– Potter, dit Madame Pomfresh d'une voix apaisante, tout va bien, ils ont capturé Black. Il est enfermé là-haut. Les Détraqueurs vont lui donner un baiser d'un moment à l'autre…

– QUOI ?

Harry sauta à bas du lit. Hermione l'avait imité. Mais son cri était parvenu jusqu'au couloir et, un instant plus tard, Cornelius Fudge et Rogue firent irruption dans la salle.

– Harry, Harry, qu'y a-t-il ? dit Fudge, inquiet. Tu dois rester au lit. Est-ce qu'il a pris son chocolat ? demanda-t-il à Madame Pomfresh d'un ton anxieux.

– Monsieur le Ministre, écoutez-moi ! s'exclama Harry. Sirius Black est innocent ! Peter Pettigrow a fait croire à sa propre mort ! On l'a vu ce soir ! Il ne faut pas laisser les Détraqueurs faire ça à Sirius, il est…

Mais Fudge hocha la tête avec un pâle sourire.

– Harry, Harry, tu as l'esprit un peu embrouillé, tu as subi une terrible épreuve. Allonge-toi et repose-toi, nous avons la situation bien en main…

– VOUS NE L'AVEZ PAS DU TOUT EN MAIN ! hurla Harry. VOUS AVEZ ARRÊTÉ UN INNOCENT !

– Monsieur le Ministre, écoutez-moi, s'il vous plaît, dit Hermione en regardant Fudge d'un air implorant. Moi aussi, je l'ai vu. C'était le rat de Ron, c'est un Animagus, Pettigrow, je veux dire, et…

– Vous voyez, Monsieur le Ministre ? intervint Rogue. Ils ne savent plus où ils en sont, ni l'un ni l'autre… Black a fait du bon travail avec son sortilège…

– NOUS SAVONS TRÈS BIEN OÙ NOUS EN SOMMES ! rugit Harry.

– Monsieur le Ministre ! Professeur ! s'écria Madame Pomfresh avec colère. Je dois vous demander de sortir. Potter est mon malade et il ne faut pas le brusquer !

– Je ne suis pas brusqué du tout, j'essaye de leur dire ce qui s'est passé ! répliqua Harry furieux. Si seulement ils voulaient bien m'écouter…

Mais Madame Pomtresh lui fourra soudain dans la bouche un gros morceau de chocolat qui l'étouffa à moitié et elle en profita pour le forcer à se remettre au lit.

– S'il vous plaît, Monsieur le Ministre, ces enfants ont besoin de soins. . Allez-vous-en, je vous en prie…

La porte s'ouvrit à nouveau. Cette fois, c'était Dumbledore. Harry avala à grand-peine sa bouchée de chocolat et se leva à nouveau.

– Professeur Dumbledore, Sirius Black…

– Pour l'amour du Ciel ! s'exclama Madame Pomfresh, folle de rage. C'est une infirmerie, ici ! Monsieur le Directeur, il faut absolument…

– Toutes mes excuses, Pompom, mais j'ai besoin de dire un mot à Mr Potter et à Miss Granger, répondit Dumbledore, très calme. Je viens de parler à Sirius Black…

– J'imagine qu'il vous a raconté le même conte de fées qu'il a fourré dans la tête de Potter ? dit sèchement Rogue. Une histoire de rat et de Pettigrow qui serait vivant…

– C'est en effet l'histoire que m'a racontée Black, admit Dumbledore en regardant attentivement Rogue à travers ses lunettes en demi-lune.

– Mon témoignage n'a donc aucune importance ? répliqua Rogue. Peter Pettigrow ne se trouvait pas dans la Cabane hurlante, et je n'ai pas vu trace de lui dans le parc.

– C'est parce que vous étiez évanoui, professeur ! dit gravement Hermione. Vous n'êtes pas arrivé à temps pour entendre…

– Miss Granger, JE VOUS PRIE DE VOUS TAIRE !

– Allons, Rogue, dit Fudge, surpris. Cette jeune fille a subi un choc, nous devons nous montrer indulgents...

– J'aimerais parler à Harry et à Hermione en particulier, dit Dumbledore d'un ton brusque. Cornelius, Severus, Pompom, laissez-nous, je vous prie.

– Monsieur le Directeur ! balbutia Madame Pomfresh. Ils ont besoin de soins ! Ils ont besoin de repos !

– Désolé, mais ça ne peut pas attendre, j'insiste, répliqua Dumbledore.

Madame Pomfresh eut une moue indignée et retourna dans son bureau, à l'autre bout de la salle, en claquant la porte derrière elle. Fudge consulta la grosse montre en or dont la chaîne pendait sur son gilet.

– Les Détraqueurs ont dû arriver, à présent, dit-il. Je vais aller à leur rencontre. Dumbledore, je vous retrouverai là-haut.

Il traversa la salle et tint la porte ouverte à Rogue, mais celui-ci ne bougea pas.

– J'imagine que vous ne croyez pas un mot de l'histoire de Black ? murmura Rogue en regardant fixement Dumbledore.

– Je souhaite parler à Harry et à Hermione en particulier, répéta Dumbledore.

Rogue fit un pas vers lui.

– Sirius Black a montré dès l'âge de seize ans qu'il était capable de commettre un meurtre, dit-il dans un souffle. J'espère que vous ne l'avez pas oublié, Monsieur le Directeur ? Vous n'avez pas oublié qu'un jour, il a essayé de me tuer ?

– Ma mémoire est toujours aussi fidèle, Severus, répondit Dumbledore d'une voix paisible.

Rogue tourna les talons et franchit la porte que Fudge tenait toujours ouverte. Lorsqu'elle se fut refermée sur eux, Dumbledore se tourna vers Harry et Hermione qui se mirent aussitôt à parler en même temps.

– Professeur, Black dit la vérité, nous avons vu Pettigrow ..

– Il s'est enfui quand le professeur Lupin s'est changé en loup-garou...

– C'est un rat...

Mais Dumbledore leva la main pour les faire taire

– A vous d'écouter, maintenant, et je voudrais que vous me laissiez aller jusqu'au bout sans m'interrompre, car nous n'avons pas beaucoup de temps, dit-il avec calme. Il n'y a pas l'ombre d'une preuve qui puisse confirmer l'histoire de Black, à part votre témoignage, et le témoignage de deux jeunes sorciers de treize ans ne convaincra personne. Des dizaines de témoins ont juré qu'ils avaient vu Sirius tuer Pettigrow. J'ai moi-même certifié au ministère que Sirius avait été le Gardien du Secret des Potter…

– Le professeur Lupin pourra vous raconter… l'interrompit Harry, incapable de garder le silence plus longtemps.

– Le professeur Lupin se trouve actuellement en plein cœur de la forêt et il est bien incapable de raconter quoi que ce soit à quiconque. Quand il sera redevenu un être humain, il sera trop tard, Sirius sera pire que mort. J'ajoute que les loups-garous inspirent une telle méfiance à la plupart d'entre nous que sa déposition ne comptera pas beaucoup… En plus, Sirius et lui sont de vieux amis…

– Mais…

– *Écoute-moi, Harry.* Il est trop tard, tu comprends ? Tu dois admettre que la version du professeur Rogue est beaucoup plus convaincante que la tienne.

– Il déteste Sirius, dit Hermione d'un ton désespéré. Tout ça à cause d'une farce stupide que Sirius lui a faite…

– Sirius n'a pas eu le comportement d'un innocent. Souvenez-vous de l'attaque de la grosse dame… Et puis il a pénétré dans la tour de Gryffondor armé d'un couteau… Sans Pettigrow, nous n'avons aucune chance de modifier le jugement qui condamne Sirius.

– *Mais, vous, vous nous croyez !*

– Oui, je vous crois, dit Dumbledore. Mais je n'ai pas le pouvoir de convaincre les autres de la vérité, ni d'annuler les décisions du ministère de la Magie…

Harry observa le visage grave de Dumbledore et eut l'impression que le sol se dérobait sous ses pieds. Il avait toujours cru que Dumbledore pouvait tout résoudre et, cette fois encore, il s'était attendu à ce qu'il trouve une solution… Mais leur dernier espoir s'évanouissait.

– Ce qu'il nous faudrait, poursuivit lentement Dumbledore, c'est un peu plus de *temps*…

Ses yeux bleus se posèrent alternativement sur Harry et sur Hermione.

– Mais... commença Hermione. Ho ! s'exclama-t-elle soudain, en ouvrant des yeux ronds.

– Maintenant, écoutez-moi bien, dit Dumbledore à voix basse en articulant très soigneusement. Sirius est enfermé dans le bureau du professeur Flitwick au septième étage. La treizième fenêtre à droite de la tour ouest. Si tout se passe bien, vous pourrez sauver plus d'un innocent, ce soir. Mais rappelez-vous ceci, tous les deux : *il ne faut pas que l'on vous voie*. Miss Granger, vous connaissez la loi, vous connaissez l'enjeu... *Il ne faut surtout pas que l'on vous voie.*

Harry n'avait aucune idée de ce qui se passait. Dumbledore s'approcha de la porte et se tourna vers eux.

– Je vais verrouiller la porte. Il est minuit moins cinq, dit-il en consultant sa montre. Miss Granger, trois tours devraient suffire. Bonne chance.

– Bonne chance ? répéta Harry tandis que la porte se refermait sur Dumbledore. Trois tours ? Qu'est-ce qu'il a voulu dire ? Qu'est-ce qu'on doit faire ?

Mais Hermione avait passé la main dans le col de sa robe et elle en retira une très longue et très fine chaîne d'or qu'elle portait autour du cou.

– Viens ici, Harry, dit-elle précipitamment. *Vite !*

Abasourdi, Harry s'avança vers elle. Hermione tenait la chaîne devant elle. Il vit alors un minuscule sablier qui y était accroché.

– Viens...

Elle lui passa également la chaîne autour du cou.

– Prêt ? dit-elle, le souffle court.

– Qu'est-ce qu'on va faire ? demanda Harry, complètement déboussolé.

Hermione fit tourner le sablier trois fois.

La salle de l'infirmerie s'effaça soudain. Harry eut l'impression qu'il s'était mis à voler en arrière à une vitesse vertigineuse. Il vit un tourbillon de couleurs et de formes passer devant ses yeux. Le sang lui battait aux oreilles. Il essaya de crier, mais il n'arrivait pas à entendre sa propre voix.

Tout à coup, il sentit à nouveau le sol sous ses pieds et sa vision redevint normale.

Il se trouvait dans le hall d'entrée, debout à côté d'Hermione. L'endroit était désert et un flot de lumière dorée inondait le sol dallé. Il regarda Hermione d'un air effaré. La chaîne du sablier s'enfonçait dans la chair de son cou.

– Hermione, qu'est-ce que… ?

– Là !

Hermione prit Harry par le bras et l'entraîna vers la porte d'un placard à balais. Elle l'ouvrit, le poussa à l'intérieur, au milieu des seaux et des serpillières, et referma la porte derrière elle.

– Hermione… Est-ce que tu vas enfin m'expliquer ?

– On a remonté le temps, murmura Hermione en enlevant la chaîne du cou de Harry. On est revenus trois heures en arrière…

– Mais…

– Chut ! Écoute ! Quelqu'un vient ! Je crois… Je crois que c'est nous !

Hermione colla l'oreille contre la porte du placard.

– Des pas dans le hall… Oui, je crois que c'est nous qui allons voir Hagrid !

– Tu veux dire que nous sommes à la fois dans ce placard et dans le hall ? murmura Harry.

– Oui, répondit Hermione. Je suis sûre que c'est nous… Il n'y a pas plus de trois personnes et nous marchons très lentement parce que nous sommes sous la cape d'invisibilité…

Elle s'interrompit, l'oreille toujours collée contre la porte.

– On vient de descendre l'escalier…

Hermione s'assit sur un seau renversé. Harry, fou d'inquiétude, avait quelques questions à poser…

– Où est-ce que tu as eu ce sablier ?

– Ça s'appelle un Retourneur de Temps, chuchota Hermione. C'est le professeur McGonagall qui me l'a donné le premier jour de la rentrée. Je m'en suis servie toute l'année pour pouvoir assister à tous mes cours. Le professeur McGonagall m'a fait jurer de n'en parler à personne. Il a fallu qu'elle écrive plein de lettres au ministère de la Magie pour m'en obtenir un. Elle leur a dit que j'étais une élève modèle et que je ne m'en servirais que pour mes études… Chaque fois que je retournais le sablier, je revenais en arrière d'une heure et c'est comme ça que je pouvais assister à plusieurs cours en même temps, tu comprends ? Mais… *Harry, je ne comprends pas ce que Dumbledore attend de nous !*

Pourquoi nous a-t-il dit de revenir trois heures en arrière ? En quoi est-ce que ça peut aider Sirius ?

Harry regarda Hermione dont le visage était plongé dans la pénombre.

– Il y a sans doute quelque chose qui s'est produit à ce moment-là et qu'il veut qu'on change, dit-il lentement. Il y a trois heures, on est allés voir Hagrid dans sa cabane… Et Dumbledore a dit… il a dit qu'on pourrait sauver plus d'un innocent ce soir…

Harry comprit soudain.

– Hermione, on va sauver la vie de Buck !

– Mais… en quoi cela peut-il aider Sirius ?

– Dumbledore nous a dit où se trouvait la fenêtre… La fenêtre du bureau de Flitwick ! Là où il est enfermé ! Il faut que nous volions jusqu'à cette fenêtre sur le dos de Buck pour sauver Sirius ! Sirius pourra s'échapper grâce à Buck… Ils pourront s'échapper tous les deux !

Hermione paraissait terrifiée.

– Si nous arrivons à faire tout ça sans être vus, ce sera un miracle !

– Il faut qu'on essaye, dit Harry.

Il colla à son tour son oreille contre la porte.

– Je crois qu'il n'y a personne… Viens, on y va…

Harry ouvrit la porte du placard. Le hall d'entrée était désert. Ils sortirent le plus vite possible de leur cachette, sans faire de bruit, puis descendirent les marches qui menaient dans le parc. A nouveau, un liseré d'or entourait la cime des arbres de la forêt interdite et les ombres s'allongeaient autour d'eux.

– Si jamais quelqu'un regarde par la fenêtre… dit Hermione d'une petite voix aiguë en jetant un coup d'œil à la façade du château.

– On va courir, dit Harry d'un ton décidé. Droit dans la forêt, d'accord ? On se cachera derrière un arbre et on regardera ce qui se passe…

– D'accord, mais on va passer derrière les serres. Il ne faut surtout pas qu'on puisse être vus depuis la cabane de Hagrid, sinon, nous nous verrons nous-mêmes ! On a dû arriver tout près de chez Hagrid, maintenant !

Harry s'élança à toutes jambes, suivi d'Hermione. Ils coupèrent par le potager jusqu'aux serres, firent une halte en se cachant derrière, puis repartirent à toute vitesse jusqu'à la forêt…

Parvenu à l'abri des arbres, Harry se retourna. Un instant plus tard, Hermione arriva à son tour, hors d'haleine.

– Bon, maintenant, dit-elle, le souffle court, il faut qu'on s'approche de chez Hagrid. Fais attention qu'on ne te voie pas, Harry...

Ils avancèrent silencieusement parmi les arbres, en suivant la lisière de la forêt. Puis, au moment où ils jetaient un coup d'œil à la cabane de Hagrid, ils entendirent des coups frappés à sa porte. Ils se cachèrent aussitôt derrière un grand chêne et regardèrent prudemment, chacun d'un côté du tronc. Hagrid venait d'apparaître à sa porte, pâle et tremblant, jetant des regards autour de lui pour voir qui avait frappé. Harry entendit alors sa propre voix.

– C'est nous. On a mis la cape d'invisibilité. Laissez-nous entrer, qu'on puisse l'enlever.

– Vous n'auriez pas dû venir, murmura Hagrid en s'écartant pour les laisser passer.

– C'est la chose la plus étrange qu'on ait jamais faite, dit Harry, impressionné.

– Allons un peu plus loin, murmura Hermione. Il faut se rapprocher de Buck !

Ils s'avancèrent derrière les arbres jusqu'à ce qu'ils aperçoivent l'hippogriffe attaché à la clôture qui entourait le potager où Hagrid faisait pousser ses citrouilles.

– Maintenant ? murmura Harry.

– Non, répondit Hermione. Si on l'emmène tout de suite, les gens de la Commission vont croire que c'est Hagrid qui l'a libéré. Il faut qu'on attende qu'ils l'aient vu attaché.

– Ça va nous donner une minute pour agir, pas plus, dit Harry.

Il commençait à se demander si l'opération serait possible. A cet instant, il y eut un bruit de vaisselle brisée à l'intérieur de la cabane.

– Ça, c'est Hagrid qui casse son pot au lait, chuchota Hermione. Dans un instant, je vais trouver Croûtard.

En effet, quelques minutes plus tard, ils entendirent Hermione pousser un cri de surprise.

– Hermione, dit soudain Harry. Et si on se précipitait dans la cabane pour attraper Pettigrow...

– Non ! répliqua Hermione, apeurée. Tu ne comprends donc pas ? On est en train de violer une des lois les plus importantes du monde de la sorcellerie ! Personne n'a le droit de changer le cours du temps . Personne ! Tu as entendu Dumbledore ? Si on nous voit...

– Il n'y a que nous et Hagrid qui nous verront !

– Harry, qu'est-ce que tu ferais si tu te voyais brusquement surgir dans la cabane de Hagrid ? demanda Hermione.

– Je... Je crois que je deviendrais fou, répondit Harry, ou alors je penserais qu'il y a de la magie noire là-dessous...

– Exactement ! Tu ne comprendrais pas et peut-être même que tu t'attaquerais toi-même. Le professeur McGonagall m'a raconté des choses horribles qui sont arrivées à des sorciers parce qu'ils avaient cherché à modifier le temps... Certains se sont tués eux-mêmes par erreur dans leur passé ou leur futur !

– D'accord, dit Harry. C'était simplement une idée en l'air...

Hermione lui donna alors un coup de coude et lui montra le château du doigt. Dumbledore, Fudge, le vieillard de la Commission et Macnair le bourreau descendaient l'escalier.

– On ne va pas tarder à sortir, murmura Hermione.

En effet, un instant plus tard, la porte s'ouvrit à l'arrière de la cabane et Harry se vit sortir en compagnie de Ron, d'Hermione et de Hagrid. C'était sans aucun doute la plus étrange sensation qu'il eût jamais éprouvée dans sa vie.

– Ne t'inquiète pas, Bucky, dit Hagrid. Ne t'inquiète pas...

Puis il se tourna vers Harry, Ron et Hermione.

– Allez-y, dit-il. Partez...

– Hagrid, on ne peut pas..

– On va leur dire ce qui s'est vraiment passé..

– Ils ne peuvent pas le tuer...

– Filez ! C'est déjà suffisamment difficile, inutile de chercher les ennuis !

Harry regarda l'Hermione du potager jeter la cape d'invisibilité sur lui-même et sur Ron.

– Dépêchez-vous. N'écoutez pas...

Ils entendirent des coups frappés à la porte de la cabane. Les exécuteurs étaient arrivés. Hagrid fit volte-face et retourna dans sa cabane en laissant la porte de derrière entrouverte. Harry vit l'herbe s'aplatir sous leurs pieds invisibles tandis qu'ils s'éloignaient à l'abri de la cape. Ron, Hermione et lui avaient disparu... Mais le Harry et l'Hermione cachés derrière les arbres entendaient à présent par la porte restée entrouverte ce qui se disait à l'intérieur de la cabane.

– Où est l'animal ? demanda la voix glacée de Macnair.

– De... dehors... répondit Hagrid d'une voix rauque.

Harry se cacha derrière l'arbre en voyant Macnair apparaître à la fenêtre pour regarder Buck. Ils entendirent alors la voix de Fudge.

– Nous... heu... nous devons vous lire la déclaration officielle concernant l'exécution, Hagrid. Je serai bref. Ensuite, vous la signerez conjointement avec Macnair. Macnair, vous devez également écouter le texte de la déclaration, question de procédure...

Le visage de Macnair disparut de la fenêtre. C'était maintenant ou jamais.

– Attends-moi ici, murmura Harry à Hermione. J'y vais.

Harry courut à toutes jambes, sauta par-dessus la clôture qui entourait le potager et se précipita sur Buck. Pendant ce temps, Fudge lisait son papier officiel.

Par décision de la Commission d'Examen des Créatures dangereuses, l'hippogriffe appelé Buck, ci-après dénommé le condamné, sera exécuté à la date du 6 juin, au coucher du soleil...

En faisant attention de ne pas ciller, Harry fixa les yeux orange de Buck et s'inclina. Buck s'agenouilla aussitôt puis se releva. Harry essaya alors de dénouer la corde qui l'attachait à la clôture.

... condamné à la décapitation, dont la mise en œuvre sera confiée au bourreau désigné par la Commission, Mr Walden Macnair...

– Viens, Buck, murmura Harry. Viens, on va t'aider. Doucement... Doucement...

... attesté par les signataires. Hagrid, vous signez ici.

Harry tira sur la corde de toutes ses forces, mais Buck, les pattes avant bien plantées dans le sol, semblait décidé à ne pas bouger.

– Bien, nous allons procéder à l'acte, dit la voix chevrotante du membre de la Commission, à l'intérieur de la cabane. Hagrid, il serait peut-être préférable que vous restiez ici...

– Non, je... je veux être avec lui... Je ne veux pas qu'il reste tout seul...

Des bruits de pas retentirent dans la cabane.

– *Buck, viens !* chuchota Harry.

Il tira encore plus fort sur la corde et l'hippogriffe consentit enfin à avancer, en agitant ses ailes avec mauvaise humeur. Ils avaient encore trois mètres à parcourir pour atteindre la forêt et on pouvait les voir très facilement de l'arrière de la cabane.

– Un instant, Macnair, dit alors la voix de Dumbledore. Vous aussi, vous devez signer.

Les bruits de pas s'interrompirent. Harry tira sur la corde. Buck fit claquer son bec et avança un peu plus vite.

Le visage livide d'Hermione apparut derrière le tronc d'un arbre.

– Dépêche-toi, Harry ! dit-elle en remuant simplement les lèvres.

Harry entendait toujours la voix de Dumbledore, à l'intérieur de la cabane. Il tira la corde un bon coup et Buck se mit à courir à contre-cœur. Ils avaient enfin atteint le couvert des arbres...

– Vite ! Vite ! gémit Hermione en saisissant la corde à son tour pour aider Harry à tirer plus fort.

Harry regarda par-dessus son épaule. On ne pouvait plus les voir à présent. Lui-même n'arrivait plus à voir le potager de Hagrid.

– Arrête ! chuchota-t-il à Hermione. Ils risquent de nous entendre..

Un grincement leur indiqua que quelqu'un venait d'ouvrir la porte de derrière. Harry, Hermione et Buck restèrent parfaitement immobiles. Même l'hippogriffe semblait écouter avec attention.

Il y eut un silence, puis...

– Où est-il ? dit la voix chevrotante du membre de la Commission. Où est l'animal ?

– Il était attaché ici ! dit le bourreau avec fureur. Je l'ai vu ! Il était là !

– C'est extraordinaire, dit Dumbledore avec une nuance d'amusement dans la voix.

– Buck ! appela Hagrid d'une voix rauque.

Il y eut un sifflement et le bruit d'une hache qui s'abat. De dépit, le bourreau semblait avoir jeté son instrument de travail contre la clôture. Ils entendirent alors le cri de Hagrid et, cette fois, ils percevaient ses paroles à travers ses sanglots.

– Parti ! Il est parti ! Mon petit Buck, c'est merveilleux, il est parti ! Il a dû réussir à se libérer ! Bravo, Buck, magnifique !

Buck tira sur la corde pour essayer de rejoindre Hagrid. Harry et Hermione, les pieds solidement plantés dans le sol, tiraient de l'autre côté en conjuguant leurs forces pour le maintenir immobile.

– Quelqu'un l'a détaché ! grogna le bourreau. Nous devrions fouiller le parc et la forêt…

– Macnair, si Buck a vraiment été emmené par quelqu'un, croyez-vous que le voleur sera parti avec lui à pied ? dit Dumbledore d'un ton toujours amusé. Il vaudrait mieux fouiller le ciel. Hagrid, je prendrais bien une tasse de thé. Ou un grand cognac.

– B… b… bien sûr, professeur, répondit Hagrid qui semblait ne pas croire à son bonheur. Venez, entrez…

Harry et Hermione entendirent des bruits de pas, un juron prononcé par le bourreau, le claquement de la porte, puis le silence revint.

– Et maintenant ? murmura Harry en regardant autour de lui.

– On va rester cachés ici, dit Hermione, visiblement bouleversée. Il faut d'abord qu'ils retournent au château. Ensuite, nous attendrons le meilleur moment pour faire voler Buck jusqu'à la fenêtre de Sirius. Il ne sera là-haut que dans deux heures… Ça va être très difficile…

Elle jeta un regard anxieux dans les profondeurs de la forêt. Le soleil se couchait à présent.

– Il faudrait aller un peu plus loin, dit Harry. Si nous voulons savoir où nous en sommes dans le déroulement du temps, nous devrons attendre dans un endroit d'où nous pourrons nous voir entrer sous le Saule cogneur et en sortir.

– Tu as raison, approuva Hermione. Mais il faut que nous restions hors de vue, souviens-toi…

Ils suivirent la lisière de la forêt, éclairés par les dernières lueurs du jour. Enfin, ils s'arrêtèrent à l'abri d'un bouquet d'arbres d'où ils pouvaient voir le Saule cogneur.

– Voilà Ron ! dit soudain Harry.

Sa silhouette sombre courait sur la pelouse et ses cris se répercutaient en écho dans le silence.

– Laisse-le tranquille ! Allez, va-t'en ! Croûtard, viens ici !

Deux autres silhouettes surgirent dans l'obscurité. Harry se regarda courir après Ron en compagnie d'Hermione. Puis il vit Ron plonger par terre.

– Je t'ai eu ! File d'ici, sale chat !

– Voilà Sirius, dit Harry.

L'énorme chien venait de bondir du Saule Ils le virent renverser Harry, puis attraper Ron..

– Ça paraît encore pire vu d'ici, tu ne trouves pas ? dit Harry en regardant le chien tirer Ron entre les racines de l'arbre. Aïe, regarde, je viens de prendre une branche dans la figure... et toi aussi... C'est vraiment bizarre de se voir comme ça...

Ils regardèrent le Saule cogneur donner de grands coups de branches qu'ils essayaient d'éviter. Puis, soudain, l'arbre s'immobilisa.

– Ça, c'est Pattenrond qui appuie sur la racine, dit Hermione.

– Ça y est, on entre...

Dès qu'ils eurent disparu dans le tronc, l'arbre se remit à gesticuler avec fureur. Quelques instants plus tard, ils entendirent des bruits de pas qui se rapprochaient. Dumbledore, Macnair, Fudge et le vieux membre de la Commission retournaient au château.

– Juste après qu'on est descendus dans le passage, dit Hermione. Si seulement Dumbledore était venu avec nous...

– Macnair et Fudge seraient venus aussi, dit Harry d'un ton amer. Et je te parie ce que tu veux que Fudge aurait ordonné à Macnair de tuer Sirius sur-le-champ...

Ils regardèrent les quatre hommes monter l'escalier et disparaître à l'intérieur du château. Les environs étaient déserts à présent. Mais quelques minutes plus tard...

– Voilà Lupin, dit Harry.

Une silhouette venait de descendre l'escalier et courait vers le Saule. Harry regarda le ciel. Les nuages cachaient entièrement la lune.

Ils virent Lupin ramasser une branche morte et s'en servir pour appuyer sur le nœud de la racine, au pied du tronc. L'arbre s'immobilisa et Lupin disparut à son tour dans l'ouverture.

– Si seulement il avait pris la cape, dit Harry. Elle est là, par terre.

Il se tourna vers Hermione.

– Et si je me précipitais pour la ramasser ? suggéra-t-il. Rogue ne la trouverait pas et...

– Harry, *il ne faut pas qu'on nous voie !*

– Comment peux-tu supporter ça ? dit-il d'un ton abrupt. Rester là à regarder les choses se passer sans intervenir... Je vais chercher la cape ! ajouta-t-il après un instant d'hésitation.

– Harry, *non !*

Hermione rattrapa Harry par le pan de sa robe juste à temps. Au même moment, ils entendirent quelqu'un chanter. C'était Hagrid qui se dirigeait vers le château en chantant à tue-tête, la démarche incertaine. Il avait une grande bouteille à la main.

– *Tu vois ?* chuchota Hermione. *Tu vois ce qui aurait pu se passer ?* Nous devons absolument rester cachés ! *Non, Buck !*

L'hippogriffe tirait frénétiquement sur la corde pour essayer de rejoindre Hagrid. Harry tira à son tour sur la corde pour le retenir. Ils regardèrent Hagrid avancer en zigzag vers le château puis entrer à l'intérieur. Buck cessa de se débattre et baissa la tête d'un air triste.

Deux minutes plus tard, environ, la porte du château s'ouvrit une nouvelle fois et Rogue se précipita au-dehors, courant en direction du Saule.

Harry serra les poings en voyant Rogue s'arrêter devant l'arbre regarder autour de lui, puis ramasser la cape d'invisibilité.

– Enlève tes sales pattes de ma cape, grogna Harry dans un souffle.

– Chut !

Rogue prit la branche que Lupin avait utilisée pour immobiliser l'arbre. Il appuya à son tour sur le nœud de la racine et disparut sous la cape.

– Et voilà, dit Hermione, on est tous descendus... Et maintenant, il faut attendre que nous soyons ressortis...

Elle prit l'extrémité de la corde à laquelle Buck était attaché et la noua autour de l'arbre le plus proche. Puis elle s'assit par terre, les bras autour des genoux.

– Harry, il y a quelque chose que je ne comprends pas... dit-elle. Pourquoi les Détraqueurs n'ont-ils pas capturé Sirius ? Je me souviens de les avoir vus arriver et puis je me suis évanouie... Ils étaient si nombreux

Harry s'assit à côté d'elle et lui raconta ce qu'il avait vu. Lorsque le Détraqueur qui se trouvait devant lui avait approché sa bouche, une longue silhouette argentée était arrivée au galop et avait obligé le Détraqueur à reculer.

– Qu'est-ce que c'était ? demanda Hermione, stupéfaite.

– Il n'y a qu'une seule chose qui aurait pu faire fuir les Détraqueurs, dit Harry. Un Patronus suffisamment puissant...

– Mais qui l'aurait fait apparaître ?

Harry ne répondit rien. Il repensait à la personne qu'il avait vue sur la rive opposée du lac. Une personne dont il croyait connaître l'identité... Mais comment était-ce possible ?

– Un professeur, peut-être ? suggéra Hermione.

– Non, ce n'était pas un professeur, répondit Harry.

– Il fallait un sorcier aux pouvoirs très puissants pour chasser tous ces Détraqueurs... Si le Patronus brillait à ce point, tu aurais dû voir qui l'a...

– Je l'ai vu, dit lentement Harry. Mais peut-être que je l'ai imaginé... Je n'avais pas l'esprit très clair... Je me suis évanoui juste après...

– C'était qui, à ton avis ?

– Je crois...

Harry s'interrompit. Il savait que ce qu'il allait dire paraîtrait absurde.

– Je crois que c'était mon père, murmura-t-il enfin.

Hermione resta bouche bée. Elle le regardait avec un mélange d'inquiétude et de compassion.

– Harry, ton père est... Il est mort, dit-elle à voix basse.

– Je le sais, répondit précipitamment Harry.

– Tu crois que tu as vu son fantôme ?

– Je ne sais pas... Non, il avait l'air bien vivant...

– Mais alors...

– Peut-être que j'ai eu une hallucination, dit Harry... Mais, d'après ce que j'ai vu... Il lui ressemblait... J'ai des photos de lui...

Hermione continuait de l'observer comme si elle s'inquiétait pour sa santé mentale.

– Je sais que ça semble dément, reprit Harry.

Il se tourna vers Buck qui creusait le sol avec son bec, à la recherche de vers de terre. Mais ce n'était pas à l'hippogriffe qu'il pensait, c'était à son père, son père et ses trois amis... Lunard, Queudver, Patmol, Cornedrue... Est-ce que tous les quatre s'étaient trouvés dans le parc, cette nuit ? Queudver avait réapparu alors que tout le monde le croyait mort... Était-il donc impossible que son père ait fait de même ? Avait-il eu une vision ? La silhouette était trop lointaine pour la voir distinctement... Pourtant, il avait eu cette certitude dans l'instant qui avait précédé son évanouissement...

La brise agita les feuilles au-dessus de leur tête. La lune apparaissait et disparaissait derrière les nuages qui filaient dans le ciel. Hermione attendait, le regard fixé sur le Saule.

Enfin, après plus d'une heure...

— On arrive ! murmura Hermione.

Ils se relevèrent. Buck dressa la tête. Ils virent Lupin, Ron et Pettigrow s'extraire maladroitement de l'ouverture, au pied de l'arbre. Ce fut ensuite le tour d'Hermione... puis de Rogue, inconscient, qui flottait dans les airs. Enfin, Harry et Black sortirent également. Ils se dirigeaient vers le château.

Le cœur de Harry se mit à battre à tout rompre. Il leva les yeux au ciel. A tout moment, la lune allait apparaître derrière le nuage...

— Harry, murmura Hermione comme si elle avait deviné ses pensées. Nous ne devons surtout pas bouger. Il ne faut pas qu'on nous voie. De toute façon, nous ne pouvons rien faire...

— Alors, on va laisser Pettigrow s'échapper une fois de plus... dit Harry à voix basse.

— Comment pourrait-on retrouver un rat dans le noir ? répondit Hermione. On ne peut rien ! Nous sommes revenus pour aider Sirius, nous ne devons rien faire d'autre !

— *D'accord !*

Le nuage dévoila la lune. Ils virent les minuscules silhouettes s'arrêter au loin.

— Lupin est en train de se transformer, murmura Hermione.

— Hermione ! dit soudain Harry. Nous ne pouvons pas rester ici !

— Il ne faut surtout pas bouger, je te le répète !

— Mais Lupin va se précipiter vers la forêt, droit sur nous !

Hermione laissa échapper un cri de terreur.

— Vite ! dit-elle en se précipitant pour détacher Buck. Vite ! Où peut-on se cacher ? Les Détraqueurs ne vont pas tarder à apparaître...

— On retourne chez Hagrid ! dit Harry. Il n'est pas chez lui en ce moment... Viens !

Ils coururent à toute vitesse en tirant Buck derrière eux. Ils entendaient à présent les hurlements du loup-garou...

La cabane était en vue. Harry se précipita sur la porte, l'ouvrit à la volée et laissa passer Hermione et l'hippogriffe. Puis il se rua à l'intérieur et verrouilla la porte derrière lui. Crockdur, le molosse de Hagrid, se mit à aboyer bruyamment.

– Tais-toi, Crockdur, c'est nous ! dit Hermione en le caressant derrière les oreilles pour le calmer. On l'a échappé belle...

– Oui...

Harry regarda par la fenêtre. D'ici, il était beaucoup plus difficile de voir ce qui se passait. Buck semblait ravi de se retrouver dans la maison de son maître. Il s'allongea devant la cheminée, replia paresseusement ses ailes et se prépara à faire un somme.

– Je ferais mieux de retourner dehors, dit Harry. D'ici, on ne voit rien, on risque de ne pas arriver à temps...

Hermione se tourna vers lui, l'air soupçonneux.

– Je te promets que je ne tenterai rien, dit précipitamment Harry. Mais si nous ne voyons pas ce qui se passe, comment saurons-nous qu'il est temps d'aller chercher Sirius ?

– Bon, d'accord, j'attends ici avec Buck... Mais fais attention... Il y a un loup-garou dans le coin... Et des Détraqueurs...

Harry ressortit et contourna la cabane. Il entendait des aboiements au loin. Cela signifiait que les Détraqueurs s'approchaient de Sirius... Dans un instant, Hermione et lui allaient se précipiter à son secours...

Harry regarda en direction du lac. Il avait l'impression que son cœur battait le tambour dans sa poitrine. Celui qui avait créé le Patronus allait apparaître d'un moment à l'autre.

Pendant un instant, il resta là, indécis, devant la cabane de Hagrid. *Il ne faut pas qu'on nous voie.* Mais il ne voulait pas être vu. C'était lui qui voulait voir... Il fallait qu'il sache...

Les Détraqueurs apparurent. Ils arrivaient de partout, surgissant des ténèbres, glissant le long des rives du lac... Ils s'éloignaient de l'endroit où se trouvait Harry, en direction de la rive opposée... Il n'aurait pas besoin de s'approcher d'eux.

Harry se mit à courir. Il ne pensait plus à rien d'autre qu'à son père... Si c'était lui... Si vraiment c'était lui... Il fallait qu'il le sache, il le fallait à tout prix...

Il se rapprochait du lac, mais il n'y avait personne. Sur la rive d'en face, il voyait de minuscules volutes d'argent : le résultat de ses propres efforts pour créer un Patronus...

Harry se cacha derrière un buisson tout au bord de l'eau, scrutant l'obscurité à travers les feuilles. Sur l'autre rive, les lueurs argentées s'étaient brusquement éteintes. Il sentait en lui un mélange de terreur et d'excitation. D'un moment à l'autre...

– Viens... murmura-t-il, les yeux grands ouverts. Où es-tu ? Papa... viens...

Mais personne ne se montra. Harry leva la tête pour voir le cercle des Détraqueurs qui se refermait de l'autre côté du lac. L'un d'eux relevait sa cagoule. C'était le moment où son sauveur devait apparaître... Mais cette fois, personne ne venait à son secours...

Ce fut à cet instant qu'il comprit. Ce n'était pas son père qu'il avait vu... C'était lui-même...

Harry surgit de derrière le buisson et sortit sa baguette magique.

– *Spero patronum* ! hurla-t-il.

De sa baguette jaillit alors non pas un nuage informe, mais un animal argenté qui étincelait d'une lumière aveuglante. Ébloui, il plissa les yeux pour essayer de voir ce que c'était. On aurait dit un cheval qui galopait silencieusement à la surface sombre du lac. Il le vit baisser la tête et charger les Détraqueurs qui grouillaient sur la rive... A présent, il galopait tout autour des formes noires allongées par terre et les Détraqueurs reculaient, se dispersaient en désordre, disparaissaient dans l'obscurité... Ils étaient partis.

Le Patronus fit volte-face. Il revenait vers Harry, galopant à la surface immobile du lac. Ce n'était pas un cheval. Ce n'était pas non plus une licorne. C'était un cerf qui resplendissait à la lumière de la lune...

L'animal s'arrêta sur la rive. Ses sabots ne laissaient aucune trace sur le sol. Il fixa Harry de ses grands yeux d'argent. Puis, lentement, il inclina sa ramure. Et Harry comprit alors...

– Cornedrue, murmura-t-il.

Mais au moment où il tendit une main tremblante vers la créature, celle-ci se volatilisa.

Harry resta immobile, la main toujours tendue devant lui. Puis il sursauta en entendant des bruits de sabots. Il se retourna et vit Hermione qui courait vers lui en traînant Buck derrière elle.

– *Qu'est-ce que tu fabriques ?* dit-elle avec colère. Tu as dit que tu allais simplement jeter un coup d'œil.

– Je viens de nous sauver la vie... dit Harry. Viens derrière ce buisson, je vais t'expliquer.

Hermione, les yeux ronds, écouta le récit de ce qui venait de se passer.

– Est-ce que quelqu'un t'a vu ?

– Bien sûr, tu ne m'as pas écouté ? Je me suis vu moi-même, mais j'ai cru que j'étais mon père !

– Harry, je n'arrive pas à y croire. Tu as réussi à créer un Patronus qui a fait fuir tous les Détraqueurs ! C'est un acte de magie d'un très haut niveau...

– Cette fois, je savais que je réussirais à le faire, dit Harry. Tout simplement parce que je l'avais déjà fait... Est-ce que tu comprends ?

– Je ne sais pas... Oh, Harry, regarde Rogue !

Ils tournèrent les yeux vers l'autre rive. Rogue avait repris conscience. Il fit apparaître des brancards sur lesquels il allongea les silhouettes inanimées de Harry, d'Hermione et de Black. Un quatrième brancard sur lequel Ron était étendu flottait déjà à côté de lui. Puis, sa baguette magique tendue devant lui, il fit avancer les brancards en direction du château.

– C'est presque l'heure, dit Hermione, la voix inquiète, en regardant sa montre. Nous avons trois quarts d'heure pour agir avant que Dumbledore nous enferme dans l'infirmerie. Nous devons sauver Sirius et retourner dans nos lits avant que quelqu'un s'aperçoive de notre absence.

Ils attendirent en regardant les nuages se refléter dans le lac. Buck s'ennuyait. Il avait recommencé à chercher des vers de terre dans le sol.

– Tu crois qu'il est déjà là-haut ? dit Harry en consultant sa montre.

Il regarda la façade du château et commença à compter les fenêtres à partir de la tour ouest.

– Regarde ! murmura Hermione. Qui est-ce ? Quelqu'un vient de sortir du château !

Harry scruta l'obscurité. L'homme traversait le parc en courant. Quelque chose brillait à sa ceinture.

– Macnair ! dit Harry. Le bourreau ! Il est allé chercher les Détraqueurs ! Ça y est, Hermione...

Hermione prit appui sur le dos de Buck et Harry lui fit la courte échelle. Puis il posa le pied sur une branche du buisson et grimpa devant elle sur l'hippogriffe. Il attacha ensuite l'extrémité de la corde de l'autre côté du collier de l'animal pour former des rênes.

– Prête ? murmura-t-il à Hermione. Tu ferais bien de te tenir à moi...

Il donna un petit coup de talon sur les flancs de Buck.

L'hippogriffe s'éleva alors dans la nuit. Harry le serrait entre ses genoux et sentait ses grandes ailes battre puissamment. Hermione s'était cramponnée à la taille de Harry qui l'entendait murmurer :

– Oh, non... Je n'aime pas ça... Pas du tout...

Ils planaient silencieusement vers les étages supérieurs du château... Harry tira sur le côté gauche de la corde et compta les fenêtres qui défilaient devant lui tandis que Buck changeait docilement de direction.

– Holà ! dit Harry en tirant de toutes ses forces sur les rênes.

Buck ralentit et s'immobilisa dans les airs. Par moments, l'hippogriffe perdait un peu d'altitude qu'il regagnait aussitôt en accélérant le rythme de ses battements d'ailes.

– Il est là ! dit Harry qui venait de voir Sirius derrière la fenêtre.

Il se pencha, tendit le bras et parvint à taper contre le carreau.

Black leva la tête et Harry le vit ouvrir des yeux ronds. Il se leva d'un bond, se précipita sur la fenêtre et essaya de l'ouvrir, mais elle était verrouillée.

– Reculez ! lui cria Hermione.

Elle sortit sa baguette magique, son autre main toujours cramponnée à la robe de Harry.

Alohomora !

La fenêtre s'ouvrit aussitôt.

– Comment ?... Comment... balbutia Black en regardant l'hippogriffe.

– Vite, montez ! On n'a pas beaucoup de temps, dit Harry qui tenait fermement le cou de Buck pour essayer de le maintenir à la bonne hauteur. Il faut sortir d'ici, les Détraqueurs arrivent. Macnair est allé les chercher.

Black s'accrocha aux montants de la fenêtre et se hissa sur le rebord. Par chance, il était suffisamment mince pour se glisser à travers l'ouverture. Un instant plus tard, il avait réussi à monter sur le dos de l'hippogriffe, derrière Hermione.

– Vas-y, Buck ! dit Harry en secouant la corde. Monte au sommet de la tour... allez !

L'hippogriffe agita ses ailes puissantes, parvint à prendre de l'altitude et se posa sur les créneaux de la tour ouest. Harry et Hermione mirent aussitôt pied à terre.

– Il faut partir, maintenant, Sirius. Vite ! dit Harry, la respiration haletante. Ils vont arriver dans le bureau de Flitwick d'un moment à l'autre.

D'une patte, Buck frappait le sol et secouait la tête comme pour exprimer son impatience.

– Qu'est-ce qui est arrivé à l'autre garçon ? Ron ? demanda précipitamment Sirius.

– Il va guérir. Il n'a pas encore repris connaissance, mais Madame Pomfresh dit qu'elle parviendra à le remettre sur pied. Vite, allez-y !

Mais Black continuait de fixer Harry.

– Comment pourrai-je jamais te remercier ?...

– Allez-y ! crièrent ensemble Harry et Hermione.

– Nous nous reverrons un jour, dit Black. Tu es... Tu es le digne fils de ton père, Harry...

Il serra les flancs de l'hippogriffe entre ses talons. A nouveau, les ailes immenses se mirent en mouvement tandis que Harry et Hermione reculaient d'un pas. Buck s'éleva dans les airs, emportant son cavalier... Harry les regarda s'éloigner. Bientôt, leur silhouette ne fut plus qu'un point minuscule dans le ciel, puis un nuage masqua la lune et ils disparurent dans la nuit.

22

ENCORE DU COURRIER

Harry!

Hermione le tirait par la manche, l'œil fixé sur le cadran de sa montre.

– On a exactement dix minutes pour revenir à l'infirmerie sans qu'on nous voie... avant que Dumbledore ne verrouille la porte...

– D'accord, dit Harry en détournant son regard du ciel. Allons-y...

Ils franchirent la porte qui se trouvait derrière eux et descendirent un petit escalier de pierre en colimaçon. Arrivés au bas des marches, ils entendirent des voix. Ils se plaquèrent aussitôt contre le mur et écoutèrent. C'étaient les voix de Fudge et de Rogue qui avançaient à grands pas le long du couloir.

– J'espère simplement que Dumbledore ne va pas faire de difficultés, disait Rogue. Le baiser va être donné tout de suite ?

– Dès que Macnair sera de retour avec les Détraqueurs. L'affaire Black a été extrêmement embarrassante. Inutile de vous dire que j'attends avec impatience de pouvoir annoncer à *La Gazette du sorcier* que nous l'avons enfin capturé... Je ne serais pas étonné qu'ils souhaitent vous interviewer, mon cher Rogue... Et dès que le jeune Potter aura retrouvé ses esprits, je pense qu'il aura hâte de raconter à *La Gazette* comment vous lui avez sauvé la vie...

Harry serra les dents. Il aperçut le sourire satisfait de Rogue lorsqu'il passa devant leur cachette en compagnie de Fudge. Le bruit de leurs pas s'évanouit au bout du couloir. Harry et Hermione attendirent un instant pour s'assurer qu'ils étaient véritablement partis, puis ils coururent dans la direction opposée. Ils descendirent un escalier, puis un autre, suivirent un couloir... et entendirent alors un caquètement un peu plus loin.

– *Peeves !* murmura Harry en saisissant le poignet d'Hermione. Vite !

Ils s'engouffrèrent juste à temps dans une classe déserte. Peeves gambadait dans les airs en riant aux éclats.

– Il est vraiment abominable, murmura Hermione, l'oreille collée contre la porte. Il doit être tout excité parce que les Détraqueurs s'apprêtent à en finir avec Sirius…

Elle regarda sa montre.

– On n'a plus que trois minutes, Harry !

Ils attendirent que les ricanements de Peeves se soient évanouis au loin, puis ils sortirent de la classe et se remirent à courir.

– Hermione, qu'est-ce qui se passera si on n'est pas de retour avant que Dumbledore verrouille la porte ? demanda Harry, la respiration haletante.

– Je préfère ne pas y penser ! gémit Hermione en regardant à nou veau sa montre. Plus qu'une minute !

Ils étaient arrivés dans le couloir qui menait à l'infirmerie.

– Ça va, j'entends Dumbledore, dit Hermione. Vite, Harry !

Ils s'avancèrent silencieusement dans le couloir. La porte de l'infirmerie s'ouvrit. Dumbledore apparut de dos.

– Je vais verrouiller la porte. Il est minuit moins cinq, dit-il en consultant sa montre. Miss Granger, trois tours devraient suffire. Bonne chance.

Dumbledore sortit de l'infirmerie, ferma la porte et s'apprêta à la verrouiller à l'aide de sa baguette magique. Pris de panique, Harry et Hermione coururent à toutes jambes. Dumbledore se tourna vers eux et un large sourire se dessina sous sa longue moustache argentée.

– Alors ? demanda-t-il à voix basse.

– On a réussi ! répondit Harry, hors d'haleine. Sirius s'est enfui en s'envolant avec Buck.

Dumbledore eut un regard rayonnant.

– Bravo. Je crois que… – il tendit l'oreille en direction de l'infirmerie – oui, je crois que vous êtes déjà partis. Allez vous recoucher, je vais vous enfermer.

Harry et Hermione se glissèrent dans la salle où il n'y avait personne en dehors de Ron, toujours endormi dans son lit. Lorsque la serrure cliqueta derrière eux, Harry et Hermione se recouchèrent dans leurs propres lits. Un instant plus tard, Madame Pomfresh sortit de son bureau et s'avança vers eux à grands pas.

– Le directeur est parti ? Je vais enfin pouvoir m'occuper de mes patients, maintenant ?

Elle était d'une humeur massacrante et Harry et Hermione prirent docilement leur chocolat. Madame Pomfresh resta auprès d'eux pour s'assurer qu'ils le mangeaient jusqu'à la dernière miette. Mais Harry avait du mal à avaler. Hermione et lui attendaient, l'oreille aux aguets, les nerfs tendus… Enfin, alors qu'ils prenaient le quatrième morceau de chocolat que Madame Pomfresh leur tendait, ils entendirent des hurlements de colère qui se répercutaient en écho quelque part au-dessus de leur tête.

– Qu'est-ce que c'est que ça ? dit Madame Pomfresh d'un air inquiet.

Ils entendaient à présent des voix furieuses qui se rapprochaient. Madame Pomfresh se tourna vers la porte.

– Ils vont réveiller tout le monde ! Où est-ce qu'ils se croient ?

Harry essaya de comprendre ce que disaient les voix.

– Il a dû transplaner, Severus. Il aurait fallu laisser quelqu'un avec lui dans la pièce. Quand ça va se savoir…

– IL N'A PAS TRANSPLANÉ ! rugit Rogue qui semblait tout proche, à présent. IL EST IMPOSSIBLE DE TRANSPLANER À L'INTÉRIEUR DE CE CHÂTEAU ! JE SUIS SÛR QUE POTTER EST DANS LE COUP !

– Severus… soyez raisonnable… Harry était enfermé…

Bang !

La porte de l'infirmerie s'ouvrit à la volée.

Fudge, Rogue et Dumbledore firent irruption dans la salle. Seul Dumbledore semblait parfaitement calme. Il avait même l'air de s'amuser. Fudge paraissait en colère. Mais Rogue était véritablement hors de lui.

– ÇA SUFFIT, MAINTENANT, POTTER ! cria-t-il. QU'EST-CE QUE VOUS AVEZ FABRIQUÉ ?

– Professeur Rogue ! s'indigna Madame Pomfresh. Contrôlez-vous, je vous prie !

– Allons, Rogue, soyez raisonnable, dit Fudge. Cette porte était verrouillée, nous l'avons bien vu…

– ILS L'ONT AIDÉ À S'ENFUIR, JE LE SAIS ! hurla Rogue en pointant l'index sur Harry et Hermione.

Les traits de son visage étaient convulsés et ses vociférations s'accompagnaient d'un nuage de postillons.

– Allons, calmez-vous ! lança Fudge. Ce que vous dites n'a pas de sens !

– VOUS NE CONNAISSEZ PAS POTTER ! s'écria Rogue. C'EST LUI QUI A FAIT ÇA, JE SAIS QUE C'EST LUI !

– Ça suffit, Severus, dit tranquillement Dumbledore. Réfléchissez un peu. Cette porte a été verrouillée depuis que j'ai quitté l'infirmerie il y a dix minutes. Madame Pomfresh, avez-vous vu ces élèves quitter leurs lits ?

– Bien sûr que non, répliqua Madame Pomfresh, exaspérée. Je ne les ai pas quittés depuis que vous êtes parti !

– Vous voyez bien, Severus, dit Dumbledore. A moins que vous ne vouliez nous faire croire que Harry et Hermione ont la faculté de se trouver en même temps dans deux endroits différents, je ne vois pas de raison de les importuner davantage.

Rogue resta immobile, bouillant de rage, en regardant alternativement Fudge qui paraissait outré par sa conduite et Dumbledore dont les yeux pétillaient derrière ses lunettes. Rogue tourna soudain les talons, les pans de sa robe tourbillonnant dans son sillage, et quitta l'infirmerie à grands pas furieux.

– Ce bonhomme ne me semble pas très équilibré, dit Fudge en le regardant sortir. Si j'étais vous, Dumbledore, je le surveillerais de près.

– Oh, il n'est pas déséquilibré, dit Dumbledore d'un ton très calme. Je crois simplement qu'il a subi une très profonde contrariété…

– Il n'est pas le seul ! soupira Fudge. *La Gazette* du sorcier va s'en donner à cœur joie ! Nous avions capturé Black et il a réussi à nous filer entre les doigts, une fois de plus ! Il ne manquerait plus qu'on apprenne la fuite de cet hippogriffe et je serai la risée de tout le monde ! Enfin… Je ferais bien de retourner au ministère pour expliquer ce qui s'est passé…

– Et les Détraqueurs ? demanda Dumbledore. J'imagine que vous n'allez pas les laisser aux abords de l'école ?

– En effet, ils n'ont plus rien à faire ici, désormais, dit Fudge en se passant machinalement les doigts dans les cheveux. Jamais je n'aurais pensé qu'ils essaieraient de donner un baiser à un garçon innocent… Impossible de les contrôler… Je vais les renvoyer à Azkaban dès ce soir. Nous pourrions peut-être poster des dragons aux entrées de l'école…

– Hagrid en serait enchanté, dit Dumbledore en adressant un sourire complice à Harry et à Hermione.

Lorsqu'il sortit de la salle en compagnie de Fudge, Madame Pomfresh se hâta de verrouiller à nouveau la porte. En marmonnant des paroles incompréhensibles d'un air furieux, elle retourna ensuite dans son bureau.

Il y eut alors un gémissement à l'autre bout de la salle. Ron venait de se réveiller. Il se redressa dans son lit et regarda autour de lui en se massant la tête.

– Qu'est-ce qui... Qu'est-ce qui s'est passé ? grogna-t-il. Harry ? Qu'est-ce qu'on fait là ? Où est Sirius ? Et Lupin ?

Harry et Hermione échangèrent un regard.

– C'est toi qui racontes, dit Harry en reprenant un peu de chocolat.

Lorsqu'ils quittèrent l'infirmerie le lendemain à midi, Harry, Ron et Hermione retrouvèrent un château presque désert. La chaleur étouffante et la fin des examens avaient incité tout le monde à profiter d'une dernière sortie à Pré-au-lard. Mais ni Ron, ni Hermione n'avaient envie d'aller rejoindre les autres, préférant se promener dans le parc en compagnie de Harry. Assis au bord du lac, ils se demandaient où pouvaient bien être Sirius et Buck, à présent. Harry perdit le fil de la conversation : il regardait la rive opposée, là où il avait vu le cerf galoper la nuit précédente...

Une ombre les enveloppa soudain et ils virent apparaître Hagrid qui s'essuyait le visage avec un mouchoir de la taille d'une nappe. Il avait le regard un peu vitreux, mais arborait un grand sourire.

– Je sais que je ne devrais pas être très content de ce qui s'est passé hier soir, dit-il. La fuite de Black et tout ça... Mais devinez un peu ce qui est arrivé ?

– Quoi ? demandèrent-ils en faisant semblant d'avoir l'air curieux.

– Buck ! Il s'est échappé ! Il est libre ! J'ai fêté ça toute la nuit !

– C'est merveilleux ! s'exclama Hermione en jetant un regard noir à Ron qui semblait sur le point d'éclater de rire.

– Oui, je n'ai pas dû l'attacher assez solidement, reprit Hagrid. Ce matin, j'avais un peu peur qu'il soit tombé sur le professeur Lupin, mais Lupin affirme qu'il n'a rien dévoré la nuit dernière...

– Quoi ? dit aussitôt Harry.

– Vous n'êtes pas au courant ? répondit Hagrid dont le sourire s'effaça un peu.

Bien qu'il n'y eût personne aux alentours, il baissa la voix et poursuivit :

– Rogue a tout raconté aux Serpentard, ce matin... Je croyais que tout le monde le savait à l'heure qu'il est... Le professeur Lupin est un loup-garou. Et hier soir, il était en liberté dans le parc. Maintenant, bien sûr, il fait ses valises.

– Ses valises ? s'exclama Harry. Pourquoi ?

– Il s'en va, bien sûr, dit Hagrid, surpris que Harry ait posé la question. Il a donné sa démission à la première heure ce matin. Il a dit qu'il ne voulait pas prendre le risque que ça se reproduise.

Harry se releva d'un bond.

– Je vais aller le voir, dit-il à Ron et à Hermione.

– Mais s'il a démissionné ?

– Je ne crois pas qu'on puisse faire grand-chose...

– Ça m'est égal, je veux quand même le voir. Je vous retrouve ici.

La porte du bureau de Lupin était ouverte. Il avait presque fini de ranger ses affaires. L'aquarium vide du strangulot était posé à côté de sa vieille valise ouverte. Lupin était penché sur son bureau et ne releva la tête qu'en entendant Harry frapper à la porte.

– Je vous ai vu arriver, dit Lupin avec un sourire.

Il montra le morceau de parchemin sur lequel il était resté penché : c'était la carte du Maraudeur.

– Je viens de voir Hagrid, dit Harry. Il m'a dit que vous aviez démissionné. C'est vrai ?

– J'ai bien peur que oui... répondit Lupin.

Il ouvrit les tiroirs de son bureau et commença à les vider de leur contenu.

– Mais pourquoi ? dit Harry. Le ministère de la Magie n'a pas cru que vous avez aidé Sirius, n'est-ce pas ?

Lupin alla fermer la porte du bureau.

– Non, répondit-il. Le professeur Dumbledore a réussi à convaincre Fudge que j'ai essayé de vous sauver la vie. C'était le comble pour Severus. Je crois qu'il a reçu un rude coup en voyant qu'il allait perdre l'Ordre de Merlin. Et donc, ce matin, au petit déjeuner, il .. heu… *accidentellement* révélé que je suis un loup-garou.

– Vous n'allez quand même pas partir simplement à cause de ça ! s'exclama Harry.

Lupin eut un sourire las.

– Demain matin à cette heure-ci, les hiboux envoyés par les parents vont commencer à arriver. Ils ne voudront jamais que leurs enfants aient un loup-garou comme professeur. Et après ce qui s'est passé hier soir, je les comprends, Harry. J'aurais pu mordre n'importe lequel d'entre vous… Il ne faut pas que cela puisse se reproduire.

– Vous êtes le meilleur professeur de Défense contre les forces du Mal qu'on ait jamais eu ! dit Harry. Ne partez pas !

Lupin hocha la tête en silence et continua de vider ses tiroirs.

– D'après ce que m'a dit le directeur ce matin, reprit-il, vous avez sauvé la vie de plusieurs personnes, hier soir, Harry. S'il y a une chose dont je suis fier, c'est des progrès que vous avez faits. Parlez-moi un peu de votre Patronus.

– Comment savez-vous que j'en ai créé un ? s'étonna Harry.

– Sinon, comment auriez-vous fait reculer les Détraqueurs ?

Harry raconta à Lupin ce qui s'était passé. Lorsqu'il eut terminé, Lupin eut un nouveau sourire.

– Oui, votre père se transformait toujours en cerf, dit-il. Vous avez bien deviné… C'est pour ça qu'on l'appelait Cornedrue.

Lupin jeta ses derniers livres dans la valise, referma les tiroirs de son bureau et se tourna vers Harry.

– Tenez… J'ai rapporté ça de la Cabane hurlante hier soir, dit-il en tendant à Harry sa cape d'invisibilité.

Il hésita, puis lui donna également la carte du Maraudeur.

– Je ne suis plus votre professeur, je peux donc également vous rendre ceci sans me sentir coupable… Je n'en ai pas l'usage, mais j'imagine qu'elle vous sera utile…

Harry prit la carte avec un sourire.

– Vous m'avez dit que Lunard, Queudver, Patmol et Cornedrue voulaient m'attirer à l'extérieur de l'école… Vous disiez qu'ils trouveraient ça drôle.

– C'est vrai, répondit Lupin en fermant sa valise. Je n'hésite pas à affirmer que James aurait été singulièrement déçu si son fils n'avait jamais découvert aucun des passages secrets qui permettent de sortir du château.

Quelqu'un frappa à la porte. Harry fourra précipitamment la carte du Maraudeur et la cape d'invisibilité dans sa poche.

C'était le professeur Dumbledore. Il ne sembla pas surpris de trouver Harry dans le bureau de Lupin.

– Votre fiacre est à la porte, Remus, dit-il.

– Merci, Monsieur le Directeur.

Lupin prit sa valise et l'aquarium vide.

– Bon, eh bien… au revoir, Harry, dit-il en souriant. C'était vraiment un plaisir de vous avoir comme élève. Je suis sûr que nous nous reverrons un jour. Monsieur le Directeur, inutile de m'accompagner, je trouverai le chemin…

Harry eut l'impression que Lupin voulait partir le plus vite possible.

– Alors, au revoir, Remus, dit sobrement Dumbledore.

L'aquarium sous le bras, Lupin serra la main de Dumbledore. Puis il adressa un signe de tête et un bref sourire à Harry et quitta le bureau.

Harry s'assit et regarda par terre d'un air sombre. Lorsqu'il entendit la porte se refermer, il releva la tête. Dumbledore était toujours là.

– Pourquoi as-tu l'air si accablé, Harry ? demanda-t-il. Tu devrais au contraire être très fier de toi après ce qui s'est passé la nuit dernière.

– Ça ne change rien, répondit Harry d'un ton amer. Pettigrow a réussi à s'échapper.

– Ça ne change rien ? Au contraire, ça change tout. Tu as aidé à révéler la vérité et tu as permis à un innocent d'échapper à un sort terrible.

Terrible. Quelque chose remua dans la mémoire de Harry. *Plus puissant et plus terrible que jamais…* La prédiction du professeur Trelawney !

– Professeur Dumbledore, dit-il. Hier, quand j'ai passé mon examen de Divination, le professeur Trelawney est devenue très… très bizarre.

– Vraiment ? Tu veux dire plus bizarre que d'habitude ?

– Oui… Sa voix était grave, tout d'un coup, elle roulait les yeux et elle a dit… elle a dit que le serviteur de Voldemort partirait rejoindre son maître avant minuit… Elle a dit que son serviteur l'aiderait à retrouver sa puissance. Ensuite, elle est redevenue normale et elle ne se souvenait plus du tout de ce qu'elle avait dit. Est-ce que… Est-ce qu'elle a fait une véritable prédiction ?

Dumbledore ne parut pas très impressionné.

– C'est possible, Harry, dit-il d'un air songeur. Qui aurait pu le penser ? Voilà qui porte le nombre de ses prédictions vérifiées à un total de deux. Je devrais lui donner une augmentation…

– Mais…

Harry regarda Dumbledore d'un air effaré. Comment pouvait-il prendre les choses aussi calmement ?

– J'ai empêché Sirius et le professeur Lupin de tuer Pettigrow ! dit-il. Ce sera ma faute si Voldemort revient !

– Non, répondit Dumbledore d'un ton paisible. L'expérience que tu as vécue avec le Retourneur de Temps ne t'a donc rien appris ? Les conséquences de nos actions sont toujours si complexes, si diverses, que prévoir l'avenir est une entreprise bien difficile… Le professeur Trelawney en est la preuve vivante. Tu as fait quelque chose de très noble en sauvant la vie de Pettigrow.

– Mais s'il aide Voldemort à reprendre le pouvoir !

– Pettigrow te doit la vie. Tu as envoyé à Voldemort quelqu'un qui a une dette envers toi. Lorsqu'un sorcier sauve la vie d'un autre sorcier, il se crée un certain lien entre eux… Et je serais très étonné que Voldemort veuille d'un serviteur qui a une dette envers Harry Potter.

– Et moi, je ne veux pas avoir de lien avec Pettigrow ! dit Harry. Il a trahi mes parents !

– Il s'agit là de magie à son niveau le plus profond, le plus impénétrable, Harry. Mais crois-moi… Un jour viendra peut-être où tu seras très content d'avoir sauvé la vie de Pettigrow.

Harry ne parvenait pas à imaginer qu'un tel jour puisse arriver. Dumbledore semblait avoir lu dans ses pensées.

– J'ai très bien connu ton père, Harry, à Poudlard et plus tard, dit-il avec douceur. Lui aussi aurait épargné Pettigrow, j'en suis persuadé.

Harry regarda Dumbledore. Il savait qu'il ne parlait pas à la légère.

– Hier soir, dit Harry, j'ai cru que c'était mon père qui avait créé un Patronus pour moi. Quand je me suis vu sur l'autre rive du lac… j'ai cru que c'était lui que je voyais.

– Une erreur qu'on peut comprendre, dit Dumbledore. J'imagine que tu en as assez d'entendre ça, mais tu ressembles à James d'une manière extraordinaire. A part les yeux… Tu as les yeux de ta mère.

Harry hocha la tête.

– J'ai été bête de penser que c'était lui, murmura-t-il. Je savais bien qu'il était mort.

– Tu crois donc que les morts que nous avons aimés nous quittent vraiment ? Tu crois que nous ne nous souvenons pas d'eux plus claire-ment que jamais lorsque nous sommes dans la détresse ? Ton père vit en toi, Harry, et il se montre davantage lorsque tu as besoin de lui. Sinon, comment aurais-tu pu créer ce Patronus en particulier ? Cornedrue est revenu la nuit dernière.

Il fallut quelques instants à Harry pour comprendre le sens des paroles de Dumbledore.

– Hier soir, Sirius m'a raconté comment ils étaient devenus des Animagi, dit Dumbledore avec un sourire. Un exploit extraordinaire… ce qui est encore plus extraordinaire, c'est de l'avoir fait à mon insu. Je me suis alors rappelé la forme très inattendue qu'avait prise ton Patronus lorsqu'il s'est attaqué à Mr Malefoy déguisé en Détraqueur, le jour du match contre Serdaigle. C'est donc bien ton père que tu as vu la nuit dernière, Harry… Et c'est en toi que tu l'as découvert.

Dumbledore sortit alors du bureau, laissant Harry à ses pensées qui se brouillaient dans sa tête.

Harry, Ron, Hermione et le professeur Dumbledore étaient les seuls à savoir ce qui s'était passé la nuit où Sirius, Buck et Pettigrow s'étaient enfuis. A mesure qu'approchait la fin des classes, Harry enten-dait de plus en plus de théories qui prétendaient expliquer les événe-ments, mais aucune ne ressemblait si peu que ce fût à la vérité.

Malefoy était furieux que Buck se soit enfui. Il avait la certitude que Hagrid s'était arrangé pour le mettre à l'abri et paraissait outré que son père et lui aient pu se laisser berner par un garde-chasse. Percy Weasley, pour sa part, avait beaucoup de choses à dire sur la fuite de Sirius.

– Si jamais j'arrive à entrer au ministère, j'aurai beaucoup de choses à proposer pour faire respecter la loi ! affirmait-il à la seule personne qui consentait à l'écouter, c'est-à-dire Pénélope, sa petite amie.

Le temps était idéal, l'atmosphère joyeuse, et il savait qu'il avait réussi l'impossible pour aider Sirius à retrouver la liberté. Pourtant, Harry ne s'était jamais senti aussi déprimé en cette période de l'année.

Il n'était pas le seul à regretter le départ du professeur Lupin. Tous les élèves du cours de Défense contre les forces du Mal étaient attristés par sa démission.

– Je me demande qui ils vont nous mettre l'année prochaine, dit sombrement Seamus Finnigan.

– Un vampire, peut-être, suggéra Dean Thomas avec une nuance d'espoir.

Ce n'était pas seulement le départ du professeur Lupin qui préoccupait Harry. Il ne pouvait s'empêcher de penser très souvent à la prédiction du professeur Trelawney et se demandait sans cesse où pouvait bien se trouver Pettigrow, à présent. Était-il déjà en sûreté auprès de Voldemort ? Mais ce qui l'accablait encore davantage, c'était la perspective de devoir retourner chez les Dursley. Pendant environ une demi-heure, une magnifique demi-heure, il avait cru qu'il irait vivre chez Sirius, désormais... Le meilleur ami de ses parents... C'était presque aussi bien que de retrouver son père. Il n'avait pas de nouvelles de Sirius, ce qui était bon signe, car cela signifiait qu'il avait réussi à se cacher quelque part. Mais Harry ne pouvait s'empêcher de ressentir une profonde tristesse en pensant à cette maison qu'il aurait pu avoir et qui n'était plus qu'un rêve, maintenant.

Les résultats des examens furent affichés le dernier jour du trimestre. Harry, Ron et Hermione avaient réussi toutes les épreuves. Harry était stupéfait d'avoir obtenu son examen de potions. Il soupçonnait Dumbledore d'être intervenu pour empêcher Rogue de le recaler volontairement. Le comportement de Rogue envers Harry au cours de cette dernière semaine lui avait paru inquiétant. Harry n'aurait jamais pensé que Rogue pût le détester encore davantage, mais c'était pourtant le cas. Chaque fois que Rogue le regardait, un tic agitait le coin de sa bouche et il ne cessait de remuer les doigts comme s'il avait rêvé de les serrer autour de son cou.

Percy avait obtenu son ASPIC, Fred et George leur BUSE. Par surcroît, Gryffondor, grâce notamment à ses prouesses sur le terrain de Quidditch, avait gagné la coupe des Quatre Maisons pour la troisième année consécutive. La Grande Salle fut donc décorée aux couleurs rouge et or de Gryffondor pour le banquet de fin d'année et la table des vainqueurs se montra de très loin la plus bruyante. Ce soir-là, Harry parvint même à faire la fête en oubliant que, le lendemain, il lui faudrait retourner chez les Dursley.

Lorsque le Poudlard Express quitta la gare, le lendemain matin, Hermione annonça à Ron et à Harry une nouvelle surprenante.

– Je suis allée voir le professeur McGonagall ce matin, juste avant le petit déjeuner, dit-elle. Et j'ai décidé d'abandonner l'étude des Moldus.

– Mais tu as eu ton examen avec trois cent vingt pour cent de bonnes réponses ! dit Ron.

– Je sais, soupira Hermione, mais je ne pourrai pas supporter une autre année comme celle-ci. Ce Retourneur de Temps me rendait folle. Je l'ai rendu. Sans l'étude des Moldus et la Divination, j'aurai de nouveau un emploi du temps normal.

– Je ne comprends toujours pas que tu ne nous aies rien dit, ronchonna Ron. Normalement, nous sommes tes amis !

– J'avais promis de ne rien dire à personne, répondit Hermione d'un air sévère.

Elle se tourna vers Harry qui regardait le château disparaître derrière une montagne en pensant qu'il faudrait attendre deux mois avant de le revoir…

– Ne sois pas triste, Harry, dit Hermione.

– Je pensais aux vacances, répondit Harry.

– Moi aussi, j'y ai pensé, dit Ron. Harry, il faut que tu viennes à la maison. J'arrangerai ça avec mes parents et je t'appellerai. Je sais comment me servir d'un fêlétone, maintenant.

– Un téléphone, Ron, rectifia Hermione. Tu devrais étudier les Moldus, l'année prochaine…

Ron ne lui répondit pas.

– C'est la coupe du monde de Quidditch, cet été ! dit-il. Qu'est-ce que tu en dis ? Viens à la maison et on ira ensemble ! Mon père s'arrange toujours pour avoir des billets par le ministère.

Cette proposition eut pour effet de remonter sensiblement le moral de Harry.

– J'imagine que les Dursley seront ravis de me laisser partir… Surtout après ce que j'ai fait à la tante Marge…

Vers la fin de l'après-midi, Harry eut enfin une excellente raison de retrouver toute sa gaieté.

– Harry, lui dit Hermione, le regard tourné vers la fenêtre, qu'est-ce que c'est que ça ?

Harry jeta un coup d'œil au-dehors. Une petite boule grise venait d'apparaître derrière la vitre. Il se leva pour mieux voir : c'était un minuscule hibou qui portait une lettre beaucoup trop grande pour lui. Le hibou était si petit qu'il avait peine à voler dans les remous d'air provoqués par la vitesse du train. Harry se hâta d'ouvrir la fenêtre, tendit le bras et attrapa l'oiseau. On aurait dit un Vif d'or en peluche. Le hibou laissa tomber la lettre sur la banquette et se mit à voleter d'un air joyeux dans le compartiment comme s'il était très fier d'avoir accompli sa mission. Hedwige fit claquer son bec en signe de désapprobation. Pattenrond se leva et suivit l'oiseau de ses grands yeux jaunes. Ron attrapa alors le hibou pour le protéger.

La lettre était adressée à Harry. Il ouvrit l'enveloppe et s'exclama :

– C'est Sirius !

– Quoi ? s'écrièrent Ron et Hermione d'une même voix. Lis-nous ça !

Cher Harry,

J'espère que cette lettre te parviendra avant que tu n'arrives chez ton oncle et ta tante. J'ignore s'ils ont l'habitude de recevoir du courrier par hibou postal.

Buck et moi, nous nous cachons. Je ne te dirai pas où, au cas où cette lettre tomberait en de mauvaises mains. Je ne sais pas si on peut faire confiance à ce hibou, mais c'est le seul que j'aie trouvé et il avait l'air très content de faire ce travail.

Je crois que les Détraqueurs me cherchent toujours, mais ils ne me trouveront jamais ici. Je vais m'arranger pour que des Moldus m'aperçoivent bientôt très loin de Poudlard afin que les mesures de sécurité du château soient levées.

Il y a quelque chose que je n'ai pas eu le temps de te dire quand nous nous sommes vus. C'est moi qui t'ai envoyé l'Éclair de Feu...

– Ah ! dit Hermione d'un air triomphant. Tu vois, je te l'avais dit que c'était lui !

– Oui, mais il ne l'avait pas ensorcelé, fit remarquer Ron. Aïe !

Le minuscule hibou qui hululait allégrement dans la main de Ron lui avait mordillé un doigt dans ce qu'il pensait être un geste d'affection.

C'est Pattenrond qui a apporté le bon de commande à la poste de Pré-au-lard. J'ai indiqué ton nom, mais je leur ai dit de prendre l'or dans le coffre numéro 711 de Gringotts. C'est le mien. Considère qu'il s'agit d'un cadeau de ton parrain pour tes treize ans.

*Je voudrais aussi te aemander pardon pour la frayeur que j'ai dû
te faire le soir où tu as quitté la maison de ton oncle. Je voulais simplement t'apercevoir un bref instant avant de continuer ma route vers le
nord,*

mais je crois bien que tu as eu peur en me voyant.

*Je t'envoie également quelque chose qui devrait te faciliter la vie
à Poudlard, l'année prochaine.*

*Si jamais tu as besoin de moi, écris-moi, ta chouette saura
où me trouver.*

Je t'écrirai bientôt une autre lettre.

    Sirius

Harry s'empressa de regarder dans l'enveloppe et y trouva un autre
morceau de parchemin. Lorsqu'il l'eut parcouru, il éprouva la même
sensation de chaleur que s'il avait bu d'un coup toute une bouteille de
Bièraubeurre.

*Je, soussigné, Sirius Black, parrain de Harry Potter, donne
par la présente l'autorisation à mon filleul de se rendre à Pré-au-lard
le week-end.*

– Ça suffira pour Dumbledore ! dit Harry d'un ton joyeux. Il y a un
P.-S...

*J'ai pensé que ton ami Ron aurait peut-être envie de garder ce hibou,
puisque c'est à cause de moi qu'il n'a plus de rat.*

Ron écarquilla les yeux. Le minuscule hibou continuait de hululer
avec ardeur au creux de sa main.

– Le garder ? dit Ron, indécis.

Il examina attentivement l'oiseau pendant un moment puis, à la
grande surprise de Harry et d'Hermione, il le tendit à Pattenrond pour
que celui-ci puisse le flairer.

– Qu'est-ce que tu en penses ? demanda Ron au chat. Un hibou, ça
te va ?

Pattenrond se mit alors à ronronner.

– Pour moi, c'est d'accord, dit Ron, d'un air ravi. Ce hibou est à
moi.

Harry lut et relut la lettre de Sirius jusqu'à l'arrivée du train à la
gare de King's Cross. Il la tenait toujours bien serrée dans sa main lorsqu'il franchit en compagnie de Ron et d'Hermione la barrière
magique du quai 9 3/4. Harry repéra aussitôt l'oncle Vernon. Il se

tenait à bonne distance de Mr et Mrs Weasley qu'il regardait d'un air soupçonneux et, quand il vit Mrs Weasley serrer Harry dans ses bras, ses pires appréhensions semblèrent confirmées.

Harry dit au revoir à Ron et à Hermione.

— Je t'appellerai pour la coupe du monde ! lança Ron, tandis que Harry poussait en direction de l'oncle Vernon le chariot sur lequel il avait posé sa valise et la cage d'Hedwige.

Son oncle l'accueillit à sa manière habituelle.

— Qu'est-ce que c'est que ça ? grogna-t-il en regardant l'enveloppe que Harry tenait toujours serrée dans sa main. Si c'est une autorisation à me faire signer, tu peux toujours...

— Ce n'est pas ça, l'interrompit Harry d'un ton joyeux. C'est une lettre de mon parrain.

— Ton parrain ! s'exclama l'oncle Vernon. Tu n'as pas de parrain !

— Si, j'en ai un, répondit Harry. C'était le meilleur ami de mon père et de ma mère. C'est un assassin condamné à perpétuité, mais il s'est évadé de la prison des sorciers et il est en fuite. Il m'écrit quand même, de temps en temps... Il prend de mes nouvelles... pour savoir si je suis heureux...

Avec un large sourire devant l'expression horrifiée de l'oncle Vernon, il se dirigea vers la sortie de la gare, en poussant Hedwige sur son chariot. L'été s'annonçait bien meilleur que celui de l'année dernière !

TABLE DES MATIÈRES

J. K. Rowling est née à Chipping Sodbury, près de Bristol en Angleterre, en 1965. Elle a suivi des études à l'université d'Exeter et à Paris. Elle est diplômée en langue et littérature françaises. Elle a d'abord travaillé à Londres au sein de l'association Amnesty International et a enseigné le français. C'est en 1990 que l'idée de Harry Potter et de son école de magiciens a commencé à germer dans son esprit alors qu'elle attendait un train qui avait du retard. Ce n'est pourtant que trois ans plus tard qu'elle a commencé à écrire les aventures de l'apprenti sorcier. Entre-temps, elle est partie enseigner au Portugal. Puis elle a épousé un journaliste portugais et a eu une petite fille, Jessica. Après son divorce, quelques mois plus tard, elle s'est installée à Édimbourg. Elle vivait alors dans une situation précaire. Pendant six mois, elle s'est consacrée à l'écriture de son livre. La suite ressemble à un conte de fées. Le premier agent auquel elle avait envoyé son manuscrit le retint aussitôt pour publication. Le livre fut ensuite vendu aux enchères aux États-Unis pour la plus grosse avance jamais versée à un auteur pour la jeunesse !

Le premier volume de Harry Potter a rencontré dès sa parution un succès phénoménal, tant en Grande-Bretagne qu'à l'étranger. Il a été traduit en trente langues et vingt millions d'exemplaires ont été vendus dans le monde entier en l'espace de dix-huit mois. « Harry » a remporté les prix les plus prestigieux, dans tous les pays où il a été publié. Il est en tête des ventes adultes et enfants confondus en Grande-Bretagne et aux États-Unis. Les volumes suivants ne cessent quant à eux de confirmer le succès du premier.

Sept livres au total sont prévus. J. K. Rowling fera grandir, évoluer et mûrir Harry : chacun représente une année de plus à l'école des sorciers.

J. K. Rowling vit toujours à Édimbourg avec sa petite fille, se tenant aussi éloignée que possible des médias et du succès étourdissant de ses livres, afin de se consacrer à l'écriture des aventures de son petit sorcier.

Harry Potter

À L'ÉCOLE DES SORCIERS

LE PREMIER VOLUME DES AVENTURES DE HARRY POTTER

Le jour des ses onze ans, Harry Potter, un orphelin élevé par un oncle et une tante qui le détestent, voit son existence bouleversée. Un géant vient le chercher pour l'emmener au collège Poudlard, école de sorcelle- rie, où une place l'attend depuis toujours. Qui est donc Harry Potter? Et qui est l'effroyable V..., le mage dont personne n'ose prononcer le nom?

❝ – Toute l'histoire commence à cause d'un personnage qui s'ap- pelle... c'est vraiment incroyable que tu n'aies jamais entendu son nom alors que, dans notre monde, chacun connaît...

– Connaît qui ? demanda Harry.

– Je n'aime pas beaucoup prononcer son nom quand je peux l'évi- ter. Personne n'aime ça.

– Pourquoi ?

– Nom d'une gargouille, Harry ! Tout le monde a encore peur. Ah, bougre de diable, c'est tellement difficile ! Voilà : il y a eu un jour un sorcier qui... qui a mal tourné... Très, très mal tourné... Pire que ça, même. Pire que tout ce qu'on peut imaginer de pire. Il s'appelait...

Hagrid avala sa salive, mais aucun nom ne sortit de sa bouche.

– Vous pourriez peut-être l'écrire ? suggéra Harry.

– Non, je ne sais pas comment ça s'écrit... Bon, allons-y, il s'appe- lait... Voldemort.

L'immense corps du géant fut parcouru d'un frisson.

– Ne m'oblige pas à le répéter, dit-il. Il y a une vingtaine d'années, ce... ce sorcier a commencé à chercher des adeptes. Et il a réussi à en avoir. Certains l'ont suivi parce qu'ils avaient peur, d'autres voulaient simplement profiter de son pouvoir, parce que, des pouvoirs, il en avait ! C'était une sombre époque, Harry. On ne savait plus à qui faire confiance, on n'osait pas se lier d'amitié avec les sorciers ou les sorcières qu'on ne connaissait pas bien… Il s'est passé des choses terribles. Il prenait le pouvoir sur les autres. Oh, bien sûr, il y en avait encore qui lui résistaient… mais il les tuait. Et d'une manière effroyable. L'un des seuls endroits où on était encore en sécurité, c'était Poudlard. Je crois bien que Dumbledore était le seul qui arrivait à faire peur à Tu-Sais-Qui. Il n'a jamais osé s'attaquer à l'école, pas à ce moment-là, en tout cas. Ton père et ta mère étaient d'excellents sorciers. Toujours premiers de la classe à Poudlard, à l'époque où ils étaient étudiants ! Le mystère, c'est pourquoi Tu-Sais-Qui a attendu si longtemps pour essayer de les amener dans son camp… sans doute parce qu'ils étaient trop proches de Dumbledore pour avoir quelque chose à faire dans le monde des Ténèbres. Et puis il a fini par croire qu'il parviendrait à les convaincre… ou alors, il voulait simplement se débarrasser d'eux. Tout ce qu'on sait, c'est qu'il y a une dizaine d'années, le jour d'Halloween, il s'est rendu dans le village où vous habitiez tous les trois. Tu avais à peine un an. Il est arrivé devant votre maison et… et…

Hagrid sortit soudain un mouchoir à pois très sale et se moucha en faisant un bruit de corne de brume.

– Excuse-moi, dit-il, mais c'est tellement triste… Je connaissais ton papa et ta maman et c'étaient les gens les plus charmants qu'on puisse imaginer… Enfin, c'est comme ça… Tu-Sais-Qui les a tués. Ensuite – et c'est là qu'est le vrai mystère –, il a essayé de te tuer aussi. Il voulait sans doute faire le travail jusqu'au bout, ou alors il aimait tuer tout simplement. Mais il n'a pas réussi. Tu ne t'es jamais demandé d'où te venait la cicatrice que tu as sur le front ? Ce n'est pas une blessure ordinaire. C'est la trace du mauvais sort qu'il a lancé contre toi, un mauvais sort si puissant qu'il a détruit tes parents et leur maison. Mais avec toi, ça n'a pas marché, et c'est pour cette raison que tu es célèbre, Harry. Personne n'a jamais pu lui échapper parmi ceux qu'il avait décidé de tuer, personne sauf toi. Et pourtant, il a supprimé quelques-uns des plus grands sorciers et sorcières de l'époque, les McKinnon, les Bones, les Prewett. Mais toi qui n'étais qu'un bébé, tu as survécu.

Il se passait quelque chose de très douloureux dans la tête de Harry. A mesure que Hagrid approchait de la fin de son récit, il revoyait l'éclair de lumière verte plus nettement que jamais – et pour la première fois de sa vie, il se rappelait aussi un rire cruel, sonore, glacé. **99**

Harry Potter

ET LA CHAMBRE DES SECRETS

LE DEUXIÈME VOLUME DES AVENTURES DE HARRY POTTER

Une rentrée fracassante en voiture volante, une étrange malédiction qui s'abat sur les élèves, cette deuxième année à l'école des sorciers ne s'annonce pas de tout repos! Harry Potter découvre un jour une inscription bien énigmatique: «La Chambre des Secrets a été ouverte. Ennemis de l'héritier, prenez garde!» En compagnie de ses fidèles amis, Ron et Hermione, l'apprenti sorcier mène l'enquête…

❝ La voix devenait de plus en plus faible. Elle s'éloignait, Harry en était sûr. Elle montait quelque part dans le château. Un mélange de peur et d'excitation le poussa en avant.

– Par ici ! s'écria-t-il.

Il monta l'escalier quatre à quatre et se précipita dans le hall d'entrée. Mais le vacarme des conversations qui provenaient de la Grande Salle, où le festin d'Halloween se poursuivait, empêchait d'entendre quoi que ce soit d'autre. Harry monta alors au premier étage, suivi de Ron et d'Hermione.

– Harry, qu'est-ce que…

– CHUT !

Harry tendit à nouveau l'oreille. Il entendait la voix qui continuait de s'éloigner en montant dans les étages.

– … *Je sens l'odeur du sang… L'ODEUR DU SANG !*

– Il va y avoir un meurtre ! s'exclama Harry, l'estomac noué.

Il monta les marches quatre à quatre jusqu'au deuxième, Ron et Hermione sur ses talons, puis il parcourut tout l'étage au pas de course, cherchant désespérément d'où pouvait venir la voix. Enfin, ils arrivèrent dans un couloir désert et soudain, Hermione poussa un cri.

– Regardez ! s'écria-t-elle.

Quelque chose brillait sur le mur, en face d'eux. Ils s'approchèrent lentement, scrutant la pénombre. Tracée en grosses lettres entre deux fenêtres, une inscription scintillait dans la lueur des torches qui éclairaient le passage :

LA CHAMBRE DES SECRETS A ÉTÉ OUVERTE.
ENNEMIS DE L'HÉRITIER, PRENEZ GARDE.

— Qu'est-ce que c'est que ça, là, en dessous ? dit Ron d'une voix tremblante.

Lorsqu'ils s'approchèrent un peu plus, Harry faillit tomber en glissant dans une flaque d'eau, mais Ron et Hermione le rattrapèrent de justesse. Ils se penchèrent alors sur une forme noire qui se dessinait sous le message et tous trois firent aussitôt un bond en arrière, les pieds en plein dans la flaque.

Miss Teigne, la chatte du concierge, était pendue par la queue à une torchère. Elle était raide comme une planche, les yeux grands ouverts.

Pendant quelques instants, ils restèrent figés de terreur.

— Filons d'ici, dit enfin Ron.

— On devrait peut-être essayer de... suggéra maladroitement Harry.

— Fais-moi confiance, il ne faut surtout pas qu'on nous trouve ici, répliqua Ron.

Mais il était trop tard. Un grondement semblable à un lointain coup de tonnerre leur indiqua que le festin venait de se terminer. De chaque extrémité du couloir leur parvenaient les conversations joyeuses des élèves repus et le bruit de centaines de pieds qui montaient les escaliers. Un instant plus tard, un flot d'élèves se déversait dans le couloir.

Les conversations et les bruits de pas s'évanouirent peu à peu lorsque les premiers arrivants aperçurent la chatte pendue au mur. Harry, Ron et Hermione étaient seuls au milieu du couloir dans le silence qui régnait à présent. Autour d'eux, la foule se pressait pour contempler le sinistre spectacle.

D'une voix forte, quelqu'un rompit alors le silence.

— *Ennemis de l'héritier, prenez garde ! Bientôt, ce sera le tour des Sang-de-Bourbe !*

C'était Drago Malefoy, qui s'était faufilé jusqu'au premier rang. Ses yeux froids flamboyaient et son visage habituellement pâle s'était empourpré. Avec un grand sourire, il regarda longuement la chatte immobile, pendue au mur. 🙥

Harry Potter

ET LA COUPE DE FEU

LE QUATRIÈME VOLUME DES AVENTURES DE HARRY POTTER

Après un horrible été chez les Dursley, Harry Potter entre en quatrième année au collège de Poudlard. Une grande nouvelle l'attend à son arrivée: la tenue d'un tournoi de magie entre les plus célèbres écoles de sorcellerie. Déjà les spectaculaires délégations font leur entrée… Harry se réjouit. Trop vite. Il va se trouver plongé au cœur des événements les plus dramatiques qu'il ait jamais eu à affronter.

❝Il régnait à présent dans la Grande Salle une atmosphère d'attente. Harry fut parcouru d'un frisson d'excitation en se demandant ce qui allait se passer. Un peu plus loin à leur table, Fred et George, penchés en avant, observaient Dumbledore avec la plus grande attention.

– Le moment est venu, dit Dumbledore en souriant largement à tous les visages tournés vers lui. Le Tournoi des Trois Sorciers va commencer. Mais je voudrais donner quelques explications avant qu'on apporte le reliquaire…

– Le quoi ? murmura Harry.

Ron haussa les épaules.

– … afin de clarifier la procédure que nous suivrons cette année. Pour commencer, permettez-moi de présenter à ceux qui ne les connaissent pas encore Mr Bartemius Croupton, directeur du Département de la coopération magique internationale – il y eut quelques applaudissements polis – et Ludo Verpey, directeur du Département des jeux et sports magiques.

Cette fois, les applaudissements furent beaucoup plus nourris, sans doute en raison de la réputation de Verpey comme batteur, ou simplement parce qu'il paraissait beaucoup plus sympathique. Il répondit avec un geste chaleureux de la main alors que Bartemius Croupton n'avait ni souri ni adressé le moindre signe au public à l'annonce de son nom. Harry se souvenait de son costume impeccable, le jour de la Coupe du Monde de Quidditch, et il lui trouva l'air bizarre dans sa robe de sorcier. Sa moustache en brosse à dents et sa raie bien nette paraissaient très étranges à côté de la barbe et des longs cheveux blancs de Dumbledore.

– Mr Verpey et Mr Croupton ont travaillé sans relâche au cours de ces derniers mois pour préparer le Tournoi des Trois Sorciers, poursuivit Dumbledore, et ils feront partie avec Madame Maxime, le professeur Karkaroff et moi-même du jury chargé d'apprécier les efforts des champions.

Dès que le mot « champions » fut prononcé, l'attention des élèves sembla s'intensifier.

Il avait dû remarquer leur soudaine immobilité car il eut un sourire lorsqu'il demanda :

– Le reliquaire, s'il vous plaît, Mr Rusard.

Argus Rusard, qui s'était tenu à l'écart dans un coin de la salle, s'avança vers Dumbledore en portant un grand coffre de bois incrusté de pierres précieuses. Le coffre paraissait très ancien et son apparition déclencha un murmure enthousiaste parmi les élèves. Dennis Crivey était monté sur sa chaise pour mieux le voir mais il était si minuscule qu'il ne dépassait guère la tête de ses camarades restés assis.

– Les instructions concernant les tâches que les champions devront accomplir cette année ont été soigneusement établies par Mr Croupton et Mr Verpey, reprit Dumbledore pendant que Rusard déposait délicatement le coffre sur la table, juste devant lui. Et ils ont pris toutes les dispositions nécessaires au bon déroulement de cette compétition. Trois tâches auront donc lieu à divers moments de l'année et mettront à l'épreuve les qualités des champions... Leurs capacités magiques – leur audace – leur pouvoir de déduction – et, bien sûr, leur aptitude à réagir face au danger.

Ces derniers mots provoquèrent un silence absolu, comme si plus personne n'osait même respirer.

– Comme vous le savez, trois champions s'affronteront au cours de ce tournoi, poursuivit Dumbledore d'un ton très calme, un pour chacune des écoles participantes. Ils seront notés en fonction de leurs performances dans l'accomplissement de chacune des tâches et le champion qui aura obtenu le plus grand nombre de points sera déclaré vainqueur. Les trois champions seront choisis par un juge impartial..
La Coupe de Feu. 👀

Conception de la mise en page : Françoise Pham

Loi n° 49-956 du 16 juillet 1949
sur les publications destinées à la jeunesse
ISBN 2-07-054130-4
Numéro d'édition : 01198
Premier dépôt légal : novembre 1999
Dépôt légal : janvier 2001
Imprimé sur les presses de la Société Nouvelle Firmin-Didot
Numéro d'impression : 54224